Minagawa Hiroko
COLLECTION

皆川博子コレクション
6
鶴屋南北冥府巡

日下三蔵 編

PART 4

装画　木原未沙紀
装幀　柳川貴代

鶴屋南北冥府巡

PART 1

『彩入御伽草《いろゑいりおとぎざうし》』

浅葱幕《あさぎ》、切って落としたとたん、蛍ヶ淵から湧きだした闇が、蘆《あし》の茂みにまつわり、舞台をこえて、見物衆まで呑みつくした。

風に吹かれるように沼の面はゆれるが、波布である。涼風は立たず、団扇《うちわ》の波が、大入りの土間にこもる熱気をかきまわすばかりだ。

白の単衣《ひとえ》に白手甲、六部姿の小平次《こへいじ》は、よろぼいながら川岸に身をかがめ、水を掬《すく》おうとした手を、とめた。

最前、多九郎《たくろう》が親切そうにすすめた茶碗の水薬、いろあい只ならず、泡立つようすもいぶかしいと、粗相のふりして取り落としたとき、水草にすだく虫の音が、とだえたではないか。

からだを灼《や》く熱にたえかね、あやうく、毒流した水を口にふくむところであった。

多九郎に、毒害されるおぼえはない。合点はゆかぬが、一瞬に虫が死に絶えたのは、まぎれもない、毒薬のしわざだ。

廻国巡礼を思い立ち、旅していたが、夢見の悪いのが気にかかり、いったん中帰《なかがえ》りしようと、家の間近まできて、流行り風邪か、にわかに心地悪く、寒気、発熱、足がすすまぬ。難儀しているところに行きあった馬子の多九郎と医師の天南《てんなん》が、風邪によく効く煎薬だと、無理強いした。

小平次は知らねど、見物はみな、承知している。斑猫《はんみょう》に青蜥蜴《あおとかげ》をぶちこんで調合した、致死の毒である。

現在、小平次の女房になっているおとわは、実は、多九郎の想いもの。小平次を殺害し、よりを戻そうという魂胆もわかっているから、水呑もうとすれば、土間は、つづく苦悶を期待する。

舞台から投げられた不安の投網は、土間、桟敷をつつみ、じわじわと口を引き絞る。

その緊張を破って、凄寥《せいりょう》の沼から、蛍の群れが舞い上がり、乱れ散った。

もの淋しくて華やかな光に、小平次も見物も、ふと心奪われたとき、その背後に、髭面《ひげづら》に頰被《ほおかむ》り、紺の腹掛け股引きの、見るからに憎体《にくてい》な男が忍び寄った。馬子の多九郎である。割り木をふりあげ、多九郎は、したたか、小平次を打ちのめす。

倒れながら、小平次は相手にしがみついた。

怨恨こめた眼が、多九郎を刺す。

多九郎は、髻《もとどり》ひっつかみ、割り木ではなまぬるい、ありあう石をとり、小平次の頭に打ちつけた。骨まで割られたか、溢れほとばしる血を、闇の襞《ひだ》縫う蛍火は青く光らせた。

ざんばら髪の先から、血は滴る。なおもむしゃぶりつく小平次を突きはなし、本水みたした水舟に蹴こんだ。

這い上がるのを、沼のふちにひきつけ、顔は泥に埋まれとばかりとりひしぐ。

小平次の指は、執念深く、未練がましく、宙をさぐり、多九郎の裾をつかむ。

小平次をつとめるのは、尾上松助《おのえまつすけ》である。六十五歳の老齢、太り肉《じし》で大柄なからだが、やや肉弛《ゆる》み、間近に見れば老醜の皺《しわ》を隠すべくもないのだが、濡れそぼち、血にまみれた姿は、華奢《きゃしゃ》であわれな小平次を、見物の目に彫《え》りつけた。善意のほかに何も持たぬのに、虐《しいた》げられ、踏みにじられ、虐殺される小平次は、その善意の執拗さ、度を越えたいたぶられようが、見物の嗜虐《しぎゃく》をそそる。

立《たて》作者の勝俵蔵《かつひょうぞう》は、袖の床几《しょうぎ》に腰を据え、濃い太い眉の下のいかつい眼を舞台にあずける。時に傲岸不遜な光を帯び、時には飄々《ひょうひょう》としたふうもみせる眼である。いま、松助がつとめる『小平次』をみつめる眼差しには、やさしげともとれる潤いがある。

俵蔵は松助より十一歳下だし、六尺近い大男、骨が牢格子のように頑丈なからだである。長い時間立つのが辛いわけではないが、弟子が気をきかせ、床几をすえた。


土手に突伏した小平次は、もはや、みじろぎせぬ。両の手の指ばかりが、いのちがそのどんづまりに追い詰められてあがくように、多九郎の裾を握りしめ、わずかに蠢《うごめ》く。

苛立たしく息詰まる静寂を、ツケ打ちのバタバタが破った。

花道から駆け出してきたのは、小平次の女房、おとわ。棒縞の単衣に髪は馬の尻尾、世話女房のなり。これも、松助だ。

いつ、吹替えと入れかわったのか。早変わりの鮮やかさ。けれんで名を売った松助の伎倆《うで》は、見物に体力の衰えを知らせぬ。

七三で足をとめ、本舞台をうかがい、

「そこにござるは、多九郎さんか」

はよう来い、と、多九郎にうながされ、本舞台に来て、

「まだ息の根がとまらぬのかえ」

ふてぶてしく言い放ち、帯にはさんだ匕首《あいくち》抜きとり、蠢く小平次の指を一本一本、ぎりりと切り落とす。

多九郎の着物は、奇態な飾りをぶらさげた。

「女房のわたしが引導で、浮かめてやろう」

土手をずり落ちてゆく小平次をめった突き。

血と襤褸《ぼろ》の塊は、水底《みなそこ》に見えずなった。時の鐘。

闇は濃くなりまさり、どろどろと凄みの鳴物、地獄の葩《はな》か蒼白い陰火。

引き幕が陰惨な夜を隠したが、幕外に残り花道をわが家に向かうおとわを、鬼火が追って行く。

殺された小平次も松助、殺したおとわも松助。

被虐、加虐を松助の身一つに負わせた張本人、勝俵蔵は、じわじわと盛り上がる見物の賛嘆を、皮肉な目であじわう。

幕間《まくあい》、楽屋梯子の傍らに一段高くつくられた作者部屋に戻っていると、弟子に両脇をささえられ、松助が通りかかった。

「おれを殺す気かえ」

息を切らせ、投げた。

しかし、その目は、笑っていた。

「どうして、なかなか」

俵蔵の声も笑いをふくみ、太いげじ眉のいかつい顔が、和《なご》みを帯びた。

「親方は、『日に三両二分の稼ぎだ。めったなこっちゃあ、くたばれねえ』と言わしったそうな」

「なに、三両二分だ？　乞食のどぶ板をみるような、安い野郎じゃあねえわえ。十両と踏め」

「踏むなァ、土方《どかた》の土捏《つちこ》ねだ」

俵蔵にあしらわれ、松助が言い返そうとするのを、

「よう、よう、千両役者」弟子たちがおだて、さあ、次の幕までお休みになって、とうながす。

「へらず口の口っぱたきめ」

二階に登ろうとして投げた松助の捨てぜりふに、

「死なざ止まねえ、乙な持病で」俵蔵は言い、

「ちげえねえ。一言多いが、てめえの病いだ」松助は返した。

「棺桶のなかでも、その口ばかりは減るめえの。憎い口だ。口田通れば二階から招く」吉田通れば、と、女郎屋をうたった端唄《はうた》にひっかけた松助に、

「ちと、古い。そりゃあ、二十年も前の地口《じぐち》だ。惚《ぼ》けねえでくだっし」俵蔵は応じた。

「てめえの相手をしていると、口が風邪をひくわ」

切り上げて、松助はよろめき登る。その負けん気の強い背に、俵蔵は、老いを見た。胸せまっ

た。――おれの一生をさだめたお人だ……。数多い弟子たちから師匠と立てられるようになった立作者の俵蔵を、てめえ呼ばわりし、俵蔵もそう呼ばれて平気なのは、今は、松助のみだ。

ふたたび幕が開くと、小平次の住まい。仏壇、鼠壁《ねずみかべ》、暖簾《のれん》口、下手に竃《へっつい》、水甕《みずがめ》、手桶、上手に反古《ほご》張りの障子屋台と、貧しい田舎家のしつらえ。

茶をいれようと多九郎が、甕の上の柄杓《ひしゃく》をとる。馬子衣裳は、くつろいだ浴衣の着流しに着替えている。

墨流しのように薄闇がゆらめきたち、茫と佇《た》った、凋《しぼ》んだ影。顔色凄く青ざめて、多九郎を凝視する。

多九郎はうろたえ、二重舞台に駆け上がり、仏壇に向かって、むしょうに鉦《かね》をうちならす。小平次の目は、多九郎の背にねばりつく。

鉦鳴らしつつ、必死に念仏となえ、そろりと振り向くと、蛇めいた目はまだ凝視。慌てて念仏となえるさまがおかしいと、土間から、怯えをすりかえた笑いが沸く。

念仏の効《こう》あってか、亡霊はふいと消えた。

逆上した多九郎は、撞木《しゅもく》も鉦も打ち捨て、門口に逃げる。戸を押せど叩《たた》けど開かぬ。我が手で最前、掛金閉めたを忘れている。

なまぐさい風はうすら闇の衣なびかせ、門口から舞台を暴《あ》れ走り、焼酎《しょうちゅう》火《び》めらめらと燃えて多九郎の足を阻《はば》む。

おらび声をあげ二重に走り戻った多九郎が、気を失って倒れたとき、行灯《あんどん》の灯が明るみ、妖しい気配は消え失せて、暖簾をわけておとわ登場。手に寝茣蓙《ねござ》と枕、酒機嫌のほろ酔い。前幕と同じく、小平次の亡霊とおとわは松助の二役である。

「そこにいるのは誰だ。多九郎どんじゃねえか。蚊が食うに。これさ。起きて寝なおらしゃいな。これこれ。おやおや、この人は目をまわしているの。これ、多九郎どん、多九郎どん」

手桶の水を吹きかけられて、ようやく人心地ついた多九郎は、なむあみだぶつととなえながら、暖簾口に逃げ込んだ。

知らぬおとわは後生楽《ごしょうらく》に、

「なんだ、あの男は、むしょうに念仏ばかり申すが、ええ、きざな男だ。どれ、蚊屋を吊ろうか」

蚊屋と掻巻《かいまき》をとりだして、寝莫蓙を敷き、枕をおき、四方に蚊屋をひっぱって吊り、

「あったら年増をひとり寝させるの」

蚊屋のうちに入り、掻巻をかぶった。

一つ鐘、相方《あいかた》凄くうすどろどろ。行灯は昏み、寝鳥の笛は亡霊の出現を告げた。

煙硝《えんしょう》火《び》を先触れに、すらりと立った小平次、蚊屋のうちをみつめ、すいとはいり、女房の枕辺に近寄り、蛇眼で睨《ね》めつける。奥から聞こえる念仏の声に、ぽっと消えた。

おとわは蚊屋から出、

「ええ、怖い夢を見た。びったりと汗になった」

と、ふたたび焼酎火燃えあがり、姿は見えね、亡霊の連理引き、あがきながら、蚊屋のかたへおとわは引き寄せられ、二枚折りの屏風の陰に引き込まれる。

とたんに、白い妖しい影、蚊屋の上より裾へ、逆さに落ちた。屏風が、はたりと倒れ、首かっ切られたおとわの骸《むくろ》が露《む》き出しになる。

蚊屋の裾より立ち顕《あらわ》れた小平次の亡霊は、片手におとわの首をかかえ、白い衣の裾すらすらと延び、宙に舞い上がった。

中天に浮かび、首を透かし見、身のうちの悦楽凝《こご》って、

「嬉しやなあ」

けらけらと、笑い声になった。

一

京の三条新地六角に、塀で囲われた広大な一郭がある。

東西三十八間、南北二十九間、五千数百坪の牢屋敷練塀《ねりべい》内に、本牢、切支丹牢、女牢、揚屋、さらに、拷問所やら会所、番所、牢賄所などが建つ。

本牢は、東西八間、南北五間半、東と西に二分されている。

東の間は、畳十九畳半を支給されているのだが、牢名主が高々と積み上げた畳の上に座を占め、ほか、添役、隅役、二番役、三番役、四番役、五番役、本役、本役助、詰番、詰番助、五器口番、十一人の役付きが、役に応じた数の畳を分捕り、平の囚人は床の隙間から吹き上げる冬の烈風をふせぐ敷物はない。

「げじ」

若い男に、添役が呼びかけた。

伊之助《いのすけ》という名があるのだが、どこでも、つくあだ名は、まず〝げじ〟である。

黒々と濃い太い眉が他人の目によほど強い印象を与えるらしい。大柄で、ふてぶてしい顔つきのため、三十近い年に見まちがえられもするが、この安永四年正月、明けて二十一歳になったばかりだ。

壁ぎわで膝《ひざ》をそろえていた伊之助は、むっと、無言で顔をあげた。新入りは、役付きの許しがなくては膝をくずすこともできない。入牢申《じゅろう》しつけられ、定めどおり下帯まではずされ着物は肩に担いだ素裸で、牢の中にかがみ入ったとたんに、両側から二尺板で臀《しり》を撲られたのが、二十日前だ。暮に入牢の羽目になり、正月は、骨がきしむような寒さに震えながら牢内でむかえた。雑煮もなにもない正月だった。

牢名主以下役付きがずらり並んださまを、入牢早々、「羅漢《らかん》の土用干しみたようにぎしゃばっていやがるな」つぶやいたのを聞き咎められ、寄ってたかって殴られ、以来、われァ面《つら》がでかい、と、髪をつかんでひきずりまわされ、あぐらをかいたといって蹴とばされ、なにかと難癖をつけて痛めつけられてきた。

伊之助は江戸者なので、新入りにくわえて余所《よそ》者ということで、扱いはいっそう荒い。

「返事をせんかい」

近くにいる役付きが、力まかせにどづいた。アア、とも、ウ、ともつかぬふてくされた声で応じると、頭を床に押さえつけられた。

「痛えなァ」思わず、声をあげる。

「こんなんが痛いか。痛いいうんはな、こういうんや」

押さえた手に全身の重みをかけた力が加わり、床板にごりごりとすりつける。額の皮が撚《よ》れて剝《む》け、骨まで卸金《おろしがね》にかけられるようだ。

反抗するとどんな目にあうか、この二十日の間に身にしみていた。

かなり喧嘩っ早く、腕力もあるのだが、娑婆《しゃば》で荒い稼業をしてきた男たちに数人でかかられては歯向かいようがない。抗《あらが》えば抗うほど痛い思いをするばかりだとわかったけれど、贅六《ぜえろく》野郎め、と、江戸育ちの伊之助は、上方ものへの反感が顔にでる。

「何や、その目は」

「どの目だ。うおの目、蟹の目、とっとの目、賽の目はぞろ目で、てめえはひんがら目だ」

油紙に火という調子で、口から出放題を一気にまくしたてた。腹の中に、悪口地口軽口ならいくらでもわいてくる。黙っていようと思っても、ひょいと口をつき、相手の気をそこねるのはいつものことだ。ことに今は、おとなしくしていても痛めつけられるのは同じだ、向こうは最初から退屈しのぎなのだから、あやまろうと何しようと、飽きるまでいたぶられるとわかっている。

「隠した悪事は後ろの目、牢においては日の目は見られず、火桶なければ夜の目も眠れず。灰汁《あく》で洗った蛇《じゃ》の目がように、眼光鋭いは、おれが目だわ」

自棄《やけ》まじりにわめくと、

「喧《やかま》しい」

頭の上に相手の膝がのり、鼻がつぶれた。

そのとき、外鞘《そとざや》に足音が近づき、

「来よるで」

添役が制した。牢名主が顎《あご》をしゃくり、役付きが二人、入口の両側に、二尺のキメ板をかまえた。

新入りがあるのだな。伊之助は察した。彼も同じ目にあっている。

牢は暗い。牢屋同心に引っ立てられてきた裸形《らぎょう》の男の顔は、うつむいているせいもあり、さだかではなかった。

役人が、新入りの身状を読み上げる声が、

「江戸、葺屋町《ふきやまち》……」

と聞こえ、伊之助は、愕然とした。

江戸。しかも、葺屋町……。

つづいて、

「尾上松助」と、名が呼び上げられた。

彼は、驚愕のあまり、叫び声をあげた。

「まさか……」

息をのみ、身震いした。

新入りは、膝前をすぼめ、むきだしのからだを両の手で抱くようにして敷居をまたいだ。

二人のキメ役は、容赦なく板をふりおろした。呻き声をあげてくずおれた新入りの背に、伊之助はとびかかっておおいかぶさり、第二打を受けた。背骨に激痛が走った。背は、臀のような弾力を持たない。

庇《かば》おうと意志したわけではなかった。とっさ

売るんとちゃうか、と、若い男の臀に手をのばす。この男は、しばしば、少年に誘いをかけ、そのたびにはねつけられるのを、伊之助は見ている。

「いやらしことせんとき」

少年は、はらいのけ、執拗にのびる手の、中指をぐいと逆にねじった。伊之助に向かい、

「これ、きつう、効くねんで」と、教えた。

相手は無言で傷められた指をなでていた。

牢内は、当然ながら火桶どころか火種のかけらもなく、冷気が骨を噛む。夜は瓦瓶《かわらびん》に熱湯五合ほどを詰めたものが、二人に一つずつ与えられるのだが、これも、もちろん、牢名主が全身が茹だるほどかき集め、以下、役付きに配分され、彼や小平次のような平の囚人には渡らない仕組みだ。

朝夕二度与えられる冷えた物相飯《もっそう》は、粘りけがなく、食べにくいが、伊之助は幼いころ流れ暮らしをしていたので、粗食や寒さには耐性がある。

小平次は、粗末な飯は平気だが、寒さはことのほかこたえるようで、しじゅう震えていた。

翌朝、少年は死んでいた。意趣返しに、深夜、首を絞められたかと彼は思ったが、扼殺《やくさつ》の痕は残っていなかった。牢役人が、骸を運び出した。くたりと身をまかせきった骸は、苦労から身を脱け出し、気楽にくつろいでいるように見えた。

寝ている顔の上に臀をのせ、息の根をとめたのだろうと、他のものが、声をひそめ、彼にささやいた。

「暴れる音も聞かなかったが」

「そら、おんどらが睡りこけとったからやろ」

「おまえは聞こえたのか」

「知らんわ。何も知らん」

殺したとおぼしい男の目が向いたので、男は口をつぐんだ。

「今夜は通夜したりまひょ」

頓狂な声をあげた奴がいる。白髪まじりの痩せた男であった。

「あの若い衆、宗旨は何やったろかいな。わいは法華が賑々《にぎにぎ》しゅうてよろしねんけどな。なむあみだぶつは、陰気くそうてあかんわ。賑やかなんがよろし」

「そや。縁起直しせんならん」

役付きが言い、いきなり、数人が伊之助と小平次にとびかかった。羽交締《はがい》めにし、衣をはぎとった。氷漬けのような寒気である。

下帯までむしりとられ、

「何しやがる」

鳥肌立って抗議するのを、誰も気にとめず、二人の頭に面桶《めんつう》をかぶせた。乞食がつきだして喜捨を乞う常用品の小桶である。飯を一人前ずつ盛る小桶である。飯を一人前ずつ盛る常用品で、牢内でも使われている。

「それ、踊れ、踊れ」

すってん、すってん、すってんてんてんてん、と、胴間声をあわせ、床を叩き、手を打ち、拍子をとりはじめた。

「踊れ。縁起直しのすってん踊りや。新入りの役目や。はよ、踊れ」

小平次は助けをもとめる目を伊之助に向けた。

「知らねえわ。そんな踊りァ」

「江戸のお牢では、せえへんのか。なんでもええわ。踊れ。江戸に帰ったら、伝馬町《てんまちょう》で流行らしたれ。上方から下りの踊りや。江戸のもんはありがたがっておぼえるやろ」

キメ板が坐りこんでいる臀をおそった。小平次ははねとんで、拍子にあわせ、薄ら闇のなかで、器用に踊りはじめた。両足をすぼめ、女方のような踊りぶりであった。

「さすが、役者や。尾上なんたらいうたな。贔屓にしたるで」

「すってん、すってん」拍子にあわせて、キメ板が小平次を敲《たた》く。

「ほれ、すってん、すってん、すってんてんてんてん、後からよいのがまいります。われが連れ舞いするまで、こいつがしばかれるで」

役付きは伊之助をうながし、小平次の情ない目が伊之助に哀願した。

素裸の伊之助は、ぬっと立った。

「江戸は日本橋の金精《こんせい》大明神さまだ。とっくり拝みやがれ」

床に足音轟かして、でたらめに踊り始めた。

「面桶を落としたらあかんで。落としたら、百敲きやで」

小平次はじきに息をきらせ、へたりこんだ。キメ板が容赦なく臀を敲き、追い立てた。

騒ぎに顔をのぞかせた牢番に、名主は酒を買うてこいと命じた。

寒さと恐怖からだろう。寝につくと、小平次は伊之助にからだをおしつけ、身を縮めた。

年下ではあるが逞しいからだつきの伊之助に無言で助けを求めていた。

伊之助は、壁のように小平次を庇った。庇わずにおれぬ弱々しさだ。

小平次は、松助につらなる糸でもある。

「おまえは色子あがりかえ」

小平次はわずかにうなずいた。

「松助さんは、以前、音羽屋の色子だった。おまえも、同じ見世にいたのかい」

小平次は、指を口にあてる仕草をした。

他のものの耳がある。

「お牢を出たら、とっくり話をきかせてくんな。お仕置がすんだらどこに行く？」

伊之助の手のひらに、小平次は、あとで、と指で書いた。

「松助さんのところに行くのか」

強情に面を伏せ、黙り込む。

「松助さんはどこにいるんだ」

手をあわせる仕草を、小平次はしたが、伊之助は執拗に問うた。

伊之助が江戸を離れ、上方にまでのぼってきたのは、ひとえに、松助ゆえだ。

根負けしたか、伊之助に悪意はないと感じたからか、〝おおさか〟と伊之助の手のひらに書いた。

「牢を出たら、くわしい話をおれに教えなよ」

小平次はあいまいにうなずいた。

二

江戸日本橋、東堀留川と人形町通りのあいだに、新乗物町、岩代町、葺屋町、堺町、堀江六軒町が並ぶ。

新乗物町と岩代町は背中あわせで、楽屋新道をはさんで岩代町は葺屋町・堺町と向かい合う。

葺屋町には市村座、堺町には中村座、公許の櫓《やぐら》を揚げた二大芝居小屋があり、あわせて二丁町とも呼ばれる。櫓を許されているもう一つの小屋、森田座だけは、二十丁ほど南に下った三十間堀の東側、木挽《こびき》町五丁目と、離れている。

小路をはさんで二丁町と向き合う堀江六軒町は、『芳町《よしちょう》』の名のほうがとおりがよい。江戸開府以来、明暦のころまで、ここは色里であった。大火で全焼したのを機に、廓は浅草田圃の裏に移転させられたが、いまは、蔭間屋が軒を連ねており、悪所とうたわれる色の巷であることに変わりはない。

伊之助は、新乗物町に育った。

しかし、根っからの芝居者ではなかった。流れものの『水師』が、伊之助の父親であった。たぶん、実父だろうと思う。物心ついたとき――三つ四つのころだが――彼はすでにその男と、武州一帯を流れ歩いていた。上州まで足をのばすこともあった。

そのころは、〝げん〟と呼ばれていた。伊之助という名は、後に、彼の養父となった伊《い》三郎《さぶろう》がつけたものである。

土間や板敷に砂利、籾殻、砂、粘土と幾層にも敷き詰めた『藍寝床』に、刈り干した蓼藍《たであい》の葉を寝せ込み、水をうっては切返し、醗酵《はっこう》させ、黒い土状にする。それに蓆《むしろ》をかけ縄で締めつけ重石《おもし》をのせ、かためたものをスクモと呼ぶ。スクモを木の臼に入れ、木槌で搗《つ》き、適当な大きさに切り分けたものが、藍玉である。藍玉は仲買人をとおして、紺屋に渡る。

蓼藍を栽培し、刈り干して葉藍とするのは百姓であり、葉藍を藍玉に仕立てるのは、藍師だが、水をうって切り返すその水加減はきわめてむずかしく、多すぎれば熱が上がり藍は腐る。少なければ醗酵しない。熟練した『水師』の伎倆が必要となる。

九月半ばから臘月《ろうげつ》までに、切返しは二十数度行われる。水師が忙しいのは、その時期だけであった。あとは用無しになる。

あちらこちら呼ばれてまわる父の背を、幼い彼は小走りに追って歩いた。

年が明け、八王子あたりで藍市が開かれる。市には賭場《とば》がつきもので、父は水師で稼ぎためた銭を、賭博《とばく》と女郎買いで使い果たした。江戸までの路銀だけは、手つかずに残していた。翌年の藍玉仕込みの時期まで、江戸で稼ぐのである。

この流れ暮らしは、年齢よりはるかに大人びた、冷やかに突きはなして物事を眺める目を、彼に与えた。

父親が安女郎を買っているあいだ、伊之助は外にひとりおかれた。五つ六つになると、彼は、覗き見をおぼえた。

父親は、江戸にいるあいだは、市村座の雑用をしていた。一年のうち、費やす日数を数えれば、芝居小屋の下働きをしている期間のほうがはるかに長く、水師として過ごすのは四ヶ月ほどにすぎないのだが、父は、水師をおのれの正業と心得、芝居小屋の仕事は、やむを得ぬ食扶持稼ぎと言っていた。無理もない、芝居小屋では人扱いもされないのに、水師は、藍師たちにちやほやされ、藍市が終わるまではずいぶん大きい顔をしていられたのだから。しかし、江戸に向かう父の足どりははずんでいるように彼には感じられたのだった。

藍作りの水師という熟練した伎倆のいる仕事と、はいずりまわってこき使われる芝居小屋の下働きがどこでどう結びついたのか、彼はついに、父親に確かめないままであった。

父について歩いていたら、自分も、いつか水師の骨法を身につけ、同時にそれだけでは一年を暮らせないから、手蔓のある芝居小屋で雑用に追い使われるようになっていたかもしれない、と、思いもする。

芝居町の持つ奇妙な魅力。それが、父をいそいそと江戸に向かわせたのだと、後になって彼は思った。その魅力に、彼自身も幼いころから侵されていた。

小屋が閉まっているときは、なんの変てつもない、むしろうら淋しささえ感じさせる町すじである。

初日があくとなると、小屋の表には絵看板がかかげられ、役者の紋をしるした提灯にいっせいに灯がはいり、河岸や廓からの積物が飾られ、霙《みぞれ》ふる日でも春たつ気配だ。

通りは人波でにぎわう。

狭い鼠木戸《ねずみきど》を身をかがめてくぐると、脂粉のにおいが濃密にまといつき、日常の影ささぬ絢爛《けんらん》とした世界がひろがる。幻のほうが、ここでは強靭な力を持つ。しかし、華麗な幻景の裏にはりついた現実のしらじらとしたさまも、彼は同時に視ていた。

江戸では、父は、二丁町とはつい眼と鼻の新乗物町に紺屋の店を持つ海老屋《えびや》伊三郎と懇意にしていた。

年下の伊三郎の前では、父は、大ふうな水師の顔になった。そうして、伊三郎が仕入れた藍玉を、少しけずって水をたらして揉み、篦《へら》の先につけて藍液の流れ具合をみたり、掌にこすりつけたのを紙に捺《お》し、濃淡を確かめたりし、たいがいは、色合いが悪いの、手触りがざらつくの、粘りすぎるのと、けちをつけた。伊三郎は、おとなしくうなずいていた。片足をひいて歩く顔色の悪い伊三郎は、独り者であった。

小屋にいるとき、彼は放っておかれることが多かった。うろうろしていると邪魔扱いされ、役者の部屋にはいると怒鳴られ、つまみだされ、おのずと、居てもかまわぬ場所、居てはならぬ場所を心得させられた。

楽屋新道に面した裏木戸の外にいるぶんには、誰に咎められることもないので、そこで人の出入りをながめていることが多くなった。

冬のさなか、烈風にさらされて歩きまわるより、小屋の内外をうろついているほうが、はるかに楽しかった。ときには、人目をしのんで奈落にもぐりこみもした。

父の仕事のひとつに奈落で綱をひきセリを上げ下げする『穴番』があった。

舞台に切り穴をつくり、轆轤《ろくろ》をつかって役者をセリ上げセリ下げる仕掛けは、上方ではじまった。狂言作者、清水正三の工夫である。江戸でもまねるようになったが、舞台の仕掛けは、上方にくらべ江戸ははるかに遅れていた。上方では、とうに回り舞台の工夫までなされていたが、江戸では、ようやく、宝暦十二年、彼が八つになった年の春、市村座で浜村屋二代目瀬川菊之丞《せがわきくのじょう》が『鷺娘』と『後ろ面』の所作事に、所作のかわるたびに舞台を回してみせたのが、最初で、それも、舞台の上に車をつけた二重台を置き、四、五人が舞台に出ておし回すというものであった。

上方の大掛かりな回り舞台を知るものは、まるでくらべものにならねえ、あっちじゃあ三十石船が舞台の上でぐるりと回らあ、こんなのは、回り舞台たァいえねえ、と言ったが、たいそうな評判をとった。

菊之丞が白綸子《りんず》の豪奢な着付けで所作の最中、奈落では男たちが、汗みずくになっていた。

外は晴天でも、奈落の地面は、いつも湿っている。敷かれた莫蓙は、濡れ腐れ、踏みにじられ、壁土の寸莎《すさ》のようだ。

この興行中に、父は、死んだ。セリ上げの最中、綱が切れたのである。

そのとき伊之助は奈落にいた。闇は彼をとかしこみ、彼は、目だけになって、綱をひく男たちを見ていた。柱にとりつけられた手燭の灯は、男たちを、闇の色よりいっそう黒い影の塊にした。銀白色の鳥のように、菊之丞は、落ちた。

下敷きになった父のからだが、衝撃をやわらげ、菊之丞は、ほとんど怪我はなかったという。

父の、鼻孔や耳、目から噴き溢れた血は、手燭の灯をつややかに照り返し、暗い奈落にわずかな彩りを添えただろうと、彼は思うのだが、その光景は記憶にない。

後に、奈落を、年のいった目でみたとき、どうしてセリの下敷きになったのか、不審をもった。綱をひくものはセリの真下にはいない。考えられるのは、綱が切れた瞬間、とっさにセリ台の下に肩をいれ、台をささえた、ということである。落下の勢いと役者の全身の重みのかかったセリ台を、ひとりでささえようとした……。

他人のためにわが身を犠牲にするなど、およそ、父のやりそうにないことであった。とっさの場合、人はとんでもないことを発作的にやってしまうものなのか。むしろ、本能的に飛びはなれようとするはずだ。はずみか。故意に突き飛ばされたか。当時の穴番の仲間にたずねてもみた。はずみだろう、と誰もが言い、身を挺して菊之丞を助けたなどと言うものはいなかった。考えつきもしなかったふうだ。とりたてて好かれてもいないが、あの瞬間を利用して突き飛ばすほど憎んでいるものもいなかったろう。答えは一致していた。

後に彼は、思った。父が、切返しの時期が終わると、必ず江戸に帰ってくるのは、小屋の蠱惑《こわく》的な魔力にくわえ、菊之丞の舞台に魂奪われていたからかもしれない。

紺屋の伊三郎が、即座に彼を引き取り、養子にした。実父には〃げん〃と呼ばれていたのを、伊の字をあたえて伊之助と改名させたのは、いずれ、あとをとらせる心積もりがあったのだろう。

父はできたが、伊三郎が独り者なので、母はできなかった。海老屋は少し大きくなり、住み込みの徒弟を二人おき、通いの職人も三人という規模になったが、伊三郎はあいかわらず独り者のままだ。

伊三郎の腕は、指先から肘のあたりまで、裾濃《すそご》に染めたように、藍が染みついている。

「今日は、藍の機嫌がよい」

伊三郎は、しばしば甕に指先をひたし、染まった指を舐め、

「な、伊之」

彼にも、舐めてみろと目でうながす。

藍甕を十幾つ二列に並べて埋め込んだ土間は、冬でも汗ばむほど暑かった。四つの甕ごとに、その真ん中に火壺が埋められ、炭火が燃え熾《さ》かり透明に赫《かがや》く。冷えると藍は、死ぬ。夜中にも、伊三郎はたびたび起きて炭をつぎたす。

夜更けて、酒の匂いをただよわせ彼が帰ってくると、伊三郎はたいがい、藍甕をみまわっていた。目をそらせるだけで小言は言わなかった。芯《しん》まで凍えたからだを土間の熱気で彼は温める。冷

えた水のまま体内にたまっていた酒が、ようやく醗酵したふうに、少しずつ血の脈のなかを流れはじめる。

どれほど呑んでも、彼は、泥酔の味を知らない。血が温かみを帯びるのがわかる程度だ。藍を掻く伊三郎と言葉はかわさず、彼は二階にあがり、しめっぽく冷えた蒲団をひろげ、身を横たえるのだった。

藍は朝に夕に、掻き回してやらねばならぬ。まことに手のかかるしろものだ。伊三郎に命じられ、彼もしじゅう藍掻きをやらされた。一と掻きすると、泡の葩《はな》は、一方に寄りかたまり、暗い水鏡の奥から、魚めいた目が、彼を見返す。彼は掻き棒で、水を乱す。やがて、しずまった水面に彼の顔が映る。幼いころは、外法頭《げほうあたま》、と、しばしば、悪罵《あくば》を浴びせられた。頭の鉢が人並みより開いているのだと、彼は、自認させられた。外法は、仏法を外れた異教の意であり、鉢の大きい特殊な髑髏《どくろ》は呪術にもちいられるという。額の下の眉が太く黒々と濃いため、げじ、と罵《ののし》られもした。――十五、六を過ぎると、寸詰りだった顔が面長になり、太めの鼻筋がしっかりとおって、釣合いの悪い福助頭ではなくなったが。

紫紺色の泡が、よどんだ水面に盛り上がり、幾重にも花弁を重ねた藍色の牡丹のようだった。床に埋め込まれた藍甕の一つ一つに胎子《はらこ》が身をまるめ、魚のような目を彼に向ける。彼もかつては、そのなかのひとりであったという気がする。

物心つかぬ幼いとき、甕に落ちたことがあると、伊三郎から聞かされている。妙な記憶の原因は、それだろう。

彼が生まれたのは、宝暦五年、恐ろしい飢饉の年だったという。

父に連れられ、流れ歩いていたとき、道端で女が子を産み落とすのを見た。物心ついてまもないころだから、彼は、三つか四つだったか。

陽光がふりそそいでいた。血と脂にぬれた赤子の柔らかい肌は、陽の温もりを享受した。その快さを、彼は自分の肌におぼえている。闇の狭隘《きょうあい》な路を抜け、松の梢の下に陽をあびた赤子は、彼自身だという気もする。

脚絆をつけた二本の脚が、松の荒くれゆがんだ幹と並び、たぶん、それは、赤子の目の前に立ちはだかった父親の脚なのだろう。

芝居小屋は、蜜をまぶした蜘蛛の糸だ。風に散る葩や枯れ葉が、吹き寄せられて、気づいたときには身動きならずからめとられている。『芝居国』と呼ばれるほど、独特の領域を形成し独自の階層組織を持った世界である。その縁辺《えんぺん》に、彼は生い育った。入り込めそうで、もう一足踏みこむには、特殊な無形の手形が要る。

かげの労働力に甘んじようというのなら、芝居国に、いくらでも働き口はあった。木戸番、端番、留場、桟敷番、半畳売り、火縄売り、中売り、といった表方だけでも、市村座一座で二百人をこえる。しかし、それらの雑役のみじめさは、幼いころから知り抜いていた。彼らのほとんどは、きまった給金もなく、幕内や見物からもらう気まぐれな祝儀でかつかつ生計をたてている。いきおい、銭をくれるものには揉み手、銭にならないことには手をださない、愛想のよい顔もみせない、という気風が身につく。しかし、それらの人々が、他に仕事がないわけではないのに、小屋に居つくのは、蜜まぶした糸にがんじがらめにされているのだろう。

新音羽屋・尾上松助が音羽屋・尾上菊五郎《きくごろう》抱えのたおやかな色子であったころを、伊之助はかすかにおぼえている。父が小屋で働いていたときだ。縮緬《ちりめん》、緞子《どんす》で飾りたてられた蔭間《かげま》の、菊座の奥は、感覚を鈍麻させ客をむかえいれるために、劇毒の胆礬《たんばん》で腐食させせられている。曙染の大振袖、においたつ前髪の松助は、幼い子供だった伊之助にも、饐《す》えた香りを感じさせた。濃密な香りをはなつという麝香猫《じゃこうねこ》に、そのころの松助は、たぐえられていた。

伊三郎の店に引き取られてからも、彼は、陰気で静かな養父から小遣いをせびりとっては、狂言がかわるたびに小屋をのぞいていた。

松助は若女形の役どころをつとめるようになっていたが、当時の伊之助にとって、格別な存在ではなかった。姫や町娘をつとめる松助から麝香猫の名にふさわしい妖しさは、失われていた。

松助が、鮮やかに変形し、伊之助のなかに居坐ったのは、明和五年、森田座の顔見世である。そのとき、伊之助は十四だった。

二番目の世話物の幕が開いたとき、松助が、燈《とう》籠鬢《ろうびん》に裾引きの姿で、橋桁にもやった苫舟の、苫にもたれて立っていた。その姿に、伊之助は、一瞬、身震いした。自堕落で、婀娜《あだ》で、これまで伊之助が舞台で見たことのない女であった。

濃密な艶《なま》めかしさと、鉄火な凛々しさ、相反するものを、同時に、伊之助は感じた。麝香猫と呼ばれた色子のときの妖美が、侠《きゃん》な姿の内側から、雪洞《ぼんぼり》の薄絹を透かす灯のように、暗示的に仄《ほの》見えた。

陶然と見入る伊之助の耳に、

「新音羽屋は、女方にしては、どうも太《ふて》らっこいの」――ふてぶてしすぎる――と、隣の見物が連れにささやく声が聞こえた。

「酒癖は悪いわ、博奕狂《ばくち》いだわ、喧嘩っ早いわ、あれでは、芝居が荒いのもいたしかたない」連れがあいづちをうつ。

「やかましいやい」伊之助は、怒鳴った。「けっ、うぬらの目ん玉ァ銀張か。目腐れが」

「くそ餓鬼。やかましいのは、てめえだわ」

煙管《きせる》がのびて横鬢を小突いた。

やりかえそうとしたとき、樽拾いの男と土手で濡れ場をみせていた松助が、相手を苫舟に誘い込んだ。

「あれ、舟にのりこんだ……」

伊之助のつぶやきを耳に留めた見物は、すかさず、

「渡し舟ではねえぞ。あれが、当節流行りの舟饅頭というものだ。へ、餓鬼め、てめえの知ってるなァ、四つ四文の串団子だろう。浪銭八枚の饅頭を食ったこたァあるめえ」

小馬鹿にして笑った。

「舟饅頭なら、馴染みがいるわ」伊之助はうそぶいた。


その年の夏ごろから、日本橋やら行徳橋やら深川富ヶ岡の蓬莱《ほうらい》橋やらの界隈に、舟饅頭が流行りはじめていたのである。

苫で屋根を葺いた舟が岸に繋がれ、橋の袂に化粧の濃い女が屯《たむろ》し、客をひくのが目につくようになっていた。

夜鷹より綺麗な女が多く、衣裳も夜鷹のようなぼろではない。男を誘い込み苫屋根の陰に隠れる始終を、伊之助は、遊び仲間とともに、岸の茂みに身を隠し、覗き見、絡み合う声を聴いた。揺れる艫《とも》で、妓夫《ぎゅう》が煙草をふかしていた。

おれたちも、買ってみねえか。のぞき仲間の文《ぶん》治《じ》に言った。伊之助より一つ年下の文治は髪床の息子で、いつも伊之助の尾についてまわりたがる。父親の仕事柄か、愛想がよく世辞を言い馴れている。小柄で団子鼻、肉の厚い小鼻が、顔のなかで一番雄弁にうごく。昂奮すると、まず小鼻に力がはいり、鼻孔が大きくなる。

伊之助の誘いに、「銭がねえ」文治は尻込みした。

伊之助は小銭をもっていた。花札や骰子《さいころ》で、大人たちから巻き上げていたのである。父親仕込みで博奕は強かった。旅のあいだに、父親は、彼を

相手に花札をひいた。彼が父親から与えられたのは、博奕の腕と四個の骰子であった。

仕掛けのあるいかさまである。いかさま骰子《さい》には、さまざまな種類があるが、父親が残したのは、二つは二・四・六の丁目、あとの二つは、五・三・一の半目が、十度伏せるうち七、八度は出る、『七つ』と呼ばれる餡入り骰子である。たくみに使いわければ、丁目の丁、半目の丁、そうして丁半の半と、ほぼ自在に目を操れる。手先はいたって不器用な伊之助だが、いかさま骰子は始終もてあそんでいるうちに、馴れた。

文治は小心で、博奕には手は出さないが、初の女買いのために、店の小銭をくすねてきた。

一枚四文の浪銭を一摑みして、伊之助と文治は、女を物色した。文治は、餓鬼はまだ早えわ、と、追い払われた。小柄なので、文治はそのとき、十ぐらいにしか見えなかった。もっとも、十三、十四でも、女買いには早い年だ。

大柄で肉付きのよい女に伊之助は声をかけた。三十はすぎているであろう、大年増だ。目鼻がなけりゃあ山葵《わさび》おろしという平べったい痘痕面《あばたづら》だが、下がった目尻に愛嬌があった。

気負って伊之助は乗り込んだ。十一月の川面は風が冷たい。舟の中には小さい火鉢がおかれ、煎餅蒲団がのべられている。女の傍らに横になると、綿の固い蒲団は湿っていた。

「兄ア《せな》、年のわりにうぶだの」女は、伊之助を二十ぐらいに見間違えていた。

「初めてか」

二十にもなって女を知らないと思われるのも業腹だと、

「十四だ」伊之助は明かした。

「おや、ませくれた子だ」

嗄《しわが》れた声で笑い、女は手をそえた。節の固い荒れた指であった。

終わると、女は苫の脇の四角にあいたところに、ちょっとかがんだ。水音がした。

「おいどを川に突き出して、しゃっしゃっとはじくは、よほど気散じだな」

伊之助は戻ってきた女に精いっぱい大人びた物言いをした。

「わっちらが舟の重宝《ちょうほう》さ」女は笑った。「ゆく川の流れはたえず、清らかなものさ」

伊之助はもういちど、女のからだに顔を埋めた。

一度おぼえた女郎の味が彼を誘い、毎夜のように舟を物色した。

伊三郎からもらう小遣いではとうてい足りず、伊之助は、思いついて、かってに賭場を開くことにした。相手は、舟の妓夫たちである。いかさま骰子をつかって巻き上げた。とった銭は、女を買って払うのだから、貸し借り無しのあいこだと思ったのだが、じきに見破られ、水雑炊をくらわされた。

日本橋の舟には出入りできなくなったので、場所を変え、舟饅頭、夜鷹と、銭さえあれば女に使った。からだの奥から無尽蔵に湧き出す精が、彼を駆り立てた。なりは大きく、精の強さは大人なみだし、早熟にならざるを得ない暮らしではあったけれど、数えの十四はやはりまだ子供で、伊之助は、安女郎を買いながら、女に抱かれている、という感じがした。

松助の扮した女は、伊之助の知る舟饅頭とはあまりに違いすぎた。番付の役名は『蔦屋《つたや》お松《まつ》』とあるだけなので、苫舟に男を誘い込むのを見て、あれ、舟饅頭なのだろうか、それにしては……と、とまどったのだった。

松助の扮した女は、薄汚れた女郎が、理想的に昇華した姿であった。

流行の風俗、舟饅頭を逸早《いちはや》く舞台にとりいれたにもかかわらず、森田座は、たった九日の興行で、木戸をしめた。客の入りが極度に悪かったためである。なよなよとつつましやかな古風な女方になじんだ見物は、現実から掬いあげられ美しく変えられた、新しい型の女を受け入れなかった。正月の狂言も出せず、翌年二月まで、森田座は木戸を閉ざしたままであった。伊之助は女を抱くたびに、松助の燈籠鬢を思った。

ようやく開いた新狂言で、松助は、また新しい役どころを見せ、伊之助をわくわくさせた。

粋で伝法な芸者であった。これまで、誰ひとり、このように、無頼鉄火の生きのよさを舞台に顕した役者はいなかった。

かなり以前から――いつとはっきりわからぬころから、芝居の幕内者になりたいと、願望が芽生えていた。

しかし、役者には向いていない。門閥でないものが役者を志しても稲荷町に放り込まれるのが落ち、と、充分に心得ていた。芝居を陰で操る作者になったら、面白かろうな。漠然とそう、思っていた。

芝居の面白さを、受け止めるだけでは物足りない。与えるものになりたい。いずれ。やがて。大人になったら、と、思っていたのだが、不意に、もう、おれは大人だ、と、閃いた。いまが、足踏み入れる機だ。漠然と心にあった願望が、松助の芸者によって、突然、結晶した。

芝居がはねるのを待ちかね、裏にまわった。人の出入りの激しい楽屋口で、突き飛ばされたり、嵩高《かさだか》い奴だと邪魔にされたりしながら、伊之助は待った。

ようやく、弟子に荷を持たせた松助が出てきた。素顔でも、むんと色気がにおう。

「もし」

伊之助は、声をかけた。

松助はちらと目を投げただけで、弟子が、「何だえ」と応じた。

「おまえさま付きの作者にしてくだっし」

松助に、伊之助はぎろりとした目をすえて言った。

「作者になりたいのなら、誰か立作者に弟子入りしな」

弟子は軽くあしらい、

「道をあけろ。場所ふさぎだ」

おしのけた。伊之助は、松助の前に立ちふさがっていたのだった。

立作者に弟子入りするのが順当な道だとは、伊之助も承知だ。しかし、順を踏んでいては、長い時間がかかる。役者の引きのあるものは作者として出世が早い。

松助は伊之助の名も顔も知らぬのに、伊之助の方では、とうから親しいような錯覚を持っていた。

弟子が相手をしているあいだに、松助は伊之助に目もくれず去った。

それだけなら、一時の熱に終わったかもしれない。

翌年の顔見世に、松助は三浦荒次郎《みうらあらじろう》をつとめ、それ以来、立役にかわった。師匠の菊五郎も女方から立役になって成功している。松助も立役はよく似合った。

伊之助がふたたび松助に陶酔させられたのは、そのさらに翌年、明和八年の八月、市村座においてであった。

松助は、勇み肌、侠《きお》いの鳶《とび》をつとめたのである。

藍染の浴衣の片肌ぬぎ、藍と朱の刺青をにおいたたせた鳶は、伊之助が惹かれる市井の無頼の、理想の姿であった。大勢を相手に威勢のよい啖呵《たんか》をきって喧嘩をふっかけたあげく、舞台隅の本水をはった水舟にとびこんだ。幕が引かれてから幕外にあらわれ、水のしたたる濡れ髪をなで上げたとき、見物の賛嘆がじわじわと盛り上がった。

「ようよう、松助大明神」声があがる。

伊之助は立ち上がった。へ、ざまみろ。てめえら、いまごろわかったかと、見物を睥睨《へいげい》せずにはいられなかったのだ。

水からあがったとき、女姿に変わっていたら……。その姿が、天啓のように閃き浮かんだ。そうして、水の雫のあともとどめなかったら、見物は度胆をぬかれることだろうな。水舟に工夫をし、奈落を抜けて揚幕にまわるあいだに女に早変わりをしたら、どうだ。誰も考えたことのない思案だ。

松助は、裾をしぼり、悠然と揚幕に入った。伊之助に目もくれないのは当然だ。

水をくぐって早変わり。その思案を誰かが先に舞台にかけたらおれは二番煎じになる。早く立作者にならなくては、と、伊之助は焦った。

江戸で名が高い立作者は、壕越《ほりこし》二三次《にそうじ》、金井三《さん》笑《しょう》、さらに桜田治助《さくらだじすけ》、中村重助《なかむらじゅうすけ》などがつづいている。壕越は、すでに下り坂だ。

——師とするのは、金井三笑だ。伊之助は思い決めた。

松助は、尾上菊五郎の太夫子ではあったけれど、門閥とは無関係で身元もさだかではない色子あがりである。その松助が名題になることができたのは、立作者金井三笑の深い寵愛を受けたからだということは、知れわたっていた。

三笑は、立作者であるとともに、二丁町で子供屋『金井筒』を経営している。子供屋、つまり、色子の置き屋である。顔かたちのすぐれた子供を幼いうちに買いもとめ、芸ごと、色ごとを仕込み、筋のいいのは色売るかたわら舞台に立たせ、その余は色ばかりで稼がせる。色子から役者になった松助は、いまは中村座の裏の楽屋新道に子供屋を持っている。

伊之助が三笑を師に選んだ理由は、それだけではない。

金井三笑は、もとは中村座の手代だった。二十二歳の若さで帳元になり、その翌年、四代目団十郎の襲名にさいして作者をかね、二十九歳で立作者となった。彼が父に連れられ小屋の裏でうろうろしているとき、三笑は、華々しい立作者への急坂を駆け登ってゆくところであったのだった。以来、この年まで、三笑の活躍を、彼は目にして育った。

複雑な趣向をこらした三笑の世話物の面白さは、彼には、随一と思える。舞台背景にも、三笑はこれまでにない工夫を打ち出した。簾張りなどの粗末なものであったのを、背景を如実に描きこんだ書き割りで舞台に現実感をあたえ、さらに、その書き割りを打ち返して居所変わりにする仕掛けを案出した。

一瞬の間に、目の前で、舞台が別世界に変形する、その躍動感を、伊之助は全身で受け止めた。

セリや回り舞台を考案した上方の清水正三《しみずしょうぞう》にひけをとらぬ作者は、江戸では三笑のみだ。

しかし、金井三笑は、悪評に飾られてもいた。

狷介《けんかい》、傲慢。権勢欲が強烈である。金に汚い。策を弄して人を陥れる。依怙贔屓《えこ》が強い。彼の目にかなった役者は出世するが、不興を買えば引きずり下ろされる。膝を屈するものは取り立てるけれど、敵となったものは徹底的に叩きつぶす。役者も、彼の機嫌を損じては狂言がたたないからその威勢に服している。三笑によい役を書いてもらえば人気があがる。三笑がこれほどの権勢を得たのは、ひとつには、最初、四代目団十郎《だんじゅうろう》に取り入り、才覚を気に入られ、市川《いちかわ》宗家を後楯にしたからである。その後、五代目が執心の女をとりもって後妻にいれ、仲人をつとめたりして歓心を得るべくつとめた。しかし、そればかりではない。彼の書く狂言なら、ひとつとして当たらないものはなく、文句なく見物が集まる。座元にも役者にも押しが効くのは、それが大きい。のしあがり、最高位を持続するために策を弄しもするが、実力も充分にある。

けっこうなことだ。彼は思った。

役者は、門閥でなければ、どれほど才があろうと、一生下積みだ。狂言作者は、名跡も血もかかわりない。おのれの力を世に問える。しかも、三笑は、役者を陰で操ってのけている。

芝居国では役者が権限を持ち、役人替名（配役）をはじめ、すべてに座頭が口をだすのだが、金井三笑は作者を役者の上においた。それだけの力を持ったのだ。

桜田治助が後を追い上げているが、まだ三笑には及ばない。

葺屋町の『金井筒』の見世とは別に、三笑は和泉町に住まいを持っている。

伊之助は、いきなりおしかけて、弟子入りを頼んだが、三笑に直接は会えず、弟子に年を聞かれ、そんな餓鬼では墨すりの役にもたたない、と追い返された。何度か通い、二十になったら入門を許す、と口約束をとりつけた。

そのとき弟子入りできなかったのは、むしろよかったのかもしれないと、後になって伊之助は思った。

役者の身分が名題と名題下に厳然とわかれ、名題下は人あつかいされぬように、作者部屋に入って狂言方となっても、〃作者〃と呼ばれるのは、立作者のみなのである。

二枚目、三枚目となって、ようやく番付の作者連名に名をつらねることができるのだけれど、これとて、立作者が筋のあらましを決め、その腹案にしたがって、あまり重要でない場を台帳の形に書き改めるだけだ。四枚目以下は、書抜《かきぬき》つくりや清書、衣裳や小道具を役者の家にとどけに行ったり、柝《き》を打ったり、舞台にたった役者のうしろで科白《せりふ》をつけてやったり、正本の創作とはまるで縁のない仕事ばかりさせられる。その下の見習いとなれば、雑用にこき使われるだけで、給金もでない。

それゆえ、狂言方には、お店の若旦那や旗本の次、三男坊などが道楽ではいってくるのが多い。銭にあくせくしないでも暮らしに困らず、雑用でもかまわぬ、唐桟の着付けに緋縮緬の下着をちらりとのぞかせ、献上博多の帯を粋に結んで伊達を競い、役者に親しく名を呼ばれたり、あれ、狂言方だよと町娘に騒がれたりするのが嬉しくてたまらぬという手合いである。彼は、そんな仕事をのんびり楽しむ気にはなれぬ。十五で入門していたら、こき使われる期間がよほど長びくところだった。

見習いから狂言方に昇ると、先行き見込みのありそうなものは、序開きの一幕を受け持たされる。一日の狂言は、三番叟《さんばそう》にはじまり、脇狂言、序開き、二建目とすすみ、三建目から、本筋に入る。序開きは本筋とはまったくかかわりない短い幕で、見物もろくにいない早朝、役者も稲荷町の下っ端がつとめる。しかし、序開きを書くのは、実作の修業の手始めで、これで才を認められれば、さらに、上位への道がひらける。

作者にという願望は、弟子入りがすぐにかなわなかっただけに、ますます熾烈《しれつ》になった。江戸の芝居町と荒い流れ暮らし、二つの世界を知っている。そうしてそのどちらをも、凝視してきた。芝居を書く上での武器になるはずだと、彼は思った。

二十になったら、もう一度三笑の門をたたく。そのころ三笑の方では口約束はおぼえていないかもしれないが、思い出させてやるわ。

松助の、舞台の無頼にまさるに日常の無頼の噂は、人気があがるにつれ、いっそうひろがった。宿酔《ふつかよい》や喧嘩のあげく、舞台を欠勤する。贔屓といざこざを起こす。賭博の借金がかさんでいる。気がのらないと、まるで投げた舞台をみせる。以前から、そうではあった。その無頼の気性が、舞台の松助をかがやかすのだと、伊之助は思うのだが、人気に驕《おご》って、放埒《ほうらつ》に拍車がかかり、師匠の音羽屋の不興を買うこともしばしばだという。

短いあいだに頂点まで駆け登った松助の、凋落が、伊之助の目の前で、はじまっていた。

役の振り当てに、露骨にそれはあらわれた。魅力をひきだせる役はまわってこず、色気のない役だの端役だのをふられることが、多くなってきていた。

松助が、投げやりな舞台をつとめていても、瞬間、きらめきたつことがあるのに、伊之助は気づき、役者とは妙なものだと思う。車輪でつとめればよいというわけでもないのだった。贔屓目もあって、松助が不遇になりだしたのは他のものの嫉妬や反感を買ったせいもあるのだと、伊之助は思わずにはいられなかった。待っていてくだっし。おれが、江戸を沸かすような狂言を、おまえさまのために書く。

伊之助が十九になった安永二年閏三月、三笑に己を印象づけるきっかけを、彼はつかみかけた。

三

染めをかさねるごとに、水色、空色、浅葱、縹《はなだ》、千草、花色、紺、褐色《かちいろ》、と、藍は濃さをまし、色調は微妙に変わる。

藍甕から引き上げられた布は、黄褐色に染まっている。ひろげて風にさらすと、見るまに黄緑、そうして青へと、色を変じる。鮮やかな色の変化に、幼いころは感嘆したのだったが、いまは見慣れた。

「じきに通るよッ」

店の前を走ってゆく野次馬の怒鳴り声が、中庭で伸子張りの布を干している伊之助にも聞こえた。

手を止め土間を通り抜けて外に出る背に、養父の伊三郎の目を感じた。型板の前に立ち、型付をしながら、伊三郎は、彼をとがめようとはしない。そのくせ、目はいつも彼を追う。

外に出ると、彼にはよくなついている野良犬が寄ってきた。

来い。招くと、犬はついてきた。

二丁町の通りの両側は、人垣で埋まっていた。

「さすが、浜村屋だの」高声が耳にはいる。

中村座も、通りをへだてて向かい側の人形操りの薩摩座、結城座も、一時興行を中断したとみえ、木戸から見物があふれ出て来る。

役者までが、扮装のまま外に出て、群衆にまじった。

市村座は、この日は朝から木戸を閉ざしていた。

団十郎、菊五郎とともに、江戸で三枚の大看板と讃えられた浜村屋二代目瀬川菊之丞の柩が、葺屋町河岸の自宅から、本所押上の菩提寺に向かうところであった。

葬列の先頭が見えはじめた。

いつもは鳴物がにぎやかな二丁町に、葬列の先《さき》供《とも》にたった所化衆《しょけしゅう》の読経が流れる。

先供だけでもおよそ五十人はいる。

柩がみえてくると、彼の周囲でどよめきが起きた。

柩にしたがう芝居者の中に、三笑と松助の姿を伊之助はみとめた。

美丈夫の松助とならぶと、四十を越した小柄な三笑は、老いた猿のように醜い。幕内は、色まみれだ。老い猿と美丈夫がいまだに色をかわしあっているのであれば、醜のかぎり狂のきわみだが、それゆえにこそ、並みを超えた力が顕現するのかもしれぬ。

菊之丞の柩が近づく。

回り舞台を使って鷺娘を踊ったとき、菊之丞は二十二歳ですでに人気の絶頂にあり、それから十一年、奢りをきわめ、あでやかに散った。奈落で死んだ穴番のことなど、知りはすまい。浜村屋の運が強くて助かったということになっている。

土に埋められ、いずれは白骨か。浜村屋の骨なら、いつまでも桜色かもしれねえの。

あっちの世で、見も知らぬ男に恩人顔をされたら、浜村屋は、めんくらうだろうの。目の前にきた柩を眺めながら、伊之助は少し笑った。

かがんで、野良犬をけしかけた。犬は人垣の前に出た。

どよめきが起き、悲鳴が続いた。

柩は、大きくゆらぎ、はねあがった。柩担ぎのひとりに、野良犬が襲いかかったのである。その男が日ごろ野良犬をいじめているのを、伊之助はしばしば目にしている。とっさに、一案が浮かんだのだった。

取り落としそうになる柩の棒を、

「待ちねえ、待ちねえ」

伊之助はとびだし、ぐいと肩にささえ、

「ささ、静かに参りましょうよ。浜村屋の太夫を驚かしちゃあならねえ。さ、参りましょう、参りましょう」

とっさの機転を、三笑が認めるだろう。そう、算段したのだったが、せりふの半ばで、足がすべり、ぶざまに尻餅をついた。

三笑も松助も、伊之助には目もくれず歩みをすすめていた。

追いかけてきた柩担ぎが、

「ほい」

棒先を肩代わりした。

薬食店、と表向き称し、獣肉を供する店は、麹町三丁目に一軒あるだけだったのが、ついこのほど、二丁町に近い高砂町にも一軒店開きし、たいそう繁盛している。

病いの薬としてでなくては許されないことになっている肉食だが、うまいものは、お上がどれほど抑えようと、食わずにはいられない。

花の太夫の葬式があったからといって、精進潔斎するほど殊勝ではなく、彼は、この夜も、『山くじら』と障子に書いた店の縄すだれをくぐった。銭さえつづけば毎夜でも食いたいくらい彼はももんじの鍋が好きだ。あいにく、大は二百文、中で百文と高直《こうじき》である。小腹をみたすのに、蕎麦《そば》や饂飩《うどん》なら、十文ですむが、精がつかない。

猪やら鹿やら狐、兎、獺《かわうそ》、熊、さまざまな獣の肉が店先に積み上げられ、味噌のこげる匂いと獣肉の煮えるにおいが、長床几に腰をおろした彼の胃の腑を刺激する。

「牡丹《ぼたん》の大をひとつと、二合半《こなから》だ。腹ァ焼けるような熱いのをたのむぜ」

「あい、牡丹の大年増」

芝居町に近いから、道具方や表方、座方のものがよく出入りするし、稲荷町、狂言方の顔もみかけるが、名題役者はめったにあらわれない。役者がももんじ鍋をつつくのは、色気がなさすぎるからだろう。今夜はさすがに芝居ものの顔はみえず、職人ふうが多い。

炭火の熾《お》きた七輪が、じきにはこばれてくる。葱と猪肉をいれた鍋は、味噌が泡立っている。銚子から熱いのを、大ぶりの猪口《ちょこ》に手酌でつぐ。

閏三月というのに、今年はかくべつ寒さがつづき、夜の冷え込みがきびしい。そのせいか、疫病がはやりだした。

縄すだれが揺れ、入ってきた若い男が、

「伊之さんじゃないか」

声をかけ隣に坐った。

文治であった。十八になった文治は、いっそう愛想がよくなり、上目づかいに人の顔色をうかがいながら、媚《こ》びる。しかし、腰を低めながら、折あらば相手の上に立とうとうかがっているというふうなのが感じられ、伊之助はいやけがさしている。猫背で首を突きだしているから、いっそう、臆病な亀に似る。

自分の意見を持たない奴だ、そう、彼は文治を見ていた。文治が口にする言葉は、誰かの受け売りか、世間が誰でも言うようなことばかりだ。そのくせ、伊之助の一言々々にひどく感心し、次に会ったときは、そっくり彼の考えをなぞっている。しばしば言動に出る。伊之助としては、うっとうしい相手だ。

「小」と注文する文治に、

「下戸じゃなかったか、おまえは」

伊之助が言うと、

「伊之さんの顔がみえたからさ」

文治は応じ、

「今日は一世一代だったの」

伊之助の顔をのぞいて、

「ささ、参りましょう、は、よかったの」

少し反《そ》った歯をみせて笑った。

「野良犬ってなァ用心深い。人の大勢いるところで、むやみに人を襲うものじゃあないが」

ひとりごとのようにつけくわえ、彼の反応をうかがう。

伊之助が犬をけしかけたのを、見通していた。

伊之助は、小細工をしすぎた、おれは人前でいいところをみせる役者にはむかねえ、と、いささか自己嫌悪を感じていたところなので、仏頂面で無視した。

「伊之助さんは、策士だな」

文治は媚びるように言った。世辞とも皮肉ともとれる口調だ。

呑めるようになったのかと思ったら、やはり下戸なのだろう、たちまち、化け損なった今土焼《いまどやき》の狸という面だ。

くすくす笑いながら、

「伊之さん、狂言作者になりたいと言っていたっけが、あれで、小屋方に取り入ろうって目論見《もくろみ》か。みごとしくじったな」

嘲笑いたくて、下戸のくせにわざわざもも んじ屋に入ってきたのかと悟った。

「うるせえな、目々雑魚《めめじゃこ》」

「あたしが雑魚なら、おまえは自惚鱈《うぬぼれだら》」

文治は、素面《しらふ》なら口にしないであろうことをずけずけ言った。酔うと口にしまりがなくなるらしい。

ふだんなら、間髪をいれず毒舌をかえすのだが、このとき、伊之助は、言葉につまった。いつも卑屈に下手に出ている奴の思いがけぬ反撃が、自己嫌悪の最中に伊之助に追い打ちをかけた。

むっと黙り込んだ伊之助に、文治は、嬉しそうに止めを刺した。

「犬をけしかけたはいいが、とんだ馬の脚があらわれたものだ」


藍甕のへりにかがみ、伊三郎は盃の酒を藍に垂らした。藍がうまく泡の華を咲かせないとき、酒を少しやると、藍の機嫌がなおる。

「よく、見ておきな」

後ろに立った彼に、言う。

「案配の骨法を、見ておぼえなよ」

「親方」

彼は言った。だいぶ前から、他の職人たちと同様に、彼は、義父を親方と呼んでいる。とっつぁん、と呼んだことは一度もなかった。幼いころは兄ちゃんと呼んだ。父と思うには、伊三郎は若すぎ、貫目がなさすぎたためだろう。

「おれァ、金井の師匠に弟子入りする」

伊三郎の前で、はじめて、口にした。伊三郎の思いを裏切ると承知だし、言い争いになるのは煩わしいから、決心が動かしようなくさだまるまで、黙っていた。

「そうか」

意外に平静な声で、伊三郎は応じた。

「食っていけるのか」

まず、そう言ったのは、家業を継がぬのなら、即座に家を出ろ、という意味だろう。これまで、彼は義父の稼ぎにたかかっていた。

「もう、誰か作者部屋のものに話はつけたのか」

「金井の師匠のところに行って頼んだら、師匠には会えなかったが、お弟子が話を取り次いでくれた。九月狂言の初日があいたら、小屋に来てみろと師匠が言っているそうだ」

伊之助が拍子抜けしたことには、三笑は、伊之助が十五で入門を願いはねられたことをいっこうおぼえていなかったし、菊之丞の葬式のときのできごとも、まるで気にとめていなかった。初顔扱いされたのであった。

「そうか」

愁嘆場になるかと思っていたが、伊三郎は、あっさりそう言った。芝居小屋に入りびたりで、家業に不熱心なところから、察しはついていたのかもしれない。彼が無言で決心を育てていたように、伊三郎も無言で、いつの日か養子に裏切られる覚悟を育てていたのだろうか。そう、彼は思った。

そのときから、伊三郎は、よくよく必要なことのほかは、彼に口をきかなくなった。彼が背くのを、しかたのないことと認めはしても、自分の感情は制御できないのだろう。二つの気持ちが、伊三郎のなかに同時にあるのだろうと、彼は思った。

それでなくとも明るくはない店がいっそう陰々とした。芝居町の華やぎが、伊三郎の翳をきわだたせた。芝居町にも、翳はある。奈落とそこで働く男たち。日の当たることのない稲荷町。だが、その暗さは、漆の艶をもった黒だ。そう、彼には感じられた。
二、三日後、伊三郎の見世のある新乗物町とは人形町通りをへだてて東隣の長谷川町、三光稲荷裏の長屋に、彼はひとり移り住んだ。所帯道具らしいものは何もないのだから身軽な引越だ。

赤茶けた畳に身を投げ出し、大きくのびをした。

四

「これ、何の用だ」

市村座の裏木戸を入ると、口番《くちばん》の若い者に咎められた。

古手の者なら子供のころからの伊之助を見知っている。近ごろ口番の役についたのだろう。裏木戸から無銭で入って見物しようというあつかましいのもいるので、口番は、人の出入りにやかましい。

「金井の師匠の見習いで」

「見ねえ顔だの」

「今日が初の出勤さ。通りますよ」

九月九日を初日に、市村座は『仮名手本忠臣蔵』を出した。

一年の狂言は、十一月の顔見世からはじまり、座ごとに毎年新たに座組みが変わる。九月は、上方にのぼる役者のお名残狂言が多い。この度は、菊五郎が、この興行を最後に上方に行くので、文字通り名残を惜しむ江戸っ子のあいだで前評判が高い。江戸に残る松助はこの興行では鷺坂伴内、与市兵衛《よいちべえ》女房おかやと二役をつとめる。松助にふさわしい役とはいえない。このところ、松助にふりあてられる役は、老けだの半道《はんどう》だの、彼の魅力を殺したものばかりだ。

初日の楽屋は、ごったがえしていた。

舞台は、本筋にはほとんど関係ない中通りの役者がつとめる二立目がそろそろ幕になる頃合で、名題役者の顔はまだ揃っていないようだ。大道具方、小道具方、鬘師《かつらし》、衣裳方が忙しく行き交い、荷を背負った弟子をしたがえ、名題役者が鷹揚に楽屋入りし、段梯子をのぼる。

楽屋のかってはよく知っているが、これから幕内の一人だと思うと、妙に親しみが増す。

江戸の名物、火事は、芝居小屋をも容赦なく襲い、彼が知っているだけでも何度か丸焼けになっている。建て直すたびに、小屋は大きく膨れ上がってきた。

裏木戸の土間をあがったところはだだっ広い板敷で、奥の板壁を仕切りにその向こうは舞台。仕切り一つが、夢と現《うつつ》をへだてる。板壁の両側の通路が袖に通じる。

裏木戸の側には、風呂場、稲荷町、囃子方の溜である囃子町、と部屋が並ぶ。一段高い畳を敷きこんだ場所が頭取座で、ここは、頭取のほかは、作者でも立作者、役者では座頭、そうして帳元と、座主である太夫元・若太夫のほかは、のぼることができない。このころは、作者部屋はまだなかった。二枚目以下の作者・狂言方は、頭取座の隣の衣裳方部屋、向かいの段梯子の下の小道具方部屋などに雑居する。

段梯子を上れば二階と三階は、役者たちが現の身を夢に変形《へんぎょう》させる部屋。

江戸では三階建ての造作は許されないのだが、芝居小屋にかぎり、黙認されている。

番台にひかえた湯屋の番頭というところだな。頭取座から少し身をのりだして、誰やらと話している頭取を見上げ、彼は思った。頭取台には、黒い巾着紐《ひも》をつけた拍子木が一挺のり、『金井三笑』の関札が板壁に貼られてある。その年の抱え役者は銘々の名を記した関札を太夫元から渡され居所に貼るのだが、作者部屋がないこのころは、立作者の関札は頭取部屋に貼っていた。

金井三笑の姿はまだ見えず、弟子らしいのが二人ほど、衣裳部屋で紙縒《こよ》りをつくっていた。衣裳方と狂言方は、物腰ですぐ見分けがつく。二十

七、八か、彼よりだいぶ年は上にみえた。背後の板壁にかけた状差しに入れてある書状は、七段目で由良之助《ゆらのすけ》が読む手紙だろう。
「今日から、狂言方の見習いで」

兄弟子に挨拶すると、二人は不審そうな目を投げた。

「金井の師匠にこちらに来いと」

「そうかい」

素っ気なくあしらい、あとは見向きもしない。頭取にも挨拶しようと、頭取座の下で、話のとぎれるのを待った。

「それじゃあ、まあ、やむを得ない。わかりました」

頭取は相手に言い、相手の男は、幾度も頭をさげて裏木戸を出ていった。

金井の師匠の新弟子でございます、と、彼が言いかけるのが耳に入らぬふうに、

「弱るの」

口小言を言いながら頭取座を下り、梯子を足早に上っていった。

彼は衣裳部屋に戻り、

「伊之助と申します」

あらためて兄弟子に名乗った。

ひとりが、紙切れを放り渡した。紙縒りを作れというのだろう。彼は手先は器用ではない。舞台の趣向を考案するのと紙縒り作りはかかわりない、何の修業にもなりゃあしないと思いながら、太い指先で紙の端をまるめ、じきに団子にしてしまった。

「馬鹿野郎」怒声がとび、殴られた。

思わず、彼は吹き出した。我れながら不細工な紙団子だ。

相手は、ぎょっとしたふうに、身をひいた。大柄で年格好も老成してみえる彼にいささか恐れをおぼえたのかもしれない。

慌ただしく人が出入りする。狂言方も、一人、

二人、と顔が増えはじめ、書抜に目を通したり、柝を持ち出したり、黒衣《くろこ》を身につけはじめるものもいる。彼は挨拶する折がない。

梯子を下りてきた頭取が、

「新音羽屋が急な発熱での、出勤できかねる。伴内は半五郎《はんごろう》さん、おかやは団三郎《だんざぶろう》さんがつとめると、触れてこい」と、狂言方に命じた。

「新米」

紙縫りつくりが、顎をしゃくって命じた。

代役の触れ回りも狂言方の役目のひとつとは彼も知っているが、不意に言われてまごついた。

幼いころ小屋の内外をうろついてはいたけれど、梯子を踏み上ったことは一度もなかった。固く禁じられていたのである。

梯子をのぼりきったところは炉をきった大部屋で、中通りや相中の女方が屯している。名題の役者から知らせるのが順だろうと判断し、奥まった部屋の暖簾口に膝をついた。

若女形の吉次《きつじ》と花車方《かしゃがた》の藤蔵《とうぞう》が鏡を並べ、まだ顔もつくっていない。

「ごめんなさいまし。松助さんが急なさしで、伴内は半五郎さん、おかやは団三郎さんが代わってつとめます」

煙管をふかしながら、藤蔵がちらとふりむいた。

「今日から狂言方の見習いに」

名乗ろうとしたとき、藤蔵はもう吉次に話しかけていた。

「浜瀬屋さん、おまえ、三段目には出たっけか」

ひどく間延びした口調で訊く。

吉次は八段目と九段目の小浪《こなみ》、藤蔵は九段目のお石《いし》、他の幕に出ないことは、彼でさえ番付で承知している。

吉次はいまさら何をあらためて聞くのかとけげんそうに、

「わたしは出ませんよ」

「わたしも出ないはずだがねえ。六段目は出るのかえ」

「いいえ」

「わたしも出ない、浜瀬屋も出ない」

藤蔵は芝居がかって、煙管で灰吹のふちを軽く叩き、

「これ、見習いさん、あたしたちは、どちらも、三段目にも六段目にも出ないようだ。なんだってくそ丁寧に、出もしない者のところまで触れにくるのだえ」

「申しわけございません。そうしますと、三段目と六段目に出なさるお方のところだけ触れまわればよいのでございましょうか」

「はて、わたしは役者。狂言方のつとめは知らぬわなあ」

「どうも、あいすみません」

いそいで立とうとすると、

「まあ、お待ちな。狂言方がつとめのやりようを役者に教わりに来るなど、芝居国開闢《かいびゃく》以来、初の出来事だ。いつから役者が狂言方まで兼ねることになったのだろう。これは金井の師匠にたずねてみねば。のう、浜瀬屋」

しんねりと、藤蔵はからむ。

彼があちらこちら触れ回らねばならず気が急《せ》いているのを承知でいびっているのだとわかるので、腹が立つけれど、逆らうわけにはゆかぬ。

「まことに、ゆきとどかぬことをいたしました。ちっと、いそぎますので、これでご勘弁を」

「お待ちよ」

藤蔵は、はっきり向き直った。

「おまえ、聞き捨てならぬことをお言いだの。勘弁しろとは、え。まるでわたしが無理難題をふっかけているように聞こえるではないか。無理難題を持ちかけたのは、おまえなのだよ。役者のわたしに、狂言方のやりようを教えろというのだから。わたしにしても答えようがない。わたしはあいにく、生まれ落ちてこのかた、役者でねえ、狂

言方のおつとめは知らないのだよ」

男芸者のようにわが身をいやしめ、へらへらと恐れ入ってみせれば、相手の気もすんで放免してくれるのだろうが、彼はそこまで練れてはおらず、ただ、むしょうにねじくれる相手とそれを聞き流している自分の姿を外から眺めているようなゆとりはあった。

――ここでしくじったら、金井の師匠から、正式に入門を許される前に破門になるだろうか。弟子から言づてを聞いただけで、まだ、師匠と顔もあわせていない。入門に先立ち破門では、棺桶に入ってから生まれるようなもの。婚礼の前に三行半《みくだりはん》。羽織の上に肌襦袢。走り大黒の護符も逆さに貼って足に釘打てば欠け落ちの足止め。くすっと笑ったが、さいわい、げじ眉のいかついい顔つきのおかげで、しのび笑いは即座におもてにはあらわれなかった。

「吾妻屋さん、もう、いいではないか」

吉次が、うんざりした声で止めた。

浜瀬屋瀬川吉次は、年は十七、吾妻屋吾妻《あづま》藤蔵よりはるかに若く位付けも下だが、この春死んだ浜村屋、二代目菊之丞の養子で、近々三代目を継ぐ身と自負しているせいだろう、鼻っ柱が強い。

「浜村屋の三代目がこの場をあずかるとあっては、わたしごとき、何も言えぬわの」

藤蔵は、まだ襲名したわけではない吉次へのいやみを声に含ませた。

鏡を並べながら、二人は、不仲らしい。

ごめんくださりませ、と早々に座を立とうとしたとき、

「新音羽屋も、何がさしだねえ」

藤蔵が松助の名を出したので、足がとまった。

「昨夜、食らい酔って乱騒ぎのあげく、足踏み滑らせて川にはまったというではないか。おおかた、土左衛門の襲名披露をするところ。今日になっても足腰が立たないのでありましょう」

「松助さんは、泳ぎがきつい達者。川に落ちたくらいでは、どうということもないだろうが」吉次は言った。

「宿酔や喧嘩のあげく、欠勤するのは、あのお人は、始終のことだ。この度は、師匠においてけぼりをくわされ、自棄《やけ》になっていますのさ。ああも身状が悪くては、音羽屋に愛想をつかされるのも無理はない」

藤蔵は、言い捨てた。

音羽屋尾上菊五郎の、松助は子飼いであるのに、菊五郎が上方にのぼるのに、同行を許されなかった。松助の素行の悪さに手を焼いたためだと噂がたっている。松助がいっそうすさんでいることは、伊之助も知っていた。

おれが、立作者になるまで、もちこたえていてくだっし。

だが、彼はまだ、松助とじかに顔をあわせる機会もない。雲の上のお人だ。

とりあえずは、狂言方の初仕事だ。

代役が立つ幕に出る役者にだけ触れを回せばよいのか、藤蔵にはいやがらせをされたけれどすべての役者に触れ回るべきなのか、伊之助には見当がつかない。藤蔵がねっちりと時間をかけて彼の足をとめたので、大序の開幕が近づいている。下に戻って兄弟子たちにたずねるひまはない。なるべく気のよさそうな役者に聞いてみようと、大部屋に行きかけたとき、階下で、チョンと柝の音が聞こえた。十数えるほど間をおいて、また一つ。幕開けが近い、化粧を終え鬘・衣裳の仕度にかかれという合図の『二丁』と呼ばれる柝である。衣裳部屋に一つ、囃子部屋に一つ、稲荷町に一つ……。

大道具部屋に一つ、舞台に一つ、と、柝はゆっくりと知らせまわる。

並び大名の衣裳付けを終えた役者たちが、段梯子を下りてゆく。気安く声をかけられる雰囲気ではない。

それでも、触れはつたえておかねばと彼は段梯子の下り口に立って、

「ええ、申し上げます」

声をはりあげた。

「新音羽屋さんがさしで、伴内は半五郎さん、おかやは団三郎さんが代わりましてつとめます。口上、さよう」

「ふざけるな、馬鹿！」

素襖《すおう》烏帽子《えぼし》の並び大名の役者に罵られた。

「おまえ、狂言方か。触れは、とうに回っているわ。今ごろ、何をねぼけていやがる」

「へ、ご親切さま」

ぶっきらぼうにそう応じたのが皮肉にきこえたらしく、——事実、皮肉に言ったのだが——役者はむっとした。

新米の彼に、触れ回りを命じたのは、兄弟子の根性の悪さで、どうせ、まともにはできない、触れが遅れては狂言方の落度になると、彼がうろうろしている間に、他のものが手分けしてきっちり役目は果たしていたのだ。

「いびりようも、何かとあるものだ」してやられたと、笑いだすと、

「何がおかしい」

相手は横ぞっぽうを張ろうとした。伊之助が身をよけたので、段を踏み外した。

「こりゃあ、横っ倒しが横っ倒しだ」

伊之助はひとりごとが出た。無法な奴のことも〝横っ倒し〟と言う。

「野郎」

かろうじて二、三段で踏み止まった相手は、上って来て殴りかかろうとしたが、いそげ、と他のものにとめられた。

幾つ目かの柝が鳴った。階下に戻ると、頭取座に三笑がいた。頭取と話を交わしている。狂言方がほとんど出払っており、ひとりだけ、頭取座の

下に控えている。

話のとぎれたところで、

「師匠、お初にお目通りいたします」

彼は板の間に膝をついた。

「お弟子さんからお取次ねがいました伊之助でございます」

「弟子？　誰だ」

「お名はききそびれました。お弟子のはしにと、お願いいたしましたところ、秋狂言が始まったら、楽屋のほうに訊ねてこいと……」

三笑は、薄い唇をひきつぼめた。

「何も聞いておらぬが」

こいつも小意地が悪いのか。それとも、話がどこかでゆきちがったか。

「弟子入りしたいのなら、後日、家に来なさい。今日は初日で忙しい。慣れぬものにうろうろされては目障りだ」

「はて、あのお弟子ァ、耳がなかったか」

直しの柝が二丁ひびき、鳴物がはじまったので、聞き咎められないですんだ。

頭取と三笑は何か内輪の話に没頭し、彼は捨て置かれた。

「師匠があぁ言ってだから」

頭取座の下に控えた狂言方が、今日のところは帰りな、と小声でうながした。

「それじゃ、師匠、あらためてお宅にうかがいますので、よろしくお頼み申し上げます」

声をかけたが、三笑は目もくれなかった。

弟子がいい加減なことをいったのか、三笑が聞き流し、いい加減な返事をしたまま、失念したのか。

腹の虫をおさえ、せっかく裏から入れたのだから只見をしようと袖にまわった。

桝《ます》も追い込みも、見物が、溢れかえっている。桟敷もすべて、茶屋の緋毛氈《ひもうせん》がかかっていた。

彼は楽屋に戻り、咎めるもののいないのを幸いに、段梯子をのぼり、二階の楽屋から『通天』に出た。舞台下手の羅漢台の上に造られた桟敷である。日覆いから吊り下げられた桜の枝が目の前なので、『吉野』とも呼ばれる。舞台を裏側から見下ろす何とも見にくい場所だが、木戸銭は格段に安い。数年前から、もうけられるようになった。幕がひかれると、通天・羅漢台の客は役者ともども幕の内側に入ってしまうので、半ば役者のような、奇妙な気分を味わえる。ここも、ぎっしりと見物がつまり、うしろに立ってみたが舞台はろくに見えない。床浄瑠璃とせりふを彼はしばらく聞いていた。

　赤子の耳障りな泣き声がせりふにかぶさった。通天の女客の抱き子だ。

　二階の留場が、たちまち踏み込んできた。

「こう、おかみさん、その子ァちっとあずからァ」

　抱き取ると、赤子は泣き止んだ。

「ひねった餓鬼だの」

　彼はつい口にした。

「何？」

「いや、おまえの面をみて虫をおこすどころか泣き止むとはの」

「おきゃアがれ。こう、ご見物がた、ついでのことに、札を洗っていきやしょう」

「なんだ、なんだ、大序が始まったばかりではないか。幕間にしねえな」

「ふてえ油虫は、とかく幕間に逃げやがるわ」

　強引に留場は木戸札をあらためはじめた。

「痛え、蹴ったな」

「芋を揉むようだに、洗われては弱る」

　見物が文句をいうのをかまわず、人をかきわける。

　泣き止んだ赤子は、母親に抱かれると、また、けたたましく泣きわめきはじめた。

「こう、げじ眉の若いの、札を見せてもらうよ」

「顔世《かおよ》の兜《かぶと》あらための最中に、札をあらためるという野暮がいるものか」

「ごたくさぬかさずと、札ァみせな」

「女郎の大引けじゃあるめえし、札、札、札と。ちっと融通《つうくつ》しねえな。おれァ幕内なの。金井筒屋の弟子だわ」

「馬鹿、こんなところで油を売っている狂言方があっていいものか。ひょうたくれ」

「今日が初出勤での、後学のために」

「人をつけ。油虫め。失せろ」

「いまの悪口、本性でお言いやったか」

忠臣蔵のせりふで、伊之助がうけると、

「おお、本性、本性で言ったならばどうする」相手もせりふで応じた。

「ムム、本所なら本所五つめ、五百薬缶。はて、いい音だ」

相手の頭を張り、逃げた。

日ごろ横柄な留場に腹をたてている見物が、追う留場を邪魔しているあいだに、階下に駆けおりた。

「早えわエエ」若狭之助を制止する師直《もろなお》のせりふが、伊之助の耳にとどいた。

翌日、伊之助は三笑の自宅をおとずれたが、弟子に師匠は楽屋だと知らされた。

楽屋に行くと、明日自宅に来いと追い払われた。

翌、十一日、もう一度三笑の家に行った。

裏口で案内を乞うと、彼の顔を見おぼえた弟子が、

「なんだ、また、おまえか」

物乞いをあしらうような目で応じた。

「師匠にお目通りを」

「ちっと待っていな」

〝ちっと〟は、うんざりするくらい長かった。取次を忘れているんじゃなかろうか。じりじりし始めたころ、ようやく弟子は戻って来て、

「狂言方になろうというのなら、おまえだって心

得ているだろう。明日が『世界定め』なので、今日は、みな忙しい。日をあらためて出直してきな」と言った。

「そうか。明日は十二日でござんしたね。そりゃあ気忙しいことでございやしょう。何なりとご用の向きを言いつけてくだっし」

「師匠が今日は会えねえと言ってだ。出直しな」

「なんだってそう、もったいぶるのだねえ」

「なに？」

「いえさ、茶碗洗いでも墨すりでも、なんでもいたします。おいてやってくだっし」

幸吉、と、奥から呼ばれ、弟子は去った。伊之助は土間から上がり込み、台所をぬけ、座敷のほうへ見当をつけた。

狭い庭に面して二間つづいた座敷の境の襖《ふすま》が開けはなされ、床柱を背に、三笑が書き物をしており、傍らで弟子たちが墨をすったり半紙を揃えたり、茶の世話をしたり、こまめに働いている。

敷居ぎわにかしこまった彼に、三笑は気づかぬふうだ。

「ええ、ごめんくださいまし」

数人の目が彼に向いた。三笑は知らぬ顔で書き物をつづける。

「一昨日お目通りねがいました伊之助でございます」

「馬鹿野郎」さっき彼に応対した弟子が、怒鳴りつけた。

ようやく三笑は目を向け、「げじ眉か」と言った。

額が狭く、握り固めた拳のような小さい顔は、醜いが、弟子を前にした姿に、威厳と風格を伊之助は感じた。突き出た額の下の小さい眼は、わずかに視点がずれている。右目が前方を見るとき、左眼はやや外を見る。そのため、八方睨みといった印象をあたえる。

一言投げただけで、三笑はまた書き物に没頭したが、彼は居坐ってよいといわれたことにし、半紙を二つ折りにしている弟子たちに加わって手伝おうとした。

「しろうとが、手ェだすな」

延ばした手を、弟子に払いのけられ、

「しろうとじゃあござぜえせん。見習いで」

「紙折りはまだ早いわ。薪《まき》でも割っておけ」

「薪ですか。斧《おの》はどちらで」

「すっこんでろ。教えている暇は今日はねえわえ」

「それでは探してまいりましょう」

薪やい、斧やい。呼ばわりながら、裏口に戻り、裏庭に出た。

薪割りでは、下男じゃねえか。いやなこったの。いやな風にもなびかんせ。酸漿《ほおずき》ほどなる血の涙、落ちて松露になりゃしょまい。いささか古びた流行り歌を鼻唄に、斧を探しながら、

――明日は、『世界定め』か……。

毎年、九月十二日、二丁町と木挽町の茶屋はいっせいに提灯に灯を入れ、小屋の仕切場や楽屋口も高張提灯を掲げる。芝居国にとって、もっとも重要な行事の一つである『世界定め』が行われる日であるからだ。

十一月の顔見世に、どのような芝居をかけるかを立作者がしたためた書き物を、座頭や太夫元に披露するのである。

二丁町の市村座・中村座、木挽町の森田座、いずれも、春狂言の半ばごろから、座頭、立女形、立作者を決め、手付金をわたしておく。

世界定めに招かれるのは、これらの人々に加え、楽屋頭取、表帳元などで、新しい座組みには誰々をむかえるか、狂言は何を組むか、などを談合する。

向こう一年間の芝居の成否がかかっている。

一日がかりの長い芝居の背景となる時代・事件が、その芝居の『世界』である。

曾我物語の世界であれば曾我の五郎《ごろう》、十郎《じゅうろう》。義《ぎ》

経記《けいき》の世界であれば、義経、弁慶、忠信、静御前。前太平記の世界なら将門、土蜘蛛、……と、人物の名もほぼ決まっている。誰の耳にも親しい物語であり、人物であった。このさだまっている『世界』の縦筋に、千変万化の横筋を組合せて、新鮮な正本をつくるのが、立作者の『趣向』である。

『世界』は固定しているといっても、時代、世話、お家、男伊達など、百にあまるものがあり、それに趣向が加わるのだから、芝居国の夢は、百千の花が咲き乱れる。

物置から鉈《なた》を見つけだし、軒下に積まれた薪の山から一束下ろした。

一本抜いた薪を、手ごろな台の上に立て、鉈をふりかぶる。

――三笑は、どの世界をえらんだのか……。そうして、どんな趣向で見物を魅了しようというのか。

正式に見習いの許しも受けぬ彼には覗き視ることのできぬ立作者の秘密であった。

世界定めが終われば、翌日から、二枚目、三枚目の作者は立作者に招かれ、立作者の自宅で、あるいは、向島や目黒堀之内あたりを散策しながら、狂言の打合せをする。

その程度のことは、芝居町の周辺に育つうちに、いつとなく聞き知っていた。

がつん、と鉈が薪に食い込む。

薪ごとふりあげ、打ち下ろした。二つに割れた薪を見下ろし、

「ちょっくら、座敷をのぞいてくるぜ」

表庭にまわった。

三笑は筆取りの狂言方を傍らにひかえさせ、何か書き取らせている。能書《のうしょ》も、要求されるのか。おれは字はから下手だが。

立作者になりゃあ、筆取りに書かせればよいのだが、その前に、なんと幾つも山のあることだ。

ありがた山にまちかね山、のみこみ山の寒鳥。山寺の鐘よく鳴るといえども、法師来たって撞木をあてざれば、その音色がしれぬ、と、ぼやきはいつのまにか大道薬売りの口上になった。

五

三笑は、十一月の顔見世から木挽町の森田座の座付きとなった。

伊之助も小屋に出勤することになったが、これがとんでもない苦行であることを知った。

明け七つ（午前四時）ごろに、開場をつげる一番太鼓が響く。そうして、『番立』――稲荷町による三番叟の舞いが始まるのだが、見物はろくにいない。

見習いは、毎朝、この番立の前に出勤せねばならぬ。二丁町ならついそこだが、木挽町は遠い。まだ夜の闇が深いうちに提灯片手に長屋を出、霜柱の凍った道を行く。兄弟子たちのために掃除し、火をおこし、茶をわかし、墨をすり、狂言方や作者が出勤してきたとき、万事不都合のないように気をくばらねばならぬ。

番立のあと、序開、二建目と、舞台はつづく。どちらも、中通りがつとめる。このころ、三枚目格の作者が出勤してくる。三枚目作者は、楽屋中の責任を負うので、出勤が早い。

序列は厳しく、同じ見習いでも、一日でも早く入門したものは先輩である。新たに見習いが入ってくるまで、最下位で扱《こ》き使われる。

早暁出勤した伊之助は、火桶を抱きかかえて居眠りしている木戸番の爺ィを起こして、火種を無心した。

爺ィは親指の先ほどの炭火を十能に入れ、突き出した。

「もちっと、よこしねえな。これじゃあ、消えてしまう」

「おめえの炭のつぎようが悪いからだわ。素っとんちきめ」

「へ、吝嗇《あたじけ》なすびの香の物め。死にざかりめ。てめえの身上でもあるめえに。ずっかりとよこしなよ」

伊之助はかじかんだ手で、作者部屋の火桶に火種をおき、炭をつぎたして、吹いた。

灰が舞い立った。

水を汲み入れた鑵子《かんす》を火にかけた。兄弟子たちが来たときに、すぐに茶を入れられるように湯が沸きたっていないと、怒鳴られる。

「ほんにやる気がないわいなあ」と、端唄の一節、ほんに遣る瀬がないわいなあを、替えて口ずさみながら、墨をする。そこらに黒い飛沫が飛ぶのは、不器用な彼としてはしかたのないことだから、一々気にかけない。

一通りの仕度はすんだので、柝でも磨くか、と懐から出した。柝は、自腹を切ってととのえねばならない。打ち面にささくれのできぬよう、木賊《とくさ》で磨きたてるのは、狂言方の大切な心得の一つだ。柝の打ち面は、冴えた音が出るように、蒲鉾型に丸みをつけてあるため滑りやすいので、竹輪のように穴をあけ、四尺ほどの巾着紐を通し、抜けないように結び尻は蠟《ろう》を詰めておく。首にかければ、しくじっても床に落ちて大きい音を立てることがない。二枚目あたりのものは、絹の組紐で贅を競うが、伊之助のは、ありあわせの麻縄だ。

作者を志したからには、柝は打てませぬではすまない。いきなり柝打ちを命じられることがないとはかぎらない。そのとき、打てなければ、機会を逸することになる。

見習いは、まず、幕間のつなぎのチョンチョンから稽古する。誰も教えてくれるわけではない。一人稽古で骨法をおぼえ、手慣れたら、幕を開けさせてくださいましと、自分から願いでることもできる。序幕の大拍子の鳴物の幕開きぐらいを受持ち、やがて、裾名代の出ている場の幕切れをつとめさせてもらい、それから、兄弟子に親切気があれば、自分の持ち場を試しにやらせてくれたりもするが、そういうのはあまりいない。柝の持ち方一つにしても人によってさまざまであり、うかつに兄弟子にたずねると、ああだこうだと、めいめい自分のやりようを押しつけるからかえって面倒になる。

　澄んだ音を響かせるだけでも、けっこうむずかしい。老練な狂言方でも、舞台で出打ちの最中に、し損じて柝を落とすこともまれにはある。柝の打ちようがまずいと、他のものに替えろと役者からも表方からも苦情がでる。未熟なものは、打ち出しのあとも空の舞台で稽古している。

　軽く持って冴えた音を出せと言われるのだが、軽く持つと、打ったはずみに手から落ちる。握りしめて打つと、指をはさむ。

「ほんにやる気が」と、また歌いかけたとき、兄弟子の幸助《こうすけ》が、楽屋入りしてきた。近頃流行の、上下から三日月のように細く剃り込んだ、あるかないかの癲眉《かったいまゆ》、役者きどりで青黛白粉《せいたいおしろい》の風体だ。

　この節は、女ばかりか男も衣服髪形に凝り、浅葱の長襦袢、甲斐絹縞や緋縮緬、桃色羽二重の下着に小袖は青茶小紋や鶸茶《ひわちゃ》の羽二重。帯は萌葱琥《もえぎこ》珀《はく》の幅広や天鵞絨《ビロード》・風通織《ふうつうおり》。緋博多の幅二寸五分、俗に腹切帯と呼ばれるものがとりわけ好まれ、黒縮緬の綿入れ羽織、丈をぞろりと長く、半襟の襟元は喉頸《のどくび》をしめるほどきつく合わせ、小袖、羽織の身幅を極端に広くし相撲取りのを借り着したというふうなのが流行りで、髪は中剃りを広くとった本多髷、それも、ぞべ本多だの豆本多だの、蔵前本多、疫病本多、金魚本多とさまざま。鼠の尾のように細く結った髷の刷毛先を額にとどくほど長くのばしたものもいる。

幸助はからだが中で泳ぎそうにだぶだぶに仕立てた青茶小紋の衿をしめつけ、裾から緋縮緬をのぞかせ、髷は鼠本多と、流行りを絵にしたようなさまだ。

この狂言で序開きを書かせてもらったので、幸助ははりきっており、毎朝、稲荷町が誰ひとり来ないうちから出勤してくる。伊之助より早いことも始終で、そのたびに、伊之助は、心がけが悪いと説教をくらっている。

「ほう、今朝は感心だな。悉皆《しっかい》仕度はととのって、柝の手入れか」

褒めたが、とたんに、畳に散った墨の痕に目をとめた。

怒鳴られる前に、

「模様で」

伊之助は言った。

「なにしろ、てまえは出が紺屋なので、白地を見ますと、つい、染めたくなり。千秋楽までには、畳を黒無地、五つ紋に染め替えます」

「馬鹿野郎」

「へ？」

「いけしゃあつくな。墨もだが、おまえの柝だ」

「へえ。磨いておりましたところですが」

幸助は、ひったくって伊之助の目の前につきつけた。

「罅《ひび》が入っているじゃあねえか」

「へえ」

「吹きっさらしのところに置きっ放しにしたのだろう。何度言ったら、おめえはわかるのだ。刀がお侍の魂なら、柝は狂言方の魂。大切にせにゃアならぬ」

「ならぬ都の八重桜、今日九重に乱離骨灰《らりこっぱい》」

つぶやいたのは、耳に入らず、

「見ろ、おれのを」

幸助は、うやうやしく袱紗《ふくさ》に包み奉った柝を懐から取り出した。

艶やかに磨きのかかった柝は、真新しい紫の絹紐を通してあった。序開きを許されたのを祝して、紐だけは新しいのに替えたのである。

「弟子入り以来、十三年、磨きに磨き抜いてきたのだ。罅どころか、ささくれ一つないだろうが」

「艱難《かんなん》辛苦の十三年で、ようやく序開きですかい。達磨大師よりきつい辛抱だ」

忌憚《きたん》ないところを、伊之助は口にした。

「おれの柝は、十年も十五年も保たなくていいんで」

「物を粗末にする奴だ」

「立作者は柝は打ちやせんからね」

「そりゃあ、立作者は柝は……」

言いかけて、幸助は、伊之助の言った意味を悟った。

「てめえ」

柝が、横撲りに伊之助の耳を打った。脳天にひびいて、しばらく突っ伏していた。あいつ、撲るのに、おれの柝を使いやがった。自分のは大事にしているのだな。そう見て取った。

「口が酸っぱくなるほど言っているだろうが」

「こっちは、耳に胼胝《たこ》だから、八百善《やおぜん》の酢蛸だ」

痛みのために声は小さく、聞こえなかったようだ。耳胼胝の説教がつづいた。

「柝は、芝居をひきたてる大切なものだ。打ち方ひとつで、役者を生かしも殺しもする。幕引きの足にしたところが、チョンチョンチョンチョンチョンと、柝の音の調子にのって、運ぶのだ。柝を打つのは、名人芸だ」

「それだけで立派な芸なのだから」

伊之助は言い返した。

「正本の工夫をこらす作者とは、別のお役にするがいいのさ」

取り返した柝をかまえて、相手を睨みつけた。

幸助は、逃げ腰になりながら、

「てめえ、面も見たくねえわ。失せろ」

怒鳴った。腕力は伊之助の方が強い。

作者と狂言方の伎倆は、別のものだ。弟子入りして以来、伊之助のその思いは強くなる一方だ。名人芸の柝打ちは、芝居になくてはならぬものと、よくのみこんでいる。しかし、狂言を書く才能とは、まるでかかわりはない。金井の師匠は、柝はいっさい打たずに、立作者だ。

「序開きだって、おれに書かせてみねえ。お天道さまもあがらねえうちから見物を集めてみせるわ」

「大口たたくだけなら、誰でもたたけるわ。書いてから、ほざけ」

「十三年、柝を磨いてからか。十三年後には、おれァとうに立作者だ。序開きなんざ、書かねえの」

幸助はぐっとこたえたのを、しいて余裕をみせ、

「犬の遠吠えか。聞き苦しいの。げじ眉の犬ァ両国でも見ねえ」

「幽霊が西瓜《すいか》を食いてえという面なら、ここで見られるぜ」

幸助は、痩せ顔の反っ歯だ。

「誰に向かって口をきいている。兄弟子だぞ」

「兄はからんや、弟べけんや、だ」

だりむくれのべらぼう面め、と、口の中でつづけた。

くそ面白くもねえ序開きをだらだら書きやがって。

「破門だ。てめえ、出てゆけ」

「はて、堪忍信濃の善光寺。堪忍五両は間男の首代」

伊之助はおちゃらかした。柝打ちと狂言つくりの無関係を説いても納得する奴ではない。まともに相手をするのがばかばかしくなった。

「実のところ、江戸は七両二分、上方は四両二分」

「何の話だ」

「間男するなら、上方でしなされという話さ」

幸助は、とっさに意味がのみこめず、間があい

た。

　稲荷町が、ぼつぼつ出勤してきたので、幸助は、溜に行った。あの場はこうやれの、あのせりふはこういう調子だの、序開きをつとめる稲荷町に指図している。

　見物のひとりもいない寒々とした舞台で、とっぴきひゃらりと三番叟がはじまった。

　やがて、天窓から桟敷に陽光がさしこみ、土間や桟敷が混みはじめるころになって、名題役者も楽屋入りしてくる。

　大道具方、小道具方が出入りし、衣裳方がきらびやかな衣裳をひろげ、鬘師が鬘を結いなおし、紅白粉のにおいが濃くただよい、出番の役者が慌ただしくよぎる。

　化粧をし、衣裳をつけた役者を楽屋で間近に見るのは、あまり気色のよいものではない。素でもなく、役になりきっておらず、異様な化け物が徘徊しているふうだ。腰元のつくりの中通りたちが、裾をからげて毛脛を丸出しにし、野太い地声で前夜買った河岸女郎の噂をしながら梯子をおりてくる。

　弟子に荷をかつがせた松助が楽屋入りしてきた。

　初日以来、松助に会う折がなかった。よい機会だと走り寄ってひざまずき、

「親方、ようやく、念願かなって、金井の師匠に」と言いかけたが、松助は、けげんそうな目をちらりと投げただけで、梯子を上って行く。伊之助の、顔どころか、四年前に楽屋口で〝おまえさま付きの作者にしてくだっし〟と頼みこんだものがいたこともおぼえていないようだ。

「どこから湧いたぼうふらだ。ごみ屑《くず》の分際でしゃしゃり出やがって、親方になれなれしく話しかけるなんざ、太え了見だ」弟子が怒鳴った。

　聞き流していると、

「耳ァ馬、面ァ蛙、のんこの酒啞《しゃあ》でいる奴だ」

すれちがいざま、突き飛ばそうとするので、身をよけてすかし、相手の脛を払って、ぬうと立った。

松助はとうに段梯子の上に消えていた。

ひっくりかえった相手を見下ろし、

「はて、足癖の悪い馬だ。堪忍しさっし」と、自分の脚をかるく叩いた。

「馬ァ馬でも、千里の馬さ。乗りこなすなァちと骨と心得てくだっし。おめえさんが乗れるなァ尻馬だろうが」

背後に人の気配を感じ、伊之助はふりかえった。

三笑が、苦笑をこらえた顔で立っていた。

膝をついた伊之助に、三笑はぬいだ道行を放った。

「大きく出たものだ。おまえは千里の馬か」

「今はまだ、馬の灸《やいと》で、貧窮《ひんきゅう》の身でございますが」

「えても馬並みだろう」

「毎夜、夜鷹を総揚げで」

三笑はふとしらけた顔になり、頭取座のほうに去った。

調子にのりすぎたか。なぜ急に不機嫌になったのだろうといぶかしみ、師匠は意馬心猿《いばしんえん》逸れど《はや》も、逸物《いちもつ》は不如意にあいなられていなさるか、と、察した。

六

年が明け、元日、小屋では始初《しぞめ》の式がおこなわれ、座頭が春狂言の名題を披露し、小舞と子役の踊りが一、二番あるが、作者は小屋に出勤しない。しかし、七日に本読み、その翌日から書抜稽古にかかり、初日をいそぐときは序開き、二建目の稽古も八日から始まるので、松の内、狂言方はその仕度に忙しい。

初日が明くと、下っ端の伊之助はまた早暁から木挽町通いである。

松助と親しく顔をあわせる折はないままに日は過ぎた。

しかし、松助が荒れていることは目につく。

宿酔で楽屋入りが遅れたり、幕間に茶屋で酒に喰い酔い、二番目の出のきっかけをはずしたり、座頭や頭取に怒られても、恐縮するふうもない。

音羽屋尾上菊五郎に置き去られ、すさんでいるのだと、楽屋雀は噂する。いらぬもののように捨て去られ、自負心を傷つけられたのだ。そう、伊之助は思った。おれが立作者に出世するまで、もちこたえていてくだっし。返り咲かしてみせましよう。立作者と狂言方見習いのあいだにある深淵を、伊之助は無視した。

去年の暮、上方から下った富三郎《とみさぶろう》というのが、春狂言から市村座に出ている。江戸ではまるで聞いたことのない名だが、幕が開いてみると、美しいと、口伝《くちづ》てに評判が高まった。先代菊之丞の弟子、瀬川七蔵《しちぞう》の弟で、先代が跡継ぎにと遺言を残したという。実のところは、七蔵が、先代の女房おみつに弟をひきあわせ、おみつがいたく気に入って、名跡をゆずることを承知したとも言われ、七蔵の辣腕《らつわん》ぶりが取り沙汰されている。

二丁町の小屋の芝居を見物する暇はない。芝居者になったら芝居を見られなくなった。

ぜひとも見たいものだと、彼は、兄弟子にことわりなく仕事を休むことにした。見習いは、前からのが他に二人いる。二人は交替で出勤しており、連日の勤めは彼ばかりだ。一日ぐらい怠惰をきめたところで、罰はあたるめえ、と決めると、さわやかだ。

明け七つ前から起き出すことはいらず、前夜、けころと遊び、そのまま泊まり込んで、久しぶりに存分に寝た。一夜買い切ったので、小遣いはとんだ。

翌日、市村座にでかけ、裏木戸から入ろうかと思ったが、小屋方から三笑に告げ口をされても困るので、木戸銭を払った。追い込みはもう詰められねえよ、桝はまだ空いている。木戸番が言うのを、銭がねえわ、とことわった。

花道と東の歩みの間の土間、縦半分は仕切り桝で、残り半分と花道の向こうが、詰め込めるだけ詰め込む追い込み場である。ちょうど幕間であった。

割り込めそうなところは、と見渡した目が、舞台に近い上追い込みに、文治の顔を見出した。文治は、彼と合った目をつとそらせたが、思い直したように愛想よくうなずいた。

「おう、文治、そこに入れてもらうぜ」

「だめだ、もう、詰まらねえ」迷惑顔に怒鳴ったのは、文治の隣の知らぬ男だ。

「ちっと、膝をくりあわせてくれろ。なに、まだ、詰まる。はい、ごめんよ」

「痛え。蹴っぽりやがったな」男の連れらしい女がわめいた。

「急ぎ候ほどに、ごめんこうむって候、だ。混む中だから、ちっとらっつ、間違えもあるわ。了見しさっし」

強引にからだを捻じ入れた。

「文公、久しいもんじゃねえか。少しも見なかったの」

言ったところへ、後ろからきた奴に顔を蹴られ、

「人の頭ァ踏台と思いやがるか。目ン玉ァ履いて歩きやがれ」

伊之助はわめいた。

「おれァここに日参だ。伊之さんこそ、どうしちまったんだえ。富三郎は、もう見たかえ」

「今日が初見参だ」

「道理で顔を見なかった。珍しいことだと思っていたっけが」

「日参する銭がよくあるの。梅が枝の手水鉢《ちょうずばち》でも手にいれたか」

「日ごろ稼ぎ溜めた銭のあるったけ、富三に貢ぐわ」

「さってても野暮なおぼこ野郎」

「やい、低くしろェ。前が高えわい」後ろから肩をこづかれた。

柝が入った。

初めて見る化粧坂の少将の富三郎は、いかにも可憐ではあるけれど、思い入れが多すぎ、仕草がしつっこいと彼は感じた。しかし、見物の人気はたいそうなもので、浜村屋、と桟敷からも土間からも声がかかる。富三郎も、ここで江戸の見物方の気に入られねば、三代目は継げぬと思うからか、こぼれしたたる愛嬌に、気迫があった。

「ああ、どうにも、よいの」

身をよじるようにして吐息をつく文治に、

「てめえ、あのようなぐにゃが好みか。見ねえ、鼻がつまるかして、口をうすらぼんやり開けて、あんな少将があってよいものか」

毒づいた声を耳にした奴が、

「うるせえ」

怒鳴って振りまわした煙管の火が、べつの客の襟首に落ち、騒ぎは大きくなった。留場がとんできた。

煙草の火を落とした奴と落とされた奴、そうして留場が三つ巴の騒ぎとなり、留場は三、四人がかりで、騒ぐ二人を表に突き出した。騒動の元をつくった彼は咎められずにすみ、ちっと広くなった、と、まわりもせいせいした顔だ。

「見ていさっし。天下をとるわ、富三郎は」

小鼻に力を入れ、文治は力んだ。

「そう息巻くな。おめえの鼻の穴ァ火吹き竹だ。煙草盆の灰神楽じゃあすまねえ。振袖火事ならきれいだが、鼻息火事じゃあ弱る」

彼の懐のふくらみに文治は目をとめていた。

一番目が終わり、世話物仕立ての二番目が始まるまでの長い幕間に、

「そこにのぞいているのは、柝のようだが」

顔を寄せる。

そっけなく無視した。

「おまえ……」

「おれァ、狂言方さ。金井の師匠に入門した」

「そうかァ」

文治はうなずき、

「やはり、伊之さんは、狂言方か……」

ひとりごとめいて繰り返した。

「おれァ、狂言方になりてえんじゃあねえわ。作者だ」

「なるほどねえ。やがては立作者か」

「おめえも、いつだったか、作者になりてえと」

「なんの、あたしなんざ、才がないもの」

文治は卑下したが、腹ん中じゃあ、抜け駆けをねらっているなと、伊之助は気づいた。

閉《は》ねてから、文治は、盃を持つ手つきで誘った。飲むなら、ももんじ屋だな。彼が応じると、少し情けない顔で懐をさぐり、承知した。もっと安上がりなところですますつもりだったのだろう。

「おまえは、ほんに、作者になる気はねえのか」

「言っているではないか。あたしなんざ、とても、とても」

そう言いながら、彼の懐の柝を盗み見る。

卑屈な顔つきでさぐりをいれてくるのが気にくわず、

「及ばぬ鯉の滝のぼり。蚯蚓《みみず》の木登り、石亀の地団太、すっぽんの居合抜き、だな」と、つづけてやった。

文治は調子を合わせて笑い、

「で、どんな塩梅《あんばい》だえ」

上目づかいになると、せまい額に皺がよる。

狂言方の弟子というものは、と、たずねている

のだと承知だが、

「おでん白菊塩梅よしだ」

彼ははぐらかし、酒をすすめた。

文治はたちまち赤っ面になり、

「富三郎は、伊之さん、あれァ出来物《できぶつ》だぜ。おまえは目がねえの」

ねっちりとからみはじめた。まるで自分ひとりが富三郎をもりたてているような意気込みだ。

富三郎が近来まれな尤物《ゆうぶつ》であると、彼も思う。しかし、文治が先立って闇雲に褒め上げるものだから、その驥尾《きび》について持ち上げる気にはならず、文治が褒める分、こっちはあらを言いたてる立場になり、やがて、酔いが口を軽くさせたのだろう、おれァ、富さまのために、書くわ、文治は、ちらりと本音をのぞかせた。すぐに話を変えた。まだ本性失うほどに酔いしれてはいないのか。悪く秘密めかすのは、彼の知らぬ間に作者としての地歩をかため、ざまみろと鼻をあかす気構えと、いやでも察しのつく文治の態度だ。

「帰るぜ」

「伊之さん、それはなかろう。まだ、飲み始めたばかりだ。まあ、腰を据えねえ」

言葉ばかりか、手までからんできて、帯をひっぱった。

七

「馬鹿めが」

三笑が畳に叩きつけたのは、袱紗包みだ。

向かいあって坐った松助が薄く笑っている。

包みの中からこぼれでた金子が、蟬時雨を浴びながら庭掃除をしている伊之助の目を射た。

伊之助の姿は植え込みの陰になって、座敷のふたりの目には入っていないようだ。伊之助はいっそう、身をかがめた。座敷の様子は見えなくなったが、声はよく聞こえる。

「金を返せばすむということではあるまいが」

「どうしてですか」

「金だけの話ではない」

　松助は中村座の裏手に色子屋を出しているが、その元手は、三笑から出ているのだそうだ。その上、松助は金遣いが荒い。博奕狂いでもある。その負債は、ほとんど、三笑からの借金でまかなっている。もはや、色で縛る力はなくなった三笑は、金で松助をがんじがらめにしていると、楽屋雀の噂を伊之助も聞いていた。

　菊五郎が松助を置き去りにしたのは、行状の悪さに愛想つかしたということもあるが、三笑と喧嘩になるのを避けたというのも理由の一つだと、噂されている。三笑と喧嘩別れになったら、後々江戸に帰ってきたとき、舞台がやりにくくなる。

　松助は菊五郎に、行いをあらためるから上方に呼んでほしいと、詫びの手紙をだしていた。

「この金は、藤川座からの給金だろう」

　三笑が詰《なじ》る。

　藤川座は、菊五郎が出勤している京の小屋である。

「よくおわかりだ」

「今になって、わたしを裏切るのか」

「師匠こそ、かげで手をまわし、わたしを音羽屋の親方からひきはなしなすった。師匠、わたしも、いつまでも、師匠の言いなりになる色子ではございませんよ。さあ、きっぱり、借金はお返し申した。証文を出してください」

「受けとるまいよ、その金は」

「金を返さないでも、借金は棒引きにしてくださるか」

「たわけ」

「返すという金を受けとらず、わたしの身を縛ろうと言いなさるか。そりゃあ、世間に通らねえ。

わたしがこうこうと訴え出りゃあ、師匠のお名に傷がつくばかりだ」

「わたしを強請《ゆす》る気か」

「銭に困ったらいつでも言ってきな、と、甘い言葉にほだされて、おまえさまから借り放題にしたわたしも馬鹿だったが、師匠のやりようも、阿漕《あこぎ》じゃございませんか。ほんの形ばかりだというから、気をゆるし、証文に印をおしていた。それを、きれいに借金返さねえじゃあ、江戸をはなれることはまかりならぬ、と、こうだ。おかげで、わたしは、音羽屋の親方のお供も叶わなんだ。こう、耳をそろえたからには、すっぱり、証文返してくださいい」

「上方へは行かせぬ。その金、藤川座に送り返せ」

「師匠もあんまりわからねえお人だ。このごろ、ろくな役をくれないのは、上方に行きたがるわたしを懲《こ》らしめのつもりか。あんな役ばかりでは、松助の名がすたる」

「わたしがいくら肩入れしようにも、おまえがぶざまに投げた舞台をみせるので、金主《きんしゅ》も座元も、愛想をつかしている。よい役につけようとすれば、四方から苦情がでる。端敵ばかりで、おまえはくさる。悪い堂々巡りだの。ちと心をいれかえ、精進するがいい」

三笑の反対にもかかわらず、松助が顔見世から上方にのぼることが決まったのは、金主、座元の意向によるものであった。

芝居にかかわるもののうちで、誰よりも力を持つのは、金主である。

役者の給金、芝居にかかる莫大な費用、すべてをまかなう金主がいなければ、幕は開けられない。札差《ふださし》をはじめとする豪商で、芝居に出資した金が、不入りなために回収できず身代限りしたものは数多い。そのかわり、ひとたび当たれば、何倍にもなってかえってくる。道楽の最たるものであり、大博奕である。こけるほうが多いのだが、芝居に首つっこまずにいられぬものは絶えない。

松助は、その金主の座敷に呼ばれてもすっぽかし、あるいは、酔って雑言を吐き、怒らせた。その上舞台を投げているとあって、評判が悪く、上方から買いにきているのなら手放せと金主は強硬で、三笑も折れざるを得なくなった。

金主への無礼は、三笑にあきらめさせるため、松助が故意にやったのではないか。そう、伊之助は思いながら、うろたえる。目指していた山頂が不意に消えてしまうようなものだ。

もし、松助が上方に根を下ろすつもりなら、伊之助としても行くたてを考えなくてはならない。しかし、せっかく三笑の弟子として狂言方の第一歩を踏み出したところだ。やみくもに上方に行っても、狂言作者に弟子入りできるかどうか、おぼつかない。そう思う分別はついてきていた。三笑は、少しずつ伊之助に目をかけるようになっていた。気骨のある、才もある弟子だと認めかけている。三笑について地位を確立し、やがて立作者として座元に認められれば、松助を江戸に呼び戻し、彼の狂言に出勤をたのむこともできよう。彼は、実現性のない話とは思わなかった。

十月、松助は森田座のお名残狂言に、『篠原合戦』二の切の今井《いまい》のお兼《かね》をつとめた。

作者は壕越二三次を立作者に、笠縫専助《かさぬいせんすけ》、山田平三などが加わり、三笑は休んだ。松助を手放すことになり、気落ちしているのだろう。

一枚歯の高下駄で拍子をとりながら布晒《ぬのざら》し、殺陣《たて》をやる松助の〝今井のお兼〟が久しぶりに、気合が入ってみごとだと評判が高い。

師匠が欠勤なのだから、伊之助も、小屋には出ず三笑の家で用をつとめていなくてはならないのだが、三笑が留守なのをいいことに、ぬけだして、お兼の出に間に合うように、森田座に駆けつけた。裏木戸から入り、揚幕に行くと、馬の足をつとめる稲荷町が二人、出を待っていた。

濃密な気配を薄闇に漂わせ、松助が、揚幕に来た。弟子がつきそっている。華奢《きゃしゃ》で影が薄い男だ。いつもまめまめしく親方の世話をやいている。

ツケが響き、作り物をかぶって荒馬が花道に走り出る。

弟子はかがみこんで松助に高下駄をはかせ、盥《たらい》を渡した。

一枚の揚幕が、陰と舞台を仕切る。その境界をこえた刹那の変貌が、彼を陶酔させた。

背後に、誰か近づいた。振りかえる間も惜しく、伊之助は松助に目をそそぐ。

後ろに佇《た》ったものが、彼をおしのけた。三笑であるのに気づいた。

三笑の醜いが威厳のある老い猿のような顔に、複雑な翳が交錯するのを、彼は視た。

嫉妬、無念、憎悪、哀惜、いずれとも、彼にはわかちがたいのだが、やがて、恍惚の表情が、皺の多い顔を鞣《なめ》す。彼が浸っている悦楽に、三笑もまた、浸りきっているのだ、と共感をおぼえた。

からみを小脇に、足拍子鳴らして引き上げてきた松助に、三笑はとりすがった。

一本歯の松助は、よろめき、身をたてなおしながら、高下駄を脱ぎ捨てた。

松助に振り払われる前に、三笑は手をはなした。


松助は上方に去った。


数日後、しゃがみこんで庭の草を抜いている背に、伊之助は、人の視線を感じた。

ふりむくと、三笑と目があった。

三笑は縁側に立ち、彼に目をはなっている。

からみあった視線を、どちらも振り解こうとはせず、瞬時、睨《にら》み合うふうになった。

仕事を放り出し、森田座に行った弱みがある。小言をくらうかと覚悟した。

「憎体《にくてい》な面構えだ」

三笑は言葉を投げた。

「おまえの面をみているだけで、気分を損ねる。草取りはもうよい。失せろ。明日から、来るには及ばぬ」

言い捨てて、背を向け、奥に入った。

破門ということか。伊之助はあっけにとられた。ふてぶてしい、可愛げのない顔は、生まれついてのものだ。突然面つきが憎体だ、と言われても、張子の虎の首ではあるまいし、引き抜いて、これならお気に召しますか、と、すげかえるわけにもゆくめえじゃねえか。

――あれだ……と、思い当たる。

肉に悦楽を刻み込む高足駄の拍子、そうして、揚幕の薄暗がりで、松助にすがりついた三笑の、一瞬の抱擁。

三笑が他人に――ことに、弟子のはしくれなどに、見られたくはないであろうみじめな場面を、彼は目撃した。揚幕にいる彼の姿は目に入らぬもののようであったが、視野にうつってはいたのだ。面が気にくわぬというのは、そのせいだ。彼を目にするたびに、揚幕で松助にしがみついた己の醜悪な姿が浮かぶのだろう。

それでも、伊之助は、翌日も、三笑の住まいに出勤した。決定的な破門言渡しを受けたとは思わず、その場かぎりの悪態と、たかをくくっていたのである。

顔をだすと、兄弟子に、お前は師匠から破門された身だ、二度とくるな、と言われた。

「なぜ、わたくしが？」

「仕事を放り出して森田座に行っていただろう。師匠は、きついお腹立ちだ。さっさと消えな」

「師匠に一度、お目通りを」

「くどいな。帰れ」

「しかし……」

「新弟子の分際で、身勝手なまねをした報いだと思え」

薪割り、庭掃除より松助の舞台に陶酔するほうが、どれほど、作者修業になるか知れないではないか。そう、彼は思い、三笑にことをわけて話せば、納得してくれるのではないかと、甘いことを考えていた。おれは、出打ちを最高の名誉とありがたがっているような凡百の弟子どもとは、希みが違うのだ。しかし、三笑に目通りは叶わなかった。

——松助がおれを溺れさせた……。

溺れながら、醒めてもいる、と、伊之助は思う。

小娘の、お声きくさえ四肢《よふし》が萎《な》える、まして添うたら死のうずよの、という他愛ないそれだけに一途なのぼせようとは、異なる。彼の酔いには、松助を見尽くしてやろうというふうな、どこか底意地の悪いものもひそんでいる。そう、彼は自覚する。

底の底まで、溺れ切る。それ以外に奔馬のように荒れ騒ぐ執着を薄らがせることはできない。溺れ切らねば、松助を生かす正本は書けない……。松助のいない空白のなかで、自分でも思いがけない言葉が浮かんだ。

まだ、おれは、若い。松助に溺れたのだから、溺れたものとしてのやりようがあろう。松助と一蓮托生、松助が浮かべば、おれも浮かぶ。いや、おれが松助を浮かばせてやろう。遠からず。他人が聞いたら不遜と思うであろうことを、彼は自負した。

富さまのために書くわ。酔いにまぎらせた文治の言葉を思い出す。

富三郎は、二十五。若い。果ての見えぬ広大な時間が、先にのびている。

松助は三十一。

おれが立作者として立つまでに、十年はかかろう。——三笑に背きながら、彼は、作者として立つ希みは握りしめている……。松助はそのとき、四十一。今の妖しい豊饒な色気を保ち続けていてくれるか。十年後でも、富三郎はまだ三十五なのだ。しかも、菊之丞の跡を継ぐと決まっている。その名跡は大きい。

　松助と親交を持つことを望んでいるのではない、と思いながら、下駄の鼻緒に指をいれ、一本歯を床に叩きつけて拍子をとる。松助が脱ぎ捨てたのを、ひそかに持ちかえったものだ。からだの芯にじわりと悦びがにじむ。溺れるのは、舞台の松助にであって、素顔ではない、もっとも、舞台の蠱惑《こわく》がどこから生じるのか、それを知るために、松助の陰の部分を覗き見たくはある。作者は役者の肉体を借りねば、何も言えぬ。

　覗き見たいのだと、彼は認めた。

　激しい惑溺は、彼を昂揚させた。

　長屋をひきはらう仕度をしているとき、思いがけず、三笑がおとずれた。

「上方に行くそうだな」

　誰から聞いたのか。

「松助に溺れたか」

　三笑は言った。

「まだ、鼻と口ぐらいは水の上に出ていますが」

「遠見の桜だろうとは思った」

　取り乱した姿はうかがえぬ声であった。

「路銀は出そう」

　聞き違えたかと、伊之助は思った。

「松助を連れ戻してこい。おまえの才覚で。わたしが陰で糸をひいていると松助にさとられてはならぬ。連れ帰ったら」

　破門は取消、五枚目にひきあげてやる。そう、三笑は言った。

八

三笑から路銀を貰いはしたが、銭には限りがある。伊之助は父親が残した唯一の遺品、いかさま骰子を手に、江戸から京までの道中のあいだ、すりかえる稽古を積んだ。歩きながらも、紙縒りを団子にしかできない不細工な指が骰子をいじりつづけていた。やくざの開いている賭場で稼ぐにはまだ伎倆が不足だが、しろうと博奕なら、日々の食扶持ぐらい生みだせるだろう。三笑の頼みをかくし、松助が自分から江戸に帰る気にさせるというのは、難問だった。どのくらい日数がかかるか、見当もつかぬ。

京の町を囲むなだらかな山並みの紅葉が黒ずんだ霜月半ば、洛中に足踏み入れた伊之助は、衣と食と住、どれを切り詰めるか、まず思案した。

弊衣蓬髪《へいいほうはつ》では、芝居小屋に出入りできぬ。他人に怪しまれぬだけのこざっぱりとしたみなりは必要だ。

食は、伊之助は銭惜しみせぬ。鯛の刺身はいらないが、ももんじを食えないのでは生きているせいがない。上方は、ももんじ屋はみかけないが、すっぽんの煮売りがうまい。

どこまで落としても本人がいっこう平気なのが、住であった。雨露をしのげれば、充分だ。安宿であろうと、泊まりを続ければ費えがかさむ。長屋を借りるには請人が要る。

祇園社《ぎおんしゃ》の裏、真葛原の立ち腐れかけた鉢叩寺に、もぐりこんだ。

彼の養家の生業、紺屋も、非人頭浅草弾左衛門の支配下にある。紺屋は小屋抱えではないから、なりかたちは町人とかわらないが、農工商の身分に入ってはいない。日々の暮らしで賤業視されることはなく、ふだんは意識の外にあるけれど、紺屋仲間は、弾左衛門支配から脱しようと、役職のものに働きかけていると聞いていた。流れの実父も、無籍であった。

　鉢叩きらは、町人のなりの彼がもぐりこんだのに不審を持ったが、無籍の流れの生まれ、養父は紺屋と聞いて、うちとけた。京でも藍染を業とする者は青屋と呼ばれ、獄門や牢舎清掃などの労役を課せられ、賤民視されている。鴨《かも》の河原には、流亡の人々が住みつき、さまざまな手職を持つようになった。清流を利用しての染めもその一つだ。造庭のすぐれた技術を生みだしたのも、彼らである。並みのものにできぬ伎倆を持つものは、並みのものから、とかくわけへだてされるのだ。

　この塒《ねぐら》では、彼はいかさま骰子は使わず、まっとうな博奕で遊ぶことにした。

　底冷えのする日、彼は、四条北側東の藤川座の前に立った。松助に近づく前に、まず、京の舞台をみようと思ったのである。

　座表に組まれた竹矢来に掲げられた招き看板はまだ墨の色がなまなましい。

　元禄のころには、四条河原には、七軒の小屋が建ち並び、役者も坂《さか》田《た》藤十郎《とうじゅうろう》、芳澤《よしざわ》あやめ、水木辰之助、霧浪千寿、藤川武右衛門、萩野澤之丞……と人気役者が妍《けん》を競い、華やぎをきわめたというが、その後、大火にあうたびに、小屋の数は減り、いまは、櫓を上げた小屋は、道をはさんで南に一つ、北に二つ、しかも、北の一つは人形操りであるから、歌舞伎芝居の小屋は二つだけとなっている。そうして、南の小屋は金主がつかぬため開けられず、顔見世は菊五郎を招いた藤川座だけであった。

　小屋は減少しても、跡地には水茶屋、芝居茶屋が軒をつらね、東は色の里祇園につづき、鴨川沿いに南に下れば蔭間茶屋の密集する宮川町と、華やかさ艶めかしさは色褪せてはいないのだが、京の芝居は不繁盛で、大坂に人気を奪われていた。

菊五郎を江戸から招いたのも、小屋の人気を盛り返そうという座元や金主の意向であろう。

大芝居は不人気でも、小芝居や宮地芝居はさかんなようで、鴨川の西、寺社がつらなる一郭の境内は、どこも宮地芝居がかかっている。

人形浄瑠璃は受けがよく、四十年ほど前から、人形浄瑠璃で当たりをとった演し物を歌舞伎にうつすことが流行り始め、いまではすっかり定着している。

去年は、芳澤いろはが太夫元で芳澤座と呼ばれていたが、金につまり、この顔見世から藤川山吾《さんご》に代わった。舞台に立っては若女形をつとめる山吾を贔屓の、大坂島之内の富豪が金主についたのだそうだ。

京の芝居は勢いが衰えているといっても、顔見世の初日の華やぎばかりは、江戸に劣らない。

明け七つ半には木戸が開き、四条橋を渡って見物がつめかける。懐のゆたかなものは芝居茶屋で蠣《かき》雑炊をすってからだの芯をぬくめ、泥まみれの履物を茶屋の草履にはきかえ、桟敷に通される。そうして手焙《てあぶり》やら熱い茶やら茶菓子やらが茶屋から運びこまれ、後刻、鉄鍋も持ちこまれ、鯛《たい》蕪《かぶら》を煮ながらの見物となるのだが、彼はもちろん、茶屋を通すゆとりなどはない。

京の初日は独特だと聞いていたから、ほとんど徹夜で小屋前におしかける見物にまじり、酒でからだをあたためながら木戸の開くのを待った。

鼠木戸が開くと同時に人々はなだれこむ。

我がちに土間の見やすい場所に陣取るのだが、舞台の前十間ほどは誰も坐ろうとしないのに彼は気づいた。桟敷なら、茶屋の持分だが、平土間である。なぜ開けておくのだろう、もったいない。なにかさしさわりがあってつまみ出されたらそのときのことだ。咎められるまで居坐ってやろう。

彼は席をしめた。とたんに、座方の若い者が駆け

寄って、

「大笹連のお人でっしゃろか」

疑わしげにたずねた。

「そうや」

上方言葉を彼はまねた。

「連のお人らは、鳥屋のほうにおってやが」

「ええんや。わしは、ここで」

「揃いの衣裳は？」

「ええんや」

げじ眉を寄せ睨んでやると、若い者はちょっと怯えたふうに、

「ほな」と口の中で言い、花道を鳥屋に去った。江戸なら揚幕と呼ぶところである。

土間がほぼ見物で埋めつくされたころ、揚幕から、黒金巾《かなきん》木綿の着付けに、白絖《しろぎぬ》に金糸の縫箔の帯、紋入りの頭巾と、揃いの出で立ちの男が三人、花道にあらわれた。

まだ、柝も聞こえず口上も出ぬに、芝居が始まったのか。

男たちは花道を悠然と本舞台に進む。あとに、また、二人、そうして三人、とつづき、二、三十人が花道を練り、舞台正面から彼のいる土間に下りてきた。

揃いのけざやかな衣裳の男たちが土間に居揃うと、浅葱幕下手から、頭取を先立ちに、立女形、女方、子役、そうして立役と順に登場し、座頭の菊五郎が留めで、舞台に居並んだ。

土間の男たちは懐からいろとりどりの房でかざった柝を取り出し、舞台のきわに寄り進む。

舞台前面に板が置かれている。アリャアリャアリャと、かけ声とともに、ツケを打ち始める。

〝まず初春の顔見世や、歩みをはこぶ人々の、からりころり、からりころり、ヤア、からりころりと下駄の音。四条河原の賑わしさ。贔屓贔屓の積み物は、山のごとくにめざましく……〟

濁声《だみごえ》をあわせてうたう合いの手に、柝の音がチ

キチョチキチョ、チョチョンチョンと入る。

　上方の狂言方は、派手なことをする。そう、彼は驚いたが、じきに思い違いだとわかった。

　男たちは、座の狂言方ではない。これが、上方名物と彼も名は聞き知っていた〝手打ち連〟の連中だと思い当たった。大笹、笹木、みなと、京の連は、その三つと聞いている。さっき、大笹連のお人かと訊ねられたのを思い出した。

　江戸でも、芝居を贔屓の魚河岸や蔵前などの物持ちが連をつくって、積み物を贈り、なにかと景気づけはするけれど、ここまでしゃしゃりではしない。

　紫檀の柝が拍子をきざみ、房が踊り、手打ち連中は陶然とうたいあげる。役者たちは、神妙に連中の手打ちが終わるのを待つ。

　彼は裃姿の松助をみつめる。江戸での投げた舞台とは別人のような気迫を、伊之助は感じた。

　座元の口上、進物の触れと続き、ながい手打ちに彼がいささかうんざりし始めたころ、萌葱の裏をつけた黒羽二重の紋付きの若い男が、連中の土間に、小腰をかがめて挨拶に来た。彼より七つ八つ年嵩か。色白でいかにも上方者らしく物腰がやわらかい。

　座方は頭取も座元も舞台に出ている。この男も小屋方のひとりなのだろうか。彼は目を向けた。

　土間ではすでに酒盛りがはじまっていた。

「作者の並木吾八《なみきごはち》でございます。音羽屋の旦那のお引き立てで、この度、大坂から初上りでございます。よろしう、お頼み申し上げます」

「おまえさんが、吾八さんか」

「大坂での評判は、とどいとるで」

「面白い芝居をたのむで」

　連中は口々に言いながら、盃を男にさす。

「あんじょう、お引き立てを」

　男は愛想よく誰彼となく盃をかわし、彼にも、「お初にお目通り」と言いかけたが、彼の風体に不審をもったふうで、あとの言葉は口のなかで曖昧になった。

しかし、彼の耳は〝作者〟と言った言葉を聞き逃さなかった。

立作者とみるには、年若だ。

「狂言方の吾八さんと言いなさる？」

彼の言葉に、相手は、むっとした色をちらりと走らせた。すぐに表情をおさえ、

「こなたさまも、大笹連の」

まわりの者は、互いに誰か他のものの身内が一座に混じりこんでいると思っていたふうで、それまで見咎めなかったのだが、ひとりが、

「おまえさんは？」と、あらたまって彼に訊ねた。

「江戸からまいりました」

「なんや。連のかかわりの人やないのんか。江戸から来たのでは、知らんでもしかたないが、この土間は、初日から十日の間は、手打ち連が買い切っとる」

「まあ、ええがな」

他のものが、なだめた。

「ええわ、ええわ。江戸からとは、奇特なこっちゃないか。追い出すこともないやろ」

「わたしは、立作者の並木吾八や」

吾八は、あからさまに伊之助を見下した顔になった。年下で、身なりも粗末、都の仕来《しきた》りを知らずに、連の貸切の席にまぎれこんだ、江戸の田舎者。そうみなしたのだ。

「江戸から上方に、商用かの」

「新音羽屋がこちらに出ますので」

「上りの松助はんか。新音羽屋に用があってか」

連の男が言う。

「はい」

「まさか、貸金の取り立てではあるまい？」

「いえ、いえ」

彼は笑いにまぎらせた。

「新音羽屋とは昵懇《じっこん》なのかえ」

吾八が口をはさんだ。

「はい」

考える前に口が応えていた。

「なかなか押出しのええ役者だの」

連のものが好意的に言うと、その意をむかえるように、

「わたしも」と、吾八が、

「新音羽屋は、恰幅がええので、力持ちの関東兵衛、という役を思案してみました。なかなかの儲け役や。どのようにつとめなさるか、見せてもらいましょう」

あとのほうの言葉は彼に向けたが、それきり、彼には関心を持たぬように、背を向け、連の旦那衆と盃をかわしながら、話にふけった。

九

酒が、からだのなかで暴れてくれればよいのに。

上方は酒まで軟弱だ。彼のからだのなかで暴れているのは、どうにも手のつけられぬ苛立ちばかりだ。

安酒を呑ませる店の床几に腰を据え、焼酎をあおりながら、

——並木吾八は、二十八で立作者か。

思ったところで埒《らち》もないと承知だが、心から消えぬ。

大坂道修町の役木戸の子に生まれ、並木正三《しょうぞう》に弟子入りし、二十一のときには、格の落ちる浜芝居ではあるけれど、作者をつとめ、一昨年あたりから、大坂、中の大芝居の二枚目をつとめるよ

うになったという。京の芝居に立作者として招かれたのは、大坂で評判をとったからだそうだ。音羽屋も、伎倆を買っている。

見習いだの、柝打ちの狂言方だの、よけいな回り道をせずに、すいと、作者だ。

おのれの太い指に、伊之助は目を投げる。

松助は、今が、さかりだ。その思いが彼をいっそう苛立たせる。吾八は、松助を充分に活かしきってはいない。力持ちの関東兵衛も結構だろうが、しなやかに、婀娜《あだ》に、見物の血をかきたてる松助の独特の魅力は、あらわれてはいない。吾八は知らないのだ。松助の魔めいた力を。

おれには、今、視えている。形にあらわすすべを持たない。

くそっ、と、彼は猪口を土間に叩きつけた。

力が漲っている。迸り出たい方向も、わかっている。しかし、出口は厚い泥土で塗り込められている。

松助を連れて戻れ。

三笑の声が耳の底にある。

むずかしい相談だ。小細工をして、無理やり連れ戻せば、松助を怒らせるばかりだ。やる気をなくした役者は使いものにならない。投げた芝居しか見せないだろうし、舞台を退くと言いださぬとも限らない。松助の方で、上方に見切りをつけるのでなければ。

京の町の活気のなさは、女が男より多いせいかもしれない。

日が落ちると、京の道筋には、筵《むしろ》を敷いた夜店が並び、古道具などを商う。江戸にはない風習だが、その行灯が言いあわせたように小さく薄暗いので、夜を華やがせるどころか、陰気さを増す。性にあわねえ町だの。まるで、竈《へっつい》だ。東、西、北、三方を山並みにとりかこまれ、開いているのはわずかに南だけ。晴れた日は山が迫って見え、うっとうしいほどだ。馬糞が少なく牛の糞がむやみに多いことまで、癪の種になる。

銚子を注ごうとすると、猪口《ちょこ》がない。

「こう、おれの猪口はどうした」

「そこにあるがな」

隣の男が土間を指した。

「なんで、地びたにあるのだ」

「おまえが、放《ほ》かしたんやないか」

ああ、そうか、と、身をかがめ拾い上げようとする手を、土足が踏んだ。

「何しやがる」

「災難やな」

相手は言い、その口調が、いかにも小馬鹿にしたふうに、彼には聞こえた。

「他人さまの手を踏んづけてもあやまらねえのが、上方のやりようか」

「地びたに手ェ置くほうがあほや。地びたは、足を置くところや」

「こうか」

相手の足の甲を思い切り踏みつけ、相手がかがみこんで呻き、店のものたちも気をとられているあいだに、銭を払わず外に出た。

霙《みぞれ》だ。足を速めた。

濡れとおった草鞋の底から寒さが脛を這いのぼる。

ちゅちゅと、辻に立った女が鼠鳴きで誘う。この町の女たちは客を呼ぶのに声をたてない。

数人の足音が背後から迫った。追われている。直観した。ぬかるみをはね上げ、走り出した。女たちの鼠鳴きを、追いかけてくる男どもの怒号が消した。

無銭で呑み食いしたことと、追ってきた男たちに多少の怪我をさせたこと、罪科はその程度だ。江戸なら、番屋にしょっぴかれても、身状が知れている。番太郎とも顔見知りだ。おとなしく頭をさげ、ちょいと銭を包めばすむ。同心の手先、とかく威張りたがる奴に黙って殴らせてもやる。牢にぶちこまれるほどのことではない。

ここでは、身元の請人もいない。何分、酔っていて、何をしたかまるきりおぼえがございません。そう、言い張った。御定書百箇条によれば、喧嘩口論で人を傷つけた場合、治療代の多寡、疵の多少にかかわらず、銀一枚の科料だが、酒の上のあやまちは刑が軽くなる。酔ってわけがわからなくなっていたと認められれば、怪我人が治りしだい、治療代をさしだせばそれで許される。もっとも、彼は実のところ、何を言い、何をしたか、明晰にわかっている。快く暴れた。暴れる己を視ている己の目を感じてもいた。

正月を、伊之助は、三条新地、六角の牢の中でむかえたのだった。

十

伊之助と小平次、ふたりの刑の執行は、同時に行われた。

敲きである。伊之助は軽い五十敲きだが、小平次は百の重敲きであった。

尾上松助として、小平次は敲かれるのである。『尾上松助』の名札をたてるわけではないから、物見高く集まった野次馬には、誰が刑を受けているのやらわかりはしない。

牢屋敷の表門前に敷いた筵の上にひき据えられ、下帯一つの裸にひんむかれた。

髪月代《さかやき》伸びほうだいの伊之助は、追剝にあった鍾馗《しょうき》というざまだ。陽の下で見ると、小平次は、蒼白い顎にまばらな鬚がいっそうみじめったらしい。

顔を往来に向け、うつ伏せに手足を押さえつけられたうえで、竹杖で容赦なく、背、肩、臀と、一つ、二つ、と数えながら万遍なく敲かれる。

畳たたいてわめきたてる女の悋気《りんき》じゃあるまいし、ちったァ手加減しろい。

口の中で罵っていたが、じきに情けない悲鳴ばかりになった。

敲きの数は、伊之助のほうが半分である。それでも、五十敲きが終わったときは、身動きもならなかった。突伏したまま、弱々しい小平次の呻きを聞いた。嗜虐を誘い出す声であった。役人の笞は、小平次の声に操られて振り上げられ振り下ろされるような錯覚を伊之助は持った。

おれが怪我をさせた相手が、よほど、役人に顔のきく奴だったのだろうか。

そう思ったのは、敲きだけではすまず、墨を入れられると知ったときである。

入墨刑は、享保五年、鼻削ぎに代わる刑としてさだめられたものである。

——おれァ酒の上の喧嘩で、ちっと相手に怪我をさせただけだ。重すぎらァ……。

ぐんなりと横になっているからだを引っ立てられ、正座させられた。

その隣に、半ば気を失ったていの小平次がやはり膝をそろえて坐らされた。

左の二の腕に筆の先が下ろされた。ひやりと冷たい感触が走った。長さ四寸、幅三寸ほどの筋が二本、肘より上に描かれた。

墨の入れようは、所により異なる。

江戸は肘より下に、腕に嵌めた輪のように、二筋、引き回される。江州などは、肘より下に、『悪』と彫り込まれる。

京風のこれなら、後で焼き消すこともできる、あるいは、腕いっぱいに彫りをいれてまぎらすこともできるが、牢に入るなァ男の恥じゃあねえわ、男伊達でェとつぶやきながら墨の痕を見ていると、針の束をつき刺された。刺した針先をはねあげ、墨を擦り込む。その痛さは、敲きに倍した。

横目で小平次のようすを盗み見る余裕が、伊之助にはあった。

小平次の腕にも、二筋の墨痕は刻み込まれた。

――ということは、新音羽屋尾上松助が入れ墨者になったということではないか。

伊之助は思い当たり、

――いったい、この先、松助さんはどうなるんだ……。

小平次の忠義立ても無駄になってしまったではないか。

腕の彫痕に巻いた紙に墨まじりの血が滲む。しかし……と考え、まことの松助の腕は、墨は入っていないのだ。そう、気がついた。

小平次が出獄したら、松助はまた舞台に立てるというわけだろうか。見物衆のご機嫌次第か。


そのあたりがどういう具合になっているのか、放免されたら、小平次に問いたださねばならぬ。

洛中にとどまることはならぬと言い渡され、追い出された。

入牢のあいだ着通した袷《あわせ》は、臭気がしみついている。牢内での髪結、鬚剃りは、年に一度、盆のときだけだ。髪は虱《しらみ》の住処になっている。

小平次に肩を貸し、牢を出たその足を髪結床に向けた。

「おおさかへ？」

掠れた声がそうたずねているのを、聞き取った。

「髪床だ」

「おおさかへ」

今度は、〝行く〟と言っているのだ。

「馬鹿。まず、髪床だ」

「わたしは大坂に行くよ」

「新音羽屋のところにか。おれが連れていってやるから、先ず、髪月代しな。このなりで道中してみねえな。幽霊と荒熊の道行きだ。そんな面をだされたら、新音羽屋も迷惑するわ」

その一言で、小平次は逆らわなくなった。

「おまえは、よほどの忠僕だな」

伊之助が言ったとき、小平次は、何か奇妙な笑いを見せた。

囚人の髪や鬚をあたるのは、京の髪結の夫役である。むさい姿になれている髪結は、一目で、彼を出獄者と見抜いた。

気味悪そうな顔をせず、切れ味の悪い剃刀をあてながら、

「あっちゃは、いまにも棺桶に入りそうな顔をしとるやないか」

顎で小平次をさした。

「ここでお陀仏は願い下げやで」

「あれァ閻魔《えんま》の庁を追んだされた、出戻りさ」

「ほな、六角やのうて、鳥辺野からきたんか。われが天窓《あたま》は、大きうて凸間《でこま》凹間《へこま》があって、髪結泣かせやな。剃刀の使えんところがあるわ」

「出来合えじゃあねえ。山あり谷あり、名所旧跡、しっかりの、御誂えの天窓だ。謹んで剃りな」

月代だけはこざっぱりとして、伊之助は、小平次をともない、真葛原の鉢叩寺への道をとった。入牢するまで伊之助が仮の棲家にしていたところである。

入れ墨の痕が熱を持ち、伊之助もあまり気分はよくない。小平次はよほど案配が悪そうなのに、休むとかえって気がゆるむ、このまま大坂に行くと言い張る。しかし、強引にひきずる伊之助に逆らう体力がなかった。

「わたしたちは京は所払いになっているのだよ。こんなところにいるのが奉行所に知れてごらん。打首だ」

小平次は怯える。

「なに、知れる気遣いはねえわな。誰が、役人に告げるものか。みな、お上とはいっさいかかわり

たくないものばかりだ。そうぶるぶるするねえ。蒟蒻《こんにゃく》の幽霊がところてんのお伝馬に乗ったというざまだ」

　松助のところまでついていこうと思っている。途中でくたばられては困るから、先ず養生専一だ。

　四条橋を渡ろうとすると、小平次は、拒んだ。藤川座の前を通ったら、顔見知りに会うかも知れぬ。藤川座は不入りで木戸を閉ざしてはいるが、芝居者が多く住んでいる。

〝小平次〟は宮島に行ったことになっている。そう、小平次は言った。

　広島藩の所領であり、厳島神社で名高い宮島は、春三月、夏六月、秋九月、年に三度、市が立ち、諸国から人が集まり、芝居の興行も行われる。

　夏市は、ことに繁盛する。城下広島をはじめ、諸国から人々が群れ集まり、市の売買はもちろんのことだが、芝居、竹田のからくり、楊弓や見世物もさかんである。

　大坂・道頓堀の大芝居は、夏場は木戸を閉ざして休むので、役者はからだがあいている。

　宮島の芝居は、藩が強力に後押しをしている。芝居の請元は、奉行所に願い出て、資金を借り受けることができる。千秋楽の後で決算して返済するのだが、もしあがりが不足でも、追徴されることはない。

　それゆえ、請元は充分な給金を払えるので、夏市に宮島芝居から声がかかれば、大名題でもよろこんで出向く。

　藩がこれほど宮島芝居を優遇するのは、厳島に藩営の富籤場《とみくじば》をもうけているからで、他国の人まで呼び集め富籤を買わせるために、芝居は大いに役に立っている。

　いまは市の立つ季節ではないが、大坂の小屋にでていると嘘をついても、近すぎてばれるから、宮島ということにして、とりつくろった。地方の緞帳《どんちょう》芝居にでると、その後は大舞台を踏めなくなる仕来りだが、宮島は、別格なのである。

祇園社裏の真葛原、鉢叩寺まで大回りをした。

銭の乏しい伊之助が、入牢前、塒にしていた寺である。寺といっても、ここに住むのは、鉢叩きやら茶筅売りやら物乞いやらで、僧はひとりもいない。無人の立ち腐れた荒れ寺を、乞食たちが占拠し、住処としているのであった。

ここに住むものは、髪を結わぬ。結わぬのではない、結えぬ。女も、蓬髪を垂らしている。享保七、八年ごろ江戸町奉行大岡越前守が新たにさだめた掟《おきて》により、身分の証として結髪を禁じられたのである。

鉢叩寺に着くと、小平次は昏倒した。

引っかついで庫裏に運び入れ、寝かせた。

稼ぎに出る気もない老いぼれ乞食たちが、横目で見ている。

「どこに行っとったんや。しばらく顔見なんだな」

門付けを生業にしている老婆が、伊之助にすりよってきた。

「喧嘩して、牢にぶちこまれていた」

「そらまた、えらい難儀なことやったな。この男、誰や」

小平次を見下ろす。

「牢仲間だ」

「敲きにおうたんか。おまえは敲かれても大事ないやろが、この人、難儀やな。こない細こいからだで、よう壊れなんだな」

「おれだって、酷い目にあったのだぞ」

「あんた、うったたいたかて、壊れへんわ」

小平次に目を投げ、

「美《う》っつい男はんやな」婆ァは言った。

「土龍《もぐら》もちの腎虚《じんきょ》か、お精霊の白茄子じゃねえか」

伊之助は毒づいた。

「男は、おれがような鍋釜色でなくては、いざ鎌倉の役にたたねえわ」

婆ァは聞き流して、

「女子のような手やな」小平次の細い指を握った。小平次は手を引っ込めた。人心地ついていたとみえる。

「わたしは、叩き殺されたほうがよかった」

うわ言のようにつぶやく。

「わたしは兄さんにとって、不祥事の生き証人。いないほうがいいのだ」

「うじゃじゃけたことをほざくねえ。本気でそう思うのなら、首をくくりな」

伊之助がいうと、小平次は、そうだね、と、悲しそうな吐息をつき、苦しいだろうねえ、とむき出しの梁に目をあげた。

「死ぬのなら、着物《べべ》はわてにおくれ」婆ァは言った。

「首くくると、着物汚れるよってな、脱いでから、死なはったらええわ」

「待ってえな」

腰の立たない老いぼれたちが這い寄ってきた。

「おかん、一人占めは吝《しわ》いやんか。わいらも一口のせてもらお」

「古着は一枚やで」

「ほな、籤《くじ》や」

「紙、あらへんな。江戸の兄さん、懐紙、たもれ」

乞食のひとりが優雅に言い、伊之助が鼻紙をわたすと、器用に紙縒りをつくりはじめた。伊之助はちょっと劣等感をおぼえた。紙縒りは苦手だ。

「短いのんが、当たりや」

——江戸からはるばる、新音羽屋尾上松助を追って京まで来て、まさか、松助さんの弟子と合牢になるとは思わなかったの。松助さんは、いったい、何をしなさったのか……。

伊之助は、腫れの引かぬ腕に手をあてた。

松助付きの立作者になる。そう心を決めた自分を、伊之助は思い返した。

十一

少し春めいたかと思うと寒気がぶりかえす。

牢内でも、出てからも、何かと庇ったからだろう、伊之助にたいする小平次の警戒心は、多少薄らいだようだ。

身代わりを知り抜いている伊之助に、なまじな隠しだてをするより、内懐に身をあずけたほうが得策とみきわめたのかもしれない。

「松助さんは何の咎でお牢入りをおおせつけられたのだい」

熱もさがり、粥などすすめるほど食欲も出てきた小平次に、訊ねると、

「藤川座に出ていた尾上新七《しんしち》という立役、おぼえていてかえ」

小平次はようやく語りはじめた。

鉢叩寺の住人たちはそれぞれ稼ぎに出、ふたりきりなのだから、他人の耳をはばかることはないのに、ぼそぼそと低い声だ。地声なのだろう。

「おぼえているさ。尾上新七は、音羽屋の一の弟子だと聞いた。いい役をもらっていたな。ずいぶんと人気もあるとみた」

尾上新七は、松助と同じ年ごろである。松助よりやや背丈は低いが、からだつき、顔立ちに、似かよったところがあった。しかし、新七には、松助のようにこちらの身の内から陶酔をひきだす力はない。伊之助はそう思うのだが、見物の人気は明らかに、上方に馴染みの新七の上に集まっていた。

「兄さんは、新七さんに怪我をさせてしまったのだよ」

「兄さん？」

小平次は松助の弟子である。〝親方〟と呼ぶの

が普通だ。

「松助さんのことか」

小平次はうなずき、

「新七さんは、音羽屋にたいそう可愛がられているのだよ」

と言った。

「新七さんも生まれは江戸だ。上方から下って江戸の舞台に立っていた音羽屋の太夫子《たゆうこ》となり、市村座で初舞台をつとめたのだよ」

「音羽屋の太夫子か。松助さんと同じだな」

「十年ほど前になるか、二十歳の冬に上方にのぼり、それ以来こちらでつとめている」

「それなら、おれは、餓鬼のころ、新七の舞台を見ているはずだが、おぼえがないの」

「その二年後か、音羽屋が、自分の油見世から火を出して、二丁町の小屋も丸焼け、いたたまれなくて上方に逃れるように帰って、三年ほど滞在していなさったことがあっただろう。そのとき、新七さんは、同座して、たいそうよく仕えたのだぞうだよ。だから、音羽屋がこっちにきてからというもの、ずっと引き立てられて、人気もあがる一方だ」

「松助さんと新七さんは、役どころが重なるの」

二人とも、同じ時期に菊五郎の太夫子として舞台に立ち、色を売ってもいたわけだ。そのころは、松助の方が抜きんでていたはずである。

「新七が上方に去ったのは、松助さんにひけをとったからか」

「そうだろうと、わたしも思う。表向きは、上方から名指しで買いにきたからだということになっているが」

菊五郎の災難に、新七は、厚情をつくし、師匠の寵を得た。菊五郎が上京するとき、松助は置き去られた。

「なんで新七さんと喧嘩になった。怪我をさせるほどの」

不仲は当然なのかもしれない。

菊五郎の寵をあらそう二人である。

「何がきっかけだったのか、わたしも知らない。ともあれ、兄さんを牢に入れるわけにはゆかない」

「なぜ？」

「なぜと言って……」

そんな問いをかけられるのが不思議だというふうに、小平次は、

「兄さんは、役者だよ。兄さんの身を不浄なお牢になど」

「へ、生来、人は糞袋だ。不浄というなら、てめえの身のうちが、何より不浄。公方さまも河原者も、身のうちに糞をためていることに変わりはありゃあしねえ」

「だいそれたことを。わたしだからよいけれど、他のものの耳に入ったら、獄門だ」

「牢に入ったと知れちゃあ名に傷がつくというのか。しかし、尾上松助の名で、おまえは牢入りだろう。傷がつくのは同じじゃねえか。それに、喧嘩なら両成敗だろうに、松助さんばかりがお仕置というのは、片手落ちだ」

「わたしはくわしいことは知らないのだよ」

「いったい、おまえは、深い事情も知らないで、身代わりに立ったのか」

「親方は穏便におさめようとしなさったのだが、新七さんが承知しない。訴え出ると言いはる」

「親方というのは、音羽屋のことだな」

「わたしが身代わりを申し出たら、親方もそれならよいと、喜びなさった。新七さんは、少し折れた。小平次が身代わりに牢に入るのはかまわない。しかし、お仕置を受けるのは、あくまで〝尾上松助〟でなくては、堪忍ならない、と、こう言いなさる」

小平次の話に、もどかしく割り切れぬものを、伊之助は感じた。松助と新七のあいだに具体的にどのようないきさつがあったのか、肝心のところ

は曖昧なままだ。

「尾上松助の名が汚れれば、新七は気がすむわけか。それでも、よく、役人をごまかせたな」

「賄賂だよ」

「この節、賄賂は大流行りだな」

疼く腕に目をやり、

「しかし、松助さんは、二度と舞台はつとめられまい」

「なに、このことを知っているのは、ほんのわずかな者だけだ。他人様の手前は、新音羽屋は、宮島の小屋に買われたということにして、大坂の、音羽屋の親方の贔屓でたしかな筋のところに身をひそめていなさる。上方では、舞台をつとめるのは憚りがあるが、ほとぼりがさめたら、親方が江戸に戻るとき、いっしょに帰るさ。江戸までは、話はつたわっていない。なにか言うものがいても、音羽屋の威光で、おさえてしまう。兄さんのからだは、きれいなものだ。墨なんざはいってはいない。堂々と舞台に立てるさ」

「音羽屋が江戸に戻るのは、どう踏んでも、何年か先のことだろう。せっかくこっちにきたものを、上方の座元や金主がたやすく手放すわけはない。それまで、松助さんは、人目をしのんで上方に逼塞《ひっそく》していなさるつもりか。何年も隠れていたら、あたら人気役者が、腐っちまうぜ」

「音羽屋の親方がうまくはからってくれなさる。そうだよ、伊之さん、何も案じることはありゃあしないよ」

そう言いながら、血の気の薄い顔で、小平次は嘆息した。

貧にやつれた女房といった風情であった。

「いったい、音羽屋の親方は、松助さんをどのくらい大事にしているのだえ。そもそも、音羽屋が上方にのぼるとき、松助さんは、置いてけぼりをくった」

「金井の師匠が手放さなかったのだよ」

そう言ってから、小平次は思い出してはっとしたように、

「おまえは、金井の師匠の弟子だとお言いだっけ」

「弟子といっても、見習いだ。しかも、松助さんにいれあげ仕事をなおざりにして、破門になった。ところで、松助さんにつき従った弟子は、おまえひとりということはあるまい。他の弟子はどうした」

「みな、江戸においてきた。他の名題につかせたよ。大勢の道中では路銀がまかなえぬ」

「お牢に入るために京に上って来たようなものだな」

伊之助が言うと、小平次は、申しわけないという風情で細い肩をいっそう落とした。

「おまえは色子あがりか」

重ねて問うと、こんどは、隠し立てはせず、小平次はうなずいた。

「松助さんを兄さんと呼ぶのはそのころからか」

「そうだよ」

「おまえ、生まれはどこだ」

「まるでお白州のお調べだね。生国は奥州安積《あさか》郡」

「国訛《なまり》がないの」

「売られてきたのが四つの年だもの」

そんなことは気軽に話したが、

「弟子が親方を兄さんと呼ぶのはどういうことだ」

と聞くと、

「なに、癖だよ」とはぐらかした。

「役者も数あるのに、なぜ、松助さんに弟子入りした？」

「おなじ色子屋にいたから」

「音羽屋にかかわりなく、松助さんだけ江戸に帰るという手はどうだ」

「兄さんは、金井の師匠に楯突いて、むりやり上方にきたのだから、音羽屋の後楯がなくては」

「詫びをいれれば、金井の師匠は、大喜びで二丁

町の舞台に立たせるだろうに」

伊之助が言うと、小平次はひどくきっぱり首を振った。三笑のもとには戻るまいとする松助の気持ちを代弁するかのように。

「大坂のどのあたりに、松助さんは身をひそめていなさるのだえ」

「伊之さん、おまえにはたいそう世話になった。ありがたいと思っているよ。しかし、兄さんのことは、そっとしておいておくれ。後生だ」

「なぜだ。なぜ、おれに隠す。おれが松助さんの不為になることは金輪際しないということぐらい、わかるだろうに」

「わからないよ」

小平次は、口調はおとなしいが、しぶとく言いかえした。

「おまえとは牢で遇ったばかり。しかも、おまえは金井の師匠の弟子だったというではないか。信用しろというほうが無理だ。松助さんの居場所は誰にも言えない」

「どうでも口をわらぬなら、お恐れながらと御上に訴えると、おれが言ったらどうする」

和らぎかけた顔を、小平次はこわばらせた。

「おまえ、ほんとうに、訴え出るつもりかえ」

「誰が訴えるものか。安心して、洗いざらいおれに話してしまいねえな」

「松助さんに逢って、おまえ、どうしようというのだ」

「なんども言うように、おれは新音羽屋が贔屓だ。そうして、これは、おまえには初めて言うことだが、ゆくゆくは、松助さんのために狂言を書こうと思い定めている。それほどに思いこんだお人の成り行きが気にかかるのは当たり前ではないか。こう、聞きねえ。松助さんは、いまのところは八方ふさがりだ。おまえがお身代わりに立ち、賄賂で役人の口を封じて、ひとまずごまかしはしたものの、ずいぶんと危ない橋だ。上方では当分舞台はつとめられない。このままでは浮かまれねえ。しかし、頼みの綱がないわけではない。おれァ、松助さんと一蓮托生のつもりだ。金井の師匠が、おれに頼みこんだ。松助さんを江戸に連れ戻してくれと」

「やはり、おまえは、金井の師匠のまわしものか。どれほど困っても、兄さんが師匠のもとに帰るものか」

「師匠も、それは心得ている。師匠が陰で糸を引いていると知ったら、松助さんは気を損ねる。けっして意には従うまい。だから、師匠のことは内密に、なんとか、松助さんが自分から江戸に戻る気になるよう、計らわなくてはならない」

「音羽屋の親方にまかせておけばよいのだよ」

「わからねえ奴だな。音羽屋にまかせておいたら、松助さんが舞台に立てるのはいつのことやら見当もつくまいじゃねえか。いや、すぐに江戸に帰ろうというのじゃあねえ。もうちっとほとぼりの冷めるまでは、身を隠しているよりほかはなかろうが、音羽屋まかせでは、先行き気がもめる」

「ことわるよ」

たよりない優男のくせに、小平次は、この一点では強情だった。

十二

「音羽屋の贔屓すじ、林太兵衛という呉服問屋が兄さんの身柄をあずかっている」

ようやく小平次はそう打ち明け、連れ立って京を発った。

病み上がりのおぼつかない足で旅をするには、伊之助の助けがやはり必要だと思い直したのだろう。

京から伏見に出、淀川まで五十丁、あとは三十石の乗合船で、大坂まで南下する。

市中に流れ込んだ大河は、毛馬をすぎ、川崎をすぎ、城の壮麗な天守を水面に映しながら大きく西に屈曲する。その先は中之島によって二筋にわかれる。天下の台所といわれる中之島である。各藩の蔵屋敷の白壁と海鼠《なまこ》塀が連なる。中之島のすこし手前から、東横堀が南にのびる。その交点は天神橋、葭《よし》屋《や》橋、今橋と三つの橋の橋詰めが集まり、大小の船が蝟《い》集《しゅう》する。

そこで船を下り、東横堀に沿って南に二十数町、長堀に沿って西に折れ、さらに数町ゆくと、太物問屋、呉服問屋の暖簾が軒並みひるがえる心斎町にかかる。

小平次がひとり店にはいり、伊之助は近くの饂飩屋で腹拵《ごしら》えをしながら待った。

人相の悪い伊之助が同行したら、店のものに警戒されると小平次は言った。

半刻も待たされ、まきやがったかと不安になりだしたころ、小平次はようやくあらわれ、傍らの床几に腰をおろした。伊之助が声をかけようとすると、目でとめ、知らぬ顔をして素饂飩を注文した。伊之助はもう一杯追加した。運ばれてきた饂飩を一口二口申しわけにすすって、小平次は店を出てゆく。伊之助のそばを通り抜けるとき、そっぽを向いたまま、「道を南へ」聞き取れぬような声を投げた。

伊之助は二杯目の饂飩をそそくさとたいらげ、後を追った。

とりあえず、南に下る。しばらく行くと、かがみこんで草鞋の紐を結びなおしている小平次が目にとまった。ちょっとふりむいて伊之助をみとめると、立ち上がり、歩きだした。間をおいて、伊之助は従った。
五、六町下ると道頓堀川にでる。南河岸が芝居町である。戎《えびす》橋から東へ、筑後、中、角、角丸、若太夫、竹田、と六つの芝居小屋がならび、京よりよほど賑わっている。

松助は大坂で舞台に出ているのか、と思ったが糠喜びで、小平次は、角の芝居と中の芝居のあいだの道をさらに南に進む。

繁華なのは一側だけで、じきに荒涼とした墓場がひろがった。

人影はない。小平次は足をとめ、伊之助の追いつくのを待った。

「このあたりが、千日墓だろうよ」

小平次は言った。

千日墓の名は聞いている。江戸の小塚原・鈴ヶ森、京の鳥辺野・化野《あだしの》などにひとしい葬送の地である。葭原・梅田・南浜・蒲生《がもう》・小橋・飛田、そうして、千日が、大坂七墓と呼ばれる。地獄の釜の蓋が開く盆の十五日の黄昏どきからしらじらと空が明るむまで、夜さり、提灯をともし鉦をたたいて、七墓をめぐり無縁仏を回向する七墓まいりは、近松の浄瑠璃で伊之助も聞きなじんでいる。


ここに燻《くゆ》るは葭原よ、あれにふすぼる梅田の墓、余所の無常の煙を見るも、明日は我が身もいずくの雲、いずくの煙と立ちのぼり、誰にこの骨拾われん、冥土は六つの巷《ちまた》ぞや……

近松の浄瑠璃は、嫋々《じょうじょう》と美しい詞句をつらねるが、足早に通り抜ける伊之助の目にうつる千日墓は、索漠としている。

「この先の、浄春寺という寺にいなさるそうだ。誰にも知られるなと林の旦那のところでは、たいそう用心していなさったから、おまえという連れがあることをさとられてはなるまいと、わたしも気を配ったのだよ」

そう、小平次は言った。

「もう、大事ないだろう」

細い溝川《どぶがわ》にかかった小さい橋の袂に、地蔵が一体、苔だらけの顔に死者をにこやかに迎え入れるような笑顔をうかべている。

踏みいるとたちまち腐肉のにおいが濃くなっ

た。左手は斬首、磔刑《たっけい》の刑場らしい。腐乱した曝し首に群がる鴉は、湾曲した太い嘴《くちばし》をかっと開け、ふたりを威嚇した。その南に、千日寺の六坊と、焼き場が、道をはさんで向かい合う。湯灌場《ゆかんば》とならぶ火屋のまわりに骨まじりの灰の山が土堤を築き、風が骨灰を巻き上げる。足の下で、さくりと舎利が砕ける。

老婆とすれちがった。敵意のこもった目を投げられた。老婆は湯灌場のほうに行く。死者から剝いだ着物を盗むつもりか。ふたりを商売敵と思ったのかも知れぬ。

夜ともなれば、骨灰の山上、卒塔婆の陰に、陰火、幽鬼が舞い遊ぼう。

綺羅錦繍の芝居町と冥府は、背あわせなのである。

死者の塒《ねぐら》を境界に、その南が荒れ地や雑木林の難波村となる。

ただよってくる千日墓の腐臭、死臭を袖でふせぎながら、

「このあたりなら人目につくまいからの」

林太兵衛の配慮を小平次は素直にありがたがったが、流刑地のようだと伊之助は思った。

湿地帯に踏みいり、沼辺の葭をかきわけ、ようやく、探しあてた。

沼のほとりの小さい寺であった。春の和みをおびた光のなかで、松助の住まいにあてられた離れ家の藁屋根は緑青をふいたように苔で青ずみ、軒は歳月の重みにたえかねたか歪みかしいでいた。

土間に立った伊之助の目に、裸の男と女が組み打ちのたうつさまが、うつった。土間に板敷がつづき、板戸を開けはなした向こうに仏間と座敷が並んだ造りである。家のなかは外観以上に荒廃していた。襖は破れ、柱は刃物に切り刻まれ、畳は表がすりきれ芯があらわれている。

手前の仏間で、ふたりは肉の打ちあう音をたて、盛っていた。袷《あわせ》の季節なのに、裸の松助も女

も汗にまみれ、なかば腐った畳の毳《けば》が獣毛のように全身に粘りついていた。散乱した一升徳利や湯呑は、ふたりの動きにあわせて波うつ畳の上をころがり、酒のにおい、吐物のにおい、体臭が、伊之助の鼻をついた。吐物は土間を汚していた。

小平次は目を伏せ、土間の隅にしゃがんでくたびれた足を休める。伊之助は饐えたにおいをただよわせる戯れを眺めた。

松助は髪床には行かぬとみえ、月代はのびているが、髭はきれいにあたり、剃りあとの青みが色悪にふさわしい。いくらか太ったのは、舞台をはなれ懶惰《らんだ》に暮らしているせいか。

しまりのない白い女のからだは、松助の手で、柔らかい陶土のように捏《こ》ねられていた。からだのなかに次第に精が滾《たぎ》るのを、伊之助は感じた。

やがて、弛緩したからだを畳に投げ出し、松助は目だけ小平次に向けた。

「湯」と、松助は、いきなり小平次に命じた。小平次がそこにいて命令を待っているのが当然というふうであった。

小平次はあたふたとあたりを見まわし、土間の竈にかけられた大釜に湯がたぎっているのを見、桶に汲みこんで、甕の水を汲み足してぬるめ、運んだ。

松助は半身を起こし、土間から小平次がさしだした桶を受けとると、畳に坐ったまま、頭から湯をかぶった。流れ落ちる湯を、腐れ畳は沼のように吸い込んだ。

無言で突き出す桶を受けとり、小平次は再び湯を汲みに小走りに走る。

新しく運び込まれた湯を、松助は女に浴びせた。そうして、もう一度引き寄せた。

「いやや、水浸しやんけ。この阿呆」

女は、とろりとした声で、言った。

「湯浴びるなら土間で浴びたらええやんか。不精ったれ」

相手が江戸で名だたる尾上松助だと、知らないのか、この女は。伊之助は呆れたが、松助はここでは名を隠しているのだろうと思った。

「畳に水やって、田植えでもする気かいな。ほんへ、阿呆や」

女は笑いながら罵った。

松助は、小平次に顎をしゃくった。

「もう一杯で？」

「馬鹿」

怒鳴りつけられ、あ、と小平次は気づいたようにあわてて草鞋の紐を解こうとする。

「早くしろ」

「はい、兄さん、ただいますぐに」

あせると、紐はますます解けぬ。

「伊之さん」小平次は情けない声で手を貸してくれと頼む。伊之助はかがみこみ、力まかせにひきちぎった。

家の中に走り上って、

「兄さん、手拭いは？　わたしのでもいいかえ」

旅の汚れのしみこんだ手拭いを懐から出し、

「あんまり汚いねえ」

姐さん、と、女に呼びかけた。

「あの、手拭いをひとつ貸してくださいまし」

「誰やん、これ」

女も自堕落に寝そべったままだ。

「おれの弟だ」

「へ、弟？」

「おれに命をくれた奴だとさ」

「そっちは」

女は、伊之助を指さす。

「おめえ、何だ」

全身から雫を滴らせながら、松助は土間に立ったままの伊之助に目を投げた。

どこか見覚えがある……という顔つきをしたが、思い出せないふうだ。

次の間に置かれた古簞笥の抽斗《ひきだし》から、手拭いと着替えを見つけだし、小平次は、松助の背を丹念に拭う。

「おい、こいつは、誰だ」

「あの、伊之助さんという……」

「わたくしは、江戸の立作者、金井三笑に破門された元弟子で、伊之助と申します」

三笑の名を聞いて、松助の表情が少しけわしくなった。

「何で破門になった。女か。これか」

骰子をふる手つきを松助はした。

「役者で」

「役者買いか？　そんな銭も甲斐性もあるまいが」

「役者にのぼせあがりまして、おつとめをおろそかにしました。破門され、上方まで追ってまいりました」

「新音羽屋、尾上松助に魂抜かれたか」

「よく、お見抜きで」


伊之助が言うと、松助は苦笑した。

「惚れられるのが、役者の商売だ。しかし、おまえでは、惚れられても銭にはなりそうもないの」

「お牢で、小平次さんといっしょになりました」

「牢仲間か」

さすがに意外そうに、松助は伊之助と小平次を見くらべた。

「お身代わりの一件も承知でございます」

女の耳にとどかぬよう、小声で伊之助がそう言ったとき、松助の額に癇癖《かんぺき》のすじが走った。その目を小平次に向けた。

「おまえ、こいつに何をしゃべった」

「兄さん」

小平次は細い身をすくめた。

「あの、なにしろ、伊之助さんは、兄さんの顔を知っているのだから。そのうえ、わたしが兄さんの弟子だということも。ごまかすことはできなかったのだよ。堪忍しておくれね」

「松助さん、打ち割って話しておくんなさい。尾上新七さんを喧嘩で傷つけたとか」

伊之助が言いかけると、

「てめえ、口の軽い奴だ」

松助は小平次の腕をつかんで、いきなり捩じ伏せ、殴りたおした。それをきっかけに、これまでに滾っていた怒り、苛立ちが炸裂したように、めった打ちに殴りはじめた。すべての不如意が、ふりおろす拳にこめられ、小平次は不当な折檻を甘受していた。

芝居なら、おれはここで、がっきと松助を羽交締めにし、止める役まわりだが、と思いながら、伊之助は、手は出さず眺めていた。荒れ狂う松助と、嵐に揉みしだかれる野の草のような小平次と、すべてを目に焼きつけている伊之助とが、いた。もうひとり女が、いた。女は面白そうに咽声を鳴らしていた。

「おれは、狂《たぶ》れものなのだ」

松助はわめいた。

「江戸からきた厄介な狂れものの、逸平《いっぺい》というのだ。わかったか。のみこんだか」

一言ごとに、叩きこむように、小平次を殴る。

「狂れものだから、ここではおれは、何をしてもよいのだ。咎められはしないのだ。おれは狂れものだ。ここでは誰もが承知だ。おれが名は大鳥《おおとり》逸平だ」

「わかったよ。兄さんは、大鳥逸平。気がふれている。だから、ここで養生している」

小平次は打ちかかる拳から逃げもせず、なだめるように言い、不安げな目を庭に投げた。伊之助もつられて振りかえると、視線の先に、柴を背にした年寄りがいた。狼藉を見ながら嬉しそうな顔だ。

「あれは、耳が聞こえない。何もわからない阿呆だ。おれが何をしようと、あいつはただ眺めているだけだ」

耳の聞こえぬ老爺《ろうや》も、自分も、何もせず眺めているという点では同様なのだなと、伊之助はその符合を奇妙に思った。違うのは、おれは己の冷酷さを自覚しているということだ。

蒲団は一組しかない。夜着なしではまだ肌寒い。女は老爺をこきつかい、どこからか、煎餅蒲団を借り出してきた。

その夜、松助は露骨な言葉で、小平次の前身を女に暴露した。色子。それは、松助の前身でもあったが。犬をつがわせるように、松助は女を小平次にけしかけたが、女は、こっちゃの方が強そうやんと、伊之助にしなだれかかった。行灯の灯明りは、淡い小さい光の輪をつくるだけで、光の裾は闇に没する。身のうちから精は湧き出した。

水浸しがまだかわかぬ隣室に、人の気配を感じた。おそらく、老爺が闇の中でうごめくものに目をこらしているのだろうと思った。

これからは、楽しいな。松助が笑った。

暁け方、伊之助は、夢うつつに鋭い狐の啼き音を聴いた。裏の山の樹々は風にざわめきたっていた。幼いころ旅歩きのあいだになじんだ物音であった。

めざめたとき、陽は中天に高かった。

饐えた酒のにおいがまだ籠っていた。隣に松助が腕枕であおのいていた。夜、哄笑をひびかせていた松助は、昼の光の中で、仮面が一枚剝がれたような暗澹とした素顔をむきだしにしていた。鰓《えら》に鉤《かぎ》を打ち込まれ砂地に引き上げられた傷だらけの魚を思わせた。身の内に力は脈打つのに、身動きならぬ。外からつけられた傷を、内から溢れる力が、さらに大きくはじけさせていた。

「おまえ、いつまでここにいるつもりだ」

物憂い声でそう伊之助に問いかけた。ぜひとも答を知りたいというふうではなかった。

小平次もおとわも、外に出ているのか、姿はない。土間で老爺がひとり背をかがめ、縄を綯《な》っている。昨夜の狼藉の痕はかたづけられていたが、畳はまだ洪水の後のようだ。

「親方は、いつまでこうしていなさいます」

「さあな」

「音羽屋まかせですか」

「おまえは、何かとくわしいの」

昨夜の話のはしばしに、松助は菊五郎への信頼と敬愛をもらしていた。

月々、林太兵衛から食い代《しろ》が当てがい扶持でとどけられる。音羽屋の命じるとおりおとなしくここに潜んでいれば、近々、迎えが来て、身のたつように計らってくれる。

そう、松助は言うのだが、しかし、それを十全に信じているのなら、こうも荒れすさみはすまい。見捨てられるのではないかという危惧が、たえず信頼を蝕み、松助はそれから目をそむけようとしている、と、伊之助は感じた。

「明日はまた銭がとどく」

松助は言った。

「江戸に戻るお気持ちは」

「まあ、いずれな」

伊之助に心を許しきってはいないように言葉をにごした。

いきなりおしかけた初対面の男である。しかも牢で小平次と知り合ったと聞いては、用心するのも当たり前だ。

「尾上松助の贔屓だといったな。このていたらくを見たら、もういいだろう。ここにいる松助は抜け殻だ。いずれ、脂粉のよそおいあでやかに舞台に立ったら、見にきねえ。おまえに甲斐性があったら、茶屋で呼出しな。松助ァ高えぜ」

「親方、松助さん、おれァね」

伊之助は起きなおって膝をただした。

「おまえさまに惚れている」

「ほざきやがって」

苦笑が濃くなった。

「たとえ抜け殻でも、おれの影も踏めねえ雛っこが。尾上松助大明神だ。神棚にそなえ奉って拝みやがれ」

物憂い声音の底に、いくらか弾んだものを、伊之助は感じた。

「ゆくゆくは、おまえさま付きの立作者になる」

松助は笑い声をたてた。

「入れ墨者が、立作者か」

おまえさまも、入れ墨者になるところであったろうに。口にでかかった言葉を、伊之助はのみこんだ。松助の前では禁句であろう。

「仁王の座禅みてえにそこにしゃっちょこばっていられては目ざわりだ。座禅なら壁の前でやりな」

言い捨てて、相手になるのも面倒だというふうに松助はまた陰鬱な気分に浸りこんだ。


日暮近くなると、十人近い男たちが集まってきた。いずれもうす汚い乞食のようななみなりで、とたんに垢のにおいがあたりに満ちた。

寺の住職と、尼らしい女もまじる。

男たちがいそいそと莫蓙をひろげる傍らで、和尚は書付を繰りながら、

「逸平はん、だいぶ貸しがたまっとるな。あっちゃからおあしとどいたんやろ。勘定しめてもらいましょうかの」

「まだ、とどかん。銭勘定は明日にしろ」

「ここにお使いはんがいてはるやないか」

と、和尚は伊之助と小平次をさした。

「こいつらは、金の使いじゃあねえ。ちょっとした知り合いだ」

「何やあ」

と、男たちのあいだから期待外れの声があがる。

「おあし、とどいてへんのか。ほたら、旦那、張る元手があらへんやん」

尼が不服ったらしく鼻をならす。

若い女なら髪おろしていても色気があるが、四十を過ぎた盤台面、片膝立ててのご開帳も、ありがたみはない。

「なんや、せっかくでばって来たのに、今夜はお流れか」

「やらいでか。坊主、ちっと貸しときな。あとできっちり払ってやる」

「貸しは溜まってまんがな」

「明日、金がとどいたら、そっくり払ってやるわい」

「あきまへん。おあしの顔見てからの話にしまひょ」

「馬鹿。ここまで来て、そりゃあおまえ、猛った逸物かかえてひとり寝しろというようなものだ。さ、張れ、張れ」

「和尚、ええがな。金は明日とどく言うたはるんや。取りはぐれはあらへんやろ」

「おまえらがやるいうなら、わいは、よろしねんけどな」

「そや。和尚は黙っとっても、寺銭がはいるんや。ええせえやな」

「寺銭、いうくらいや。当たり前やん」

松助の身の回りの世話をしているおとわという女も仲間にくわわり、回り筒で骰子博奕がはじまる。

「おまえもやりな」

と、手酌で呑んでいる伊之助に松助は命じた。

「元手がござんせん」

「貸してやる」

自分も借金で張っているくせに、松助はそう言った。

「てめえ、度胸のありそうな面構えだ」

肌脱ぎになった松助の目に血の脈がふくれ走る。伊之助がみたところ、集まったものらは、悪質ないかさま師ではなかった。気まぐれな骰子の動きに、まっとうに己を賭け、それだけに、熱狂は純粋ともいえる。

松助はおとわのかくしどころの毛をふところにいれ、勝運の呪いにしたが、あまり効目はなかった。松助の片手はしじゅうおとわの腿のあいだにあった。指の動きはなかば無意識なようで、目は壺に吸いつけられている。指先からつたわる暖かさが、すさんだ血を慰めるのだろう。部屋の隅には、影のように小平次が膝をそろえていた。

やがて、負けのこんできた松助は、

「伊之、おれとさしでやれ」

目の色が凄みを帯びた。

「銭がござんせんが。坊主にとられた借金証文ばかりだ」

あたりを見まわした松助のすさんだ目が、小平次にとまった。

「よし、右にするか。左にするか」

松助は言った。

「へ？」

「おれァ、右としよう。おめえは左だ。よしか」

「右と左が、丁と半で？」

「銭のかわりだ。こいつの右手は、おれのもの。左手が、おめえのだ。おう、おとわ、壺をふりな」

「右手と左手が銭のかわりとは、どういう」

「指一本が一両と思いねえ。おれが負けたら、こいつの右の指を、おまえに一本へし折らせてやる。おまえが負けたら、おれが左を一本折る」

どこまで冗談かわからない口調であった。

しんそこ狂ったか、と、伊之助は一瞬鳥肌立ち、小平次の細い指をへし折る感覚とその音を想像すると、別の戦慄をおぼえた。

土間で身をのりだしている老爺の視線を、伊之助は感じた。老爺は楽しげに、黄ばんだ長い歯をむきだしていた。伊之助は懐のいかさま骰子をそっと握った。これが、小平次の指を救うだろう。

十三

風の強い日は、千日墓の死臭が隠れ家までかすかにとどく。死者は執念深い。忘れられてなるものかと、臭いを武器にする。この破れ寺の裏にも墓場はあり、深夜手水にたつと、鬼火が遊んでいるのを伊之助はときどき目にした。

林太兵衛からとどけられるべき食い代は、月を追って滞りがちになった。松助は再三再四、小平次を使いにやった。

五月雨の晴間、心斎町にでかけた小平次は、ふたたび降り出したなかを濡れそぼって帰ってきた。松助の懐に入る金をあてにして、博奕仲間が集まってきている。

小平次は言いにくそうに、

「あちらさまが、あの……」

少しは自分で稼ぐ算段をしなされと……と、声は消えた。

「そう、言いなさいました」

「稼いでいるわえ」

いっとき間をおいて、松助は笑いをふくんだ声で言った。

「林の旦那に言いな。これでたっぷり稼いでおります、と」

骰子をふる手つきをした。

小平次は目を伏せた。

「あの……稼ぐ気があるなら、世話をするが、と」

「何をして稼げというのだ。男妾か。色勤めか。荒い仕事はできねえぜ。色と博奕のほかには使ったことのない指だ」

松助は、声だけ笑い、不満そうな男たちに、

「ちっと毛色のかわった賭けをさせてやる」と言った。

仲間たちから見捨てられるのが淋しくて、趣向を考えているのだなと思っている伊之助に、

「こう、伊之、入れ墨を消してやろう」

松助は言った。


脂汗を流し、伊之助は吼え猛る。

灼いているのは一寸四方にもたらぬ部分なのに、胃の腑からはらわた、菊座まで焼け爛《ただ》れるようで、からだの周囲の空間が、燃え上がっていると感じる。

和尚は他人の痛みだから平然と、煙を上げる艾《もぐさ》の上に新しいのを積み上げる。

頭の中で、数知れぬ蟬が鳴きさわいでいる。艾に火をつける前から外の木立で蟬の群れは驟雨《しゅうう》のような鳴き音を降らしていた。耳鳴りと虫の音が、ごっちゃになって頭蓋のなかを掻きまわす。

暴れると艾が落ちて、よけいなところまで火傷するからと、手足ぐるみ、俵のようにくくりあげたうえ柱に縛りつけられている。入れ墨や五十敲きに数層倍まさる激痛だ。

「一軒家やさかいええねんけどな、人の耳のあるとこやったら、人殺しとまちがえられよるわ。柄ににあわん意気地無しやな。命に別状ないよって、そない騒ぎなや」

「入れ墨者で暮らしたほうがましだ」

わめいたつもりだが、言葉にならなかった。

「女郎衆かてな、客の名ァいれた墨をこないして焼き消すんやで。大の男が何や。焼鏝《やけごて》あてとるんやないで。たかが灸点《きゅうてん》の少し大きいのやないか」

『夏祭浪花鑑』では、お梶が、〝火鉢に掛けし鉄弓の、火になったのを押っ取って、我と我が手に我が顔へ、べったり当て〟て頬を灼く場が、山だが、

——芝居の鏝なら、十本だってびくともしねえや。

まわりの連中は、芝居見物の気分で、酒を呑み

ながら、のんびり眺めている。松助の博奕仲間である。

音をあげるかあげないかの賭けに、一座のものはほとんど、泣き叫ぶほうに張った。尼もそっちに加わった。

伊之助のいかつい面付きに眩惑され、黙って耐え得るほうに張ったのは、博奕仲間では、二人。陰腹切って長せりふを喋る芝居の場を実と取り違え、それにくらべたらたやすい辛抱と思っている馬鹿だ。

もうひとり、おとわが、音を上げぬほうに張った。強い男が存在していてほしいという願望か。

小平次は伊之助の次に賭けの対象になるのだから、銭は張っていない。

和尚も、手加減するといけないというのではずされ、九人対三人。

「おまえ、ちっと辛抱してもうけさせてくれたら、たっぷり分け前やるさかい、きばってや」

一皮艾で焼くぐらいたいしたことはあるまいと伊之助はたかをくくったが、あっけなく声をあげ、罵倒《ばとう》と喝采《かっさい》を浴びた。もっとも、勝ったほうの利は大したことはない。

勝負は簡単についたので、悲鳴をあげる伊之助を、皆のどかに見物している。

松助が機嫌がよいのは、賭けを始める直前、林太兵衛から金がとどいたからだが、その上、使いのものが、夏には、音羽屋の親方が宮島の芝居にでなさると言ったので、望みがわいてきたようだ。

宮島なら、京、大坂とちがい、お上への憚りもあるまいから、かならず、親方から迎えがくるにちがいない。舞台に立たせてもらえる。

伊之も小平も連れていってやろう。だが、入れ墨者では……と松助が言ったのが、伊之助に焼き消すふんぎりをつけさせた。

お供するためならわたくしも、と、小平次もいそいそと申し出たのだが、伊之助が呻吟するさまを見るだけであおざめている。

「さて、これでええやろな」

黒く焦げた灰の山を、和尚は伊之助の腕から払い落とした。痕は真赤に焼け爛れた。

かわって小平次が縛り上げられる。

伊之助があっけなく落ちたのを目にし、また賭けようとは誰も言い出さなかったが、松助が、酔いに血走った目を小平次に投げた。

「小平、おれァ、おまえが吠えぬと張るからな」

ほかに、いるか、と、見まわした。

「負けるとわかったほうに張る阿呆はいてへん」

松助は、うっすら笑った。

「おれと、さしでやる奴ァいねえか」

そう言って、懐中の財布から二分銀を二枚、出した。眩しい光を銀ははなった。

四分――一両である。

「そないまとまった金を持っとったら、わいら、こないところにくすぶってへんわ」

銀に目を吸われながら男たちは口々に言い、

「旦那、元手、貸してくれるか。ほたら、のってもええな」

ひとりが言う。

「貸してやってもいいが、負けたとき、返せるか」

「負けるわけあらへんやろが」

「どうかな。こいつは、おれが声を出すなと言えば、骨が見えるまで焼かれたって、くっとも言わねえぜ」

土間で見物していた老爺が、そのとき、にじり寄ってきた。懐から、巾着をだし、松助の前においた。

「おまえが賭けようってのか」

耳は聞こえないが、見るだけでも成り行きは察しがついたのだろう。

松助が巾着を逆さにすると、鐚銭《びたせん》がざらざらとこぼれた。

だめだ、と、松助は手をふった。

「一朱にもたりやしねえ」

「わても、一口のるわ」

おとわが、老爺に加担した。

「銭あらへんけど、これまで、旦那にただでわてのからだ使わせとったやろ。あれ、女郎やったら、なんぼになるか」

言い終わらぬうちに、

「馬鹿野郎」松助は怒鳴った。

「てめえみてえなすべたを、銭だして買うか。天下の」

新音羽屋、と言いかけたのだろう、言葉をのみ、

「おれの情けの露をうけただけでも、果報と思いやがれ」

「吝いことをいうよ。仕着せもくれへんくせに」

そのあいだに、坊主は小平次を縛り上げ、腕に艾を山とのせ、

「へい、用意はでけましたで。火ィつけて、よろしか」

「待てやい。ただ焼くのでは、趣向がなさすぎる」

松助の上体はふらふら揺れた。

「いいか、こいつが音をあげたら、おれァ髪を切る。坊主になってやらあ」

「それはいけないよ、兄さん。坊主姿で、どういいわけなさる。せっかく……出るというのに」

〝音羽屋の親方〟〝宮島芝居〟二つの言葉を、小平次ははしょった。他人の耳にはいれられぬ。

「へ、おめえが、音をあげさえしなけりゃあ、おれァ坊主になることたァねえんだ。腹くくりな」

「旦那が坊主にならはっても、いっこも嬉しないな。銀もろたらええねん」

ひとりが言う。

「よし。髪切った上に一両だ。文句ァあるめえ。そのかわり」

酔い狂った目が皆を刺した。

「てめえら、負けたら、裸にむいて四つん這いにさせて、けつめどに蠟燭《ろうそく》突っ立てて火ィつけてや

ろう。そのくらいの見世物じゃあ、奥山でも十文ととれめえがな」

そう言ってから、松助は、

「小平、おめえ、そろそろ浅草のおきちが恋しいだろう」

「髪は切らないでくださいよ、兄さん」

小平次は言った。

はじめろ、と、松助は顎で命じた。

陽の落ちた部屋に、小さい灯がいくつも、床を這った。

むき出しの臀に火の雫のような蠟が垂れ、男たちの悲鳴と松助の哄笑が混じる。

煽《あお》りたてる三味線は、和尚の撥《ばち》さばきである。音曲をつとめるということで、和尚ばかりは蛍を免れた。

ようやく声をはなつ自由を得た小平次の歔欷《すすりなき》が、喧騒のあいだを糸のように縫う。


その後、何日も、陰鬱な静寂がつづいた。

臀に大火傷をした男たちは、それぞれの塒で寝込んでおり、賭場を開くことはできず、伊之助と小平次は腕の火傷の痛みに、元気が出ず、景気のよいのは和尚ばかりとあっては、松助は黙々と酒を呑むしかない。おとわも、蠟燭で臀を焼かれた。松助は容赦しなかったのである。そのおかげで、禁欲せざるをえなくなり、松助の鬱屈はいっそう増した。薹《とう》のたった小平次はすでに直接的な性の対象にはならなくなっていたらしい。

臀の肉の薄い老爺の火傷はひどく、打伏して呻いているばかりだ。おとわもふてくされ、ろくに働かず、それでも炊事だけは誰かがしなくてはならないから、小平次と伊之助が片手ずつでどうにか用を足す。小鉢一つ洗うにも、伊之助の片手が持ったそれを小平次の片手が洗うというふうだ。

重ったるい暮らしのなかで、ほどなく菊五郎から迎えがきて宮島の舞台に立てるだろうという望みが、松助をささえているようだった。老爺の呻きが、夜をいっそう陰鬱にした。

伊之助の火傷の痕はやがて瘡蓋《かさぶた》がはがれ、てらりとした薄皮がはった。しかし、入れ墨は、色こそ薄れたが、水を透かしてみる燃えさしの木切れのように、薄皮の下に、依然として残っていた。もっと深う焼かなあかんかったんやな。嬉しそうに言う坊主を伊之助は張り倒した。小平次の傷は膿みただれ、いつまでも膿汁をにじませている。

やがて、沼のおもては、白い菱《ひし》の花でおおわれた。

底無し沼と聞いている。底の地盤がやわらかい。行き倒れの骸などは、放り込めば始末がつく。柔らかい底の土が、かってに埋葬してくれる。沼底の土は、さぞ肥えているにちがいない。水も養分が豊富なはずだ、よそでは見られぬほど菱の花が大きいのはそのせいだ、と和尚は言っていた。

松助の苛立ちは深まった。夏の宮島芝居にでるのなら、もう迎えが来てもいいころなのに、菊五郎からは音沙汰がないからだ。

「音羽屋の親方は、松助さんをどう思っていなさるのだろう」

沼べりにしゃがみこみ、伊之助は小平次に話しかける。

「ほんに、宮島には出られるのかの」

「わたしは、どうでも、かまわないのだよ」

小平次は言った。

「兄さんが、舞台をつとめなさろうと、ここに隠れていなさろうと。ここの暮らしも悪くはないよ。兄さんは、お殿さまのように、かしずかれていなさる。けっこう楽しい暮らしだ」

そう言って、小平次は菱の花をちぎった。

「これでは、松助さんはまるで半分死人だ」

「いいねえ。半分死んで暮らすのは」

うっとりした声で、小平次は言った。

「生きていりゃこそ辛さもまさる。死人には何の苦労もないもの」

「くそ、おまえと話していると、けたくそ悪くなる。沼に顔をつっこんでやろうか」

「ほんとうに死ぬのは、いやだねえ」

「松助さんが死ねと言えば、死ぬのか」

「兄さんに言われたら、しかたないねえ」

「馬鹿野郎」

「おまえ、これほど惚れた相手がいるってなァ、めったにあるこっちゃないよ。わたしは倖せものなんだよ」

心底惚れているのか、惚れていると決めてしまえば、半分死ぬのと同様、楽だからか。

「惚れようにもなにかとあるものだな。おれも、松助さんには惚れているつもりだが、舞台に立たせないでは」

伊之助が言いかけると、

「おまえは死ねないだろう」

小平次は言った。

「当たり前だ。誰が」

「ほんに、惚れようもさまざまだ」

小平次は、笑顔をみせた。

「おまえはどうでもかまわなくとも、松助さんは、かまわあ」

そう、言ったとき、伊之助は、背後に足音と女の体臭を感じた。小平次はちょっと身震いして、身をさけようとした。それより早く、後ろからしのびよったおとわが、小平次の肩に手をまわし、しなだれかかった。

「伊之さん、見んといてや。いま、旦那は、お寝《よ》ってやさかい、鬼のいぬまの何とかや」

言いながら、小平次の首筋に唇をつけた。

「ええ男前やん。あて、最初から、おまえに」

やめろ、と、小平次はおとわの手から逃れようと身をよじった。

「なあ、あんた、もとは色子やったいうやんか。薹のたった色子は、前使うて後家の相手をするやんけ。あては後家よりましやろ。なあ」

「伊之さん」と、小平次は情け無く助けを求め、
あっちとやりな、と、伊之助を指しておとわに言った。

「あてはおまえが愛《いと》しいんやわして」

おとわが、ちらりと背後に目を投げたのに、伊之助は気づいた。

葭がざわめいていた。

「おまえは、兄さんの想いものではないか」

「その兄さんがさ」

おとわは言った。

「承知やいうたら、どないする」

旦那が、小平次とつがってみろとけしかけたのだ、そう、おとわは言った。

「嘘をつけ」

「ほんまえ」

葭の陰で覗いているのは松助か？　松助はそんなせこいことはすまい。見たければあからさまに見るだろう。そう伊之助は思い、目をこらすと、繁みの陰に老爺が身をすくめていた。

「ほら、じじいが証人や」

おとわは、いきなり小平次の裾前をひらき、のけぞって笑った。

「旦那の言わはったとおりや」

小平次は、おとわの髪をつかみ、ねじりあげた。伊之助がはじめて目にする小平次の憤怒の形相であった。

か細いようでも、男の力であった。小平次はおとわの顔を沼に突っこみ、押さえつけた。伊之助は、小平次を抱き止めた。

小平次が走り去ったあと、おとわは盛大に泣きわめき、沼の水で顔の泥を洗い落とした。それかられろりとなって、小平次に気があるのなら、籠絡してみろと旦那が言ったのだと、語った。

そのくらいたやすいことだ、日夜、おとわとの戯れを見て、小平次も血がのぼっているはずだ。おとわが言うと、松助は、あいつのは、ものの役に立たない、と、言葉のはずみのように言った。

ほんま？　とあてが聞いたら、ためしてみろ、言わはった。

入牢のとき、素裸の小平次を伊之助は見たのだが、牢内は暗く、また、小平次はたくみに隠していたので、気がつかなかった。

伊之助はおとわの餅のようなからだを組み敷いた。彼の視線の隅に、老爺の愉しげな目があった。

「なんであんな奴に、あたしたちのことを」

声をひそめ、涙声で責めている小平次のささやきを、伊之助はその夜、耳にした。

あたしたち、と言った言葉が、ひっかかった。

灯はなく、真の闇であった。

おとわの寝くたれた寝息が聞こえる。

「憎いか」

「いいえェ」

続く話し声は、ごく断片的なものであった。きれぎれな言葉の端を伊之助は綴りあわせた。

小平次は、菊五郎抱えの色子であった。松助はすでに舞台に立っていた。そのころ千弥となのっていた年下の小平次は、色づとめばかりの蔭子であった。松助に恋した千弥はそのころから、松助の傍若無人な気晴らしの対象になっていたらしい。

おまえが心からおれに惚れているのなら、この先もおれの女でいろ、男にはなるな。松助の、冗談半分の言葉が、冗談ではすまなくなった。のっぴきならないやりとりになったらしい。千弥は癒えない傷を受け、男の役には立たなくなった。細かい状況は、言葉の断片を盗み聞いている伊之助にはわからないのだが、冗談が本気に昂まってゆく成り行きを想像することはできた。

憎いだろう。

いいえ。

憎悪の深さを、それにひとしい深さの恋情に反転させることで、小平次は生きている。怨みはゆがんで底知れぬ愛に変形した。愛の仮面の下に怨恨の素顔があるのではない。坩堝《るつぼ》のなかで、怨と愛は融合し、分離できぬものと化した。指へしおられても耐えるほどの深淵であった。小平次はおそらくそうと自覚してはいまい。ひたすら兄さんのためと、善意のみのつもりでいる。憎悪、怨恨を認めれば、小平次のそれまでの生のすべては虚しい砂となる。小平次の本能は、そう識っている。少年の一途な献身。その時点に、小平次は自分を縛りつけた。成育する心身に、不可能な停止を命じた。それゆえ、彼に内在する力は、奔流となって外に溢れることはない。身のうちで激しい渦を巻きながら、魂の底の暗渠に向かうばかりだ。松助は小平次の渦に巻き込まれたのだ。伊之助は思い、背あわせに結びつけられて血の池地獄であがいている二人の姿を眼裏《まなうら》に視た。小平次の傷の深さに相応するまで、松助は凶暴に悪虐になることを強いられ、たがいにそうとは知らない。忠義一途の小平次は毒性の水藻のように松助をからめとる。

「おきちも呼んでやりてえな」

松助の声が耳にはっきり入った。

〝おきち〟という名を、松助は二、三度口にしたことがある。機嫌のよいとき、小平次をからかう種にしていた。浅草伝法院の裏の、線香屋を表看板にした地獄宿の女らしかった。松助の常の口ぶりでは、小平次の色のようなのだが、小平次は色をもてるからだではないと知れた。

小平次のくぐもった声がなんと答えたのか伊之助には聞き取れず、やがて、声はやんだ。

十四

そろそろ次のお手当がくるはずだというころ、見知らぬ男が訪ねてきた。

音羽屋の使いだと、松助は顔色を明るませた。

しかし、客の素性と用件を聞いて、松助は、顔色をかえた。

訪ねてきたのは、四国、阿波の小屋主の使いであった。『大亀座』という名を聞いたこともない小屋だ。松助を買いにきたのである。

「おれに緞帳芝居に出ろというのか。身のほど知らずな」

本来なら、松助付きの番頭が、相手になってとりきめるたぐいの話である。隠れ家には番頭どころか、弟子といっては下っ端の小平次ばかり、あとはおしかけ居候の伊之助ひとりだ。

松助がむっつりと押し黙っていると、

「音羽屋の親方が手ェ焼いたはるいうて、うっとこに話がきたんやで」

男はうそぶいた。

「何や臭い飯食ろうて、大芝居に出られへんようになったいうやんか」

松助を大部屋役者と思っているらしい、卑しめた口調であった。

「誰から聞いた」

松助の膝の上の拳が震えた。

「わいは、角の芝居の座元から頼まれてんけどな、座元が言うたったで」

「なんで、角の芝居のものが、おれの身のふりように口を出す」

「この秋の顔見世から、音羽屋は角の芝居に出やはる。それで、座元と談合しやはったんや」

「親方は、顔見世から大坂にきなさるのか」

「そうや。京は不景気であかんが、大坂はええで」

「新七も、顔見世から大坂か」

「いや、新七さんは、京の芝居に残らはる」

「親方が、おれに緞帳芝居に出ろと言いなさったのか」

殺気立った松助の形相に、男は逃げ腰になった。

「親方は、いま、大坂か」

「宮島や」

「宮島の芝居は、もう、初日があいたのか」

「手ェ放さんかい」

役人に訴えたるで。

襟首を締め上げていた松助の手が少しゆるんだ。

「親方が、そんな仕打ちをなさるはずはない。誰か、間に立ったものが」

「わいは、音羽屋の口からじかに頼まれたで。宮島に行かはる前に」

「嘘ぬかせ。音羽屋がてめえのような緞帳芝居に、じかに頼みごとなどしなさるものか」

「ほな、かってにしたらええわ。うっとこも、お牢入りの前科者など、使いたいこといっこもあらへんねや。音羽屋がもてあまして頭下げはるさかい、ひきうけたんや」

「音羽屋がてめえに頭さげるか」

「いやなら、ない話にしとこ」

公に櫓を許された小屋のほかは、引き幕は許されず上に巻き上げる緞帳を用いねばならぬ仕来りである。一度緞帳芝居にでた役者は、三都の大舞台に立つことは許されない。緞帳芝居に出ろと菊五郎が言ったのであれば、それは、松助を見捨てたことを意味する。

男が去った後、宮島に行って親方に会い、真意をたしかめると、松助は言った。

「親方は宮島の芝居におれを出させると言っていなさったというじゃないか」

音羽屋からじかにそう言われたわけではない。

宮島に出るそうだと、林太兵衛の使いから聞いたばかりだ。しかし、松助は、自分の望むように捩じ曲げて思い込んでいた。

まず、林太兵衛に会い、事情をたしかめ、それから、宮島に行く。

お供します、と小平次は言った。

伊之助もつき従い、鴉の群れ舞う千日墓を抜けた。

芝居町を抜け、道頓堀川をわたり船場の御前町、笠屋町、と通り、心斎町への道筋は、異界から現世に戻る感がある。長堀川沿いの心斎町は大問屋が重厚な瓦屋根をつらねる。

松助が小平次を供に林太兵衛に会うあいだ、伊之助は川べりで待った。ごつい面をだして強請《ゆすり》の心証をあたえてはまずいと、伊之助も松助もおなじように思ったのである。

やがて外に出てきた松助は、この足で宮島に行く、と言った。悪酔いしたときのように目がすわっていた。

淀川の河口から船で瀬戸の内海を西に向かうあいだ、松助はほとんど無言であった。菊五郎に捨てられた。その悔しさが、虚勢をはって空元気をつけることもできぬほど、松助を打ちのめしていた。

それでも、親方の口からじかに絶縁を言いわたされたわけではない。林太兵衛から聞かされただけだ。誰か間に立ったものが菊五郎の真意をゆがめているのだ。そう、松助は思おうとしていた。

御垣ヶ原に立つ小屋は、道頓堀の小屋にひけをとらぬ。松助は伊之助を残し、小平次を供に、菊五郎に会いに行った。

伊之助は、居酒屋に入って待った。身のひきしまった魚は、安くて美味だ。地酒もうまく、待つのは苦にならなかったが、夜が更け、見世を閉めるからと、追い出された。

大小の船が密集した船着場でさらに待った。松助と小平次が戻ってきたときは深夜になっていた。

「伊之助が一世一代の賭けでごぜえす」

大坂に帰る船のなかで、伊之助は、松助の前に膝をそろえた。

「親方、張ってくだっし」

尾上松助は抜け殻だ、はじめて面と向かい合ったとき、松助はそう言ったのだが、いまの松助こそ、まことの抜け殻だ。小平次に当たる元気もないようで、ただ酒をあおる。

菊五郎に何を言われたのか、伊之助はその場にいなかったけれど幽鬼のように一変した松助を見れば察しはつく。

突き放されたのだろう。緞帳芝居に出るなり何なりしてひとりでやっていけ、と。

菊五郎の子飼いである。幼いころ色子に売られてきた松助は、菊五郎を父がわり兄がわり、ただひとりの頼れる身内と慕っていたのだ。

三笑の執拗な手を振り切って菊五郎のもとに出奔《しゅっぽん》った。

その三笑のところに、戻ってくれと、伊之助は切り出したのである。

松助は、返事もしなかったが、
伊之助が言葉を重ねると、

「音羽屋の親方がなれというなら、緞帳役者にもなってやろうさ」

投げ捨てた。

「小平、どうだ。緞帳なら、おまえだってつとめられるぜ」

「はい」

小平次は、ほんのり微笑した。

いつまでも無為徒食でいるわけにはいかない。だからといって緞帳芝居に立ったら、二度と江戸の大芝居には返り咲けない。

そんなことは、餓鬼じゃあるまいし、松助も充分に承知だ。承知の上で、自棄になっている。伊之助が分別くさく道理をといても、何の役にも立ちはしない。

「丁と出たら、松助さんの好きにしなせえし。半とでたら、伊之助にあなたの身をあずけなせえまし」

伊之助は、骰子を、松助の前においた。いかさまを仕組んだ骰子であった。

十五

東海道百二十六里を、東へくだる。遊山の旅ではないから、ひたすら先をいそぎ、日にほぼ十里、草津、関、石薬師、宮、赤坂、浜松、と泊まりを重ね、江戸まで、十二、三日かかる。

初秋とは名のみ、七月の二丁町は、温気《うんき》が路地にこもり蒸し暑い。

中村座の出し物は『廿四孝《にじゅうしこう》』で菊之丞、仲蔵がつとめ、市村座は『菅原伝授手習鑑』の看板をかかげていた。

三笑の住まいは、閑散としていた。

裏から案内を乞うた伊之助に、庭にまわれと下女が三笑の命をつたえた。

陽の差し込む明るい座敷で三笑は書き物をしていた。門弟の姿がひとりも見えない。

乞食のように追い払われるかもしれぬ、と思いながら庭先に身をかがめた伊之助に、三笑は、思いもかけぬ人懐かしげな表情をみせた。しかし、座敷にあがれとは言わず、筆をもったまま、

「顔つきが荒《すさ》んだの」

と、かれの暮らしを見抜いた一言を投げた。

「松助は、いつ戻る」

三笑はつづけた。

「師匠のお許しがでましたら、すぐにも」

「松助がわたしに詫びをいれるというのか」

「はい」

皺の深い三笑の小さい顔に、苦笑じみた笑みが浮かんだ。

「上方にはおられまいからの」

事情を呑み込んでいる口調であった。

誰から聞いたのかと伊之助はいぶかしんだ。上方でもごく一部の内々のものしか知らぬことである。江戸にまで噂がひろまっていては、松助は二丁町の小屋にでられない。

彼の内心を読みとったように、三笑はちょっと手を振った。わたしのほかは誰も知らぬ。仕草でそう言い、吐息をついた。

吐息は、三笑には似つかわしくなかった。他人に弱みを見せたことのない男だ。

おれには……と、伊之助は思った。三笑はみじめなざまをすでに見られている。だから、かえって気楽に気弱なところもさらすのか。


松助がわたしに詫びをいれるというのか、という三笑の問いに、〝はい〟と伊之助は答えたが、松助は、詫びをいれる気などまるでなかった。

賭けに負けたから、いさぎよく伊之助に身をまかせる。しかし、三笑に頭をさげるなどまっぴらだ。三笑から、戻ってくれと頼む手紙でもよこせば帰ってやる。そう、松助は言った。

双方に甘いことを言い、ふたりの顔をたてる……、芝居の趣向であればいくらでも思案するが、実の世界であちらこちら奔走し小策を弄するのは性にあわない。まるで、役者と座方の間をとりもつ奥役のようないやな役まわりだと思うが、

——おれのほかに亀裂を埋めるものはいない。

そのために、餡入りのいかさま骰子で、松助をたぶらかした。

帰ってこい、身柄はひきうける。その一筆を三笑からもらいうけ、松助を迎えにもどる。それだけの手間をかけなくてはならない。松助の復帰

に、伊之助はおのれの命運をも賭けていた。

〃上方にはおられまいからの〃の三笑はそう言った。松助が罪科を負ったことを知らなくては出ない言葉だ。小平次の身代わりの件まで承知か。

それとも……探りを入れているのか。

「松助さんは、上方で、いささか厄介なことになりまして」

「聞いている」

案の定、三笑は言った。

「誰ぞ、師匠に知らせましたか」

「地獄耳だ」

「江戸にはもう広まっていますので」

「わたしのほかは、誰も知るまい」

「では、すべてをご承知の上で、松助さんの力になっていただけますので？」

「生憎《あいにく》だが」

三笑は首を振った。

冷酷に突き放した顔ではなかった。伊之助が驚くほど、悄然と三笑はそう言ったのだった。

「松助さんを見放しなさいますか」

事情があるなと察したが、伊之助はわざと詰め寄った。

「当分、わたしとかかわらぬほうが、松助のためになる」

三笑の言葉は、いっそう思いがけないものだった。

三笑は、いっとき、放心したふうに、目を庭にあずけた。

「松助は、いま、どこにいる？」

やがて、そう訊いたとき、気をとりなおしたように、落ちついた表情になっていた。

地獄耳は、どのあたりまでとどいているのだろうか。

「上方にいなさいます」

伊之助が言うと、

「まだ、上方か。おまえが先触れの使者か。松助もえらくなったものだ。詫びる気があるなら、まず、おのれが顔を出せと、松助に言え」

言葉はとげとげしいが、冗談口のようでもあった。

「顔見世までには、わたしのほうも片がつくだろう」

「何の片で？」

「おまえは知らないのか」

意外そうに、三笑は逆に問うた。

「上方から戻りましたばかりで、何も」

「承知の上で、訪ねてきたかと思ったが」

三笑は筆をおいた。

「わたしは、当分、隠居だ」

聞き間違えたかと、伊之助は思った。

作者として、最高位に立つ三笑である。中村座の立作者として今年も権勢をふるっていることは、小屋前の看板をみただけでわかる。次の顔見世を待たず三笑が立作者の地位を下りるなど、あり得ないことだ。

ことに、中村座との絆は他座より強い。三笑の家は代々中村座の手代だったし、三笑も団十郎付きの作者となる前は、中村座の帳元をつとめていた。

体の不調か。しかし、よほどの重病でもなければ、立作者の地位を三笑が他に明け渡すとは思えぬ。

「どうぞなされましたか」

「わたしもだいぶ働いたからな。少し、休ませてもらう」

給金のことで座元とやりあったのかな。座元が強気に出たか。そう伊之助は思った。それとも、仲蔵《なかぞう》と悶着をおこしたか。

「顔見世から出なさいますか」

「そのつもりだ」

「当分師匠とかかわらぬほうが松助のためだと言わしゃりましたが、顔見世までということでございますか」

　三笑はうなずき、

「顔見世には、松助が出られるようにしてやろう」

うけあった。

「松助さんがお上のお咎めをうけたことは、江戸では」

　伊之助が言いかけると、

「お上の咎め？」

　三笑はさえぎった。

「お上の咎めとはどういうことだ」

　少しずつ話がすれちがっている。

　松助が上方で厄介なことを起こしたと、三笑は承知だと言ったが、刑を受けたことは知らないらしい。

「松助が何をしたのだ。くわしく話せ」

「不始末を知っておいでだと」

「音羽屋から手紙がきての、新七と諍《いさか》い、舞台に立たせるわけにはいかなくなったので、謹慎させている。いずれ江戸に立ち戻らせたいということだった。音羽屋の勘気にふれたのでは、上方にはおられまいと、詫びをいれて戻ってくるのを待っていた。訴訟沙汰にでもなったのか」

　松助がいやでも三笑のもとに帰らねばならなくなるようにと、菊五郎は松助を故意に突き放したのだろうか。伊之助は思った。菊五郎はもともと三笑と争うつもりはなかった。上方にいられなくなった松助を三笑に託すための、菊五郎の恩情か。それほどの親切心が菊五郎にあるかどうか、伊之助には図りかねた。わずらわしいのでつっぱねた。それだけかもしれない。

　三笑の力を借り、松助を復帰させるためには、洗いざらい事情を話さねばならぬ。そう、伊之助は心をきめてきた。三笑なら、松助が罪科を負おうと、そのために疎んじることはあるまい。巻き込まれてともに落ちるのは厭うだろうが、松助の罪がまだ江戸には知れていなければ上方での不始末を隠し江戸で出勤できるよう、力を貸すだろう。裸でぶつかったほうがよいと、判断した。

しかし、いざとなると、逡巡が生じる。三笑に借りをつくることが、そうして、松助の最大の弱みを三笑に握られることが、松助の行く先にどうひびくか、賭けだ。

松助さんは、と言いかけたとき、襖の外から「お父っつぁん」と声をかけて、若い男が座敷に入ってきた。

三笑の次男の由輔《ゆうすけ》であった。由輔は小柄で猿顔なところが父親によく似ている。まだ若いが親の威光で、狂言作者として早くも二枚目、三枚目の地位にある。三笑には三人息子がおり、長男の半《はん》九郎《くろう》は以前から中村座の奥役をつとめている。末息子の藤吉郎《とうきちろう》は今戸の別宅に乳母と住んでいるとかで、伊之助は顔をみたことはなかった。兄弟子たちの噂では、赤子のころひょんな病で足腰が立たなくなり寝たきりなので、人の出入りの多い本宅にはおかず、静かな別宅に住まわせているのだそうだ。母親である三笑の正妻は、先年病没した。

「いましがた、文治と出会いましたよ」

言いながら、父親の前にかしこまる。

由輔の口にした名前を、伊之助の耳はとらえた。あの、文治か？　同名の別人か？　思わず聞き耳をたてた。

「こそこそと目をそらせて行こうとするから、呼びとめて、いまどうしていると問い詰めたら、河竹《かわたけ》のところにいると、ぬけぬけと言いやがった。舐めやがって、あの野郎」

「薬売りの文治のことでございましょうか」

伊之助は口をはさんだ。

「誰ですい、これは」

どこか見覚えがあるが、という目を、庭先にひざまずいた伊之助に向け、由輔は三笑にたずねる。

「いっとき、うちに見習いで入っていた伊之助だ。忘れたか。おまえはあまり顔をあわせることはなかったかの」

「感心な男でございますね」

由輔が言ったので、伊之助はめんくらった。

「落ち目となれば後足で砂をかけて出てゆく奴ばかりなのに、いっとき見習いだったという縁だけで、見舞いにくる。伊之助さんといったね。親父さまは、いつまでも逼塞《ひっそく》してはいないからね。なに、一年も、親父さまが筆をとらないでいてごらんな。江戸の見物衆が承知しない。あとで泣きをみるのは、座元さ。恩知らずにもほどがある」

意気込んで喋っていたが、父親の苦い顔に気づき、口をつぐんだ。

「文治というのは？」

伊之助はしつっこく訊ねた。

「おまえ、文治と親しいのか」

「薬や小間物の担ぎ売りしていた文治なら、知った顔ですが」

「以前の商いはそれだと言っていた。おまえと同じ年ごろの」

「はい」

「去年でしたよね、お父っつぁん、文治がうちに弟子入りしたのは」

三笑は短くうなずいた。気にいらぬ話題のようだ。

文治は三笑に弟子入りしたが、三笑が落ち目になったのでやめた。そう、由輔は言っている。三笑が休筆したのは、自らの意志ではなく、座元におろされたのか。それほど、三笑の権勢は凋落したのか。何かよほどのことがあったのか。三笑の書く狂言があたらなくなったのか。

「文治は、いまどうしていますんで」

ぎろりとした目を伊之助に向けられ、由輔はたじろぎ、虚勢をはった声で、

「河竹に弟子入りしたよ」

と告げた。

狂言作者の河竹新七《しんしち》は、仲蔵と親戚すじにあた

る。三笑としては不愉快きわまりないことだろう。

「おまえは奥に行っていな」

三笑は息子を追いやった。

「なぜです」

不服な顔を由輔はしたが、三笑に目顔でうながされると、気弱くひきさがった。

「松助がなにをしでかしたのだ」

息子の耳がなくなったところで、三笑はあらためて詰問した。

「松助さんをお連れします。松助さんの口からお聞きください」

「居所を知らせろ。わたしが迎えにゆく」

執心を、三笑はむきだしにした。

「それはいけません」

いったんひっこんだとみえた由輔がまろびでた。奥にさがったものの、気になって襖の陰で立ち聞いていたのだろう。

「いまが、大事なところでございましょう。ここで親父さまが上方に行かしゃったら、敵に足場を奪われます。御大将は、しっかと腰を据えていてください。どうでも、松助さんを呼び戻さねばならぬのであれば、わたしがまいります」

父親の醜い色の相手と、由輔は承知なのだろうか。伊之助は思った。芝居町で育てば、どのような形の色であろうと、美しいとも醜いとも感じなくなるのかもしれぬ。まれには、色の客をとらさせるのを嫌い、出世を棒にふるものもいないではないが。

「伊之助、おまえは、どこまでも、お父っつぁんの味方なのだろうね」

由輔は必死な目を伊之助に向けた。

言葉はなんとでも言えるのに、と、伊之助は思った。味方だと言えば、その一言で信用するつもりか。

「金井三笑は、蹴落とされはしないよ。そんな仕打ちは、江戸の御見物衆が、決して許さない」

高い声をあげる息子に、三笑が昂然とうなずくだろうと伊之助は思ったが、三笑は庭に目をあずけたままだ。それほど事態は悪いのか。何があったのだと、伊之助は、顔は似ているが、性根は開きのありそうな親子を等分に見た。

「讒言《ざんげん》にあったのだ」由輔は口惜しげに伊之助に言った。

「中村座のためを思って親父さまがしたことを、栄屋が座元に捩じ曲げて讒言したのだ」

〝栄屋〟は仲蔵の屋号である。

不遇なときに師匠をたずねてきた伊之助を、由輔は、頼もしい味方と錯覚し、なにもかもぶちまけるというふうに、

「わたしの兄さんが、中村座の奥役をつとめているのは、知ってか」

「半九郎さんですね」

「知っているなら話は早い。中村座の座元に子がないことも知ってか」

何人か生まれはしたのだが、みな早世したと伊之助も噂で聞いている。

「今の座元、八代目勘三郎は前名を伝九郎と言った。兄さんの名、半九郎の九郎は、伝九郎の九郎をもらったものなのだ。それほど、うちと座元は縁が深い。九代目を継ぐ跡取りのいないのを、親父さまはたいそう案じていた。それで、半九郎兄さんを座元の養子にして跡目相続させれば、座のためにもなる。しかし、親父さまが自分の口から申し出たのでは、欲得ずくと誤解されよう。他のものから座元に推してもらおうと」

三笑はあちらこちらに根回しをしはじめたらしい。由輔はそういう言葉では言わないが、伊之助は察した。

「それを、仲蔵が嗅ぎつけた」と、由輔は憎悪を露骨にだした。

「まるで、親父さまが天下を狙う大伴黒主《おおとものくろぬし》ででもあるかのように、座元と成田屋に讒訴《ざんそ》した」

仲蔵は、成田屋市川団十郎の愛弟子である。

仲蔵と三笑の確執は根強い。

その一端を、伊之助は子供のころに目撃している。

見物の目にふれない舞台の陰にひそむ葛藤の面白さに目を開かされたきっかけでもあった。彼は十二……だったと思う。紺屋職人として仕込もうとする伊三郎の目をぬすんで小屋にいりびたっていたころだ。幼いころから馴染みの、彼の古巣である。知った顔も多い。こまごました仕事を手伝えば、わずかながら小遣いかせぎにもなった。

市村座で、忠臣蔵をだしていた。裏木戸のそばにいたとき、こう、小僧、と声をかけられた。

名は知らないが、中村仲蔵の弟子のひとりと、顔だけは知っていた。

弟子は、人目をはばかるように、大きい風呂敷包みを彼におしつけ、

〃おめえな、これを持ってそっと揚幕んとこに行ってな、控えていてくれ。うちの親方が、素のまで行くからな、これをお渡ししてくれ〃声をひそめた。そうして、小銭を彼の手に握らせた。

〃わけを話している暇はねえんだ。誰の目にもつかねえようにな。訊かれても、栄屋の弟子からあずかったなんて言うんじゃないぞ〃

おめえなら、咎められるこたァあるまい。はげますように、背をたたいた。

彼がうろつくのは皆見慣れている。堂々と風呂敷包みをかかえて揚幕にいくのを、誰も制《と》めなかった。

舞台は山崎街道の場であった。

揚幕から眺めていると、楽屋着のままの仲蔵が、小道具の傘一本を手に、揚幕に来た。頭に鬘《かずら》下《した》の羽二重をつけただけで化粧もしていない。彼の顔も見ず、包みを手早く開く。黒紋付の小袖と、五分月代の鬘、朱鞘の大小、福草履、それに化粧道具一式が入っていた。

素顔から、白塗りの二枚目に変化してゆく過程が、彼の目の前にあった。なんの役をやるかのと、彼はいぶかしんだ。五段目の白塗りは勘平だが、衣裳がちがう。

楽屋着を脱ぎ捨て、黒紋付を着付け、裾をはしよりあげるころ、さっきの弟子がするりとしのびこんできた。手桶を持っていた。ツケがひびくと、弟子は、手桶の水を仲蔵の頭にかけた。雨に濡れ、白塗りの浪人は、花道に走り出た。

見物のあいだからじわが湧くのが、揚幕の彼にもつたわった。

定九郎《さだくろう》であれば、大百日《おおびゃくにち》の鬘に山岡頭巾、大縞のどてら、丸絎《まるぐ》けの帯、紐付の股引き、と、薄汚い山賊の風体が定法である。仲蔵の定九郎は、本舞台にかかると、袖をしぼり、濡れた手を払った。じわは、感嘆の声にかわった。

彼も、息をのんでいた。

〝豪気なものだろう〟弟子はささやいた。〝うちの親方の思案は。見ねえ、見物衆は感じ入ってら〟

定九郎は、山賊じみた暮らしはしているが、もとをただせば家老の息子、主家が没落したので身をもちくずした。昔からのならわしである山賊姿を、仲蔵は、無頼浪人に一変した。

見物が感嘆したのは、定九郎のもとの身分が武士だからというような理屈ではない。意表をついた白塗りの浪人の出現。そうしてその姿の、凄絶な美しさに陶然とさせられたのだ。そう、彼は直観した。

〝しかし、あとで、一悶着だわ〟

弟子は言った。

〝なにが？〟

〝まあ、いいやな。餓鬼の知ったこっちゃねえ〟

弟子は突き放し、

〝おめえ、すっこみな。邪魔だ〟と、追い立てた。

少し長じてから、一悶着の理由に納得がいった。このときの芝居の立作者が、金井三笑だったのである。当時すでに三笑は、たいそうな権勢をもっていた。作者は、役者に追随しがちなのだが、三笑は、役人替名（配役）、道具、衣裳、舞台に関するすべての決定権をにぎってゆずらない。その三笑の権勢を、仲蔵は、蹴ったのだ。前もって新工夫を話せば、三笑に拒否される、あるいは、三笑に手柄をうばわれる。そう判断して、仲蔵は、弟子に手伝わせ、三笑の目のとどかぬところで新しい扮装にかえたのだ。

三笑に楯突いて激怒を買った仲蔵は、そのあと、三笑が作る芝居には出られなくなったが、人気は一挙に沸いた。三笑は仲蔵を排斥したが、新進の桜田治助が、仲蔵のために筆をとり、仲蔵の人気はますます上がった。人気作者と人気役者である。座元の懇望もあり、近頃ではまた、一座するようになっていた。

「成田屋は一も二もなく、仲蔵の讒言を信じ、座元に、三笑を追放せよと厳命したのだ」と、由輔はつづけた。

あながち事実をまげた讒言とは言えまい。伊之助は思い、無言の三笑に目を向ける。

三笑は、中村座の座元の地位を狙ったのだろう。江戸三座のなかでも、中村座はとりわけ由緒正しい。その座元である中村家は、芝居町ではもっとも重きをおかれている。三笑の家は、代々中村座の手代であったとはいえ、血筋はかかわりない。三笑の息子を座元が見込んでぜひ跡継ぎにと望んだのならともかく、三笑のほうから策を弄して無理押しに押しつけるのは、陰謀といわれてもしかたのないことであった。

もともと、策士、陰謀家、と悪名の高い三笑である。横槍のはいらぬうちに、座元を承知させ、養子縁組を公表してしまえば、事はすんだのだろうが。

――仲蔵のほうが、一手早く手を打ったのだな。

澱《よど》み濁った藍の表に、埃《ほこり》が浮いていた。

指を浸し、染まった指先を舐め、

――死んでいる……。

伊之助は声に出さず呟《つぶや》いた。

朝夕、こまめに掻き回し面倒をみてやらねば、藍は、醗酵を止め、息絶える。

閉め切ってあった見世の中は、黴《かび》と埃のにおいが充満していた。

新乗物町の伊三郎の見世の前に立つと、戸が閉まっていた。そうして、近所のものが、伊三郎は縊死したと彼に告げたのである。

〃去年の暮だったよ。伊之さん、おまえは行方知れずだし、身寄りたよりはまるきりいないようだし、しかたがない、家主が裁量して、檀那寺に葬ってもらったよ。律儀に、弔いの費えにあててくれと銭が包んであった〃

〃なぜ……〃

伊之助の問いに、近所のものはわからないと首を振った。

〃おとなしい影の薄い人だったっけが。格別、苦にするような借金があったわけでもなし、女とのいざこざの様子もなし。気鬱の病だろうねえ〃

息絶えて泡のたたない藍は、伊三郎のこころの奥の空洞を思わせた。

伊之助の洞窟には、何か得体の知れぬ力がみちているが、伊三郎のそれは、外壁が枯れ葉のように水気を失い、かさかさと、他愛なく崩れたのだろう。伊之助は藍の面に映る顔を眺める。

いつまでも空き家にしてはおけない。早く家財の始末をしてくれと、彼は家主に督促されている。他に貸したいのだが、義理にもせよ伊之さんという息子がいるのに勝手に処分もできず、困り果てていたのだ。人が住まぬと家が荒れてかなわない。伊之助さん、おまえが住むのなら、伊三さんが死んで以来とどこおっている店賃をまとめて払っておくれ。

古道具屋を呼んできて、悉皆《しっかい》売り払わねば。伊三郎は物の手入れはよく、箪笥も長火鉢も乾拭きで磨きたててあったのだが、死ぬ前のころはどうでもよくなっていたのか、家具の木肌は荒れ、埃がしみこんでいる。二束三文だろうな。縁がすりきれ、湿気を吸い、毳がしおれた畳を踏むと、沼に踏み出したように足が沈んだ。手甲と脚絆をとき、古畳に身を投げ出した。

江戸を離れてあしかけ三年になるが、正味は一年半にもならぬ。そのあいだに、ずいぶんと有為転変のあったものだ。

伊三郎が骨になった。

三笑は没落した。

たいがいのことは、世の中、そういうこともある、とたじろがぬつもりでいたが、三笑の失脚は、伊之助には、踏みしめている大地が突然陥没したような衝撃であった。聞いた当初はそれほど愕然としなかったのは、驚きが大きすぎて信じがたかったためかもしれない。今ごろになってじわじわと恐ろしさが身を侵しはじめる。敵が多いとは承知していたが、これほど完敗することがあるとは思いもよらなかった。やはり、芝居は、作者より役者なのか。

役者の権勢に、作者は太刀打ちできぬのだ。三笑ほどの実力者であっても、成田屋の一声には叶わない。芝居国では、公方さまにもひとしい市川宗家である。三笑はたかだか、軍師にすぎない。成田屋の不興を買った三笑のためにとりなすものはいなかったようだ。三笑もまた狷介不屈だ。みじめに泣きをいれる気にはならないのだろう。

あおのいて寝ころがったまま、伊之助は宙に目をあずける。

三笑、仲蔵、どちらを是とも非とも、伊之助は断罪する気はない。ただ、松助と己の先行きを思えば、三笑に早いところ復活してもらわなくては困る。

顔見世までには片がつくと三笑は言ったが、それにしては三笑はいつになく弱気すぎた。

松助に代わって三笑に詫びをいれ、ただちに大坂に引き返して松助を江戸に連れ帰り、しばらくほとぼりをさましてから江戸の舞台に復帰させる。その胸算用が狂った。三笑の失脚に加えて、伊三郎が死んだとあっては、後始末をしてからでなくては発てぬ。

伊三郎の家財を処分し借家を明けわたすのに、数日かかった。身軽になって三笑の家に行くと、

「松助を呼び戻せ」

三笑は路銀と書状を渡した。

「顔見世には、松助を江戸の舞台に立たせてやる」

十六

汗と埃にまみれて、伊之助は東海道をふたたび西に向かった。

難波村にたどりついたころは、朝夕は、秋風がたつようになっていた。

難波と江戸を往復した一月足らずのあいだに、松助の隠れ家はいっそう荒れ果てていた。無人のまま放置されていた伊三郎の見世よりさらに荒廃の度はひどいほどだ。

破れ寺に踏み込んだような錯覚を、伊之助は持った。

仏間の青黴の密生した畳の上に、松助は、横たわっていた。

小平次の姿はない。おとわも老爺もいなかった。

「ただいま、戻りました」

声をかけ、擦り切れた草鞋を脱ぎ、土足のほうがましな畳にあがった。松助は身動きもしないので、伊之助はぎくっとした。骸……と感じたのだ。

しかし、にじりよると、「う」と物憂い声で松助は応じた。

「親方、吉報で。金井の師匠、大喜びで、ぜひ、すぐに江戸に帰って来いと。顔見世から、江戸の舞台に立てますよ」

ことさら、声をはずませたが、

「そうか」と言いながら、松助の顔色は浮かない。

いわば、万策尽き、敵の軍門にくだるわけだから、悄然としているのも無理はない。三笑のもめごとを話したら、いっそう気落ちするだろう。江戸に帰りつくころは、決着つき、三笑も地位をとり戻していることだろうから、松助に告げることもないだろうと、伊之助は判断した。

「ところで、忠僕小平次さんは？」

「死んだ」と、松助は言った。

そのとき、伊之助は気づいた。破れ寺を連想したり、横になっているだけの松助を死んだかと思ったりしたのは、においのせいだ。線香のにおいが、うっすら流れている。

「むしょうに位牌に縁がある」伊之助はつぶやいた。

「江戸に帰ったら、わっちの育ての親もごねておりやした。だが、小平次さんは、なんでまた」

仏間といっても、仏壇をはめこむところは空のままだ。そこに置かれた位牌の前に線香が細い煙をあげている。

伊之助は鉦をたたき、ちょっと手を合わせた。

小さい鉦は、小平次の泣き音《ね》のような音をたてた。

「足すべらせて、沼に落ちた」

「それァなんとも、果敢《はか》ない」

伊之助は、あとにつづく言葉を待った。

松助が言いたいことを力ずくで腹におさめていると感じたのだ。

「おれが殺したようなものだ」

沈黙にたえきれなくなったように、松助は、洩らした。

「〝殺した〟と〝ようなものだ〟は、えれえ違いで」

「酒」と、松助は命じた。


無聊をなぐさめるために、松助は小平次をいたぶり、さらに、おとわをけしかけ、からかわせた。

松助がそういうのを聞き、伊之助は、かつて目撃した情景を思い浮かべた。

あの場面が、いくたびも繰りかえされていたのか。

おとわは、沼べりで小平次に挑み、あげく、はずみで、小平次は底無しの沼に落ちた。

「ありていを言やア、おとわが突いたはずみに落ちたのだが……」

「公にはできねえ」伊之助はうなずいた。「こっちに弱みがある」

「伊之、おれア……」と言って、松助は言葉をのんだ。

その夜、伊之助は、卵塔場に飛びかう陰火を、なつかしい思いで見た。鬼火は、墓所の夜にちりばめられた簪《かんざし》の珠、蒼白い華やぎであった。

十七

冥府から立ち戻った松助と、地獄に墜ちた心境であろう三笑とが、向かい合っている。

伊之助は、座敷の隅でみつめる。

「戻ってまいりました。存分にしなせえし」

そう言った松助の声音に、伊之助は、ほのかな色気を感じた。三笑にからだをなぶられるのを覚悟の声だからであろう。

「おまえを顔見世の舞台に立たせてやると言ったがの、かなわぬことになってしまった」

三笑の薄い唇が、わずかに動いてそう告げた。

松助の顔は、後ろにいる伊之助には見えないが、うろたえたふうではなかった。中村座との一件は、江戸に入る前に、伊之助は松助に話しておいた。顔見世までには、片がつこうから、案じることはないと、言い添えた。そのとき、松助は無言だったが、最悪の事態も、予測したのかもしれない。

かたわらにひかえた由輔が、

「顔見世に、中村座ばかりではない、市村座も森田座も、金井三笑を立作者に使わぬと、決めたのだ」

涙声で訴えるように言う。

顔見世に使わないということは、その先一年の蟄居《ちっきょ》を意味する。

「わたしを蹴落としたのは、成田屋の力だけではない」

三笑は、そう言った。無念を、薄い笑いの仮面で隠している。

「わたしは一年の隠居ではすむまい。座元も成田屋もわたしに詰め腹切らせ、引退させる肚だ」

松助の肩ががっくり落ちるのを、伊之助は見た。伊之助もまた、落胆と焦燥にからだが震えた。三笑の事態は、最悪になっている。

「人の心の闇をのぞき、複雑な趣向をたてる三笑風が、平明安逸を好む今の江戸の見物衆のお気に召さなくなったということだ」

と、三笑はつづけた。

「しかし、わたしは世間の流行りもののあとを追って、三笑風を変えることはすまいよ。わたしの後楯がなくとも、松助、おまえほどのものを、座方はほうってはおかぬ。必ず舞台には立てようから、気を落とさずにおれ」

肩肘はってかまえていた松助のからだが少し柔らかみを帯びた。音羽屋は、保身のために彼を切り捨てた。彼の身を本心案じてくれるのは三笑だと、悟ったふうであった。

三笑は伊之助に目を向けた。

「狂言作者の望みはまだ捨てぬか」

「なかなか」

「桜田にあずけよう」

そう三笑は言った。

「わたしがひっこめば、あとはしばらく桜田の天下だろう。のどかで軽やかな桜田風が見物衆のお気にかなったようだ。桜田のもとで、修業しておれ。年功も大切だ。世の風向きはまた変わる。心の奥底にひそむ魑《ち》魅《み》魍魎《もうりょう》が騒ぎださずにおるものか」

「松助さん、ちっと、辛抱してくだっし。わっちがじきに立作者となり、難波村の大乱痴気の風をお江戸に吹かせてやります」

「鋸屑《おがくず》も言えば言うものだ。たいそうな面アしやがる」

三笑は苦笑した。

「わたしがかえり咲くまえに」

「一足おさきに初花咲かし、初音ゆかしき鶯の」

「けたたましい鶯だ」

「一皮むけば大鷽鳥《おおうそどり》。嘘がまことか、真《ま》菰《こも》が莫《ご》蓙《ざ》か。衣《え》紋《もん》乱れてござれ腰。ござれ、ござれと湯《ゆ》文《も》字《じ》が招く。のこのこさいさい、のんこの酒《しゃ》唖《あ》」

でまかせの果てが流行り歌になりながら、伊之助は、先の見通しの暗さに、いささか暗澹とする。

桜田治助は、壕越二三次の弟子で、三笑と三つしか違わないのだが、立作者となったのは、九年おくれている。三笑が二十八歳で立作者となった宝暦九年、二十五歳の治助は、ようやく作者見習いとして一年たったばかりだった。しかし、三笑がすでに頂上をきわめ、没落の一途をたどりはじめた今、治助は華やかな上り坂だ。

三笑よりはるかに陽性で、肚に毒のない江戸っ子気質である。意地っ張りでもあった。数年前、中村座の立作者をつとめていたとき、治助のきめた配役に座元が口をだした。立腹した治助は退座し、一年、筆をとらなかった。座元のほうが折れた。

人気にのり、我儘も言い、ずいぶん頭《ず》が高くもあるが、悶着をおこしても、三笑のように陰湿なことにはならない。根が屈託なく明るいから恨みを買わず痼《しこり》をのこさないのだろう。

「格子を磨いておけ」

兄弟子に言われ、

「わっちは下男奉公にきたのではないんで」

伊之助は、突っぱねた。

三笑のところで、下男の仕事はすませ一段上の仕事についていた。また、振出しからやりなおすのでは、かなわない。

入門したといっても、まだ、治助に挨拶もしていない。治助は吉原にいつづけで、顔をあわせる折がなかった。

「馬鹿野郎。口答えをしやがるか」

怒鳴った顔が急に愛想よくなり、

「師匠、おかえりなさいませ」

走り出てゆく。

他の弟子も十数人ずらりと玄関の取次の間に居並び、頭をさげた。

供をしたがえて帰宅した治助は、肌の艶のよい下ぶくれの顔立ちと丸っこいからだつきのせいか、三笑より十も若いように見える。三笑の方が年より外貌は干からびているのだ。女芸者や幇《ほう》間《かん》やらが、いっしょだ。

上がり框にどっかり腰をおろした治助の足元に弟子たちはかがみこみ、草履をぬがせ、足袋の埃をはらい、手をとらんばかりにして上に上げる。

座敷に行く治助のあとにぞろぞろつきしたが

う。

兄弟子のひとりが、治助のぬいだ草履を伊之助に押しつけた。

「へ？」

「気働きのねえ野郎だ。お拭き申し上げておけ」

「へ。雑巾……」

太閤さんも、もとァ草履取りとつぶやき、雑巾はみあたらないので着物の裾で泥を落とし、沓脱ぎの上にそろえてから、兄弟子たちのあとを追い、座敷に行った。

着替えをする治助のまわりに、弟子たちはまつわりつき、羽織をたたむもの、着物をぬがすもの、すかさず、後ろから着替をきせかけるもの、帯をさしだすもの、結んでやるもの。かたわらで幇間が、いよ、お似合い、などと褒めあげている。敷居ぎわに立った伊之助の顔に、汚れた足袋が放られた。はらいのけると、

「何しやがる。師匠のおみ足袋を」

怒声が降った。

下女のところに洗いに出せというのだろうと、わかってはいたが、

「どうするんで？」

「こいつァ何だ」

着替を終わった治助の目が伊之助にはじめて向いた。

「新入りでございますよ」

弟子が言う。

「金井の師匠から」

伊之助が言いかけると、治助の顔が冷やかになり、

「ああ」と、顎をしゃくっただけで、あとは無視し、胡座をかいて煙草盆をひきよせる。

女芸者が煙管を吸いつけてわたす。

三笑のところで、兄弟子たちからさんざん嫌がらせをされた。また、あの繰り返しだ。それでも、三笑を尊敬していたし、ようやく三笑と気心

も通じ合ったし、これからというときに、くそ、一からやりなおしだ。

うんざりした気分が顔にでたとみえ、

「何だ、そいつの仏頂面ァ」

治助の機嫌が変わった。

「まことに、新入りのくせに厚皮な奴でございますよ」

治助は、あっちに行けというように手を振った。


「おまえも運のねえ奴だの」

鍋をつつきながら、文治はずけずけ言う。

ももんじ屋に入ったら、文治がいた。河竹新七の門下となった文治は、狂言方として伊之助より優位に立ったと思うからだろう、態度が大きい。こっちに来ねえ、と鷹揚に誘ったのだ。

「金井筒屋に弟子入りしたかと思えば、破門され、上方で乞食をしたあげく、牢にぶちこまれたと聞いたが。前科がついていては、肩身が狭かろうの」

伊之助は袷の袖をまくり、入れ墨の痕をみせつけ、

「でかした、でかした。江戸を見ぬと牢へ入らぬとは、男の中じゃない」

『夏祭』のせりふで応じた。侠客・釣船の三婦《さぶ》が、獄屋を放免になった団七《だんしち》を迎えるときの、胸のすく言葉だ。焼き消そうとしたのがかえって恥ずかしいが、何、あの場の成り行きだった。荒々しい乱騒ぎが、ひたすらなつかしい。

文治は気のきいた返事がとっさに出ず、間の抜けた沈黙の後、

「金井筒屋は、もう浮かむことはないぜ」とつづけた。

「木場の親方が刺し違えで、身を引いたのだからな。これで、金井筒屋がまたのさばりだしたら、成田屋の贔屓が黙っちゃあいねえ」

木場の親方というのは、いまの成田屋・五代目市川団十郎の実父、深川木場に住む四代目団十郎

である。六年ほど前、団十郎の名跡を息子にゆずって海老蔵《えびぞう》を名乗っている。三笑がのしあがったのは一つにはこの木場の親方こと四代目団十郎付きの立作者となり、引き立ててもらったからである。

しかし、九年後、宝暦十三年には団十郎と袂をわかち、翌年から、市村座に立て籠り、団十郎中心の中村座の大一座に対抗して、若手のために「色上戸三組曾我」などを書いた。その後仲直りはしたが、いったん生じた亀裂は、埋め尽くされてはおらず、この事件を契機に、再び決裂した。

座元は、三笑に未練がある。木場の親方は、九月の狂言を一世一代として、以後、引退した。自分も身を引くことで、弱腰になりがちな座元に性根を入れさせ、三笑の復帰を妨げ、息子の立場を守ったのである。

「落ち目の金井から、当節人気随一の桜田に鞍替えしたのは、伊之、おまえとしちゃあ上出来だとほめてやりたいが、桜田の門下じゃあ、抜きんでるのは容易ではないぜ。弟子が溢れている。そう思ったからおれァ河竹にしたのだ。じきに五枚目ぐらいには取り立ててもらえそうだ。河竹は、おまえも知ってだろうが、仲蔵の義理の姉さんの息子だ。三笑が没落したこれからは、作者は河竹だぜ。おれが、河竹の師匠に口をきいてやろうか」

「そうして、おまえを兄弟子と敬い奉るのか。いやなこったの」

いやな風にもなびかんせ、と伊之助は口ずさみ、香ばしいにおいをあげはじめた獣肉をごっそり箸でかき集めた。

文治はあわてて箸をのばしながら、

「伊之、おまえ、まだ、お目見え奉公だろう」

お目見えのあいだは、師匠に試されているわけだ。

つとめぶりが師匠の気に入らなければ、正式の弟子にはなれない。

当分、桜田治助のもとで、また庭掃除やら紙縒りつくりだ。うざったいの。

鍋の煙がたちこめる向こうに、伊之助は、細い肩の小平次を見たような気がした。過ぎて帰ることのない時が、一瞬立ち戻った。目をこらすと、消えた。

十八

松助がようやく復帰できたのは、翌年の七月、森田座の狂言からであった。

上方で新七と諍いを起こし、相手を傷つけ、音羽屋の不興を買った、と噂はつたわっており、入牢したという話も聞こえていた。小平次が身がわりにたったことだけは隠しとおされていたが。役者のなかには、お牢で汚れた罪人といっしょの舞台には立てない、松助がつとめるのならわたしは下りる、と強硬に言い張るものもおり、座元も、二の足を踏んだ。

落魄と孤独は、松助から若さの華やぎを奪ったが、そのかわりに、深い陰翳をあたえ、役者として、以前よりはるかにみごとになった。そう、伊之助には感じられ、このまま、朽ち果てさせてなるものか、と、思いが強まる。しかし、伊之助自身、師匠の治助のうけが悪く、いっこうに芽は出ない。つとめる小屋がちがうので、松助と顔をあわせる機会は少ないが、難波村の冥府の祝祭を眼裏によみがえらせ、

——待っていておくんなさい。

伊之助は、歯ぎしりする。師匠の桜田治助の目には、伊之助は、不器用で柝も打てず、字もからっ下手、何もできないくせに、減らず口ばかり達者な、目障りな役立たずとしかうつっていない。伊之助は、鬱屈が腹にたまる。目のある師匠な

ら、おれの才を見抜けるはずだ。そう自負しているが、治助の目は伊之助の上を素通りする。

下積みの日がつづく。うだつがあがらないのは河北新七の門下となった文治も同様で、まだ番付に名ものらない。文治は伊之助に愚痴をこぼしたがるが、相手になるのはうっとうしい。三笑は逼塞したままだ。

退屈でたまらなくなると、伊之助は、仕事をうっちゃらかして、浅草や両国に足をのばす。

毎月十八日は浅草寺のご縁日で、広小路から奥山にかけ、大賑わいとなる。

本堂西北の奥山には見世物の掛小屋がところ狭しと並び、大道芸人が見物を集め、掏摸《すり》がかせぎわまる。縁日のたびにこうも人が出盛るのは、みな、よほど退屈しているのかなと思いながら、彼も雑踏に揉まれ、看板を見上げる。

たいがいの見世物は彼にはもう種が割れている。それでも、そこそこ刺激はあるし、ときに珍しいものもあって、わずかに退屈がまぎれる。

鍋食い男、碁盤娘、熊女、馬男、蟹娘、蘇鉄男、綱渡り、蠟燭渡り、力持ち、曲独楽、異形異能のものたちの発する並みを超えた力が、土地にみなぎる。もっとも、香具師《やし》がこしらえたいかさまもずいぶんあるが、うまくだましてくれれば、見物は文句はいわない。

数年前から、上野山下を中心に下谷・浅草辺に私娼の見世が出るようになった。泊まりは南鐐《なんりよう》一枚つまり二朱だが、一切りなら二百文で遊べる。お上をはばかって、表向きは提灯屋だの仏具屋だの口入れ屋だのの看板を揚げている見世も多い。額の抜け上がった大年増が、紅白粉で皺をぬりこめ、赤い振袖で客を待つ。頭の天辺の禿が簾《すだれ》越しの月のように髷のあいだからのぞいている。

伊之助は見世物見物の帰りに寄るのが癖になっていた。奥山は、春は桜に埋まる。昔、享保のころ、念仏堂の善応上人が新吉原の遊女たちに桜一株ずつを寄進させ、それに源氏名をつけたのが評判となり、その後も妓楼などからの寄進もあって、奥山は桜の名所になった。

六月半ば、桜の樹々は鬱蒼と葉を繁らせ、木陰に湿気がこもっている。

『昔語花咲男』と染めぬいた大幟がひるがえる小屋は、曲屁の名人が出ているるので、壁の蓆が破れるほどの大入りだ。

「さあ、入らしってごらんなさい。代はお帰りわずか十六文、阿蘭陀《おらんだ》わたり、唐《から》わたり、赤いが錦鶏、白いが白雉、孔雀がいる、鶴がいる、高麗鳩に金鳩銀鳩、蝦夷ヶ島からわたった大鷲、身の丈一丈五尺の雷獣、日光筑波の山中に住み、かしこで杉の木が折れた、ここで松の木が折れたというのは、みな、彼奴《きゃつ》がしわざ……」

呼び立てる名鳥の見世物小屋の前を過ぎ、ビイドロ細工師が大道で、徳利や風鈴をビイドロで吹きわける手ぎわを眺め、相州大磯の漁師が手捕りにした大海坊主と看板を揚げた小屋に入ってみた。

一間半ほどの生け簀《いす》に、ぬめぬめと黒い海獣が水から頭を出し、口上が手を叩くと這い上がってきた。

「花ちゃんや」

両の鰭《ひれ》を打ち叩き、アーと、海獣は答えた。

本堂前から随身門にかけての一帯と、仁王門に通じる参道の脇、そうして門前広小路にも、ずらりと折り畳み式の床見世が並んでいる。二十軒茶屋とともに、浅草寺名物のひとつだ。水茶屋も楊枝見世も、顔立ちのよい女の愛嬌が売り物で、柳屋おふじや堺屋おそでなどのように一枚絵に描かれた女もいる。

「寄ってお行きなさいませ。お出花をあがりませ。白玉の冷えたのもございますよ」

櫛巻の婀娜《あだ》っぽい女たちが、愛想笑いをふりまく間を抜け、広小路に出た。頭巾で顔を隠した坊主らしいのが口入れ屋に入ってゆく。あの見世も、地獄屋か。

「おきち、これ、ころぶよ」

女の声が耳をうった。

〝おきち〟の名に聞き覚えがあった。

しかし、ころぶよ、といわれた〝おきち〟は、三つ四つの幼い子供で、母親の手をはなれてちょこちょこ走り、ころんで泣き出した。

伊之助のおぼえのある〝おきち〟の名は、

——小平次の……。

そうだっけ、と、思い出した。

松助が二、三度口にしたことがあった。小平次の色のような口ぶりで、小平次をからかう種にしていた。しかし、小平次は、色を持てるからだではないのだった。

たしか、浅草伝法院の裏の、線香屋を表看板にした地獄宿……。

記憶の底に沈みこんでいた。

いまもいるかどうかわかりはしないのだけれど、伊之助は、広小路を西へ、伝法院裏に道をとった。

蛇骨長屋の入口近く、線香の束をわずかばかり置いた見世はすぐみつかった。

「ごめんよ」

「どなたさんで」

老婆が顔をのぞかせた。

「客だよ」

「線香かい」

「おきちさんが望みさ」

「生憎だったたね。おきちは、ちっと、出ているよ。ほかのを、すぐに呼んでくるが」

老婆は言った。過去がふいに今と繋がった。

「ほかのはいらねえ」

「床のよいのを、いますぐ呼んでくるから、中で寝ころんでおいでな」

「おきちさんに、馴染みがいただろう」

「はて、おまえがこれから馴染みになるのだろう」

「二丁町からわざわざ買いにきていた芝居者がいたろうじゃねえか」

「小平次さんのことか」

さらりと、老婆はその名を口にした。

「それさ」

「ながいこと、お見限りだ。おまえ、小平次さんを知ってか。ちっと顔をだすように、言いな。あれァ、アタしつこい客だったが。おきちとは幼馴染みだというよ。おきちも、父親が芝居者だったから」

「小屋方か」

「役者だったよ」老婆は言いかけ、

「おれァ無駄話はしねえの。買物がなけりゃあ、出ていっておくれ。場所ふさぎだ」

「おきちさんが帰るまで待つよ」

「きつい執心だ」

「なんという役者だ」

「誰が」

「おきちさんの親父さ」

「南北《なんぼく》といったよ」

「道化方のか。十年も前に死んだだろう。音八《おとはち》と並ぶうめえ道化方だったと、話は聞いているが」

「おまえの言うのは、二代目、お吉の祖父《じじい》のことだろう。あれは、達者だった。おまえの年では知るまいが、道化方の上々吉は、音八と南北、と相場が決まっていたっけよ。おれもよく見たっけが、木挽町で、津打《つうち》の『鬼一法眼指南車』を出したとき、弁慶《べんけい》をつとめての。荒事もうまかった」

と、彼の生まれる前のころの話を始めたので、閉口し、

「で、おきちの親父というのは？」

さえぎった。

「おきちの親父は三代目は継いだが、いっこう名は出ず、田舎回りに落ちて、行き方知れずだよ」

「それで、娘はけころか」

「おまえ、なぜ、そう根掘り葉掘り訊く。下っ引きか」

「そうまで根性は悪くねえ」

「塩をまかれねえうちに帰りな」

商いにならぬと見て、老婆は追い立てた。

しかし、急に愛想のよい顔になり、

「おきち、客人がお待ちかねだによ」

のびあがって、彼の背後を手招いた。振り向くと、だらしなく下駄をひきずった女が、こっちにくる。

「遅いの。客人が待ちきれず帰るところだった」

「客が来ぬまに灸をすえてくれろと、艾《もぐさ》を買いに行かせたのは手前じゃねえか」

言い捨てて、女は下駄を脱ぎ散らし、奥に入る。

老婆は機嫌よく聞き流し、彼を招じ入れた。

奥の薄暗い部屋に三布《みの》の蒲団を手早く敷き、二双屛風をたてまわした。

昼日中《ひるひなか》なのに、見世との境に板戸をたてたので、女の顔もよく見えず、行灯がほしいほどの暗さだ。

彼より五つ六つ年上か。肉づきのよい年増だ。自堕落に横坐りになって帯を解く。櫛巻の髪がほつれ、襟首にざんばらになっている。胸乳に手をのばすと、しっとり汗ばんでいた。手拭いで、女は胸から襟首をぬぐい、

「背なを拭いておくれよ」放りなげた。

「三升の紋入りではないか。おまえ、団十郎が贔屓か」

「貰いものだよ。暑っくるしいたら。もっと下まで拭いておくれな」

「成田屋の定紋入りの手拭いで臀を拭いたら、贔屓が怒るだろうに」

「暑いの。おっかさん、冷やっこいのをおくれよ」

屛風の向こうに声を投げた。

板戸が少し開き、湯呑に水をいれたのが、突き

だされた。

わずかな光の縞が、女の顔を一瞬よぎった。

ふっくらとしたお多福顔が、思いのほか愛らしい。

「あの婆さんは、おふくろか」

「なに、遣り手だよ」

「おまえも、芝居者の身内だというな」

「地獄耳だの。おれの祖父《じい》さまというのは、たいした役者だったよ。名を言っても、おまえなんざ、若造ゆえ知るまいが」

「言ってみな。まんざら知らねえでもない」

「孫がけころでは、恥になるから言わねえの」

「そうかい」

ふいに、いじらしくなり、彼は女を抱き入れた。拭うあとから汗がふきだすらしく、湯に溶けかけた餅を抱くようだ。こんな女と逢いながら、小平次は、まともな色ごとはできなかったのか。

アタしつこいと老婆が言っていた。

「親父どんも道化方だったそうだの」

伊之助が言ったのは、欲望を果たし終えたあとのけだるいときであった。

直しになるよ。

老婆が板戸の向こうから言った。

「もう、帰るよ」

ゆっくりしていきなね。まだ日は高いよ。仕舞いをつけてやりなね。

「は、ありゃあ、屑だ」

おきちは言った。

「二丁町の小平次というのが来ていただろう」

「弟だよ」女は言った。「このじゅう、とんと来ねえの」

伊之助は一呼吸し、

「実のか」たずねると、

「そうだよ。おまえ、どうして、あいつを」

「それでは、小平次さんも、南北の」

「おや、おれの祖父さまの名を、知っていたのか」

直しだよ。あとで文句は言わないでおくれよ。

遣り手は板戸の外から念をおした。

「いいや。あの人は、祖父さまの血はひいていねえの。おれのおっ母さまが、間男して孕《はら》んだ子だというよ」

けろりとした声で、女は言った。

「それで、生まれた子供を色子屋に売り渡したのだよ」

「おまえ、それと承知で弟を客にとっていたのか」

「そんなことをしたら、畜生だ。可愛がっただけさ。あれァ、色はできねえのだもの」

板戸の向こうで耳をすます老婆にアタしつこいとうつる可愛がりかたをしたのだなと、伊之助はちょっと黙った。全き色さえしなければ、からだをどう可愛がろうと、畜生と呼ばれることはないと、おきちは無邪気に思っているようだ。

「で、おっ母さんてのは、今、どうしている」

気をかえて尋ねると、

「とうに、どこかに消えたよ。そう、うるさく聞かんすな。せっかく直しにしたのだ。ほかにすることがあるだろうに」

「おまえも根っからの腎《じん》ばりだの」

「おまえが手取りだからさ」

「こう、小平次がおまえの弟だというのは、嘘じゃああるまいの」

「なんで、あいつのことがそう気になるのさ」

「あまり思いがけねえからさ」

「若い衆さん」

板戸の外から、また老婆が、

「その子の言うことを、まともにおとりでないよ。その子はの、悪気はないが、嘘をつくのがもって生まれた病いでの。そのかわり、床はとほうずもないだろう」

「嘘か」

女はけろけろ笑った。

そういえば、小平次は、生まれは奥州安積郡と言っていた。それがまことなら、小平次ときょうだいだという女の言葉は嘘だ。

「どこまでが嘘で何がほんのことだ」

「おれにわかるものかね」

そう言って、女はまた笑った。めっぽう明るくて底に虚ろな穴を感じさせる笑い声であった。じわりと彼の軀《からだ》の芯をうずかせた。

本人がいっこう平気なら、畜生道もしらじらと明るい。

ふたたび女を抱き寄せたとき、枕頭に、淡い人影がうずくまっているように感じた。

行灯の幽かな灯明かりは、豊満な女の顔に、蒼い華奢な小平次の面輪の影を重ねた。

「ほんのことを言え」

やわらかい腹に拳をめりこませ、ぐりぐりねじる。

おきちは笑いながら、痛いと騒ぐ。


逢うたびに、おきちの言うことは違った。

伊之助は、おきちのもとに通わずにはいられなくなった。

顔立ちは、小平次とは似つかぬお多福顔のおきちだが、気のせいか面差しに似かよったところがあるようにも思える。

夜鷹、舟饅頭、けころ、安女郎はこれまでに数知れず抱いている。おきちはそのなかでは、ずいぶんましなほうではあるけれど、とりわけ美しいわけではない。からだも荒れているけれど、おきちを抱いていると、難波村の悪性の蜜がよみがえる。

和尚が掻き鳴らす賑やかな三味線の音が耳の底をながれ、風に吹き流されてきた千日墓の焼き場の灰が眼裏に散り舞い、沼の面を埋めた白い菱の花の下、底無しの土中の骸どもが浮かれ出す。

小平次の指の骨が、小さい音をたてて折れる。墨を焼き消した痕が、かすかに疼く。

野放図に明るいおきちの腹の上で、伊之助はくつろぐ。

見習いのあいだは給金はろくに出ない。遊びの銭は、賭場でかせぐ。玄人の賭場ではいかさま骰子は使えないが、兄弟子の気にくわない奴を鴨にする。

神無月、ちょいとまとまった儲けを手にしたとき、おきちを身請けした。

十九

厠《かわや》の薄い板戸が割れそうな音をたて、

「早く出ろ。いつまで一人占めしている」

声は相弟子の曾根《そね》正吉《しょうきち》だ。打ち叩く音は、慌ただしくなった。

「喧しいやい」

伊之助は怒鳴りかえし、草子本『死霊解脱物語』を懐に入れた。

師匠桜田治助の納戸に積まれた反故のあいだにあったのを、かってに持ちだしている。埃まみれで文字はところどころ虫に喰われている。

「雪隠《せっちん》の長え野郎だ。面が見えねえと思やァ雪隠だ」

——おれだって、こんなところで読みたかァねえわ。

くだらない用事を言いつけられずに、落ちついて読めるのは、この臭い狭い場所しかない。

醜婦の累《かさね》が、嫉妬に狂って夫に殺され、怨念が一族に祟るが、仏徳により解脱《げだつ》したという因縁話である。下総の国、羽生村、鬼怒川のほとりで、実際にあったことだといわれている。草子本になって世につたわり、芝居でも享保のころ、津打治《じ》兵衛《へえ》が『大角力藤戸源氏』で、佐々木盛綱の藤戸の先陣の世界に取り入れた。

浄瑠璃でも、『累解脱打敷』がある。これは、容貌醜く心ねじけ、嫉妬心の強い累が、母親が後世菩提のためにと打敷に仕立てて仏に備えた龍田川の小袖を欲しくてならず盗む話にしてある。

醜い女を主役にしたため、累は人気は薄く、その後あまり使われていない。

嫉妬に狂う醜女・累は、おもしろい素材だ、もう一工夫できそうなものだと、伊之助は思っていた。

最初から顔もこころも醜い女だから、見物の同情をひかない。

もとの本を読むと、累は、夫に殺されるのだが、その後、夫の後妻が生んだ娘、お菊《きく》にのりうつって苦しめるとある。

これだな、と、伊之助は厠の中で、うなずいた。矢立でこころおぼえを書きこんでいると、

「やい、いつまで入っている。出ろ」

外では地団太踏んでいる様子だ。

草子を懐にねじこみ、板戸を開けた。正吉は、伊之助を押し退け、厠にとびこんだ。

座敷では、治助が、筆頭弟子の笠縫専助と中村座の座元を相手に話し込んでいる。

正月に出した治助の『国色和曾我』が大当たりで、六月まで続演という珍しいことになり、座元の治助にたいする信用はますます厚い。

六月の十七日から曾我の後日狂言として『八百屋お七恋江戸染』を出すと決まり、弟子たちは次の間で書抜つくりに忙しい。伊之助はその末座に加わった。

「どこに行っていた。墨が足りない。早くすれ」

「墨をとばすな。丁寧にやれ」

たちまち兄弟子の小言が降る。

小さい硯《すずり》でちまちまするのは面倒だ。桶の水に墨の削り粉をとかしたらどんなものだと、以前一度井戸端でためしたことがあるのだが、うまくい

かなかった。兄弟子に殴られた。

「おまえも何とかましな字を書くようになってくれ。八方にとびはねたような文字を書かれちゃあ、書抜どころではない」

皮肉まじりに言われる。

退屈だ退屈だと思いながら、力まかせにすり、墨をはねかえす。難波村を夢のように思い出す。累は、美女から醜女に一変させねばならない。それも見物の目の前で。おれが立作者になったら、松助さんに累を。そう思い、懐に何気なく手をやって、本がないのに気づいた。

「それでは、繰り出しましょうか」

座元の声だ。

「お出かけだ」

弟子たちはいっせいに立ち上がった。行く先は吉原だ。治助は、毎夜花魁《おいらん》を抱かねば眠れぬと言っている。艶麗、哀切な浄瑠璃の詞藻は、夜毎の豪遊から生まれるのかもしれない。治助の浄瑠璃は極めつけで、伊之助も、内心感服している。伊之助は、からくり、趣向ならいくらでもわいてくるが、嫋々《じょうじょう》とした詞をつづる浄瑠璃は、からきし苦手で、この点だけは、師匠に兜をぬいでいる。吉原で遊びつくせば、浄瑠璃も書けると負け惜しみも考えるけれど、へ、そのかわり、けころ、夜鷹、地獄遊びを書かせてみねえ、ひけァとらねえ。

専助をはじめ上位の弟子が供について出てゆくのを見送り、

「正吉さん、厠に本が落ちていなかったか」

「はて、気づかなんだの」

正吉は言い、

「今夜も？」

骰子をふる手つきをした。

正吉は鴨にされているのだが、このところ、病みついたふうだ。

いれたつもりで、溜に落としたのだろうか。中身は頭にはいっているから惜しくはないが。

中村座に、治助の新作、『伊達競阿国戯場』がかかった。伊達騒動ものに累をからませたものである。

奥州仙台藩のお家騒動は、さまざまな狂言に仕組まれてきたが、累と絢いまぜたのは、はじめての工夫である。

心やさしい美女の累が、姉高尾《たかお》の怨霊に取り憑かれ、醜女に一変し、気質も嫉妬深くなり、夫に惨殺されるという筋立てであった。

曾根正吉は、たくみに師匠に取り入った。書込みのある草子を、「師匠、まことにけっこうなことをお案じになりました」と、あたかも、治助が書き込んだかのように言って、渡したのである。

伊之助の筆跡であることは、正吉も治助も一目でわかったにちがいない。伊之助はそう思う。彼の悪筆は、誰知らぬものはない。しかし、伊之助にはなんの言葉もなかった。

伊之助は正吉を殴り倒し、このうえ乱暴をしたら破門だと治助に言いわたされた。

治助の『伊達競阿国戯場』は、怨霊ごとではあるが、悽愴ではなく、女の哀れさのほうが表にあらわれ、見物の涙をそそる。世の風にあっているのだろう。

美女が怨霊の憑依《ひょうい》で醜女に変わる細工を、盗まれた。伊之助の言い分は誰の耳にも届かぬ。

くそ。伊之助は、鬱積した憤懣《ふんまん》が、爆発した。

今戸の三笑の別宅をおとずれ、激昂して語った。別宅には、三笑の末子藤吉郎が、乳母と住んでいる。藤吉郎は、幼いときの患いがもとで足がたたず、乳母の介添えがなくては身動きがならないのだが、天性のものか、子供ながら苦しんだあげく行き着いた境地か、心底楽しそうな笑い声が人を和ませる。三笑は、この末子を溺愛している。松助も、藤吉郎と遊んでいると心が晴れる、あの子は菩薩だ、と言う。

伊之助が三笑に憤懣をぶちまける傍らで、藤吉郎は、自由の効く手で細工ものをつくっていた。三笑の顔立ちを受けついでいるが、少年のせいか、醜くはなかった。からだを動かすことが少ないせいだろう、ふっくらと肥えている。

わたしでも、折があれば、盗む、と三笑は言った。盗もうと、奪おうと、客の入る狂言をあらわしたものの手柄なのだ。だいたい、狂言は、先行するものを奪い、綯《な》いまぜ、つくりあげるのだ。おまえは今のうちに、治助から盗めるだけ盗んでおけ。

わたしなら、と、伊之助は言った。もっと見物が震え上がるような累を書いてみせます。

口はなんとでも言える。三笑は言った。肚で思うのと、実際に筆をとるのとは、大きな違いがある。書いておらぬのに、何を言っても、相手にはされぬ。いま、おまえに見物を呼べる狂言が書けるか。見物衆というものは、まことに気まぐれだ。その上、作者は、役者に見込まれねば、出世はできぬ。実感のこもった三笑の言葉だった。まだ、おまえに目をつける名題はおるまい。

二十

阿古屋《あこや》の重い裲襠《うちかけ》を袖で脱ぎ捨てると、下は、いなせな番場の忠太の扮装だ。

手早く鬘を替え、松助は、舞台に走り出て行く。

「まともな役者であれば、あのようなけれんばかりはせぬものだ」

苦々しげな声が、柝を首に下げ袖に立った伊之助の耳を打った。

「役の性根もわからんで、けれんで人気をとろうというのは、さもしい根性だ」

舞台の松助にまでとどけと、あたりはばからぬ大声で語り合っているのは、団十郎の弟子たちだ。

「浅草の手妻つかいでもあるまいに」

難波村の地獄を経て、松助は、凄艶さを増した。三曲を達者に弾きこなし、それに加えて早変わりは鮮やかだ。

江戸に帰って以来不遇で、よい役に恵まれない松助は、三笑が陰の軍師となり、早変わりのけれんに、活路を見出した。

森田座の二番目中幕に、珍しく、『壇浦兜軍記』の阿古屋という、結構な役がついた。琴、三味線、胡弓の三曲を舞台で弾きこなすことを要求される難役である。松助は、ここ一番で評判をとろうと意気込み、作者に注文して、阿古屋と番場の忠太との目まぐるしい早変わりをつとめてみせた。

松助は、柄が大きい。身軽な動きはとんと不得手なように見える。それが、身のこなしの素早い、あざやかなけれんを見せたから、見物は度胆を抜かれ、やんやと喜んだ。

しかし、評者には黙殺されている。そのくせ、同じ舞台で団蔵という役者がつとめた、刀をかついだままの宙返りのけれんは、激賞された。

牢に入れられた罪人。評者が賛辞を控えるのは、その烙印のためだ。前科者をほめたたえては、お上にはばかりがある。見物の喝采を、評者は無視した。

団十郎の譴責を買い失脚した三笑の息がかかっていることも、松助の立場を不利にしていた。松助と親しくしては、団十郎の不興を買わないかと、幕内のものは、恐れている。その上、団十郎は、けれん小細工をひどく嫌っている。

松助を悪しざまに言うことで、成田屋に阿《おも》ねっているのだと、伊之助は業腹でならず、

「へ、早変わりもできねえのろまがもたもたと、目ェむいて見得して、ぎしゃばって」

口のなかでつぶやいたつもりだったが、地声が

大きい。

「やいやい、げじ」

胸倉をとられた。

伊之助はその手を、びしり、打った。

その後で、当然のことながら、伊之助は治助門下の兄弟子にこっぴどく怒られた。

成田屋市川団十郎を謗《そし》って、無事にすむわけはない。

「このことは、師匠の耳にもいれておいたからな。師匠もいたく御立腹だ。おめえ、当分、謹慎だ。小屋には来ずともよい。面ア見せるな」

「阿古屋の不評で、わたしは、肚をくくりましたよ」

そう、松助は三笑に言った。

あれだけつとめても、認めてはくれない。つまり、誰もが、わたしを、前科者としてしか、見ていないのだ。京で不始末をし、江戸者の顔にとんだ泥を塗った。それが大きな顔で二丁町の小屋に出るのは許しがたい。ということなんでしょう。

それなら、と、松助は、伊之助に、

「おれア、当代一のけれん役者で、名を売ってやるわ。伊之、思案に手を貸しな」

「かしこ鞠子のとろろ汁」伊之助はおどけた。鞠子の宿の、とろろ汁は名物だ。

「おれア、とろろア好かねえ」松助はまぜかえし、

「好物はドロンコだろう」三笑が口をはさんだ。

「情けねえ。わたしが泥まみれだという皮肉ですかい」

「おまえ、知らないのか。紅毛はな、酒にくらい酔うを、ドロンコというのだ。医者仲間がよく使う。伊之、おまえ、ゆくゆくは立作者になろうというのなら、このくらいの学は備えておけ」

「それじゃあ、『平清』あたりで、ドロンコのおすそ分けにあずかりながら学びましょう」

松助がどん底に落ちたら、三笑は機嫌がよくな

った。そう、伊之助は思った。

慕う菊五郎に捨てられ、嫌い抜いた三笑に救いの手をのべられた松助の笑い顔は、ふてぶてしい居直りをみせていた。

「難波村じゃあ、地獄の釜で飯を食ったっけが」

と、松助は、伊之助に共犯者の笑顔を向けた。からっと明るく見える笑いだが、その裏の陰惨な翳も、伊之助には見える。

「こんだァ、江戸の見物衆に、けれん地獄の釜開きを」

伊之助は応じた。


十一月の顔見世に、松助は公家悪の高純親王と赤松筑後之助が錦の御旗を奪い合うのを一人二役で仕分け、大詰には、大塔宮の亡霊に扮して荒事をみせ、評者に、このところ、大出来、と言わせた。

つづいて正月興行の大詰でも、あざやかな早変わりをみせた。

釣鐘弥左衛門に扮した松助を稲叢《いなむら》にかくれた瀬原甚内の手が衿がみつかんで、ひきずりこむ。もがきながら稲叢にひきこまれてゆく弥左衛門の足先がまだ見物の目にあるうちに、刀かざして立ち上がった甚内もまた、松助。稲叢ひとつを衝立がわりに、息もつかせぬ早変わりであった。

見物は松助の趣向に喝采はしたが、高まったのは〃げてもの〃〃けれん師〃の評判ばかりで、役者としての評価はあがらなかった。

忠臣蔵で定九郎の役がついたときも、仲蔵などであれば、定九郎の他に師直《もろなお》、加古川本蔵《かこがわほんぞう》と、見せ場のある役をふられるだろうに、松助は、稲叢を使って定九郎と与市兵衛の早変わりをあたえられたのみであった。

伊之助はあいかわらず見習いのままにおかれた。伊之助が二十六の年――安永九年――、江戸は大洪水に襲われ、永代橋も新大橋も流失した。翌年、縁起をかついで〝天明〟と年号が変わった。この年、おきちは男児を産んだ。

そうして、伊之助は初めて序開きをまかせられた。

ここぞと工夫をこらした。舞台いっぱいに草紙の反故をはりめぐらして鯨の腹に見立て、中から突き出された白刃が、腹を切り裂き、大百日の四天が金冠小脇にあらわれ出るという奇抜な趣向をたてたのである。なかなか面白いと評判が立ち、早朝から見物が集まるようになった。

これなら、治助に認められると思ったのだが、逆に、治助はいっそう彼に冷淡な態度をみせた。

おまえ、妙な噂がたっているよ。そう伊之助に教えたのは、文治である。

金井の師匠のまわしものだ、三笑がやがて復帰するときのために、桜田の趣向を盗ませようと入りこませた、いわば細作《さいさく》だと、言っているぜ。

誰が、そんなことを。

誰だかわからねえから、〝噂〟というんだ。

おまえが言い触らしたのか。

そりゃ、邪推だ。

治助が冷淡になったのは、その噂をきいたためか。

身の証《あかし》はたてねばと、治助に直談判《じかだんぱん》した。

「わっちは、けっして金井の師匠の」と、弁明しかけると、治助は、

「何の話だ」と、そらとぼけ、うるさそうに追い払った。

噂というものは、始末に負えない。弁解すればするほど、嘘が真実味を帯びる。

三笑も、覇気を失っていた。末子の藤吉郎に先立たれたのである。松助は菩薩を失った。

八方ふさがり、伊之助は、身動きがならぬ。じゃらくらと調子のいい追従《ついしょう》のほかは口をおさえ、頭をさげ、見ざる言わざる聞かざるは、どうにも

性にあわず、喧嘩三昧、ついに治助に破門され、天明二年、立作者のひとり中村重助の門に入り、名を勝俵蔵とあらためたが、番付の地位はいっこう上がらない。

天明二年から三年にかけて恐ろしい飢饉となった。奥羽の窮乏はすさまじく、餓死者の白骨が野を埋めているという。浅間山が火を噴き、溶岩流は利根川筋の村々を押しつぶした。利根川本流のみならず、新利根川、中利根川、中川から江戸の大川にまで、骸が流れてきた。噴き上がった灰は、三十数里はなれた江戸の家々や道に一寸ほどもつもった。米の値は暴騰した。百姓は土地を手放し、潰れ百姓となって江戸に流れ込んだ。札差やら米屋やら酒屋、質屋などを襲う打壊しが頻出した。

芝居も入りが薄く、狂言はしばしばさしかえられた。

二十一

北風のすさぶ東海道を、伊之助は、またも西に向かう。

伊之助は三十も半ばを過ぎた。

この年の夏、ようやく、ふたたび序開きをまかせられた伊之助は、序開き一幕に仮名手本忠臣蔵十一段の趣向を全部ぶちこんでみせた。しかし、めまぐるしいばかりで、わけがわからぬだの、小細工が鼻につくだのとけなされ、今度こそ少しは上がるかと思った十一月の顔見世の番付も、あいかわらず五枚目にとどめおかれると知って、伊之助は、やみくもに、江戸をとびだしたのである。

難波村に行こうと、漠然と思っていた。

行っても、何があるわけでもない、承知だ。しかし、魂の根っこがあそこにある。そんな気がした。

伊勢参りと称して手形をもらった。おきちも幼い息子も置き去りにした。わっちらのおまんまはどうするのさ、と、くってかかるおきちに、けころにもどって稼げと雑言を投げたのも、やりばのない、苛立ちにつき動かされたためだ。

腐肉のにおいが充ち、焼き場の煙がただよう千日墓を、舎利を踏み砕きながら過ぎ、難波村に入った。

葦の茂みも、沼の面を埋めた菱の葉もうら枯れ、霜月の風は冷たい。

そうして、目を疑った。松助が隠棲していた離れ家が、消失していた。

朽ち果てて、とりこわされ、焚き物にでもされたのか。

跡地は雑草が伊之助の背丈をこえてはびこり、藪《やぶ》枯らしの蔓がのたうつ。

寺は、無住と化し、狐狸の糞が破れ畳に山積していた。ふわりとただようのは、獣の抜毛のかたまりだ。

葦を染めた夕陽が最後の朱をしたたらせ、あたりは見る間に昏みを帯び、昼と夜の境、生と死の境、逢魔が刻が薄墨色の巨大な手をひろげ沼を包み、菱はざわめきたち、

――おれの魂の根が、ここに生えている。……

伊之助は、そう強く感じ、身震いした。

荒寥《こうりょう》とした空間に、死者のむなしい哄笑を聴いた。すすり泣きに似た細々《ほそぼそ》とした笑い声は、小平次だ。

伊之助は、序開きの工夫がいかに他愛なかったか、悟った。

人を震駭《しんがい》させるのは、今、おれが感じていることの荒寥、この虚無、それを、形にして見せることだ。三笑でさえ、この世界は描ききってはいない。

伊之助は木端を拾い集め、くずれかけた竈に火を起こした。炭のかけらを探し出し、囲炉裏にくべ、火種をうつした。

一閃、狐の啼き音が闇を裂いた。闖入《ちんにゅう》した彼を咎めるようにも、死者の宴の幕開きを告げるようにも聞こえた。

松助は、小平次が死んだ夜を、この地で孤《ひと》り、耐えたのだ。

そう、伊之助は思った。その夜を越えて江戸に戻った松助は、敗残の身ではあったけれど、度胸がすわった。自惚れや甘えが洗い落とされ、けれん一筋に居直った。

おれも、変わる。化外《けがい》の地の孤りの夜に、骨の髄まで浸されて、変わらずにおれるものか。

闇の中で、伊之助は、囲炉裏の小さい火をみつめ、そうして、少し、笑った。

二十二

「へ、退屈なしろものだったな。伸《の》っつ反《そ》っつの欠伸《あくび》たらたらだ」

木戸を出しなに、伊之助はつぶやいた。

地声の大きいのは、いっこう変わらない。

小屋の前には、菊五郎の幟がはためいている。

大坂、角の芝居、新作らしく、耳なれぬ外題で、立作者は、並木五兵衛《ごへえ》とあった。

難波村で一夜過ごした翌日、通り道の角の芝居に、立ち寄ったのである。

三役早変わりをつとめると謳っていたが、

「早変わりとは、呼べねえわ。のったらのったらしやがって」

「聞き捨てならんの」

咎めたのは、丹後縮緬の小袖に花色唐琥珀の帯、黒八丈の綿入れ羽織、紅絹《もみ》をちらちら袖口からみせびらかし、茶の綿頭巾を襟巻きにした、気障ななりの四十前後の男であった。

伊之助は、一目で、思い出した。贅肉《ぜいにく》がつき、顎にたるみができたが。

「並木吾八さん」

「おまえさん、田舎者やな。わたしは、とうに改名したのんを知らんのか」

「何と改名したね」

相手はむっとした顔を露骨に見せ、立作者の並木五兵衛がわたしだ、と言った。

「久しいの」

伊之助が言うと、

「はて、どこで会うたかの」

「十年も昔になるか。京は藤川座の初日に会ったっけが」

「いっこうに、おぼえてへんが。おまえさん、退屈だと言うたの。江戸者か。江戸の田舎者には、上方の芝居はわからへんのやろな。哀れなことや」

「江戸に出て来てみねえ。贅六《ぜえろく》が目っぱまわすような早変わりをみせてやるわ。のろまののんびょこが、もたくさしているうちに、こっちゃあ、七度も変わってみせるわ」

「おまえ、喧嘩を売る気か」

「売る気ァねえが、買いたいか」

「おまえ、江戸の役者か。稲荷町か」

「おれァ、おまえさんと同業よ」

「作者か。名は何という」

「勝俵蔵」

「はて。江戸の作者なら、桜田治助、笠縫専助、中村重助、宝田寿来《たからだじゅらい》、曾根正吉……。金井三笑はんは引退しやはったと聞いたな。聞かぬ名やな。勝……？　何枚目におる？」

「おまえが江戸に面ァ出すころは、立作者だわやい」

「埒《らち》もない」

口をすぼめて並木五兵衛は嗤った。

「江戸の座元から、下ってきてくだされと、再再、辞を低うして頼まれとるが、上方のご贔屓衆が、並木五兵衛を手放さん。いずれ、江戸にも芝居の骨法、教えに行ったらならん、思うとるが、そんときは、おまえにも、よう教えたろ。五兵衛の芝居がわからん唐変木《とうへんぼく》に、何を教えても無駄やろが、おまえのげじ眉、ようおぼえておきまひょ」

「江戸に来やがったら、こっちが教えてやるわ。早変わりの骨法」

言いかけると、

「早変わりばかりが芝居やあらへんで」

五兵衛は言葉をかぶせ、

「あほを相手にしとると、風邪をひくわ」

「てめえがひくなァ、口三味線だろう」

五兵衛は、聞き捨てならぬというふうに、きっとした。

「わたしが、口先で他人さまをだます男だというのか」

「あんなのんびょこ芝居で、早変わりたァ、いかさま同然でい」

「おまえ、誰に向かって口をきいているのか、承知やろな」

「並木の吾八だろう。京の初日には、ご贔屓連の前で、あっちにぴょこり、こっちにぴょこり、米《こめ》搗《つ》きバッタの拝み搗き、頭がさがれば臀が突ん出る」

「うぬ」と、五兵衛の平手が伊之助の横面を張った。

身をすくめてやりすごすと同時に、相手の向こう脛を払った。五兵衛は、みごとにひっくりかえった。

とたんに、今、ここで騒ぎになり役人につかまったら、入れ墨に目をつけられる、と、気づいた。いっさんに、逃げ走った。前科がある。ただの入牢ではすまない。

江戸に来てみやがれ。贅六が腰ぬかすけれんを見せてやるわ。

何枚目にいる、と聞かれると、絶句せざるを得ないのが、情ない。

しかし、今日のおれは、いままでの伊之助とはちがうのだ。肚がすわった。何をやりたいかが、はっきり見えている。『悪』の蠱惑《こわく》。『毒』の坩《る》堝《つぼ》。『死』の哄笑。松助の鮮やかなけれんによって、それらを、逢魔が刻の江戸の幻想空間に、濃密に燿《かがや》かすのだ。

てめえら贅六野郎には、そうして、江戸のなまぬるい立作者どもにも、これまで、あらわせなかった悪だ。毒だ。死だ。難波村の狂宴が、江戸の舞台に腥《なまぐさ》い風を吹かすわ。

二十三

「聞いてくだっし」

伊之助は重助の前に、気負って坐った。

兄弟子たちが居並んで書抜をつくっている。

皆の前で話すことにしたのは、累のときのように、考え抜いた思案を盗まれないためだ。

もちろん、重助の名で発表されるのだけれど、伊之助の案をもとにしたと、皆にわかるし、座元にもつたわるだろう。そうして、彼の思案を使うからには、番付の地位も少しはあがるだろう。そう期待した。

「五月に『仮名手本忠臣蔵』をだしなさる心積りと聞きました」

重助は、目もくれず、兄弟子のひとりが、

「それがどうした」

「知恵がないねえ」

忠臣蔵は、だせば必ずあたる、根強い人気をもった狂言である。

「おまえは、口に閂《かんぬき》をかけて、墨をすっていろ」

「滝も、表と裏見がごぜえす。裏見の忠臣蔵というやつを、わっちは考えました」

四十七士が、義士じゃ、烈士じゃとほめたたえられているその裏を、と言いかけると、

「馬鹿」

重助の筆が、とんだ。伊之助は、よけなかった。まっこうからうけとめ、額からあごにかけて、墨の筋が走った。

「裏見は怨みでごぜえす。つもってみてくだっし。禄をはなれた男たちが、仇討つまでの暮らし、誰がささえていたものか」

美の裏には醜がある。その醜こそ、まことのおもしろさだ。と、言葉では説明できず、とにかく、狂言を書かせてくだっし、これまでに、誰も考えたことのない、おそろしい、忠臣蔵の裏の顔を……言いつのろうとするのを、

「この馬鹿を、さがらせろ。うるさくさえずるので仕事にならない」

「こっちへ来な」弟子たちがよってたかって、伊之助をひきずりだした。

「待ってくだっし。この上ない、豪的な思案だ」

伊之助は暴れ叫んだが、多勢にはかなわず、裏口から突き出された。

その足で、伊之助は、三笑のもとに走った。

忠臣蔵は、みごとに構成されている。それだからこそ、突き崩し、冥府の風を狂い荒れさせたい。そう、語る伊之助に、

「無理だ」と、三笑でさえ、言った。

お江戸の見物衆は、四十七士が大の贔屓。それをおとしめるような話をこころよく受け入れるわけがない。

そう、めっきり老い衰えた三笑は言った。

受け入れるか入れないか、やってみねえじゃあ。

重助は、そんな危ない橋は渡るまいよ。不入りであったら、評判を落とすのは、立作者の重助だ。金主の手前も申しわけが立たない。

おとなしくしておらぬと、重助のもとも追いだされるぞ。わたしはもはや力になってやれぬ、と、言葉を重ねられ、
わっちのなかに燃え盛っている火は、外に燃えひろがらせてやらざあ、わっちの肉を灼《や》き爛らす。

伊之助は、地口も出ず、畳を叩いて呻き声をもらした。

二十四

「羽二重に、髪を一筋ひとすじ、植えつける？

そりゃあ大手間だ」

呆れ声をあげたのは、鬘師の友九郎である。

「手間暇かけるのが、職人だろうが」

松助の声は、渋い重みがある。

若衆歌舞伎が幕府の禁令で匂やかな前髪剃りこぼたれ、野郎歌舞伎となったそのころは、自毛の上に鬢鬘や差込み髷、付髪などで変化をつけていたというが、百年あまり前、頭にすっぽりかぶせる鬘が考案された。便利になったが、これは、頭の形の銅板の台に、毛を編んだ蓑をつけたもので、生え際がいかにも見苦しい。

松助は、台金の生え際に羽二重を貼り、毛を植えつけることを考えた。

試作を頼まれた友九郎は、手間代をよほどもらわなくては引き合わないと文句を言いながら、それでも工夫をこらすのは楽しいようで、みごとな鬘を仕上げた。

その鬘で松助がつとめたのは、鏡山の岩藤であ

った。

失意の底に落ちて上方から江戸に帰ってきて十年の余。松助は、けれん、早変わりの役者に徹し、見物を喜ばせつづけてきたが、識者からは、あいかわらず、げてもの役者と低く見られている。岩藤は、久々に、けれん抜きで、風格で見せる大役であった。

その十余年のあいだ、伊之助はといえば、五枚目から二枚目のあいだを行き来していた。ようやく昇ったと思えば落とされるというふうで、鬱屈が、彼をいっそう扱いにくい男にした。

菊之丞の兄、瀬川七蔵は、天明四年、瀬川如皐《じょこう》と名乗って狂言作者に変じ、これはたちまち立作者となった。文治は、如皐の門に移った。重助に冷遇されている伊之助を、文治は、如皐の門に誘い入れた。行き場のないまま、誘いに乗ったが、それは、すでに二枚目に昇格している文治の下に位置することであった。


幕府は、寛政の改革と世に呼ばれる経済引締めの政策を強硬に推し進めはじめ、奢侈《しゃし》、風俗の取締りが苛烈になった。

『金々先生』で評判をとった恋川春町は『鸚鵡返文武二道』で改革を嗤ったため、取調べを受け、自死した。風俗取締りも強化され、洒落本などの好色本は禁止された。先に『富士人穴見物』で老中の野暮をからかった山東京伝《さんとうきょうでん》は『錦之裏』など洒落本を刊行した咎で五十日の手鎖、版元の蔦《つた》重《じゅう》は財産を半分没収され、潰された。

如皐もまた、歯に衣着せず狂言に口を出す伊之助をうっとうしがり、寛政四年、伊之助三十八歳の顔見世では、五枚目まで落とされている。

如皐にも伊之助は、忠臣蔵の思案を話しかけたが、このご時世に、お上からにらまれるようなあぶない狂言がだせるか、と一蹴された。心の奥底の魑魅《ちみ》など誰も見たくはない。窮屈な浮世だからこそ、ご見物衆は、他愛ないこころよい芝居で憂さをはらすのだ。

よいわ。おれの思案は、かならず、おれの手で、板にのせてやるわ。

二十五

上方から、人気の並木五瓶《ごへい》がくだってくるそうだ。

噂が、幕内に流れた。

寛政六年。伊之助は四十歳。

歳月は贅肉となって、頬や咽をたるませる。

幕内ではすっかり古参になった。ぎょろりとした目と太い眉に凄みがあり、若い者には畏敬されているが、冷遇されているのはあいかわらずだ。

治助、重助、如皐、と、立作者の誰もから煙たがられ、憎まれ、団十郎に敵対した三笑の息がかかっていると警戒されているのでは、芽の出ようがない。

「並木五瓶が江戸にくるというのは、まことでしようか」

伊之助は松助にたしかめた。

松助はすでに五十一歳。けれんは近頃身にこたえると、ときにこぼす。

五瓶は、並木五兵衛が改名した名と、江戸でも知れわたっている。

十年前、血気にまかせて、雑言を浴びせ、蹴ころがした相手だ。

狂言方の勝俵蔵と、そのとき、名もなのっている。

忘れてはいまい。

五瓶は、上方で、『けいせい倭荘子』だの『島《しま》廻《めぐりうそのききがき》戯聞書』だの、大当たりの狂言を数々書き、今や江戸にも名が響いている。

おまえが江戸に面ァ出すころは、立作者だ、と、大見得を切ったのだが、伊之助はあいもかわらぬ下回り、相手は江戸の座元が礼をつくして迎える大物だ。

「新音羽屋の親方、わっちの思案を、舞台にかけてくだっし。贅六が目っぱまわすような早変わりをみせてやらざあ」

　しかし、五瓶がくだって来て、顔見世の座組みが発表されると、伊之助は、五瓶の下に組み入れられ、都座に出勤ときまった。都座は、中村座の控え櫓である。中村座が経営がたちゆかず休座するとき、かわって興行する権利を持っている。

　松助は河原崎座（森田座の控え櫓）に出勤で、伊之助に力を貸すことはできない。

　五瓶の下に、三笑の息子の由輔が二枚目、文治が三枚目。伊之助は五枚目に落とされていた。

　十年ぶりに見る五瓶はでっぷりと貫禄がつき、伊之助を見ても、初対面の下っ端という扱いをした。

〝目をまわすような早変わりとやらを、みせてもらおうか〟ぐらいのことを言えば、言葉尻をとらえて、工夫、思案を披露するのだが、五瓶は、伊之助をまったく無視するという態度で、報復した。狂言の工夫にはいっさい口出しできない立場におかれたのであった。

　翌年の正月に、五瓶は、江戸をわかせる狂言を出した。

『五大力《ごだいりき》恋緘《こいのふうじめ》』。上方で評判をとった『島廻戯聞書』の三つ目以下を独立させたものである。

　五十数年昔、大坂曾根崎新地の湯女菊野らが、薩摩の武士に斬殺された五人斬りをもとにつくられた狂言である。

　勝間源五兵衛は、恋仲の芸子の菊野に、お家の重宝詮議のため、色仕掛けで三五兵衛の心底をさぐるよう、たのむ。菊野は三味線の裏に五大力と書いて、心のかわらぬことを誓うが、三五兵衛は、策を弄して菊野に縁切り状を書かせ、五大力を三五大切と書き直させる。裏切られたと思い込んだ源五兵衛は、菊野を殺すが、後に真相を知り、三五兵衛を切って、重宝をとりもどす、という筋立てである。

菊野という名を、江戸の芸者風の小万《こまん》に変えたこの狂言は、惚れた男のために苦労して、偽の愛想づかしをし、殺される女の哀れさが見物の同情をひき、大入りがつづいた。

「おれなら、こうは書かねえ」

楽屋で、文治に、伊之助は憤懣をもらした。

文治は、腰がひくく愛想がいいから、五瓶に重宝がられ、二枚目に昇格していた。

伊之助の相手になってにらまれては困ると、文治は逃げ腰で、

「そうかい、そうかい」と聞き流し、座を立っていった。

どうせ、これより沈むことはないのだから、伊之助は、にらまれようと、誰に悪口をきかれようと平気だ。

「けっ、贅六の書く狂言は、甘えや」

「おまえなら、どう書く」

と声をかけたのは、立者、坂東彦三郎《ばんどうひこさぶろう》であった。

伊之助と同年で、風采がよく、人気は高い。

「女が甘えや」

五枚目の狂言方が立者にきく口ではないが、誰にたいしても昂然としている伊之助の、無頼、無愛想は年季がはいり、楽屋内では天下御免でとおっている。

「おれなら、ひっくりかえすね。純情な女とみせておいて、実は、女が、源五兵衛から金まきあげた。これは、源五兵衛は、逆上するね。しかも、その金は、主家の大事の……」

そうだ、と、伊之助は膝をたたいた。

「ここで、忠臣蔵だ。裏見の忠臣蔵」

「その工夫、聞かせてもらおうか」

はっとひらめいた、源五兵衛を、塩冶《えんや》の浪人と

し、それが女に溺れ……という筋立てを語りながら、伊之助の目に、深夜、源五兵衛が血刀ふるい、男女の別なく斬殺する場面がうかぶ。おしこめられた憤激が堰を切ったときの、凄まじい奔流。源五兵衛の怒りには、忠義の理不尽さへの反逆の叫びも、こもっている。伊之助自身の、不条理への叫びでもあった。

「それは、江戸の見物衆の気には入るまい」

彦三郎は、三笑と同じことを言った。

「赤穂の義士をおとしめては」

「しかし、勘平にしたところで、色にふけったばっかりに」

「あれは、哀れな物語だから、見物の涙をそそる。おまえのはどうも、陰気で酷《むご》すぎる。陰惨な話を陰惨なままで舞台にのせても」

と言いかけたが、彦三郎は、

「だが、その思案、面白いの。おまえは、なかなか……」と、伊之助に目を据えた。

五大力の大成功で、五瓶はたちまち、江戸の人気を治助と二分した。

その二年後、金井三笑は没した。

二十六

数年後、伊之助はようやく二枚目に復帰したが、享和元年、文治に先を越された。この年、文治は死んだ初代如皐の跡を継ぎ、二代目瀬川如皐として、中村座の立作者をつとめることになったのである。伊之助は、文治の下で二枚目におかれた。

文治が相手なら、伊之助も、かなり言いたいことが言える。

文治はほとんど飾り物、狂言の案を練る陰の軍師は勝俵蔵と、幕内ではみとめるものが増えた。

三笑が死んだ今、三笑の細作というような噂も、無意味になった。

享和二年の顔見世から、伊之助は河原崎座の座付きに替わった。

河原崎座の座元に、

「俵蔵さん、この顔見世から、あなたに立作者を」

と、言われたのである。

「萬屋《よろずや》が、ぜひにと」

萬屋は、坂東彦三郎の屋号である。

「一度、ぜひに、おまえさまを、と、推された。わたしも、実は前々から、おまえさまにと思っていました。市村座は五瓶さん、中村座は治助さんが、それぞれ、立作者。役者もめぼしいところは両座にとられ、こちらは無人芝居。顔見世は、これては困るので、萬屋の親方の意向で、無難に、『義経千本桜』でいきたいと思います。よろしく頼みますよ」

伊之助は身震いした。

いよいよ、だ。

しかし、あまりに貧弱な座組みであった。

彦三郎の他は、力のない役者ばかり。

「萬屋の親方。親方のけれんで、無人芝居に花咲かせましょう」

川越太郎、知盛、弥助、覚範、忠信と狐忠信、頼朝、六役を彦三郎にふり、ことに忠信と狐忠信の出没にめまぐるしいけれんが工夫をこらした。

人気を呼び、河原崎座は大入りが続いた。

しかし、彦三郎自身は、早変わり、けれんをあまり喜んではいなかった。贔屓筋からも、座頭は、どっしりかまえていてほしいと苦情がでたりしたようだ。

正本に工夫をこらしても、それを仕生かす役者に恵まれず、それでも、一年は、立作者としてつとめたが、翌年の顔見世から、彦三郎は上方にのぼった。

五瓶や治助の意に添うためか、河原崎座の座元は、立作者に奈川七五三助《ながわしめすけ》をむかえ、伊之助はふたたび、二枚目に落とされた。

伊之助の唯一の喜びは、松助と同座になったことだった。

伊之助が、立作者に返り咲いたのは、年号が文化とあらたまった年の夏狂言である。

夏狂言は、客の入りの薄いのを見越して、主だった作者も役者も湯治にでかけてしまう。それで、伊之助にお鉢がまわってきた。


伊之助は、今、松助に詰めよっている。松助の住まいの庭は、紫陽花《あじさい》が少し萎れていた。

松助は、大儀そうに首を振り、

「わたしは、もう、けれんはできぬ」

と言った。

「そりゃ、きこえぬ。親方。性根を据えてくだっし。勝俵蔵はこれから」

「足腰が衰えてきた。息がきれる。ぶざまなさまを曝《さら》す前に、きっぱり、止めようと思う」

「冗談じゃやねえや。親方に惚れて、三十年。ここで挫けたら、三十年は、うたかたの水の泡。馬糞《まぐそ》さらいの鮑貝《あわびがい》。ちと勘定が粟津合戦。安本丹《あんぽんたん》のからっけつだ」

「口だけァへらねえ奴だ」

「口がへったら、くちなしや、鼻から下はすぐに顎、になる」

「そうであれば、上《うわ》みのものに憎まれることもなかったろうに。おまえの面ァ長いから、鼻顎でちょうどいいのだ」

「それだけ憎まれ口がきけりゃあ、まだまだ、隠居は早すぎます。あなたのために書いた狂言だ。何としても、もう一度、けれんの花咲かせてくだっし」

勝俵蔵こと伊之助、五十歳。松助は還暦をすぎた六十一。二人ともに、老いた。

『『天竺徳兵衛《てんとく》』を書き替えました。これが不人気なら、わたしは筆を絶ちます」

「やれ、気の毒に。それでは、おまえは、作者廃業だの。夏芝居が当たったためしはない。役者はおらず、見物も暑くて小屋に足を運ぶ気にならない」

「何の」

伊之助は自信にみちた笑顔をみせた。

「もう、わたしはけれんはごめんだ。この年で、早変わりは辛い。湯治にゆくつもりだよ」

「ただの早変わりじゃあござぇせん。水舟にとびこんで、すぐに上使に早変わり、花道から登場してもらいます」

「そりゃあ無理だ。水に濡れた上使では困るだろう」

「一雫の水も見せちゃあいけません。そこがわたしとあなたの工夫だ。胴抜けだの岩藤の鬘だの、いろいろ工夫をこらした尾上松助さんじゃありませんか。これからは、わたしと組んで、細工とけれんのかぎりをつくしてもらいます。親方、ただのけれんじゃあない。わたしは、凄みと怖さを、親方のからだで現《あらわ》します。桜田も、五瓶も、凄みがないのが、わたしは気に入らない」

「若いのがいくらもいようじゃないか。栄三郎《えいざぶろう》にやらせたらよかろう」

実子のない松助は、養子をとっていた。この年二十歳になる尾上《おのえ》栄三郎。やさしげな美貌で人気が上り坂である。

「苦労知らずの栄三郎さんには、わたしのつくる役は、まだ無理だ。あなたでなくては」

伊之助は、ゆずらない。

「冥府遊行《ゆぎょう》の同行二人。共に踊ったあなたとわたしだ」

歳月が二人のからだにずっしりと溜まっている。

「泥土《でいど》の骸《むくろ》も呼び生かし、乱痴気花《らんちきばな》の狂い咲き」

「咲かすはいいが、死花になりそうだの」

松助の皺ばんだ頬に、ゆっくりと、微笑がうかんだ。

『天竺徳兵衛韓噺《てんぢくとくべえいこくばなし》』

「これほど言うに聞き分けないは、母をはじめ妻子まで捨てて、父親の謀叛に加担よな。是非におよばぬ。この由訴え出て、母は謀叛の一味ではない申しわけする。徳兵衛、そこのきや」

つきのけて行こうとする母を、天竺徳兵衛、ばっさり切りつけた。

母はその手にすがって、

「そりゃ、親を手にかけたな。おお、せがれ、でかした。よう切った」

宗観《そうかん》どの、みられしか、と、これはすでに腹切って瀕死の夫に、満足げに笑む。

「親にも子にも女房にも、心ひかれぬ倅徳兵衛、いずれ謀叛のよき大将」

冷血無残の反逆者と変貌した息子をみて、父・宗観も、莞爾《かんじ》と笑う。吉岡宗観は、実は朝鮮国の臣、木曾官、日本国に仇なさんと、名を変え、時節を待っていたものである。天竺に渡海し、立ち帰った船頭徳兵衛が、乳飲み子のとき別れたわが子と知り、悲願を息子に託し、妖術は伝授し終えた。

「足手まといの親はなし。一本立ちの天竺徳兵衛、雲にまたがり、水に入り、妙術不思議はこころのまま。あら心地よやなあ。兜率天《とそってん》にて再会いたさん。親人、おさらば」

徳兵衛は、父宗観の首断ち落とした。

遠寄せの太鼓、法螺貝の音、四天が四人、徳兵衛の背後に伺い寄り、

「取った」とかかる。

かこんだ四人の真ん中で、徳兵衛の姿は忽然と消えた。

四天が苦しみ立ちすくむとき、早笛、鳴物けわしく、屋形の大屋根が落ちてくる。屋根の中央に大蝦蟇《おおがま》がひかえ、その上に印を結びいるは、異形のなりと変わった天竺徳兵衛である。

蝦蟇は真紅の口をあけ、火煙を噴くを柝のかしら。キザミの拍子幕が閉ざされ、すぐに引っ返せば、葦鬱蒼と生い茂った草土手。仄白い玉椿が闇を彩る。舞台中央の樋の口が、闇が大口あけたように開き、宗観の生首をくわえ、のたりと這いだした大蝦蟇。

捕手を苦しめつつ花道七三にて舞台をみかえる。煙硝火があがり捕手はいっせいに筋斗《とんぼ》をきった。黒衣が蝦蟇の縫いぐるみの玉糸を引き抜いた。

蝦蟇の背が割れ、太刀をさした徳兵衛がすっくと立つ場である。

あたかも、蝦蟇が一瞬に徳兵衛に変身したかのごとく、見物に錯覚を起こさせるには、引き抜きは鮮やかに行われねばならぬ。太刀はとうてい縫いぐるみのなかに収まらぬ長いものなので、見物は、仰天する。弾力のある鯨の髭を用いた刀は、三つに折れ、引き抜いたとたんに一本に伸びる仕掛けである。

背の割れた蝦蟇は布切れとなったが、徳兵衛は突っ伏したまま立ち上がらぬ。

見物のざわめきがひろがった。

七月三日に初日を出し、日を重ねるほどに人気はますます高く、九月も半ば近いが、客足はのびる一方であった。

他にも見せ場は数々ある。松助は天竺徳兵衛のほかに、乳母五百崎《いおざき》、座頭徳市《とくいち》、三役を兼ね、五百崎の亡霊が壁に消える場面も評判をとっている。座頭の松助は珍しい南蛮わたりの木琴を奏でたのち、水舟にとびこむと本水が噴き上がり、次の瞬間、花道から、長裃の上使の姿で登場する。松助の早変わりの鮮やかさは、見物の度胆を抜く。すでに六十の老いの坂、放下師か幻術師のようなわざは、身にこたえたにちがいないが、松助はみごとにやってのけてきた。

歳月は、尾上松助から、ついに翼をもぎとったか。楽屋にかつぎこまれた松助の枕頭で、立作者・勝俵蔵は、胸の奥に痛みに似た悲哀をおぼえる。

一足わきに退いて冷然と眺めれば、悲惨も哀れも、滑稽に感じられるものだ。しかし、松助の老いと無惨は、我が老いより胸を抉る。己の老いは、そんなものさ、と、胸の空洞に己が声を谺《こだま》させ、笑って受け入れるが、松助の老残に、空洞もただ黙す。

――ようやく、松助さんの狂言を書けるようになったのだ。わたしもおまえさまも、これからが、花ではないか。

皺の深い松助の顔に、松助の妖美に魅せられ、狂言作者を志してからの三十年を、伊之助は振りかえる。

松助の枕頭に栄三郎をはじめ、座元や弟子たちがつめかけている。

座元の案じ顔は、小屋の浮沈がかかっているからだ。見物の関心は松助の早変わり、けれんにある。

栄三郎に憂慮の影がないのを、伊之助はみてとった。

廃馬にむける、若い駿馬《しゅんめ》の勝ち誇った驕りの色を、栄三郎は隠そうともしない。

若いころの松助より、いまの栄三郎はいっそう美しい。松助の役どころは当然栄三郎に引き継がれる。

若いだけに、現在の松助よりはるかに鮮やかなけれんを見せることだろう。だが、松助に内在する凄みは、身の動きだけでは顕れない。

役者は演技力と踊りの伎倆を認められてこそ栄誉だ、正統の演技ではない、軽業芸だ、と評者から蔑視されながら、松助は、けれんをつとめてきた。だが、いまや、見物は毒の美味を、知った。からくり、早変わりを駆使し凄まじい怪異を描く勝俵蔵と尾上松助が手を組んだ芝居を見ずにはいられなくなった。時代の嗜好がようやく伊之助と松助に追いついた。軽やかに明るく、上面《うわつら》の笑いだけで世をすごした安永・天明期は終わり、続く寛政期のがんじがらめの改革におしこめられた手足をせいいっぱいのばそうとしている。改革は終焉した。勝俵蔵と尾上松助の、人の心の奥底に巣くう怖ろしさを形にあらわした妖異怪奇が世に受け入れられるようになった。

しかし、時代が追いついたとき、松助はすでに、死と顔突き合わせる齢に達していた。伊之助も、若くはないが、

――まだ、おれには、時が残されている……。

五十歳の彼の肉体は、衰えを感じない。

「それじゃ、師匠、わたしは舞台に」

栄三郎はそう言って立って行った。

次の幕から栄三郎が代役をつとめる。

松助が血みどろになって這いのぼった高みに、栄三郎ははじめからやすやすと安住している。

伊之助は、手で弟子たちを追いやった。

涙がうかびかけたのだが、二人になると、松助は目をあけた。目に笑いがあった。

「いや、きつい役だ」

はりのある声を出した。

「お陀仏かと思いましたっけが。死にはぐれてくれなすったか」

伊之助は、ほっとすると同時に、へらず口が出た。

「そう、あっさりとは冥土に行けぬらしい」

「迎えがきても、十年早いと追い払ってくだっし。まだまだこれから、一花も二花も、咲かせて

もらわにゃなりません。死にくじけてる暇ァねえ」

「けれんと妖異、凄愴《せいそう》のかぎりをつくしてか」

「そうですとも。めったなこっちゃあ、尾上松助大明神、縁ずくでも木菟《みみずく》でも、閻魔の庁には送れません」

「小平次を二人の手で呼び生かすと言ってだったな。思案はついたか」

「よくおぼえておいでだ。天竺徳兵衛はそのための最初の布石」

伊之助はのりだした。

「ひろめの手立ても考えています。このごろ、わたしは京伝と親しい。京伝に、まず、読本を書かせます。読本で人気をあおって、それから、狂言に仕組みましょう」

「わたしは蝮《まむし》の血でも飲んで精をつけておかねばならぬの」

「蝮、すっぽん、七星湯。唐・天竺からでも取り寄せます」


「これからは楽しいの」

「これからは楽しくなります」

期せずして声が合い、伊之助は同じ言葉を難波村で、松助の口から聞いたのを思い出した。

楽しうございますね。隅に坐った小平次が、儚《はかな》い笑顔でささやいた。

下座の鳴物がかすかに流れ、白い菱の花が一面に揺れた。

二人阿国

PART 2

一之章

漆《うるし》のにおいが、上げた蔀戸《しとみど》から流れ出る。

雨上がりの温気《うんき》が泥田のような地面から立ちのぼり、往還の人々は、衿元《えりもと》をひろげ、汗ばんだ胸に扇で風を送る。

鞘師《さやし》が朱漆を含ませた刷毛《はけ》を動かしているのを、お丹《たん》は横目に見ながら、水溜りを身軽に跳《は》ね越え、通り過ぎる。

鞘は鮫《さめ》の皮を貼ったものだ。二条小路の職人が水に浸して洗い上げた洗鮫《あらいざめ》を、冷泉《れいぜい》町の鞘師が漆塗りの鞘に仕立て上げる。

交易船が南蛮から運んでくる鮫皮を、二条の職人ははるばる長崎まで買付けに行くのだという。

隣の店では、柄に色糸を巻きつけている。

刀身は数打ちの奈良刀で、この界隈《かいわい》で仕立てられるのは、麁相物《あらあいもの》と呼ばれる安物ばかりだけれど、反《そ》りをうたせた長刀は、柄の色どりといい、鞘の艶《つや》といい、見た目にはずいぶん華やかだ。

具足屋、蒔絵《まきえ》屋、筆屋、扇屋、小袖屋、帯屋、吹立屋、銀屋、銅屋、針屋……と、冷泉町の通りの両側に並ぶ町屋には、さまざまな職人が住みつき、細工をしながら商いも兼ねる。

冷泉町ばかりではない。西陣は織物、五条辺りは扇地紙や渋紙、腰張紙。小川《こかわ》の武具や遊び道具。誓願寺前の数珠《じゅず》、木像、角象牙細工、などと、洛中はどこの通りも職人の店が目につく。

南蛮菓子を商う店の前まで来て、お丹は足を止めた。

両替屋の店先に立っている小太りの男に見おぼえがあった。小者を一人伴なっている。裕福そうな身装《みなり》だ。用がすんだのか、扇をかざして照りつける陽を除け、お丹の方に歩いてくる。二条万里《までの》小路《こうじ》の遊女屋の主、原三郎左衛門《はらざぶろうざえもん》に間違いない、と見きわめたとたん、お丹は我れ知らずうろたえ、目を伏せて、ついと南蛮菓子屋に入った。

——何も、あてがあの男を避けることはないんや。

と、逃げた己れに少し腹が立つ。

女客の相手をしていた店の女が、咎《とが》めるような目をお丹に向けた。買いに来た客ではないと、一目で見てとったのだろう。

「小太夫《こだゆう》、菓子が欲しいか」

原三郎左衛門の声が、外から聞こえた。

「やはり子供だの。昨日の銀子《ぎんす》は、菓子購《か》うためか。犬太夫《いぬだゆう》に取り上げられはせなんだか」

お丹は、とっさに言い返す言葉がみつからず、頑《かたく》なに通りに背を向け、三郎左衛門が通り過ぎるのを待った。三郎左衛門は、それ以上お丹にかかずらおうとはせず、

「小太夫、いつなりと、三郎左が店におじゃ」と
だけ声をかけ、去った。

遠ざかったのを確かめ、お丹は表に出た。

「あれは、五条の河原の笠屋舞の子であろ」

菓子店の女客の声を背に聞いた。

「銭か菓子か、盗られはせなんだかえ。河原の者は手癖が悪いよっての」

「さようなれど、小太夫は、舞は年に似合わぬ見事なものでございますよ」

「何ぼかの、年は」

「さて、確かめた事もあらしまへんのやけど、十二か三か……」

「舞は辛気《しんき》くそうて叶《かな》わんわ。この節、河原の娯しみは、踊やわいの」

「お国のやや子踊がご贔屓《ひいき》でございますか」

「何の。お国は倦《あ》いたわ。一蔵《いちぞう》と二蔵《にぞう》の蜘舞《くもまい》が美《うつ》うてええわの」

「ほんに、あの子ォらは、美《うつ》おすなあ」

お丹は、数軒先の、木槌《きづち》の音が洩れる店の土間

に足を踏み入れた。

土間は木屑《きくず》だらけだ。お丹の泥に汚れた素足は、忽ち木屑にまみれた。

面打ちは胡座《あぐら》をかき、粗彫《あらぼり》の最中の面を右足の親指で押さえた姿勢のまま、土間に突っ立ったお丹にちらりと目を向けたが、すぐに細工を続けた。

ここも、漆のにおいが強い。面の裏に塗る朱漆が、器の中にとろりと溜《た》まっている。

背後の網代《あじろ》壁には、女面やら翁の面やらが掛かっている。

粗彫の面の脇には、本面の般若《はんにゃ》が仰向けに置かれ、奇妙な曲線を持った木片が数個、その傍に並べられてある。

木片が切形《きりがた》と呼ばれるものであることを、幾度もここに来ているうちに、お丹は知った。手本にする本面の輪郭や、額の丸み、鼻頭の形、額から顎《あご》にかけての中央の凹凸の線などに合わせて作られた切形を頼りに、面打ちは、本面と寸分の違いもない面を打ち上げてゆくのである。

一昨年他界した太閤が天下を取ったころまでに、数多い種類の能面は、ほとんど完成していた。

最も古い神作と呼ばれる古面は、聖徳太子、藤原淡海公、弘法大師によって作られたのだと、面打ちはお丹に話してきかせたことがある。そんな大昔には、能楽はまだ起こっておらず、伝承に過ぎないのだが、お丹は感心して面打ちの話に聞き入ったのだった。

能楽の興隆と共に、秀れた面が数多《あまた》創られるようになった。

悪尉癋見《あくじょうべしみ》、山姥《やまんば》などは、怪奇な面を打っては右に出る者がないと讃えられた近江《おうみ》の赤鶴《しゃくづる》が、逸品を残している。

女面の名人、石川龍右衛門重政が打った、優婉《ゆうえん》な、雪、月、花の小面は、太閤様が愛蔵なされた。

増女《ぞうおんな》は、田楽師増阿弥の創った名品である。

越中氷見《ひみ》の僧、日永宗忠は、観音堂に籠り、老女、痩男《やせおとこ》、痩女などの、品格と凄みを合わせ持った面を残した。

尉面は、小牛清光《こうしせいこう》、福来石王兵衛《ふくらいいしおうびょうえ》、越前平泉寺の三光坊《さんこうぼう》などの打ったものが名高い。

能面の中でも、とりわけ美しいのは女面で、小《こ》面《おもて》、若女《わかおんな》、孫次郎、増女、深井、姥《うば》と、年に応じて面は精妙に相を変える。

泥眼《でいがん》、檜垣《ひがき》などのように、女の心のうちの修羅を顕わしたものもある。

能の世界は、舞の手も、装束も、そうして面も、もはや、新たに創意を加える余地が無いほどに、ゆるぎないものになっている。

今、面打ちの仕事は、すでに世にある本面を忠実に写すだけだ。面打ちの恣意《しい》が加わったものは、能面とは認められぬ。それは、単なる仮面なのだ。

口の重い面打ちだが、そのような意味のことを、折にふれ、お丹にぽつりぽつり語ったのだった。

お丹は懐から小さい布包みを出し、面打ちの前に置いた。面打ちは槌を打つ手を止め、膝の木屑を払って立ち上がった。立っても、背はこごまったままだ。〝時〟の力を、お丹は感じた。面を打ちつづけるのに費した〝時〟が、まだ四十ぐらいにみえる面打ちの軀《からだ》を、老人のように変形《へんぎょう》させ遂《おお》せたのだ。

隅の棚から秤《はかり》をとってきて、面打ちは、包みをひろげ、中の豆板銀を皿にのせ、量目をたしかめた。

包み直して懐に入れ、お丹に頷《うなず》いた。

泥足のまま上がろうとしてお丹は、面打ちの顰《しか》め面《つら》に気づき、框《かまち》に腰かけて足の裏をすり合わせ泥を落とした。面打ちは苦笑いしながらぼろ布をお丹に渡した。

足を拭い、網代壁に掛けられた面の前に、お丹は走り寄った。

欲しい面は、決めてあった。小面である。自分の年に一番近いような気がする。

そっと、はずした。面打ちはそれを鬱金色《うこんいろ》の布で包んでくれた。

河原への道を、お丹は行く。懐からはみ出した面の包みを両手で押さえている。

何かが変わりそうな気がする。

諸国を流れ歩いて、お丹の父笠屋《かさや》犬太夫を棟梁とする笠屋舞の一座が洛中に戻って来たのは、この年の三月であった。春酣《たけなわ》の北野神社の杜《もり》で、宝生流の勧進能が行なわれていた。お丹は、父たちといっしょに、貴賤群衆《きせんぐんじゅ》に混って見物した。

能をその時初めて見たわけではなかった。

京を離れる前にも、勧進能は何度か見ている。

しかし、まるで生まれて初めて能に触れたもののように、そのときお丹は心惹かれた。

お丹が以前見た能は、動きの烈しい、にぎやかなものばかりであった。このように幽玄な、心の奥底にひっそりと語りかけてくる能は、確かに、初めてだったのである。

若女の面、唐織壺折《からおりつぼおり》、摺箔《すりはく》の着付、緋大口《ひのおおくち》の江口の君が、遊女二人を従え、作り物の屋形船の内に立ち、

……古《いにしえ》の、江口の遊女の川逍遥《かわじょうよう》の月の夜舟を御覧ぜよ

と謡ったとき、お丹は、ほとんど泪《なみだ》ぐみそうになった。

黄昏《たそがれ》の水辺に遊ぶ遊女は、やがて、普賢菩薩と変じ、舟は白象となり、西の空に消える。

木には木の精、草には草の精があるように、〝女の精〟とでも呼びたいような、女であって生身の女を越えたものが、舞台に顕われていた。

しかも、舞っているのは、実は男なのだと思い当たって、お丹は、強い衝撃を感じた。

面。面の力……。お丹は、そう感じた。

舞手の技も、もちろん秀れていたのだろう。しかし、面をつけねば、あの幽玄な女は顕現しない。

笠屋舞は、女猿楽の流れを汲む舞々《まいまい》の一つである。能も、源流は猿楽である。

同じ源から流れ出たものなのに、なぜこうも、一は高雅であり、一は卑俗なのか。その疑問が、お丹の心に巣食った。

笠屋舞は、面を付けぬ。笠屋舞ばかりではない。猿楽の流れを汲む舞であっても、観世、金剛、宝生、金春の四座以外のものは、面は付けない。

面一つ欲しやの。

面を付けることによって、完成されたゆるぎないものに、能《あた》う限り己れを近づけてゆく、その道が明確になる。言葉にして言えば、そんなふうな意味の事を、お丹は感じとったのであった。

＊

蓆《むしろ》を垂らした矢来の中で、照りつける陽に孔雀はぐったりと蹲《うずくま》っている。

見物の出足も悪い。ひどい蒸し暑さだ。夕風が渡る頃にならねば、人は河原に集まる気にならないのだろう。

それでも、一蔵と二蔵の幼い兄弟の蜘舞や傀儡《くぐつ》の一座などは、わずかな見物を相手に、つとめている。

高々と十文字に張り渡した二本の綱の上で、一蔵と二蔵は、かろやかに踊っている。

盲僧の弾じる琵琶《びわ》と傀儡の口上が入り混り、一蔵と二蔵は、拍子をとりにくそうだ。

やや子踊の一座が、矢来の中に屯《たむろ》している。蓆をひろげた上に、七、八人、寝ころがったりしどけなく立膝《たてひざ》で腰を下ろしたり、所在ない顔つきだ。

一座の棟梁の三九郎《さんくろう》とお国《くに》の姿はなかった。

また、北野に行っているのかなと、お丹は思う。

やや子踊は、昔はその名のとおり、幼い子供が二人、三人、五人と、組んで踊ったものだというが、近頃は、十六、七から二十を過ぎたものなど、お丹の目から見れば年長《た》けた女が踊る座が多い。

お国の一座も、二十六になるお国を頭《かしら》にしており、やや子踊と名乗っても、子供はいない。踊り手はお国をまじえ四人、囃子方《はやしかた》が笛、小鼓、大鼓《おおかわ》、太鼓の四人、それに座頭の三九郎、総勢九人の一座である。

踊の芸を売るより、色売る方が巧みなのだろう。どの女も、くずれた色気がしたたる。

もっとも、笠屋舞の一座にしたところで、女たちは皆、色稼ぎにせいを出し、そちらの収入《みいり》の方が芸で稼ぐよりはるかに大きい。

お丹は、色売るにはまだ幼いと見做《みな》されてのゆえか、父の犬太夫も、お丹に色売れと強いはしなかった。しかし……。

お丹は、懐の面の包みを押さえた。軀のぬくもりが面に伝わったかのように、仄暖《ほの》い。

犬太夫は、お国のやや子踊を、陰で悪しざまに罵《ののし》る。あないな踊は、芸の修業を積まいでも、誰にでもできる。見物衆からお銭《あし》をいただくような芸やない。踊は芸とは言えへん。風流《ふりゅう》踊を見い。町衆が誰でも、飛んだり跳ねたり踊らはるやないか。舞は、芸や。踊なんぞ、やくたいもない。

犬太夫がお国を罵るのは、もう一つ理由がある。京に戻って来た笠屋舞の一座が、北野で興行しようと、北野神社の社務をとりしきる社家の松梅院に許可を願い出たところ、許されなかった。お国が妨害したらしいという。お国は、松梅院《しょうばいいん》にとりいっており、世間の噂《うわさ》によれば、男盛りの当代を、色でたらしこんだのだそうだ。

父が嫌うので、お丹はまだお国と言葉をかわしたこともない。

　笠屋舞の一座は、河原のはずれ、地面が傾斜したあまり具合のよくない場所に矢来をめぐらしている。後から割り込んだので、好い場所はすべて塞がっていたのだ。

　矢来には幕を張り、鼠戸《ねずみど》口を開け、木戸銭を払って中に入らねば見られぬようにしてあるけれど、垂れ幕の隙間《すきま》から覗《のぞ》き見《み》されるのは始終の事だ。

　お丹は一座の者が屯している矢来の内へは入らず、葭《よし》の茂みをわけて、川べりの柳の大樹の根方に腰を下ろした。ようやく我が物になった面《おもて》と、誰にも妨げられずに向かい合いたかった。

　鬱金の包みを開くと、若い、やさしい、女を超えた不思議な女が、お丹の眸《め》の奥を見透すように見上げた。

　お丹は、わずかにたじろいだ。

　昨日、二条万里小路の原三郎左衛門の店を訪れた時の不愉快な感触が、くっきりと甦《よみがえ》った。

　三郎左は、屡々《しばしば》河原を訪れる。笠屋舞の見物衆に混っている事も多い。お丹が舞うと、見事なものや、やんや、やんや、と大仰に褒《ほ》めそやし、南蛮菓子やら銭やらを特別にくれる。店に来やれと誘いもかけられた。

　三郎左の店が何を商うか、お丹はもとより知っている。芸人の若い女や少年が、芸を表に立て裏でする事を、三郎左は店構えの奥で女たちにさせているのだ。

　日の落ちた河原で、抱き合い獣じみた声をあげる男や女のさまも、お丹は目にしている。

　二条万里小路は、女郎屋ばかりが並び、女たちはしどけない恰好《かっこう》で道にまで出て来て、往来の男たちにしなだれかかり袖をひき、店に連れ込む。

　昨日、お丹が訪れたときも、胸乳が露わに見えるほどに小袖の衿元をひろげた女たちが、道で男に戯《たわむ》れていた。

三郎左の店の近くまで来て、お丹は立ちすくんだのだった。女たちの眼が、いっせいにお丹に向けられた……と、思ったのだ。

思い違いである事は、すぐにわかった。

女たちがみつめたのは、お丹の背後から歩いて来た数人の若い男であった。男たちの闊達《かったつ》な足は、忽ちお丹を追い越した。何か爽《さわ》やかな香りがした。香を焚《た》き染《し》めているのだろうか。

道すじが、俄《にわか》に華やぎたった。

男たちの装いは、色売る女たちに増してきらびやかであった。

生絹《すずし》の小袖から匂いこぼれる紅梅の下着。南蛮更紗《さらさ》の袖無羽織。黄金造りの鍔《つば》に白鮫鞘《さめざや》のおそろしく長い太刀。大脇差をはね差しにし、黄金の鎖やら水晶のロザリオやらを胸にかけ、腰に提げた瓢箪《ひょうたん》だの印籠だのが、軽快に揺れる。

傾《かぶ》いたいでたちで綺羅を競う若い男は洛中に珍しくはないけれど、数人揃うと、鳳凰《ほうおう》の乱舞か牡丹《ぼたん》の乱れ咲きかというふうで、お丹も目を奪われた。

この蒸し暑さの中で、綺羅金襴《きんらん》の男たちは、うっすら汗ばんでいた。

女たちが駆け寄り、袖を捉え、小藤が店にお越しやれ、多聞《たもん》がもてなして進ぜるほどに、と、かしましい。もとより遊ぶつもりで遊女町に足踏み入れた男たちだから、少し焦《じ》らしたりからかったりしながら、女ともつれあって、店に吸い込まれてゆく。

金糸銀糸の煌《きら》めきが、お丹の眼裏に残った。

原三郎左衛門の店は、この界隈で一番大きい。

お丹は少し怯《お》じけづいた。

「何や。子供の来る所やあらへんで」

店先にたったお丹を、下働きらしい男が見咎《みとが》め、犬を追うように手を振った。

「あて、笠屋の小太夫や。旦《だん》那さんに取り次いで欲しねんわ」

「笠屋？　五条河原の笠屋舞の子ォか。そうか、おまえ、笠屋の小太夫か。ほな、ちょっと待ち」

男がひっこみ、ほどなく原三郎左衛門が、愛想のいい笑顔で迎えに出て来た。

「よう来たの、小太夫。ささ、おじゃ」

三郎左は先に立ってお丹を奥まった部屋に通した。三郎左の私室らしい。

胡座をかいた三郎左のふっくらした膝に、白猫がとびのって軀を丸めた。

「蛇皮線《じゃびせん》や！」

お丹は目をみはった。目近に見るのは、初めてだ。琉球渡りで、おそろしく高価なものだと聞いている。

三郎左は手をのばし、壁ぎわに置かれた蛇皮線をとった。

猫を膝から払い落とし、白い撥《ばち》で蛇皮線の絃《いと》を弾くと、お丹がこれまでに耳にした事のない音《ね》が胆《はら》にひびいた。


「好きか」

「笛鼓の方が好きや」

「馴れぬからやろ。馴れればこの音が、何とも言えずようなる。ところで小太夫、心が決まったか」

三郎左は、少し以前から、お丹に養女になれと誘っていた。三郎左の養女になるという事は、つまりは、ゆくゆくは遊女になって色づとめをするという事だ。三郎左は、そう明らさまに言いはしなかったが、自明の事だ。

「いいや。おまえさまの娘分にはならへん。そやけど、今日だけ、小太夫の色、買うてくだされ」

「遊女屋の主に、色売りに来たか」

三郎左の茫洋《ぼうよう》とした笑顔から、お丹はその感情を読みとれない。

「犬太夫も承知か」

「父《とと》は何も知らへん《なあ》」

「何で色売る気になった」

「銀子が欲しい」

「銀子がの」

三郎左は手を鳴らし、小女に茶をはこばせた。

「銀子を何に使う」

「言わん」

「強情な子やな。そこが頼もしい。喃《のう》、小太夫。銀子は何ぼでもやろ。せやけど、汝《われ》の色は大切にせなあかん。汝はの、その気になれば、傾国の太夫になれる器量や。粗末にせなや」

言いながら、三郎左の肉の厚い手は、お丹の髪を撫で、首すじを撫でた。猫を愛撫する手つきだ。お丹は身慄いし、不快感のなかに、一すじ織り込まれた朱の糸のような快さがあるのに、内心うろたえた。

「三郎左の店はの、格の高さは洛中一や。洛中一という事は、天下一という事や。天下一の遊女屋や。わしの店の女どもは、道に出てあさましう客の袖をひいたりはせぬ。わしが、させぬ。わしの店の女にはの、公卿方、大名方の姫御前《ごぜ》にまさる、深いたしなみを身につけさせておる。歌も詠む。書も達者だ。和漢の文も読み解く。琴、笛、鼓。おお、その蛇皮線も、弾じる。舞も喃、舞うぞ。客は、堂上の公卿方、大名方、貴人、大商《あきう》人《ど》ばかりや。何事もたしなみ深い方々や。その客人方と、互角に立ち合える女でのうては、ものの役に立たぬ。そやさかい、厳しう、仕込む。お丹、三郎左はの、われを天下一の太夫に仕立て上げたい。笠屋舞の一座におっても、いずれは色売る身やろ。下賤の男どもに、あたら玉の肌を荒しつくされ、やがて老いさらばえては、色買うてくれる物好きも無《の》うなり、乞食《こつじき》に身を落とし、あげくの果ては野垂れ死や。葬うてくれる人も無く、骸《むくろ》は鴉《からす》の餌食となり、白骨を荒野に曝《さら》すのや。それが、うぬら流れ芸人の身の末や」

三郎左の声音は、蛇皮線のひびきと似た感覚を、お丹の軀に与える。誘い込まれては危ない。これまで拠《よ》って立っていた足元がゆらぐ事になる、と、本能が警戒するのに、その警戒心がいっかとろけ、身も心もゆだねてしまえば、ほうっとくつろげるのだと、誘う力が強まる。三郎左がお丹を膝に抱きとったとき、お丹は拒むのを忘れていた。そうかといって、三郎左の言葉をすべて納得していたわけではない。身の行く末は、お丹には、無限に遠い先の問題であった。今、たった今、面一つあがなうに足る銀子が欲しい。お丹の心を占めているのは、その事ばかりだ。

「喃《のう》、お丹。三郎左が店の太夫はの、老いの果てまで、栄耀《えいよう》栄華に包まれる。いや、お丹は、まだいとけない女童《めわらべ》やったの。行く涯《はたて》の、老いも栄華も、今口にする南蛮菓子の一つほどにも思いが及ばんのやろ。したが、お丹、これだけはよう憶えておきや。色は安う売るな。色売るときは、三郎左がもとに来《こ》よ」

　三郎左の指が、何かを封じ込めるように、かくしどころにあてがわれているのに気づき、お丹は、分厚い膝からはねとんだ。しかし、一瞬、朱の糸の快さを味わうだけの間《ま》が、あったことに、はねとんでから気がついた。

　お丹は、心のうちで己れを罵った。

小面《こおもて》は、そんなお丹の所業を、すべて見透しているようだ。咎めも嗤《わら》いもせず、ただ、視ている。そう、お丹には思えた。

　人の気配がし、振向くと、二蔵が佇《た》っていた。

　一蔵と二蔵は兄弟だというが、顔立ちはまるで似ていない。一蔵は華奢《きゃしゃ》で雛人形のようだが、二蔵は、鼻梁が太く、くっきりと眼が大きい。手足も大きくて、成人したら逞《たくま》しい軀つきになりそうだ。

「美《うつつ》いやろ」

　お丹は面を少し傾けた。二蔵は面にはまるで関心を示さず、莨を折り敷いてお丹と並び腰を下ろした。

「一休みかえ」

「見物衆がおらんのやもの」

そう言って、二蔵は、ひょいと逆立ちし、折り曲げた足の甲で顎をささえ、考えるような仕草をしてみせた。

少し離れたところに一蔵が立って、こちらを見ているのに、お丹は気づいた。

手招くと、一蔵は目をそらせ、二、三度とんぼ返りして遠ざかった。


板をわたした粗末な舞台のうしろ、垂らした幕の蔭で、お丹は身仕度にとりかかる。

囃子方の男たちが鼓の緒の締め具合をみたり、笛の歌口をためしたりしている。

顔につけるために小面を裏返し、お丹は、ぞっとした。妖《あや》しいほどに雅《みやび》やかな面の裏側は、朱漆で塗り潰された、へこんだ髑髏《どくろ》のような顔であった。面をつけるとは、この髑髏の顔を我が顔に密着させる事なのだ。

能役者たちは、面をつけるごとに、この恐ろしい相に戦慄《せんりつ》しないのだろうか。

「それは何や」

犬太夫の女房のおあかが、お丹の手もとをのぞきこんだ。

「面やないか。どこから盗《と》ってきた」

おあかの高い声に、一座の者の目がお丹に集まった。父の犬太夫、その女房のおあか、おあかの妹のこふめ、囃子方の男が三人、雑用の男が一人、七人の小さい一座である。舞台に立って舞うのは、おあか、こふめ、お丹の三人であった。おあかは、お丹の生母ではなかった。

「盗ったんやない。貰《もろ》たんや」

購ったと言えば、銀子の出所を追及されると思い、とっさに、そう答えた。

「誰から」

「冷泉町の面打ちや。あてが、毎日、欲しそうに見とったら、くれたんや。打ち損ないや言うて」

――ああ、また、嘘《うそ》をついてしまった。

小ざかしい嘘をつく度に、お丹は哀しくなる。しかし、嘘をつかねば、自分の意志が通らぬ場合のある事を、お丹はこれまでの暮らしの間に身にしみて知っていた。嘘をつく相手は、おおかであり、こふめであり、時には父の犬太夫であった。

そうして、周囲の大人たちも、大なり小なり嘘に嘘を重ねて暮らしをたてているのを、お丹は知っていた。

「お丹、見せてみ」

犬太夫が、否やを言わせぬ声で、面《おもて》をお丹の手からとった。しげしげと眺め、何も言わず、お丹の手に戻した。

盗んだと思いながら咎めないのだろうか。それとも、どうやって手に入れたかを見抜いているのだろうか。

何も言われない事に少し気が重くなりながら、お丹は面をつけた。

自分の中の何が変わったという気もしない。視野が狭まり息苦しくなっただけだ。お丹はかすかに失望した。

日がかげり、見物が集まって来ている。囃子方は、定めの座についた。

笛と鼓が、お丹の出《で》を促す。

幕の蔭から、お丹は摺り足で進み出た。

粗末な板を張った舞台である。足袋の裏をささくれが刺す。磨き上げた檜の能舞台であれば、足のはこびも巧みにできようものを、と、ささくれのおかげで足が乱れたとき、思った。

「何や、小太夫、可愛《つぼ》い顔が見えんやないか」

野天の芝地に坐した見物の間から声がとんだ。

「面をとれ、小太夫」

「お丹、可愛《つぼ》い顔を見せいや」

笑い声が湧く。囃子方の鼓が思わず間《ま》をはずした。――何の……。お丹は足拍子に力をこめた。

「お丹、顔にできものでも作ったか。人に見せられぬ顔になったか」

この悪罵《あくば》は、お丹をかっとさせた。

面ひきむしって、健やかな顔を見せてやろうかと一瞬思い、そんな相手の挑発にのるような事をしたら、いっそう笑いものになるだけだと、こらえた。

このみごとな面をつけても、宝生の勧進能で見たような、言いようなくやさしい女の精は、我が身に顕《あらわ》れぬのか。お丹は、笑い声やからかいに全身を打たれながら舞い続けた。

からかいに悪意はこもっていなかったが、お丹の舞は乱れた。

翌日も、お丹は、おあかやこふめが止めるのもきかず、面をつけた。

面をとれ、顔を見せて舞え、という見物の声は、昨日よりとげとげしくなった。一日ぐらいなら愛嬌として許すが、それ以上強情をはるのはけしからぬと腹を立てているふうだ。

見物の中に、お丹は原三郎左衛門を見た。三郎左はゆったりした笑顔をお丹に向けていた。

大柄な女を見物の中に見出した。

――おや、お国だ……。

やや子踊のお国が見物の後ろに突っ立ち、面をつけて舞うお丹を男のように腕組して眺めている。肥《ふと》り肉《じし》のお国は、衿元をくつろげ、胸乳の間に汗を溜めている。しかし、顔は汗ばんでいない。

目尻が真横に長く流れた大きい眼、太くて短かめの鼻梁、厚い唇は仏像のように輪郭に刻み目が入っているかと思われるほど、くっきりとうねっている。眼の表情は茫っとつかみどころがないのだが。

お丹たちと同じように生まれながらの漂泊の族《うから》であることは、陽光や烈風に曝されて荒れた浅黒い肌でわかる。衿元からのぞく胸乳は青白く盛り上がっている。元来は色白なのだろう。

お国の隣に立った男は、夫の三九郎だ。

小男ではないのだが、お国と並ぶと少し貧相に見える。しかし、これも、一筋縄ではゆかぬしたたかさが、一見特徴のないおとなしそうな顔立ちの蔭から、こぼれ出る。

二人に見られていると知り、

――感心させてやりたい。

気負いがお丹の心に生じた。

踊など他愛ないものだ。芸の修業をした者でのうても、誰でもすぐに真似て踊れる。まして、やや子踊など。常日頃犬太夫が口にする言葉がよみがえる。

面の眼孔をとおして見える視野は限られている。短い小さい筒を目にあてているようなものだ。狭いけれど、ことさらくっきり見える。お国に目を向けると、目鼻立ちの大ぶりなお国の顔ばかりが、眼前にある。

お国と三九郎は顔を見合わせた。ふっと薄笑いを浮かべ、二人は鼠戸口から外に出て行った。

興が湧かぬ、という態度が露骨であった。

「明日は面をつけんと舞えや」

「花の顔を見せいや」

「顔が見えなんだら、辛気くさい舞を見るせえがないわ」

見物の野次を背にお丹は幕の蔭にひっこんだ。

面をはずすお丹を、

「あほ」と、おあかが罵り、こふめと連れ立って舞台に出て行く。犬太夫の謡がひびく。

それをかき乱すように、鼓を打つ掛け声が夕風にのって流れて来た。

お国の一座のやや子踊が始まったのだ。

切々と哀しさを誘い出すような小歌ぶりの歌声が、

身は浮き草よ
根を定めなの君を待つ

去《い》のやれ　月の傾くに

やや軽やかになって、

小夜《さよ》の寝覚めの暁は　暁は
飽かぬ別れの鳥ぞ啼く
朧月夜の山の端に　山の端に
名残り惜しや　つれなやろ
はらはらおろと
いずれ誰《た》が情《なさけ》ぞ村雨

〝はらはらおろと〞と、見物が声を合わせる。同じ歌と踊を毎日繰り返しているのだから、皆、耳になじんでいる。

はらはらおろ、とお丹も口調のよい言葉をつい唇にのせてしまう。

抱いて寝る夜の暁は
離れがたなの寝肌やの
はらはらおろと
いずれ誰が情ぞ村雨

節廻しが一転して、軽快に歯ぎれよくなり、見物の手拍子が聞こえる。

花も紅葉も一盛《ひとさか》り
やや子の踊り振りよや見よや
いつ面影の忘られぬ
鳥の習いぞ　いで夜も明けそよ

お丹はまだ、お国たちの踊を見た事はない。あちらが興行している間、こちらも、必死に見物の眼を集めねばならぬ。

犬太夫の謡と重なって、こちらの見物の間から、花も紅葉も一盛り、やや子の踊り振りよや見よや、くちずさみつつ立って出て行く者が相継ぐ気配だ。お国の方に吸い寄せられてゆくのだ。賑やかで心浮き立つ歌声に惹かれて。

＊

御所も、その巽《たつみ》の一劃《いっかく》にある女院の御所も、築《つい》地塀《じべい》、車寄せ、御門、すべて落書だらけだ。太閤が二年の歳月をかけて大規模な修築を行ってから、たかだか十年経つばかりだが、ひどい荒れようだ。公卿の若殿原《ばら》の狼藉《ろうぜき》が甚しいのである。黄金の張鞘の大太刀をはね差しに、切支丹でもないのにロザリオやらクルスやらを胸にさげ、きらびやかに傾《かぶ》いた若殿原や、皮衣皮袴《かわぎぬかわばかま》の青侍たちが、大声で放歌したり、昼間からくらい酔ったりして往き来する。

御所を中心に、この一帯は、近衛殿、八条殿の宏壮な館をはじめ、広橋大納言殿、東坊城殿、五条殿、中御門殿、鷹司殿、西洞院殿、甘露寺殿、飛鳥井殿など、公卿の邸宅で占められている。壁の落書、柱に切り刻まれた刀の痕は、いずれも若殿原のしわざだ。

一昨年、太閤が没してから、世の中は何となく騒然としているようだ。あたりの気配に敏感な野の小さい獣のように、お丹もそれをかすかに感じる。徳川内府と、太閤の遺児秀頼を擁した石田三成を中心とする大名たちとの対立など、お丹は詳しく知りはしないけれど、天下の覇者の政治の方針は、河原の者たちの暮らしにまでもかかわってくるから、大人たちはまるで無関心ではいられないようで、彼らの話のはしばしから、何か不穏な波音を、お丹は聴く。

去年の閏《うるう》三月、秀頼のお守り役を任じられていた前田利家が他界した。家康は、伏見城と淀川をへだてた向島《むかいじま》に居をさだめていたのだが、利家の死後、わずか十日目に、伏見城に移った。秀吉の遺言によって、前田玄以《げんい》、長束正家が守っていた城である。家康は公然と秀吉の遺命を無視したわけだ。徳川内府が天下殿になられた、と巷間《こうかん》で言われ出したのは、この頃からだ。お丹たちは都を離れていたから、その噂を聞いたのはずいぶん後になってからだが。

家康は更に、九月、秀頼に重陽《ちょうよう》の賀をのべるという口実で大坂に乗り込み、西の丸に居坐った。西の丸の曲輪《くるわ》に天守さえ築き、本丸の秀頼と対峙《たいじ》した。

今年の六月、家康は、会津の上杉景勝に叛意ありとして、討伐の軍を出し、自らも上方を去り東にむかった。

このような政権奪取の動きは、芸能好きの女院新上東門院にはまるで関心の無い事とみえ、女院御所には、芸人が足繁く参上する。能の催しもあれば、河原の者たちの舞や踊、蜘舞、連飛《れんとび》、放下《ほうか》のような軽業も行なわれる。禁裏の御所や公卿方の邸にも、芸人は屡々よばれるが、女院の芸能好き、芸能狂いは、並はずれている。

笠屋舞の一行は、門を入り、中庭に通った。

ひょろ長い顔の男が、ひとりで狂言を演じているところであった。女院や女官たちの笑いころげる声が中庭に流れる。

庭の隅に張りわたされた幕の蔭に、笠屋舞の者は控えた。幕の端を少しひき開けて、独《ひと》り狂言《きょうげん》を見物する。

狂言師は、お丹が初めて見る顔だ。シテもアドも、ひとりで演じわけている。僧に化けて田を荒す狸《たぬき》を、田の持主が正体を見破ったところらしい。

「出家に向うて弓を引くは何事じゃ」

「何じゃ出家じゃ。己、胸から毛が見ゆる。いや、尾が見ゆる」

毛が見ゆる、尾が見ゆる、と責める田主と、責められるたびにうろたえ慌《あわ》て、胸の毛や尾をかくそうとする狸を、一人で巧みに仕わけている。

お丹は、二人の演者がいるような錯覚を持った。

長い顎がしゃくれ大きな眼がくるりと丸い狂言師の顔は、見るからに剽《ひょう》げていて、黙って立っているだけでも笑いを誘う。

「狸の腹鼓という事があると聞いた。これを打て聞かせい」

「それがしは腹鼓を打た事がない。許さしめ」

「おのれ打たずば一矢で射てくりょう」

弓に矢をつがえる田主と、すばしこい眼で逃げる隙をうかがいながら、哀れな表情に一変して許しを乞う狸。

女官たちは、つつしみも忘れ、大口開いて笑う。女院ものどかに笑っている。

「ご免候え」と無遠慮な声がして、若い男が二人、闊達な足どりで中庭に入って来た。公卿の若殿か大身の武家の御曹司か、綺羅を飾ったいでたちだ。一人は十七、八、年下の方は十五か六。二人とも、番屋からでもはずしてきたのか、戸障子をかついでいる。

「我らも相伴にあずかろう」

戸障子を敷物がわりに地に敷き、その上にむずと胡座をかいた。

「少将さま、そのようなところに。お上がりなされませ」

縁から身をのりだして、女官たちが口々に誘う。

「何、かまわぬ、かまわぬ。とっぱ、狂言をつづけよ」

年上の方が鷹揚《おうよう》に言う。

「美《うつ》いお方やのう」

吐息の混ったような声をおあかが洩らし、犬太夫の表情がわずかに不愉快そうになった。

女官たちの眼も、蕩《とろ》けたように、若い公卿に集まっている。

「早う打て！」

と鋭い声を、独り狂言師とっぱが発した。

狸に腹鼓を〝打て〟と命じる声で人々の注意を

惹きつけ、一拍の緊張した間をおき、不意にくだけて、おどけた身ぶりの狸となり、

「打ちてやさしき物多き、いたやの霰《あられ》、磯《いそ》の浪、今の狸が腹鼓」

女官たちは他愛なく笑いくずれる。

二人の若者も、屈託ない笑い声をあげた。

狂言師とっぱが汗を拭き拭き、幕の蔭にひきさがってくると、おあかは、

「喃《のう》、喃、あの若いお方は誰や。おまえ、知っとうか」

「笠屋舞の衆やな。わしは、元は南都《なんと》禰宜《ねぎ》の流れを汲む、独り狂言のとっぱいうもんや。お初に。向後《きょうこう》よろしう頼みます」

「かけちがって、会うは初めてやが、独り狂言のとっぱの名は聞いておる」

犬太夫が挨拶《あいさつ》をかえすのを、おあかはもどかしげに遮り、

「喃、あの美《うつつ》い殿御は」

「猪熊《いのくま》少将さまや。年若なお方は、織田左門《おださもん》さま。太閤さまのお伽衆《とぎしゅう》やった織田有楽斎《うらくさい》さまの御曹司や」

「よう知っとうの」

「少将さまは京で一の傾《かぶ》きものや。御名ぐらいは知っていようが」

「猪熊様《よう》の小袖やら、猪熊様の結び帯やら、髪の結いようまでが猪熊様とはやされる、あれがその猪熊さまかえ。美いのう」

「さあ、わしらの出《で》や」

犬太夫が促した。

お丹は、こふめに気をとられていた。おあかのように騒ぎたてはしないが、こふめは、もっと強く、猪熊少将に魅了されたように、幕の蔭から目を放っている。

囃子方が調べを合わせる間に、お丹は、小面《こおもて》を箱から出し、鬱金の布を開いた。

狂言師が脇からのぞき、

「ええ面やの」と褒めた。

お丹はうなずいて、面をつけた。

「ええ度胸やの」

とっぱは言った。

面の裏の恐ろしさを、この男も感じているのだろうかと、お丹は思った。

囃子方と犬太夫が定めの座につき、鼓の音がひびいた。

面をつけたお丹が幕の外に摺り足で立ち出でたとき、賑やかな歌と手拍子足拍子が中庭になだれ込んできた。

花も紅葉も一盛り
やや子の踊り振りよや見よや
やや子の踊り振りよや見よや

「おお、お国が来た、お国が来た」

女官たちが、湧き立った。

豊満なお国を頭に、笛や鼓で囃しながら、やや子踊の一座は笠屋舞を無視して、そのまま踊りつづける。

小規模ではあるが、風流踊の群れが勢いよく踊り込んで来たような昂奮《こうふん》が、たちまち女官たちを捉えた。

犬太夫は憤然と立ち上がったが、抗議をする隙がない。

やや子の踊り振りよや見よや
やや子の踊り振りよや見よや

単純な詞を繰り返しながら、熱狂の渦をひろげてゆく。笠屋舞の囃子方も、つい、やや子踊の笛や鼓につられて拍子を合わせそうになる。

猪熊少将が、つと立った。踊の拍子に軽やかに身振りを合わせ、群れに加わろうとして、お国の前に立った。

お国は軀をこわばらせ、少将をまじまじとみつめた。

何かつぶやいたようだが、囃子にまぎれ、お丹は聞きとれなかった。

少将の笑顔が、みるみる不機嫌な色に染まるのを、お丹は見た。

「失《う》せよ」

少将は命じた。それから、はっと気づいたように、

「いや、女院の催しであった。我らは招かれずして推参せし客。わしが去《い》のう」

踵《きびす》を返して立ち去ろうとする少将を、女院が呼び止めた。

「少将、何ゆえ去ぬる。何が御身の機嫌を損のうた」

「申しわけもございませぬ」

お国がひれ伏した。

「わたくしめが、つい不調法をいたしまして、少将さまのおみ足を踏みました。恐れ多い事でござりまする。お腹の癒えまするよう、いかようにも御成敗《せいばい》なされてくださりませ」

今度は、少将がお国をみつめた。ひれ伏したお国を見下ろしていたが、笑顔を女院に向け、

「いや、つまらぬ事で女院の興をさまし申した。お許しあれ」

ささ、続けい、と芸人を促し、戸障子の敷物に座を占めなおした。

ここぞと、犬太夫が笠屋舞の囃子方に合図しようとした時、やや子踊の囃子方が、一瞬早く笛を吹き鳴らした。

哀切な音《ね》であった。

ひれ伏しながら、お国が囃子方にかすかな合図を与えたのを、お丹は見てとっていた。

お国は静かに顔を上げ、
身は浮き草よ

根を定めなの君を待つ
去《い》のやれ　月の傾くに

嫋々《じょうじょう》と歌いながら、身を起こした。すらりと立ち、帯にさした扇を抜いて、閉じたまま中空にさしのべ、

身は浮き草よ
根を定めなの君を待つ
去のやれ　月の傾くに

二度繰り返した。河原で聞いたときよりも、はるかに切々とした声音であった。

一夜《ひとよ》、来ぬ相手を待って立ちつくす者の、辛さ哀しさが声音に滲んでいて、お丹は自分も胸が切なくなった。それほどに、人を恋うた事は、お丹はまだ無かったが。

豊麗なお国の軀が、このとき、楚々とした風情に見えた。

――お国姉《あね》は、少将さまの足を踏みなどはせなんだ。あては見ていたもの。少将さまは、何で腹立てはったんやろ。

喝《かっ》！　と鼓の音が空を切った。鼓打ちは、お国の夫の三九郎である。それをきっかけに、軽やかな小歌に一転する。

小夜の寝覚めの暁は　暁は
飽かぬ別れの鳥ぞ啼く
名残り惜しやのなごさんさまや
はらはらおろと
いずれ誰が情ぞ村雨

いつもの歌と一箇所詞が違っている、とお丹は気づいた。

〝名残り惜しや　つれなやろ〟

それが決まりの詞なのに、お国は、

〃名残り惜しやのなごさんさまや〃

と歌っていた。

〃なごさんさま〃というのは、何だろう。

お国の一座の者がいっせいに踊りはじめたので、笠屋舞のものは身の置き場がなく、すごすごと幕の蔭にひきさがったが、犬太夫の怒りは凄《すさ》まじかった。

あの腐れあま、見とれよ。足腰立たぬようにしてやるわい。

歯ぎしりしながら、罵声《ばせい》を洩らす。

「お国は少将さまの足を踏んだようには見えなんだがの」

幕の蔭で一部始終を見ていたらしい独り狂言師のとっぱが誰にともなく言うと、

「〃なごさんさま〃と言うたんや、あの女は」

こふめが、これも一人言めいた口調で応えた。

「なごさんさま、と言うたんか。少将さまにむかってか。なるほどのう。似とるわのう。それでは少将さまが腹かきなさるのも、もっともや」

とっぱはうなずいた。

「主《ぬし》、なごさんさまを知っとうのかえ」

こふめが、今度はまともにとっぱに目を向けて訊いた。

「おまえは、知らんのか」

とっぱは訊き返した。

「お名は、もとより知っとるえ。やけど、お顔を拝んだことはあらなんだ。似たはるんか、なごさんさまと少将さま」

「そやのう。お二人並べて見くらべれば、違うやろけどの。天下一のかぶき者。どちらが天下一やろかいのう。せやけど、なごさんさまは、かぶいて遊び歩《あり》くのは、やめなはった」

「そやってなあ」

「やめて、どないしはったん」

はずした面を鬱金の布に包みながら思わず、お丹は口をはさんだ。

「さて、どないしはったかの」

とっぱははぐらかした。

「なごさんさまて、だれや」

「天下一のかぶき者や」

またはぐらかされ、

――これやさかい、大人は好かん。

抱いて寝る夜の暁は
離れがたなの寝肌やの

原三郎左の指が、かくしどころをひたと押さえた感触を思い出し、お丹は身ぶるいした。

＊

評判悪いよって、面はつけなや。

おあかに言われたが、今日も、お丹は面をつける。意地になっていた。


太夫、止《と》めたってえな。しょむない娘や。

犬太夫は、じろりとお丹の手もとを見た。

――あての味方は誰もいてへん。この面一つに縋《すが》るほかはないんや。

犬太夫が先に舞台に出てゆき、囃子と謡が始まった。

お丹は幕蔭から舞台に足を踏み出した。

見物は少ない。五人か。六人か。目でさっと数える。

「へえ、おおきに」と木戸番の声がして、更に数人、入って来た。

囃子方が勢いづいて笛や鼓の音《ね》を高めた。

新来の男たちは、ずかずかと歩を進め、舞台に上って来た。

「何をしなさる！」

犬太夫が立ち上がったとき、男たちは、お丹を取り囲み、一人が腕をうしろに捩《ね》じ上げ、組み伏せた。面がむしり取られた。

「何をする！」

叫びかけた犬太夫の語気が弱まった。相手が洛中洛外を警備し芸人の取締まりも職掌の一つにする雑色《ぞうしき》とその配下と気づいたのだ。

――盗品を身につけていると疑われたのやろか。

舞台の板に頭を押しつけられながら、お丹は思いめぐらした。

それなら、言いひらくのはたやすい事や。面打ちも三郎左も、あてのために言いひらきしてくれるやろ。

しかし、雑色の言葉は、お丹の思惑とは違った。

笠屋舞の者が、能面をつけた、その事を咎められたのである。

「観世、金剛、宝生、金春、大和四座の能役者の他は面をつけてはならぬという定めを、知らぬのか」

お丹は、知らなかった。


「この者は年端もゆかぬ小童ゆえ、知らずに不調法をおかしたやも知れぬが、この座の頭はわきまえておろう。何ゆえもって、童に面をつけさせた。お上の掟《おきて》をないがしろにしよう所存《しょぞん》か」

「めっそうもござりませぬ。お許しなされてくださりませ。まことに不心得をつかまつりまいた。了見なされてくださりませ」

高手小手に縛り上げられる間、犬太夫は、お許しなされてくださりませ、と叫び続けたが、雑色たちは歯牙《しが》にもかけず、野良犬の首に縄をつけて曳くように、犬太夫を引立てて行った。

お丹は放っておかれた。

お許しなされてくださりませ、と叫ぶ犬太夫の声が次第に遠のくのを、茫然と聞いていた。

荒々しく髪を摑《つか》まれた。

「うぬは、何と、情無しな。太夫のために許しも乞わんと、木偶《でく》のように突っ立って。太夫は何《なぁ》も悪いことはしてへん。うぬのせいやないか。うぬのせいやないか」

片手にお丹の髪を絡めて身動きを封じ、おあかは、小太鼓の撥で、ところかまわずお丹を打ち敲《たた》いた。

「ええ、面憎《つらにく》い。どうしてくれよう。此奴《こやつ》めが、此奴めが」

周囲は野次馬の人垣ができた。

「やめろ、やめろ」

と声をかける者もいるが、大半は、面白い見物《みもの》に行き当たったという顔つきだ。

「あれほど止《や》めいと言うたに、面などつけくさるからや」

「せやけど、御禁制やなどと、誰もあてに言わなんだ」

お丹がようよう抗議すると、

「ええ、その口が憎い。かっ裂いたろうか」

撥を口にねじ込まれた。

「もう、ええやないか、姉さん」

こふめが投げやりな口調で言った。こふめは、いつも、けだるいような、どうでもええねんけど、といったふうな喋《しゃべ》り方をする。

女院の御所で、面をつけるお丹に、

〝ええ度胸やの〟

そう、とっぱが言ったのを、お丹は思い出し、

――とっぱは、知っとったんや、面をつけたらお咎めを受けるいう事を……。

面の裏の恐ろしさをこの男も感じている、と思ったのは、まちがっていた。

打ち敲く手が止まり、髪の根をつかんだ手もゆるんだ。見かねたらしい囃子方の男が、怒り猛るおあかを抱きとめていた。

「何ぼ小太夫を打っ敲いたかて、太夫は帰って来やはらへんで。そないしたら、小太夫がこわれてしまいよるがな」

おあかは、急に頼りなげな風情になって、囃子方の男の胸に泣きくずれた。

「太夫が帰って来なんだら、何としよう。磔《はりつけ》、獄門にならはるかもしれんのやで」

「いや、そない酷《むご》い事にはならへんて」

囃子方は、無理にもそう思い込もうとするように、

「どだい、四座の能役者が、お上に願うて決めてもろた掟や。そない掟のある事さえ、誰も気にかけんようになっとったのに」

「天下さまに丸抱えにされて権勢誇る大和四座が、わしら河原の者の人気が上がるのを恐れて、押さえつけようとしよるんや」

と、別の囃子方が無念げに相槌を打つ。

——あの面は、役人が奪って行きよった。

お丹は心の中で罵る。

——あいつら、盗っ人や。あてが銀子払うて手に入れた面を、銭もくれんと、奪っていきよった。

そうして、

——大和四座の能役者が、あてらが能面つける事を、お上に願うて禁じよった……。

初めて知ったその事が、お丹の心を深く刺した。

北野の杜で見た幽遠な江口が思い出される。

あの、心にくい入る美しさと、この理不尽な仕打ち。

えたいの知れぬ深淵のふちに立った思いが、お丹を捉える。強烈な疎外感と憤ろしさが徐々に軀の中で力を増す。役人にいきなり押さえつけられたときは、何が何やらわからず、腹を立てるゆとりもなかったのだ。ただ、茫然としていた。

憧憬《しょうけい》して慕い寄った相手から、みごとにはじきとばされた。うぬらなど、物の数にも入らぬと蹴倒され、踏みにじられたのだ。

じっくりと湧いてきた怒りは、お丹の心に根をひろげはじめた。それと共に、同じ強さで、淋しさも、また。

奪い去られた面は、お丹の眼裏で、金色《こんじき》の光芒《こうぼう》を放つ。

大和四座の能役者たちは、いつも、足利《あしかが》将軍家やら太閤やらそのときどきの天下さまの保護を受けて勢力をのばしてきた。

応仁、文明の大乱で、足利幕府の庇護《ひご》を受けられなくなってからは、社寺の境内や辻々や、近郊の行楽の地などで勧進興行を行ない、京の人々に親しまれた。町衆に好まれる動きの早い、見た目ににぎやかな、〝面白ずく〟の能が盛んになった。北野でお丹の心を鷲《わし》摑みにしたあの舞台をのぞいて、お丹が見馴れていたのも、面白ずくの能であった。

その後、天下人となった太閤は殊のほか能を好み、大和四座に知行米を与え、四座は再び地位が安定し、町衆相手のにぎやかな勧進能は、次第に、能役者にとっては不必要なものになってきていた。太閤は没したが、四座の地位はなおゆるがない。

「喃《のう》、お丹を役人衆のもとに連れて行き、ひきかえに太夫どのを返してもらおうか」

「姉さん、そら酷《むご》いわ」

こふめが、いつもの投げやりな口調に、ほんのわずか感情をみせて言い返した。

「そんなら、太夫が牢に押し込められたあるんは、酷うない言うんか」

おあかの声が甲走った。

「太夫は何もお咎め受けるような事はしたはらへんのえ。面つけたんは、此奴え」

言いつのるおあかを、こふめはうるさそうに無視した。

腹立たしさと不安のやり場のないおあかは、再びお丹の髪を摑り上げようとし、

「痛《つ》！」と手を放した。

「誰や、石投げよったんは」

周囲をかこんだ野次馬に猛った眼を向け、

「くそ餓鬼！」

棒きれをかざして、一蔵と二蔵にとびかかって

いった。

人垣がくずれた。おあかは二人を追いまわそうとし、人々にさえぎられ、地べたに坐りこみ、棒で地を叩いた。


犬太夫はいっこうに帰されては来ず、おあかは一座の男たちと共に雑色の触頭《ふれがしら》のもとに様子をたずねに行き、追い払われた。犬太夫が牢に入れられているという消息だけはわかった。

何、案ずるな。

原三郎左衛門が屡々訪ねて来ては、そう言う。

「わしはお偉方に昵懇《じっこん》に願っておる。口をきいてやるゆえ、案ずるな」

三郎左には下心がある、とお丹は見ている。おあかの歓心を買い、お丹を養女にゆずり受けるつもりなのだ。遊女に仕立て上げるために。

「お丹、三郎左の娘分になりたいかえ」

こふめが、他の者の耳のないところで訊いた。

「いやや」

「そうか」

こふめは、何故《なぜ》いやなのかと問いもせず、それなりになったが、その後、おあかが三郎左と駆引きしているところを、お丹は目にした。

「あの娘がおらぬようになったら、わたしどもは座を解かねばなりませぬ」

十分に償いをしてくれるのなら、売ってもよい、とおあかはできる限り高い値をつけようとし、三郎左は悠然と、何、大金払うてまで娘分に欲しいわけではないと、手を引くそぶりを見せる。

「小太夫をわしが引きとれば、食扶持《くいぶち》が減ってそちらも助かるやろと、いわば親切心《ごころ》から言い出した事や。そない阿漕《あこぎ》な値ェつけるなら、この話は無い事にしてもらお」

「そやかて、旦さん……」

「ま、考えとき」

縋ろうとするおあかの手を払って、三郎左は帰っていった。

しかし、それで断念したわけではなく、おあかが焦れだした頃、またふらりと現われる。ほれ、見い、やはりお丹に執心なんや、とおあかは勢いづき、法外な値をふっかける。

おあかにしてみれば、この際、まとまった銀子を手にして、漂泊の暮らしからは足を洗いたいという気がある。お丹を欠いたら一座の人気が薄くなると承知もしていた。

七月に入り、洛中に人馬の動きが慌しくなった。南へ南へと軍兵の列が行く。

家康が会津征伐のため東下し、その留守を鳥居元忠が守備している伏見城を、石田三成の軍勢が包囲しつつある。

太閤の後嗣秀頼の居城、大坂城には、毛利輝元をはじめ、西国の諸大名の軍勢が集結してくる。

何やら物騒な気配だと、河原に集まる見物の数も少なくなった。それでも興行を続けねば食べてゆけぬ。見切りをつけて地方に下って行く座もある。

旗差物をなびかせ、おびただしい軍勢が洛中を進軍する。いよいよ、いくさや、と河原の者たちも浮き足立っているところに、具足をつけた雑兵らしい一団がなだれ込んできて、芸人の若い男という男を引《ひ》っ攫《さら》うように根こそぎ連れ去った。伏見城攻略の陣造りの労役をさせるのだという。女や子供は邪魔だと蹴散らされた。

囃子方が一人もおらんようになって、興行の打ちようないな。どないしよ。第一、見物衆が怕《こわ》がってよう集まらん。

吐息をつくおあかに、こふめが、

「何とかなるやろ。いくさになったら、どさくさまぎれに銭やら米やら掠《かす》めるのにあんじょう具合がええわ」

いつもの投げやりな口調で応じた。

賑やかな歌声が聴こえた。

花も紅葉も一盛り
ややこの踊り振りよやみよや
ややこの踊り振りよやみよや

「景気のええこっちゃ。あっちゃは見物が入っとるんかいの」

おあかは着物の前をはだけた自堕落ななりで、大儀そうに立ち上がり、お国のやや子踊の様子を見に出ていった。

やがて戻ってきたときは、二人連れだった。犬太夫に絡《から》みつくようにして、おあかは、意気揚々としていた。

「さあ、太夫が戻って来たえ。お国のやや子踊が何え。負けてられへん。うちらも、やろやないか。お国のとこな、見物はだれもおらんのえ。やけになって騒いどるんや」

お丹には、自棄《やけ》とは感じられなかった。強靭に明るい歌声に聴こえた。

犬太夫は顔色が悪く、少し片足を曳いていた。雑色に青竹で腰を叩かれたせいだと、犬太夫は言った。

「片足効《き》かへんでも、謡はうたえますやろ。鼓も笛もできますやん」

おあかは、強引に煽《あお》る。

「さ、さ、あてても囃子方にまわるわ。あてと太夫が囃子をやるさかい、こふめとお丹が舞うたらええ。景気よう囃子を始めたら、見物も寄ってくるやろ」

「そうはいかんのや。あのな、わしらの一座はな、追放のお仕置を受けたんや。当分、河原で興行は打てへん。鼓の一つも打ってみ、忽ち」

犬太夫は、両手を括《くく》られる仕草をしてみせた。

「また、都落ちかえ」

気落ちした声をおあかが出すと、

「結局、好都合やないか」

こふめが言った。

「いくさが近いというもの。しばらくの間、京を離れた方がええのん違うか」

「それもそやな」

おあかは、あっさり同意した。

「そやけど、囃子方いるな」

「だれもいてへんやないか。男どもはどないしたんや」

「伏見の陣造りやいうて、連れていかれてもうた。河原には、男は一人もいてへんようになった。子供のほかは」

一蔵と二蔵は残っているなと、お丹は思った。

「二条万里小路の原三郎左が、お丹を娘分にくれと、やかまし言うたったよ」

こふめが犬太夫に、どうでもええねんけど、という口調で告げた。あ、よけいな事を、とお丹は少し恨めしくこふめを見た。犬太夫は、ふんと鼻を鳴らしただけだった。

「どっちがええやろな。お丹が高う売れたら、何ぞ商いの店持つのんもええ思たんやけど、太夫が戻って来はったのやったら、何も一座解かんかてええしな」

思案顔で言うおあかに、犬太夫は、

「あほ、我が娘、売れるか」と怒鳴った。

「そやけど、原三郎左が店なら、遊芸一通り仕込んでくれたった上に、ええ衆の御寮はんにもなれる。お丹には倖《しあわ》せな出世にならんものでもないよ」

こふめが言った。犬太夫はまた鼻を鳴らし、無視した。

「もっとも、お丹は、何も知らんと、いややや言うとるけどな」

こふめはつけ加えた。

三郎左の指の感触をよみがえらせ、お丹は鳥肌立つ思いがし、出世や何や知らんけど、あてはいやや、と思った。

また、河原に戻って来るさかいな、と、一蔵二蔵の兄弟に約束し、お丹は父たちと共に京を離れた。

二之章

背後から足音が迫る。前日まで降り続いた雨に濡《ぬ》れた土が、足音を吸うのだろうか。妙にしのびやかに聞こえる。

お丹は、木蔭で小用を足していたので、一人遅れた。逢坂《おうさか》の峠《とうげ》を越えて麓《ふもと》に下りるまで、旅の者の通り道はほとんど一すじだ。走ればじきに追いつく。杣道《そまみち》に迷いこみもすまい、と、父たちもお丹自身も、気を許していたのだ。

誰のものともわからぬ足音。

やりすごすか、突っ走って父たちに追いつくか。迷いながら、杉の大樹を小楯《こだて》に、そっと覗く。

お丹は、笑い出した。笑いながら木蔭から走り出て、

「とっぱ!」

と、腕にぶら下がらんばかりに甘えた。

女院御所で一度会っただけの相手であった。特に近しいわけでもないのに、お丹はひどく懐しい気がした。人気《ひとけ》のない山中で知った顔に出会った安堵感もあったが、この剽《ひょう》げた風貌の男に、お丹は、何か頼もしさと親しみをおぼえていた。

「何と!」

とっぱも笑みくずれた。

「いや、驚いたぞ。むささびか狸《たぬき》が悪さをしたかと思うた」

「お丹がむささびか。狸か。こない、いたいけな狸がいてるものか」

お丹は、はしゃいでとび跳ねる。

「許せ、許せ」

とっぱも大袈裟《おおげさ》にあやまり、

「ひとりか、小太夫？」

「皆、先に行きよった。とっぱ、走り競《こぐら》しよう」

お丹は、かってに決めて走り出し、とたんに足が滑った。転げそうになるのを、とっぱがささえた。手をつないだまま、いっしょに走った。かわるがわる、滑りかけては支えあった。

犬太夫たちも、とっぱとの邂逅《かいこう》を喜んだ。旅の人数は多い方が心強いし、男ならなおのことだ。

「どこへ行く？」

犬太夫に訊かれ、とっぱは、

「どこというて、あてはないがの。都の雲ゆきが何やら怪しうなってきたよって、加賀の方にでも下ろうかと思っての」

「そんなら、わしらも同しや。とっぱ、われ、よう伏見の城造りに狩り出されなんだの」

「ぬかりはないわい。わしによう尽しよる女がおっての」

「かくまわれとったのか」

へえ、その顔で、よく女が惚れたものだ、と、おあかは露骨に表情で示した。

「連《つら》って行こかい」

犬太夫が誘った。

「とっぱ、あてらと一座しよ」

お丹も、尻馬《しりうま》にのって言った。

とっぱは笑っただけだった。


腰まで泥にまみれながら、峠を下り、青い穂をつけた稲田のひろがる平地を一刻《ひととき》も歩み進んだころ、行手からこちらの方に走ってくる男や女の群れを見た。百姓らしい、粗末な身なりである。火に追われる獣のような必死な走りようだ。

群れの背後に、太刀が煌《きら》めく。刀や槍《やり》を振りまわして追ってくるのは、足軽のような男たちだ。

「あかん。ここも人足狩りや」

「ここも、いくさか」

「巻き添えに遭うたら、えらい難儀や」

とっぱと犬太夫は顔を見合わせ、お丹たちに逃げよと命じながら、踵《きびす》を返し走り出した。しかし、山越えをしたばかりで疲れた足は、思うように進まない。とっぱはまだ十分に余力を持っているようなのだが、お丹、おあか、こふめ、三人の女を気づかい、一人で逃げ去ろうとはしなかった。おあかは、この危急の際には、若いとっぱの方が夫の犬太夫より頼りになると素早く見きわめたふうで、とっぱにしがみつき、背を押させ、手をひかせ、走る。

刃に追われる人々は、狭い道を揉《も》み合う。彼らは、田に踏み入るのを無意識にだろうが、ためらっている。追う男たちは、容赦なく青い稲穂を踏みにじって鶴翼《かくよく》にひろがり、投網《とあみ》の口をひき絞るように人々を押し包みにかかる。お丹たちも、刃の網の中に取り籠められた。

数珠《じゆず》つなぎに縛られて歩む者も、叱咤《しつた》し歩ませる男たちも、泥まみれだ。

長い道のりを歩かされた。

「われらは百姓ではおりない。旅の笠屋舞の者や。放免してくだされ」

喚《わめ》く犬太夫の声がお丹の耳に入る。人の頭にさえぎられ、犬太夫の顔は見えなかった。

百姓たちは、諦めきったように、反抗の声一つ上げず、うつ向いて歩いている。

雑兵たちが交し合う言葉のはしばしから、やはり、いくさの陣構築のための百姓狩りだなと、お丹にもわかってくる。

労働力にはならない女や子供までも捉えられたのは、男たちが逃亡せぬよう人質に押さえておくのだという事も、察しがついた。

「旅の芸人か。すりゃ、素破《すつぱ》だな。領内にひそみ入り、内通しよう魂胆か」

「めっそうもござりませぬ。何もって、そないな

「……」

「黙って歩け」

ぐっ、と呻《うめ》き声が聞こえたのは、よほど強く打ち叩かれたのか。

やがて、湖畔《こはん》に出た。今にも雨を降りこぼしそうな鉛色の空が、琵琶湖《びわこ》の水の奥に、渦巻く雨雲の影を投げていた。

木々の枝越しに、聳《そび》え立つ天守閣が見えた。

「どこのお城やろ」

お丹が呟《つぶや》くと、

「大津城や」

隣を歩むとっぱが、小声で言った。

剽げた顔が泥と血で凄惨《せいさん》な印象に一変していた。

声を聞くまで、お丹は、それがとっぱだと気づかなかった。あまりに面変わりして見えたのだ。

血と泥の間から光る眸《め》は、兇暴なほどであった。

とっぱに、この貌《かお》がある！

軀《からだ》の中を、奇妙な感覚が走り抜けた。

原三郎左の指によって与えられた朱の一すじの不快な快さと、それはどこか共通していた。異っているのは、不快さが全くない事であった。清冽《せいれつ》な快さのみの、鋭い一閃《いっせん》が、身内を裂いて、消えたのだ。

「お丹、疵負《きず》うたか」

「いいや」

「大津城の主は、京極高次《きょうごくたかつぐ》さまというての」

と話し出すと、とっぱの顔から凄《すご》みが薄れ、見なれたとっぱが顕《あら》われてきた。

高次の妻はつは、秀頼の生母淀《よど》の方《かた》を姉とし、徳川秀忠の北の方小督《おごう》を妹に持つ。即ち、豊臣、徳川、双方と親密な関係にある。京極高次の姉寿芳院《じゅほういん》は、かつて太閤の愛妾で松の丸殿と呼ばれていた。

そんな事をとっぱは語り、

「さて、東西、どちらの味方につくかの、京極さまは」

と続けたが、お丹は、ろくに聞いていなかった。城主がどのような人かなどという事は、お丹の関心の外にあった。

縄で縛り上げられて歩む我が身を、

——何と奇態な事になった。これから、どないなるのやろ。

父もとっぱもいっしょであるためか、不安はたいしておぼえず、成りゆきへの好奇心の方が大きかった。死の予感は、お丹には、まだ無かった。

＊

地の底から滲むような念仏の声と、男女《おとこおみな》の快楽《けらく》の呻きが、綯《な》い混って、お丹の眠りを覚ます。連夜のことなので、馴れた。

女子供が閉じ込められている本丸の地下の穴蔵に、日が暮れると、昼の労働に疲れ切った男たちが、身を放り出し、眠り込む。しかし、夜半には、皆が重なり合って眠っているそこここに、媾《こう》合《ごう》の声が起きる。灯のない穴蔵は、濃い闇に塗りこめられている。誰が誰と睦《むつ》み合っているのやら、わからぬ。

しかし、お丹は、〝いとしや、とっぱ〟と囁《ささや》く女の声を幾度か耳にした。押さえた声音は、おあかのものか、こふめか、それともここで知り合った百姓女の誰かなのか、見当がつかなかった。

お丹の肌も、闇の中で、荒れた男の手に嬲《なぶ》られた。お丹は素早くその手首をつかみ、嚙《か》みついた。嬲られるたびに嚙みつきながら、男の手の感触に肌が馴染んでゆくのが腹立たしかった。

「とっぱ」と、お丹は訴えた。

「今夜から、あて、とっぱの隣《ねき》に寝《やす》む」

とまどった眼を、とっぱはお丹に向けた。

「男衆《おとこし》が悪さするんや」

お丹には意味のわからない小さい吐息を、とっぱは洩らした。

父の犬太夫にこそ救けを求めるべきなのに、お丹は、それを思いつかず、男にとってどんな媚態《びたい》と映じるかという事も、まだわからなかった。

お丹のそんな稚なさをとっぱは理解し、懐に抱きこむように並んで横たわりながら、かくしどころを触《いら》う事はしなかった。隣に寝たおかげで、お丹は、〃とっぱ、いとしや〃の声をいっそう耳近く聴く事になったのだが。

念仏は、老爺老婆《ろうやろうば》が、眠れぬ夜をやり過すために唱えているもののようだった。

昼は、女たちは、城内の雑用にこき使われる事になった。

水を浴びたいなと、お丹は思った。

泥まみれのまま穴蔵に閉じ込められ、雑用のためにようやく昼は外に出されるけれど、軀を洗う事など、もちろん許されはしない。乾いた泥が鱗《うろこ》のようで、やがて剝《はが》れ落ちはしたが薄黒い汚れはしみついている。

河原で暮らしているときは、鴨川の水をしじゅう浴びるから、お丹たちは、軀はいたって清潔なのだ。旅の間も、水があれば浴びる習慣だ。ことに、お丹は水浴びが好きだ。琵琶湖はなみなみと水を湛《たた》えているのに。城壁の内に閉じ籠められた暮らしに、倦《あ》きてきた。

城の背後の山々は、斜面を旗差物が埋めはじめた。敵が集結しつつあるのだ。

大津城は、太閤の命により、天正十五年に築かれた。京極高次がここに入城したのは、五年前、文禄四年のことである。

本丸は湖上に突き出し、四層の天守閣は威容を湖面に映す。三重に回らした堀も湖の水をひき込んだ水城《みずき》である。中掘は幅十間余、外堀の幅二十間に及ぶ護りの堅い城だが、籠城の兵は、三千という小勢であった。

京極高次は家康に与《くみ》し、老臣山田良利を人質として、六月、会津遠征に向かう家康に同行させている。そうして、石田三成の動静や大坂、伏見の状況を書状で家康に知らせていた。

七月末に挙兵した石田三成は、高次に人質の提出と出兵を求めた。高次は千人の兵を城中に残し、二千を率いて、北陸に出兵した。

その留守に三成は、大津城を明け渡させ、西軍の兵を置こうとしたが、留守を守る重臣らの拒絶に会った。

お丹たちが百姓狩りに巻きこまれ城内に拉致《らち》されたのは、この頃であった。

高次は、九月三日、馬首を返して城に帰着した。西軍に公然と叛意を示したのである。

三成方は、毛利元康を大将、毛利秀包《ひでかね》を副大将とする一万五千の大軍をもって、大津城を包囲した。

湖上にも軍船がひしめいた。

九月八日、石火矢による猛攻が始まった。

攻防戦がはじまると、狩り集められた百姓の群れは、城兵にとって厄介な足手まといとなった。女は炊き出しやら傷兵の手当てやらに使われ、男は弾丸はこびなどに従事させられるのだが、石火矢が射ち込まれ城壁がゆらぎ壁土が落ち散る中で、彼らは只、悲鳴をあげ立ち騒ぐばかりだ。城兵は、百姓たちを楯《たて》代りに使い、一石二鳥の策とした。

西軍の攻勢は連日続き、烈しさを増した。

湖の上には硝烟《しょうえん》が霧のようにたなびいた。

籠城の雑兵は、荒れすさんでいた。落城が必至である事は明らかだ。百姓の女たちは、雑兵の肉欲をみたす具になった。おあかやこふめが暗い廊下の隅で小手脛当《すねあて》をつけた男たちに組み敷かれているのを、お丹は目にした。女の軀を攻めたてている男たちの顔は、愚鈍であり醜悪だった。攻撃の火の手がとだえると、骸《むくろ》だの疵《きず》負うて身動きできず横たわる者だのの間で、床に流れる血にまみれながら、男たちは女を抱いた。再び石火矢が轟《とどろ》き、男たちははね起きるのだが、くずれる壁土を頭に背に浴びながら、女を離さぬ者もいた。

十三日、西軍は、降りしきる雨の中、総攻撃をかけてきた。城門が破られ、兵が雪崩《なだ》れこんだ。湖上からは軍船、筏《いかだ》がひしひしと城壁近く迫った。

士気を鼓舞し進退の指図をする法螺《ほら》貝《がい》や鉦《かね》、太鼓の音が屋根を叩く雨音に混り、負傷者の収容所にあてられた薄暗い一室で負傷者の手当てをするお丹の耳に、もの哀しく聴こえた。

迫間《はざま》の細い隙間から外を覗いても、たちこめる硝煙がゆるやかに流れ、雨脚が時々赤く光るだけだ。

ここに連れ込まれる負傷者は、雑兵ばかりであった。身分の高い武将は、天守内の別室に運ばれる様子だ。

おあかは、こふめとお丹をいつも身近にひきつけていた。

わてらは百姓衆と違う。ここの殿さんに、何の恩徳も蒙《こうむ》っていてへん。隙を見て逃げるんえ。離れ離れになったらあかんえ。逃げて一座作らんならんさかい。

石火矢や弓矢の攻撃には波があった。汐のひいた間に運びこまれてくる手負いの雑兵は、砲弾の破片を浴びたもの、崩れる石や建物の材木に骨を砕かれたもの、軀や顔に矢を突っ立てたもの、とさまざまであった。

手当てをせよといわれても、薬も布も、ここにはろくにないのだった。傷口を洗うための焼酎やら骨折の当て木にする皮つきの井柳やら、始めは形ばかり備えてあったが、忽ち底をついた。

合戦の開始に先立って、お丹は、他の者たちと共に薬や布などを天守の一室に整える用を命じられている。だから、武将のためのその部屋には、さまざまな医療の品々が揃っている事を知っていた。問薬《といぐすり》（気付薬）の見性散、神蘇散、人参や甘草や黄柏《おうばく》などを合わせた血縛（止血剤）、疵口を洗うための荷葉、蘗、塩を混えた洗薬。やはり疵を洗うのに用いる焼酎。京極高次がキリシタン大名であるためか、南蛮流の椰子油《やしゅ》も備えられ、白布は山積みになっていた。

しかし、ここには、もう、何もなかった。

充満しているのは呻き声と血のにおいばかりだ。

女たちの一人が、着ている帷子《かたびら》のはしを裂いて、男の腕の疵口に巻きはじめた。気の強そうな女がそれに目をとめ、褒めるように大きく頷《うなず》き、

「主《ぬし》らも、早よ、見ならわんかい」

と他の者を促した。

女は、何もしないおあかとこふめに、

「主らも、べべ裂け」

威丈高に命じた。

「何でや」

おあかが応じた。

「何でや、て？　この疵負うとる衆が目に入らんのかい。血ィ止めなあかんやろが」

「裾やら袖やら引っ千切った帷子、この先、着られるか。ぬしらはええわ。いくさ終ったら、己が家に帰るやろ。帷子かて布子《ぬのこ》かて、工面できるやろ。わてらは旅暮らしやよってな、べべ、ずたずたにしたら、裸で道行きせんならんわ。それとも、ここの殿さん、後でわてらに帷子賜るか」

おあかはまくしたてた。

相手の女は、

「何ぬかしよる。くされあま」と毒づき、口では叶《かな》わないと思ったのか、いきなり、ひっぱたいた。おあかは、すかさず相手の髪の根をつかんでねじり上げた。

「静かにしてんか。疵にひびく」

弱々しい声が抗議する。

その傍で、瞼《まぶた》に矢を立てた男がのたうっている。すすり泣きのような声がきこえる。あかんわ、あかんわ、と、その陰々と哀しげな声は言っている。腹の疵口から溢《あふ》れ出てくる腸《はらわた》を、その男は押し戻そうとして手に負えず、泣いていた。

手のつけようがないと、女たちはその男を見捨てていた。悲惨な姿は目に入らぬもののように、手当ての仕甲斐のある者の世話に身を入れている。

お丹は目をそむけ、嘔吐《おうと》しそうなので、部屋の隅に身を移そうとした。背後から男の軀がおおいかぶさった。裾を割って、籠手《こて》をつけた手がかくしどころにのびてくる。力まかせに突きのけると、その男は、血溜りに足をとられたか、仰向けにころげた。

床に溢れた腸の上に男は倒れ、腹の裂けた男の顔色がとたんに青黒くなり、死んだ。

気色悪い、とつぶやきながら転んだ男は起き上がった。その背は、生魚の腸をなすりつけたように汚れていた。

お丹は這《は》って、部屋の隅にうずくまった。見たものが瞼の裏に、まざまざと顕《た》っている。眼を閉じても見えるものは、消しようがない。

救いのように、仄《ほん》のりとやさしい小面《こおもて》が、不快な影像に重なった。雑色《ぞうしき》に奪いとられた面は、ついに、手もとに戻ってはこない。お丹は、ここ久しく面を念頭に浮かべる事をしなかった。強いて忘れようとさえしていたのだった。

死者を消し、小面のみを眼裏に残そうとすると、面はひるがえり、裏側の、髑髏《どくろ》めいた虚《うつ》ろな貌に変じた。

薄闇の中にただ一人、面と真向《まむか》っているような錯覚を、お丹は持った。そのとき、軀の芯《しん》がうるおい、女の証の血が、腿《もも》の間をつたい流れた。半年近く前に初めてその兆《きざ》しを見、その後は絶えていた。

どやどやと足軽の具足をつけた男たちが入って来た。その物音が、お丹を現《うつつ》にひき戻した。ひき戻された現の場所は、あいかわらず血臭《けっしゅう》にみち、腸を潰されて死んだ男の骸も、床の上にあった。

新たに入ってきた雑兵は、薄い手疵の者ばかりであった。戦意を失なって、疵を受けたのを口実に、逃げ込んで来たらしい。

「どのみち、負けいくさや。死んだかて、母《かか》に恩賞もくれへんいくさや。あほらして、死ねへんわ」

「殿さんが、早よお腹召してくれはったら、それで万事かたがつくんや」

一人が投げ出すように言うと、

「早よ、白旗のお使者出して、殿さん、切腹してくれはらへんかの」

他の者が応じた。

雑兵の中に、とっぱが混っていた。

「大事《だん》ないか」

にじり寄るお丹に、

「大事ない」

とっぱは眼を細めてみせた。

「とっぱ、どや、いくさはまだ埒《らち》あかんのか」

おあかが訊く。

「長うは保《も》たんやろ、この城。あっちゃは、外堀埋めにかかっとるわ」

とっぱの言葉を証しするように、地の底が抜けたような轟音《ごうおん》と共に、お丹の軀ははねとんだ。石火矢の砲弾が柱をへし折ったらしい。壁土がくずれ落ち、床が傾いた。

外堀は埋められ、夕刻、二の丸が陥ちた。攻撃軍の喚声が耳もと近く聞こえ、本丸内にはこびこまれる負傷者は、刀疵、槍疵の者が多くなった。

二の丸の燃える火が、夜空に火柱を噴き上げ続けた。

翌日の戦闘は、更に苛酷さを増した。その合間に、降服を勧める使者が訪れた。高次夫人の姉である淀殿が、侍女の幸蔵主を使者にたて、前大津城主新庄直頼の弟、本玉斎と、高野山の木食上人《もくじき》応其《おうご》が幸蔵主に同行した。

城明け渡しを促す使者を高次は追い返し、攻防が再開された。

この日の昼ごろ、家康の軍は、赤坂にまで進んで来ていた。大津から東北にほぼ二十里あまり、大垣にほど近い地である。あと一日半もあれば、大津に到着できる距離であった。

家康の軍に同行していた高次の弟京極高知《かたとも》は、家康の下知を受け、湖畔の長浜まで急行し、合図の狼煙《のろし》を上げた。

援軍がほどなく赴く。いましばし、もちこたえよ。

しかし、豪雨と煙霧にさえぎられ、城方は狼煙を見ず、深更《しんこう》、大津城は陥ちた。

＊

雨水を含んで藁《わら》屋根は重く垂れ、梲《たるき》が撓《たわ》まんばかりだ。土間には踝《くるぶし》を浸すほどに泥水が流れ込み、倒れた桶から溢れた米が、泥水の中に散乱していた。

「やれ、惜しやの」

おあかもこふめも、とっぱも、足を踏み入れたとたんに、一様に声をあげた。

お丹も、目をみはった。こんなにも夥《おびただ》しい米が、無造作に放り出されている。

「あれ、あれ、米や。ここにも、ここにも」

土間に並ぶ桶をさしておあかが叫ぶ。

七つ八つはある大桶は水をはった中に米が詰められていた。

「何やろの。こない仰山な米、水浸しにして」

嘆息するおあかに、

「ここは陣屋に使われとったんやろ」

とっぱが言い、米の感触をたのしむように桶に手をさし入れた。おあかとこふめも、それにならった。桶はお丹の胸乳ほどの高さがある。お丹は少し背のびして、両手を突っ込んだ。雨に濡れそぼった軀は、芯まで冷えきっており、水の冷たさも感じぬほどだ。

「この辺り、誰もおらんの」

「いくさ場だったんや。百姓衆が逃げた跡か、侍衆が追い出したのか、とにかく、陣屋に使うとったんやろ。米は兵糧の残りやろ」

大津城が陥ち、捉えられていた百姓たちは解き放たれた。お丹の一行は、やみくもに街道を歩みはじめたのだが、途中、敗走する落武者やら、竹槍だの鎌や斧《おの》をふりかざし、藪《やぶ》を叩いてまわる落武者狩りの百姓の群れやらに行き会った。百姓たちの話のはしばしから、関ヶ原一帯で、内府家康を頭にいただく東軍と石田三成方の西軍との凄まじい決戦があり、東軍方の圧勝に終わったと、様子が知れた。

伊吹の山の中には、西の侍衆が大勢逃げ込んだそうや。捕えて差し出せば恩賞にあずかるというぞ。百姓たちは殺気立っていた。

「火を焚こう。米の飯を食らえるえ」

おあかはいさんだ声を出したが、

「あかんわ、姉さん。竈《かまど》も水浸しや。火ィおこせへん」

こふめが言った。

「そやさかい、陣屋の侍衆も、生米、水に浸しといたんやろな」と、とっぱが、「炊《かし》ぐ暇もあらなんだやろ。水に漬けてやわらこうして、生米のまま齧《かじ》らはるつもりやったんや」

「火ィ焚けんかの」

「火種、あらへん。火口《ほくち》も濡れてもうた」

「あかんかの」

おあかは未練がましく燧石《ひうちいし》と燧金を打ち合わ

せ、こふめがさし出す火口に火をうつそうと試みる。お丹ととっぱは、竈に溜まった水を掻い出した。

床は土間だけで、隅の方に籾殻《もみがら》や寝藁を敷きつめてある。突き出た軒下に積み上げてある柴や薪《たきぎ》の束から、濡れとおっていないものを撰り出し、竈にさし込み、上に藁や籾殻をのせ、ようやく燃えついた火口の火を藁にうつした。わずかな火が心強さを与え、四人は和《なご》んだ笑顔をかわした。とっぱは器用に火を掻きたて、吹きたて、やがて柴が焔を上げはじめた。

「何と、極楽やな」

「さあ、米炊ごう。米の飯、なんぼ食ろうてもかめへんのえ。生まれてこのかた、初めてやないか」

隅にころがっている大鍋に米と水を入れ、火の粉の爆《は》ぜる竈にのせた。

「たんと炊こうの」

「おお、腹の皮がはじけるほどに食らおう」

「たんと食ろうたら、とっぱが狸になる。狸の腹鼓や」

はしゃいだ声を、お丹も上げた。

「狸の腹鼓という事があると聞いた。これを打て聞かせい」

「それがしは腹鼓を打た事はない。許さしめ」

とっぱは応じた。

「おのれ、打たずば一矢で射てくりょう」

お丹は落ち散っている折れ矢を拾い、つがえるまねをした。ここを陣屋にしていた軍勢は、敗走したのだろう。見まわすと、そここに折れた弓矢や旗差物が散っているのだった。

鏃《やじり》を向けてお丹が迫ると、

「許さしめ、許さしめ」

とっぱは調子を合わせ、泥水を蹴立ててひょこひょこと逃げ廻り、

「ええ、かしましい」

おあかにどやされた。

「酒も欲しやの」

こふめがつぶやいた。

「太夫は逃げのびたかの」

城を出て以来誰も口にしなかった、犬太夫の名をおあかが言った。誰も答えなかった。

「お丹、われは父《とと》の身を案じはせぬのか。情の薄い娘《こ》やの」

お丹はとっぱとたわむれるのを止め、竈の前に立った。

濡れた帷子がぬくもりを含み、小さい湯気をたちのぼらせる。

やがて大鍋も湯気を噴き上げはじめた。

「大津の殿さんも、御運の悪いお人やの」

とっぱが言った。火明りが顔に奇妙な影をゆらめかせる。

こふめは火のついた薪を数本抜きとり、土間に放り出した。薪はじゅっと音をたて、黒ずんだ。火勢が弱まった。


「なんでやね」

おあかが鈍く応じた。

「もう一日、お城を持ちこたえておったらの、勝ちいくさにならはったのに」

「お腹召されたんかの」

殿さんが、早よお腹召してくれはったら、それで万事かたがつくんや。

早よ、白旗のお使者出して、殿さん、切腹してくれはらへんかの。

雑兵たちがかわしていた話を思い出し、お丹は言った。

「さて、どないやろ」

「ほんま、運《ふ》の悪いお人やの」おあかはようやく気づいて声を上げ、

「人の運はさまざまやの」と嘆じる。「わてらは、世の中どない移ろうたかて、運の変わりようもあらへんけどな」

「早よ、京に戻りたやの」

吐息《といき》とともに、そう、こふめが言った。こふめにしては珍しく、切なげな声であった。

「さてなあ、ここ暫《しばら》くは、京は騒がしいこっちゃろな。旅して過さなあかんやろ」

とっぱは言った。

暫く話がとぎれたのは、めいめいが、この先続くであろう旅暮らしに思いを沈めたためかもしれない。

旅もええな。お丹は思った。

やがて、

「米も煮えたであろ」

とっぱが鍋の蓋をとった。熱い湯気が勢いよく噴き上がった。木椀も杓子《しゃくし》もこの家に揃っている。すばしこく、お丹は小桶の中の味噌玉《みそだま》をみつけた。

「早よ食らわんと、この家の者が戻って来よる」

おあかにせきたてられ、お丹は飯をほおばり舌を焼いた。


「この椀は貰《もろ》ていこ」

こふめが言い、

「そやな」と、おあかもあたりを物色する。

一目で見渡せる掘立小屋に近い家だ。農具のほかは何も目ぼしいものはないが、

「小鎌も貰ていくか」

「庖丁《ほうちょう》もな」

いつもは反りのあわないおあかとこふめが、気を揃えて話をかわす。

とっぱは寝藁を敷いてある隅に行き、手枕で仰のいた。おあかは小鎌の刃先に藁を巻きつけていたが、放り出して、とっぱの傍にすり寄り、おおいかぶさった。乱れ開いた帷子の裾からのびたおあかの脚が、とっぱの太腿をはさみこむのが、お丹の眼の隅にうつった。

おあかの荒い息づかいのほかは物音のしない刻《とき》がつづいた。こふめが不意に立ち上がり、何か目に見えぬものに背を突きとばされでもしたふう

に、二人の方に走って行った。

お丹は戸口に出て、横なぐりに降りしきる雨脚を眺めた。

烟《けむ》る雨の向うに、薄墨色の影が滲みあらわれた。

次第に輪郭をくっきりさせ、近づいてくる。

——この家の住人が立ち帰って来たのだろうか。

そうであれば、摑《つか》まらぬうちに逃げ出さねばならぬ。

米は、この家《や》の百姓のものではのうて、侍衆の兵糧米やろ。盗った事にはならへんのやけど……。

それでも、半殺しの目に会うだろう。

走り寄ってくる影は十人ほど、蓑《みの》をつけ笠をかぶり、雨仕度は十分だが、この雨ではやはり衣まで濡れそぼっていることだろう。

「それ、雨宿り、雨宿り」

そんな声が聞こえる。


お丹はふり向いて、もつれあっている三人に、

「誰か来よるえ」

と告げた。

いきなり水をかけられた犬のように、三人は離れた。

「そやさかい、早よ行かなあかん言うたのに」

おあかは声をとがらせ、

「米、捨てていくん、惜しなあ。どっちゃから来よる？」

出入り口は一つだけだ。家を出れば、とたんに鉢合わせになりそうだ。

「せめて、煮えた飯ばかりでも、持っていこ」

「あかん。来よる」

蓑笠をまとった人々は、戸口の前に走り着くと、立ち止まって中をうかがった。

「ごめんやす。誰ぞいやはりますやろか」

言いかけて、

「何や、笠屋舞の小太夫やないか」

一人が言った。

「主《ぬし》らも、ここに雨宿りか。家の者、おってか？」

声をひそめながら、笠の顎紐《あごひも》を解きはじめる。

「わしらも泊めてもらえんやろか」

返事を待たず、どやどやと入って来た。

「おあか、こふめ、や、とっぱもか、家の者《もん》は誰もいてへんのか。こら、ええわ」

「や、飯煮えとるわ。ええせえやな」

「大振舞《おおぶるまい》や、大振舞や」

口々に言いながら、笠をはずし、蓑を脱ぐ。雫《しずく》がとび散った。

中の一人は、お国であった。ほかの者も、顔は見知っている。お国の夫の三九郎をはじめ、やや子踊の一座の者たちだ。

荷を開き、椀やら箸《はし》やらとり出すと、皆は鍋にとりついた。

「うぬら、何や、ことわりもせいで」

おあかが声を荒げたが、耳にとめる者はいない。熱い飯を吹きさましながら、竈の前に立ったまま、口に入れるのに夢中だ。

「飯の代《しろ》をおいていき」

おあかが言った。

「はて、主らは飯の代を払うたのか。ここの家の者、いてるのか」

「わてらが、この家の者や。ほかに誰もいてへんさかいな。わてらが先にみつけた米や。火もわてらが熾《お》こしたんや。わてらに払うてもらお」

「何やて」

気色ばむ一座の者を、お国が押さえた。

「犬太夫がいてへんやないか。笠屋舞の犬太夫はどこにいてる」

「城が陥ちるとき、はぐれたんや。死んだかもしれん」

お丹は、少し甘えかかる口調になって言った。お国のゆったりした胸に縋《すが》りたい気持が起きた。実際に抱きついたりはしなかったが。

「城？　どこの城や」

「大津の城にな、百姓狩りの巻き添えくろうて、連れ込まれとったんや」とっぱが言った。「いくさの手伝いに狩り出され、えらい目に遭うたわ」

「あほやな。いくさせられとったんかいな。ほんま、あほや」

お国は笑い、ほかの者も声を合わせた。

「大津の城攻めやったら、わてら、三井寺の観音堂から、ようけ見物させてもろとったわ」

お国一座の女の一人が顎を突き出して自慢げに言う。他の者も口々に、

「京の町の衆も仰山集まって、見物しとったえ。重箱提《ひさ》げて水筒《すいづつ》持って、けっこうな物見遊山《ものみゆさん》やった」

「お国一座のやや子踊も主らの笠屋舞も、見物衆集めいうたら、ほんまもんのいくさには叶《かな》わんの」

「夜も灯ともして見とったえ。夜のいくさも美《うつつ》いえ。闇のなかに石火矢の火がおちこちで閃《ひらめ》くやろ」

忘れていた光景がお丹の眼裏に一瞬甦《よみがえ》った。飯のにおいに血臭《けっしゅう》をお丹は嗅《か》いだ。

「傍目《はため》に見るなら、修羅の地獄ほど美いものはあらへんのう」お国が言った。

「人の辛苦を、ようも笑えたもんや」と、おあかが、腹立たしさをむき出しにし、「あれ、あれ、鍋、からにしてしまいよった。さ、飯の代払うてもらおやないか」と詰め寄る。

お国は鷹揚《おうよう》に頷いた。

「合点《がてん》した」

「払うたるわ」

三九郎と目で笑い合い、

「されば、飯を振舞われたによって、犬太夫がために念仏踊つかまつらん」

それ、とお国が合図すると、一座の者は心得て、荷の中から笛鼓を手早くとり出す。

お国と、ほかに三人の女が、小さい鉦を首にかけ手に金《かね》の槌《つち》を持った。

「冗談《てんご》はやめてんか。うぬらの念仏踊など見とうもない。念仏踊なら、わてらかて踊るわ」

おあかは両手を振って抗議する。

「そやろ」とお国が、「主らも、飯やら銭やら衣やら恵んでもろたら、礼に笠屋舞舞うやろ。死人《ほとけ》がある家なれば、念仏踊で供養するやろ。それが、わてら芸人のやりようやろ」

「あほくさ。犬太夫は死人《ほとけ》にならはったとはかぎらんわい。どこぞで生きたはるやもしれんのやで」

「そやったら、なおのこと、犬太夫のために念仏となえて阿弥陀の御利益《ごりやく》願うたらなあかんやろが」

お国の言葉にかぶせて、笛の音が流れ、鼓が拍子を刻みはじめた。

お国をまん中に、四人の女は鉦を打ち叩き、

身を観ずれば水の泡
消えぬるのちは人ぞなき
命を思えば月の影
出で入るときにぞ止《とど》まらぬ
人天善処のかたちは
惜しめども皆止《とど》まらず
地獄鬼畜の苦しみは
厭《いと》えどもまた受けやすし

軽やかにとびはね、踊の足どりは次第に速く烈しくなる。

和讃《わさん》の文言を借りてはいるけれど、死者も浮かれ踊りたくなるような躍動的な踊である。

辻々でこれが始まれば、道行く人も踊の輪に誘いこまれ、共に跳ね踊りはじめるのだ。

念仏踊は、空也上人の流れを汲むと自称する鉢叩《はちたた》きが始めたという伝承がある。

鉦や太鼓のけたたましい拍子に合わせて躍動する。烈しくとび跳ね身をゆするうちに、没我恍惚《こうこつ》の感覚に捉えられてゆく。それが安心解脱《げだつ》につな

がり成仏の道となる、として、その後、念仏聖によってひろめられたという。

しかし、戦国の世を経る間に念仏踊は憂さ辛さを忘れるための浮かれ騒ぎに変質していた。

仏も衆生も一つにて
南無阿弥陀仏とぞ申すべき
はやく万事を投げ捨てて
一心に弥陀をたのみつつ
南無阿弥陀仏と息絶ゆる
これぞ思いのかぎりなる

南無阿弥陀仏、なむあみだ、とお国たちは踊り狂うが、お丹たちはその足どりに誘い込まれる気にはならず、いささかしらけて眺めていた。

お国はぴたりと足を止め、息を切らせもせず、

「このくらい礼をしたらよかろ。やれ、踊り過ぎて腹がへった」と、とっぱの隣に腰を下ろした。

ゆるんだ帷子の胸元から、乳房がはじけあらわれていた。

「喃《のう》、とっぱ。主はこれから、どこへ行く」

「さて、さしあたり、小浜《おばま》か敦賀かの。それから、加賀、越前にでも足をのばすか」

「わてらも同じや。とっぱ、何と、わてらと一座を組むまいか。踊ばかりでは、じきに倦きられる。何ぞよいてだてはないものかと、思案しとったところや。主も、独り狂言ばかりでは長興行は打てんやろ」

傍におあかやこふめが居る事は、まるで無視した話しぶりであった。

「とっぱは、わてらと一座しとるんや」

と割りこんだ。おあかが色をなし、

「何の一座え？」

お国は、ゆったりと訊く。

「笠屋舞やろが」

「囃子方《はやしかた》いてへんやないか。女二人に女童《めわらべ》一

人。一座とは言えへんの」

　そう言いながら、お国は、おあかとこふめに自分の一座に加われと誘いはしなかった。

「小太夫、わてらについて来んか」

　そう言ったのは、お国の夫の三九郎であった。

「あては、踊は知らん」

「なに、すぐにおぼえる」

　三九郎の目が、お丹の軀を這った。原三郎左の目を、お丹は重ね合わせた。商いものになるかならぬか値踏みする目だと、お丹は気づくようになっていた。

「喃《のう》、お国」

「そやな」

　と言いながら、お国はちょっと迷うふうを見せた。

「お丹は、美《うつつ》うなるぞ」

　三九郎が言うと、お国はかすかに唇をゆがめた。

「わてらに断りもなく、お丹をひっさらって行く気かえ」

　おあかはいっそう猛《たけ》り、お国は、

「何で主に断らなあかん」

「お丹は笠屋舞の者や」

「笠屋舞の一座は、潰れてもうてるやないか」

「わての娘分や、お丹は」

「銭払えいうのか。買ういうたら、売るのか」

「何ぼ払う」

「主に払ういわれはないよってな。一文も、払わん」

「お国、こないしよ」と、こふめが口を出した。

「お丹と共に、わてらもひきとってもらお」

　主の肚《はら》はよめとるえ、と、こふめは続けた。

「わてやおあか姉は、いらんのやろ。そやけど」

「ええ、止めとき、こふめ。そない、みじめな……」

「みじめやわえ。そやけど、しょむないやろ。お国に頭下げて、やや子踊の一座に拾てもらわなんだら、わてら、この先、暮らしが立たんやろ」
いつもの、どうでもええねんけどと投げやりな口調で、こふめは言った。

三之章

小浜《おばま》は、二つの岬に抱きかかえられた入江に臨む、活気に溢れた湊町《みなとまち》である。鎌倉に幕府があったころから開け始め、その当初は朝廷の領地で、今富名《いまとみのみよう》と呼ばれた。

小浜から熊川を経て今津に出、そこから湖上を行けば、京都まで二十五里、少し険阻《けんそ》にはなるが近江朽木谷《くつきだに》を経て八瀬大原を通る山路をたどればわずか十五里の道のりである。

北の海沿いの荘園から京都に送られる貢祖物《みつぎもの》は、海路、いったん小浜に集められ、それから京に運ばれたのであった。

室町幕府が栄えたころには、南蛮船が渡来した事もある。

奥羽の諸国や蝦夷《えぞ》松前とも交易船の行き来が繁く、小浜の舟持ち商人の繁栄は、たいそうなものであった。

十月半ば、お国、三九郎を頭とするやや子踊の一座は、彦根から船で琵琶湖《びわこ》を渡り、今津から紅葉が翳《かげ》を落とす九里半越えを抜け、小浜に入った。

「あれ、お城がないわえ」

お国たちは驚きの声を上げた。お国の一座には、小浜は馴染み深い土地だという事だ。繁華な土地土地へ、流れ芸人は寄り集《つど》う。お丹も一、二度来た事があるはずだが、あまり小さいときの事なので、記憶はおぼろだ。記憶と土地の名が、明瞭に結びついていないのだ。

「あっこに、お城がそびえていたはずや」

町の西南の後瀬山《のちせやま》に、若狭守護職武田家累代の居城が築かれてあった。それが、消えてしまっている。

「新しい御領主さまが来やはるんや。お城も取りこわして、海寄りの方に、新しう築かはるんや」

土地の者に訊くと、そう、教えられた。

新領主が、大津城で悲惨な大敗を喫した京極高次ときき、

「人の運《ふ》て、わからんもんやなあ」

おあかが嘆じた。

京極高次は、徳川方に与《くみ》し、敗れはしたが、一万五千余の西軍を、関ヶ原決戦の日まで大津城にひきつけておいた。東軍にとって、きわめて大きい助けとなったその功を賞され、京極高次は、新たに、若狭小浜城八万五千石を与えられたというのであった。

大津城攻防の、夥《おびただ》しい酷《むご》たらしい死を、お丹は思い出さずにはいられない。

「うちの太夫はあのいくさで死んだやもしれんいうのに、お殿さんは後生楽《ごしょうらく》なこっちゃ。お腹も召さんと、ぬくぬくしくさって」

おあかが、腹にすえかねたように、吐き捨てた。

「世のなか、そんなもんや。一々腹立てとったら、身が保《も》たん」

とっぱがそう言った。

「そやかて……」

と言いながら、おあかは甘えるようにとっぱによりかかった。とっぱがわずかに身をひいたように、お丹には見えた。

しかし、突き放しはせず、とっぱの手はおあかの肩を撫でた。お丹には、とっぱがおあかをどう思っているのか、わからなかった。

――好いてもおらんのに、やさしうしとる……。

小浜の町はごったがえしていた。新領主はまだ移って来ないが、旧城を取り壊すと同時に、新しい居城が築かれつつあった。南川、北川、二つの

川を濠《ほり》に利用し、河口の中洲に水城《みずき》を築くという事で、巨石巨木が陸続と領内に運びこまれていた。

見上げるような岩石を載せた車の綱を、祭礼の山車《だし》を曳くように人々が群がり曳き、石の上にはきらびやかにかぶいた身なりの若衆が、扇をかざし、そォれッ、と掛け声で一同をはげます。

人が乗ればいっそう重くなるのが道理なのだけれど、石曳きに若衆はつきもので、かえってはずみがつくのである。神のよりましとも見做《みな》される。

お国は浮き立った。群衆といっしょに、掛け声を合わせる。一座の者たちもお国にならい、掛け声はやがて熱狂と陶酔の度を加え、踊の足どりに変わってゆく。

汗ばんだお国の小袖は首がはだけ、胸乳から臍《へそ》まであらわになった。足を高々とあげて跳ねれば、太腿《ふともも》もほとものぞく。

お丹は目をそむける。しかし、そむけたままではいられず、又、見てしまう。

「お国やないか」

群衆の中から声が上がった。

「北野の巫子《みこ》のお国やないか」

「お国が来よった！」

ここで興行するときは、お国は北野神社の巫子と名乗っているのだな、とお丹は思う。

京では、出雲大社の巫子と称していた。遠くから来た者と名乗った方が、京の人々には好まれる。巫子と称しながら、念仏踊もするのだが、見物も別に言葉咎《とが》めはしない。

都を離れた土地の人には、京の者と称するのだろう。遠い彼方から訪れるまれびとは、人々に、憧《あくが》れを抱かせる。

「さいな、北野のお国が帰って来ましたえ。よろしうお頼《たの》申します」

衿元《えりもと》と裾の乱れをちょっと直し、愛嬌《あいきょう》をふりまいて、お国は、

「それ、行こまいか。そォれッ」と声をはげま

し、囃子方《はやしかた》が、笛鼓で煽る。

わしが殿御は石を曳きやるの。
石に餝《かざ》りの衣《きぬ》を着せて曳きやるの。
えいやころさ、や、と言うて曳きやる。
先ずは曳いた曳き振り、
扨《さて》も曳いた曳き振り、
人目なければの、
するすると走り寄って、
いとし腰を締めうよ。
えいやころさ、えいやさ、
お声きくさえ四肢《よふし》が萎《な》える。
まして添うたら死のうずよの。

お国たちの熱狂は、湧き立っている人々を更に駆り立て、常の力を超えた異様な力が空間に渦巻き、車の進みは滑らかになる。

お丹は、その騒ぎから一足退《の》き、淫《みだ》らな姿で踊り狂うお国たちやや子踊の衆を茫然《ぼうぜん》と見た。

犬太夫の一座も、小浜で興行をした事はあるのだけれど、おあかやこふめ、お丹を見おぼえている者はいないようだった。賑やかな町には、入れかわり立ちかわり、数多い芸人の群れが訪れるのである。笠屋舞を舞うのも、犬太夫の一座ばかりではない。土地の人に名や顔を忘れられぬようにするのは、容易な事ではなかった。

犬太夫は、笠屋舞を淫らに舞う事は許さなかった。後で色売るにせよ、舞は端然と舞うよう厳しく仕込んだのであった。

人々は、まるでお国の掛け声にあやつられているように、お丹の目にはうつる。お国もまた忘我の状態にあるふうにも見えるのだけれど、さっき声をかけられ、「北野のお国が……」と挨拶したとき、お国の眼は酔い痴《し》れてはいなかった。

今ここに顕現している力は、何なのだろう。浸ってしまえばわかるのだろうか。

いやだ、という声が、お丹の中にあった。

あては、他人にあやつられるのは、いやや。

傍に立つおあかとこふめも、お国が音頭をとる騒ぎに加わる気にはならぬのか、気のない手拍子だけ打っている。

お丹は、手拍子を打ちたくなるのを押さえている。拍子を合わせたら、そのまま、踊り出してしまいそうだ。わけのわからぬ力に煽られ、我を忘れてしまいそうだ。

進む石曳きの車の後をついて行くうちに、いつか、足が拍子を踏む。えいやころさ、えいやさ。

鼓がひびく。くゎんこ、くゎんこ、くゎんこや、てれつくに、てれつくに、たつほほ、たつほほ、えいはらに、えいはらに、からりちんに、ちんからり。ついやついや、ついやろに。

＊

公卿の館も仙洞《せんとう》御所も、女院の御所も、芸人たちは遠慮なく参上して芸を売る。女院から新院へなどと、一刻《ひととき》の芸が、機嫌見舞の進物《しんもつ》となることもある。

身分は卑しめられていようと、貴人の館への出入りは馴れたもので、心臆する事はなかった。

しかし、お丹は、小浜の豪商田中清六《たなかせいろく》の屋敷の前に立ったときは、いささか度肝を抜かれた。

蔀戸《しとみど》の破れもなかなか繕えず、塀や壁は落書だらけという高貴の方々の住まいにくらべたら、田中清六の屋敷の方がはるかに重厚で立派だ。

華美ではないし粋《すい》をこらした趣きもないが、威圧するような太い柱や梁が、手入れのゆきとどいた草葺《くさぶき》屋根を支え、母屋はどこまで奥深いのか底知れぬ宏壮なものだ。塀のうちに土蔵や別棟が建ち並ぶ。

田中清六は、北奥羽に廻漕《かいそう》する廻船商人で近江高島郡の生まれである。業績を認められた上に、十分な手配りもしたのだろう、去年、北国湊に停泊する持船はすべて諸役を免除するという船舶諸役免許状を取得している。更に、今年の一月には、諸役免除に加えて、『……自然其方船違乱の族、之在らば、言上有る可く候、御法度《ごはっと》の趣、急《きっ》度《と》申届可候』と、海上交通保護の確約も得た。

関ヶ原の戦いで徳川方に与し、金銭の面での協力と海上防衛に力を尽したので、家康に重用され、勢力はいっそう増大した。敦賀にも拠点を置き、清六自身は京と鶴賀を往復している事が多い。

お国は、一昨年、京にある清六の別邸に呼ばれ、庭先でやや子踊を見せ、気に入られた。小浜や敦賀に来る事があったら寄ってみろと、清六がじきじきにお国に言ったのだそうだ。

しかし、屋敷のうちは、人々が殺気立たんばかりの勢いで忙しげに立ち働いており、言葉をかける隙がないほどだ。土蔵から運び出した荷をかついで門を出て行く者と、手を空にして戻ってくる者が、筬《おさ》のように行き交《か》う。

「退《ど》け、退け、ええ、邪魔や」

怒号を浴びせられた。どなった男は、すぐに笑顔になった。

「何や、お国か」

「はい、京ではお世話になりました。こちらにまいりましたよって、あんじょう、お頼申《たのもう》します。旦那はんは、こっちゃにおいでますやろか。あちゃこちゃ、いくさで、えろ難儀しました」

「いたはるがな、見てのとおりや、こっちもいまのところ、いくさ場同然の騒ぎや。悠長に踊見物しとる暇はあらへんのや」

「ほんま、えらい御繁盛どすなあ。船に荷ィ積んだはりますのやろか」

「そうや。なあ、お国」

男は何かを思いついた顔で、

「主らな、佐渡へ行《い》てみい。ええ商いになるで」

「へ？　佐渡どすか。遠おすなあ」

「うっとこの船がな、あと一月もすると、佐渡に向けて発つんや。いまは忙《せわ》しいよってな、晩げにでも出直して来い。旦《だん》那さんに主らの事、あんじょう頼んだるわ」

呑みこみ顔で、男は言った。


後瀬山の中腹から山麓《さんろく》にかけて並ぶ寺の一つに、一行は宿を借りた。物置小屋にくつろぐ事を許された。日暮れ近く、お国と三九郎は、田中清六の屋敷にあらためて出向いて行った。

戸を閉ざした物置小屋の中は、人の姿が辛うじて黒い影になって見える。軀《からだ》のぬくもりや身じろぎする気配が肌に感じられる。

「佐渡いうたら、遠いな。さぞ寒かろうな。ほんまに、お国さん、行く気やろか」

おあかの声が、お丹の耳近くでする。おあかの息がなま暖く耳たぶにかかる。隅の方に炭俵でも積んであるのか、炭塵のにおいがする。

「いやなら、主ァ行かんでもええのんえ」

愛想のない声は、お国の一座のお菊という若い女だ。

「そやかて、ほんま、佐渡いうたら恐ろしげやないか」

おあかは下手に出た。媚《こ》びるような声音だ。おあかがお国の一座の者たちに少しずつ取り入って味方につけようとしていると、お丹はこのごろ感じている。

すぐに腹を立てるおあかが、このところずいぶん忍耐強く腰が低い。

囃子方とお菊をこっちのものにできればの、と、おあかがとっぱに話しているのを、お丹は耳にした事がある。

囃子方がのうては、どうにもならん。鼓と笛、二人か三人でもええわの。とっぽと、わて、こふめ、お丹、それにお菊、これだけ揃うたら、立派なもんや。お菊は稼ぎになるえ。あとは、いらん。あまり人数が多うては、食べさせるに難儀や。

おあかはそう言って、とっぽの胸に甘えかかった。お丹の目があるのを無視していた。お丹は小さい吐息《といき》をつき、何《なあ》も見えんところにおりたいなと思ったのだった。

「佐渡は荒い波の向うや。冬は、逆巻いた波がそのまま凍るほどやいうえ。食べるものが乏しいさかい、冬のさなか、海に入って海草を穫って食べるんやて。恐《おと》ろしなあ」

「いいや、佐渡は銀山があるさかい、景気は悪うないはずや」

お国が佐渡に行くと言い出したらその怖ろしさを言いたてて一座を離反させようというおあかの目論見《もくろみ》に反した事を、とっぽが口にした。

「お国姉が、あんじょうするわ」

お菊が言い放った。

お菊は色が浅黒く、ぼうぼうと濃い眉の下の眼がぎらりと大きくて、醜女《しこめ》なのだが、踊ると奇妙な精気と色気をにおい立たせ、見物を捉える。興行の後では必ず軀を買う客がつき、おあかの言うとおり、いい稼ぎをしていた。

松明《たいまつ》を手にお国と三九郎が戻って来たとき、お丹は半ば睡りかかっていた。

物置の土間に三九郎は松明を立てた。火明りと熱が、皆を心強くさせた。

佐渡に行くえ、あるいは、佐渡へは行かぬえ。どちらか、お国がきっぱり言いわたすものとお丹は思ったのだが、意外な事に、

「喃《のう》、とっぽ、どうしたもんやろかの」

お国はとっぽに相談を持ちかけるように言った。

「田中さまがの、お国、一座を引き連れ打ち揃うて佐渡に来い、と言わはったんや」

松明の火明りがお国の顔の上に影を揺らす。

「佐渡に来い、言わはったのか。ほな、田中さまも佐渡に行かはるんやな」

「そや。佐渡のな、金山穿《かなやまぼ》りのお代官にならはったんやて」

「そら豪儀やな」

「田中さまはの、ずいぶんと打ち明けた話をしてくれはった。佐渡はなァ、これから仰山賑わうと田中さまは言わはるんやけど、今はまァだ……」

言いかけてお国は言葉を切り、考えに沈んだ。

「田中さまが言わはるとおりこれから追い追い繁盛するのであれば、ま少し後から行った方がええのやなかろうか、わてはそう思案した。そやけど、こちの人は、賑わうて、我も我もと人が押しかけるようになってからでは遅れをとる。早よ行った方が勝ちやと、こない言わはるんや」

夫の三九郎より他人のとっぱの判断の方にお国は信頼をおいているのだろうかと、お丹は少し意外だった。三九郎は、決して頼りない男にはみえなかった。むしろ、とっぱより底深いようにさえ感じられる。お国はこれまで、何事もきびきびと一人で判断していたようなのに、と、それもお丹には意外だった。

「とっぱ、田中さまから聞いた話を、まちっと詳しう語ろう」

と、三九郎が言った。ふだんは冷静で口数の少ない三九郎が、佐渡の鉱山採掘は、天文十一年に沢根の鶴子《つるし》銀山が発見開発されたときに始まったのだそうだ、と落ち着いてはいるが内にかすかに熱を感じさせる声音で話し出した。

佐渡ヶ島の西岸真野の入江の奥に、小さい集落がある。須川、沢根、五十里《いかり》、窪田などの村々が並ぶその一帯は、戦国のころには、沢根氏という村殿が名主たちから年貢を集め、それを川原田城にある地頭本間氏に納めていた。

天文十一年（一五四二）、越後寺泊《てらどまり》の商人が連れてきた金穿りによって、沢根の奥に鶴子銀山が発見された。

天正十七年（一五八九）、豊臣秀吉が関白として天下を掌握した頃、佐渡は上杉景勝の所領となった。

景勝は一昨年――慶長三年（一五九八）――会津に移封されたが、河村彦左衛門を代官におき、なお佐渡支配をつづけていた。

しかし、この度関ヶ原の戦いに圧勝してより、佐渡は徳川の直轄領となり、大久保十兵衛長安が、佐渡奉行に任じられた。

代官として実際に佐渡におもむき金銀山の経営にあたるのが、田中清六である。

いま佐渡で金銀が採れるのは、鶴子と西之川だけだが、田中清六は、代官に任じられるや即座に、菊屋新五郎という鉱山師を先に佐渡に送りこみ調査させ、鶴子の少し北の相川の尾根に巨大な青盤脈（鉱帯）が露出しているのを発見したという報告を受けた。

「それゆえ、早速に、田中さまじきじきに渡海しはる事になった。今までにない新しい手段《てだて》で、金銀を湧くように穿るのやと、田中さまは意気込んでおられた」

とっぱが口をはさもうとするのを、三九郎は手で制し、

「田中さまの話だけであれば……いや、それだけでも興をそそられる事だが、うしろにな、大久保十兵衛というお人がおる。これが、たいしたお人や。大久保さまは、以前は甲斐の武田の、蔵前衆だった」

蔵前衆は、公事《くじ》、勘定、両奉行の配下だと、三九郎は話を続けた。

領内の蔵入地の年貢諸役、治水のほか、鉱山の開発や管理にもあたる。武田領国内は金山開発が盛んだった。黒川金山を始めとして、中山、保《ほう》、中村、御座石、川尻、黄金沢など数多い金山《やま》が開

かれた。それゆえ、蔵前衆は、甲州流の鉱山《やま》穿りの秘術を会得している。

武田家の滅亡後、蔵前衆の一人であった大久保十兵衛は、家康に手腕を認められ、代官頭として関東蔵入地の経営にあたっていたが、更に、金銀山の開発も一任される事になった。

「その大久保さまが、田中さまの後楯《うしろだて》や。佐渡の繁盛はまちがいない」

「主《ぬし》は、えらい詳しいの」

「まあな」

三九郎の過去を、お丹は何も知らない。甲斐武田や大久保十兵衛と、何か関わりがあったのだろうかと、お丹は思った。

「佐渡には色売る女がおらんよって、田中の殿さんは、わてを傍におきたいんや」

お国はそう言った。何か投げやりな口調にきこえた。

「お国は行きとうないのか」

とっぱに訊かれ、お国は曖昧《あいまい》に首を動かした。それでも、嫌だという意味は汲みとれた。

「ほな、止めとき」

とっぱは、あっさり言った。

「とっぱ、わしはな、一つの力が、新しい町をひらいてゆく、そのさまを見たいんや」

三九郎が身をのり出すようにして言った。こんな熱っぽい三九郎を見るのは、お丹は初めてだ。

「とっぱ、主は見とうないか。荒れた岩山がわしらの目の前で、金銀を噴き出す宝の山に変わってゆく。それにつれて、何《なあ》もない海辺に、町ができてゆく。人が集まる。船がゆききして湊が賑わい始める。女買おうという客もたちまち増える。その成りゆきを、まざまざと見とうないか」

町ができあがって行くさまを見たい、という三九郎の言葉は、お丹には耳新しく聞こえた。

そういう望みを持つ三九郎という男も、何か新鮮な魅力を持つように感じられた。

「今なら、田中さまの船に、只で乗せてもらえる。あとから行くとなったら、これだけの頭数の船賃払わんならん」

「銭勘定がしっかりしとるわ、三九は」

とっぱは笑った。

「船賃払わんでええという話は、わしにもよう合点がいくわい」

「どうや、お国」

「そうよなア」

「行ったはよいが、島に置き去られるような事はあるまいか」

おあかが口をはさんだが、誰も答えなかった。

＊

北の荒波を浴びながら帆走する田中清六の北国船は、武骨頑丈な造りの二千石積みである。長さ百尺、幅三十尺、大帆、矢帆、小矢帆、三本の帆柱を立て、これまで海を渡った事のなかったお丹の目には、途方もない巨船に見えた。

小浜から能登半島の先端の塩津崎まで、常に陸地を右手に臨みながら進むのだが、風雨高浪の向うに、陸の影は薄れ、青黒くうねる海の只中に、船は揉《も》まれた。やがて、塩津崎から佐渡に向けて、荒海を突っ切る航路になる。

船は、翔び立つ鳥のように舳先《へさき》を空に向け持ち上がったと思うと、谷間に滑り落ちてゆくように下降した。

ひどい揺れにも、田中清六と水夫《かこ》たちは平然としていた。清六はお国、お菊、こふめ、おあか、四人の女をいつも傍に待らしていた。

女たちは寵争いもせず、清六に肌をなぶらせる。芯から清六に惚れているわけではないから、嫉妬もしないのだろうと、お丹は思った。三九郎やとっぱも、女たちが清六に慰まれても、腹も立てない。これまでも、お国にしろお菊にしろ、三九郎の指図もあって男たちに軀を売ってきたのだ、平気なのはあたりまえなのだろうが、お丹は少し索漠とした。

原三郎左の指の感触が浮かび、悪寒《おかん》をおぼえる。男に肌なぶられるのは嫌やな。身売りとうないな。田中清六は幸い、お丹を子供すぎると思っているようで、相手にはしない。お丹はとっぱに甘えて船の上の日を過す。

真野の入江に、帆船は碇《いかり》を下ろした。沢根の湊から十数艘の小舟がいっせいに漕ぎ寄って来て、積荷と乗り組の人々を陸に運ぶ。

小浜、敦賀の賑わいにくらべたら、沢根は湊とはいってもまるで無人の地のように寂しい。板葺の屋根に石をのせた小さい家々の背後に、岩肌を剝《む》き出した山塊が迫る。地を覆った雪を風が吹き上げる。灰色の空に鴉《からす》が散った。

舟溜りには、二十人近い人足に混って、身なりのよい男が七、八人迎えに出ていた。

頭立った二人が上杉景勝の代官であった河村彦左衛門と、清六が調査のために送りこんだ菊屋新五郎、と、挨拶をかわす様子からお丹にも見当がついた。あとの者は、陣屋の役人や山師たちらしかった。

人足たちは船から下ろした荷をかつぎ、背を丸めて列を作り歩み出す。

「陣屋まではよほどあるのか」

清六の問いに、いえ、さほどでも、と答えている新五郎の声が、風に千切られながらお丹の耳にとどく。

――こない人気《ひとけ》のないところで、興行ができるんやろか。

お丹はとっぱの腰紐《こしひも》に手をかける。

石くれだらけの坂道を上ってゆくと、処々に掘立小屋が目につく。

「草見立《くさみたて》が連れてまいった穿子《ほりこ》どもです」

と、新五郎が説明する。

「鶴子《つるし》の本口を稼ぐようになってから、だいぶ運上は増えましたが」

「まだまだ増えよう。わしに目算《もくさん》がある」

清六の声は自信に溢れていた。

「あの者どもは?」

新五郎がお丹たちを指さした。

「芸人だ」

感心しないというふうに首を振る新五郎に、

「女がおった方がよかろうが。主らも、餓《かつ》えておろうが」

「これはどうも」

男たちの笑い声が、お丹の耳を打った。

お国は目を足元に落とし、黙々と歩いている。

ここが気にいっていないようだ。

お丹は、いささかの心細さはおぼえながらも、この荒寥《こうりょう》とした土地に何か親しいものを感じた。荒れた岩山は、お丹を拒んでいないようだった。


陣屋は、このあたりでは群を抜いて大きい藁葺《わらぶき》の建物であった。

風に追われ、家に近づくに連れて一行は早足になり、竈《かまど》に火の燃える広い土間に走り込んだ。身分の高いものの出入りする口は別にあるのだが、誰も彼もが、まず火を求めた。

土間に続く板敷の炉にも火が熾《お》き、自在鉤《じざいかぎ》にかかった大鍋の底を赤く赫《かがや》かせていた。

「先ず、奥へ。奥もぬくめてございます」

新五郎に言われ、清六は座敷に行く。

荷は、蔵と母屋の土間にわけて運び入れられる。小浜の店から同船して来た男が、人足たちを指図している。開け放された戸口から粉雪が舞い入った。

「女ども、膳をはこべ、ささ、早う」

せきたてられ、お丹たちは、徳利や料理の皿を並べた膳を持たされた。賄方《まかないがた》の下働きをしているのは、土地の女たちらしい。

「婢女《はしため》に雇うたつもりやろか」

不服げに呟《つぶや》くおあかに、

「ええやないか。食べるに困らいですむわ」

囃子方の一人が言った。

膳を捧げて座敷に入ると、ここも炉が切ってあり、清六を上座に、彦左衛門と新五郎、役人衆や山師が、火を囲んでいた。

草見立人とも呼ばれる山師は、鉱脈を探りあて鉱石を穿り出す仕事を請け負っている。

かつては、川砂を洗い流して細々と砂金を採っていたのだが、鉱石に鉛をまぜて焼き溶かし、炉内に残った金銀を採る灰吹法が行われるようになった事と、坑道を掘る本口稼ぎの方法が佐渡にも伝えられて以来、佐渡の銀山の開発は、急に盛んになった。

山師たちは、掘り当てた山を一年間の運上いくらとさだめて請負っている。前もって約した運上金を上廻る分は、山師の収入《みいり》になる。

お丹が座敷に入ったとき。

「それはあまりに手荒いやりようじゃ」

山師の一人が激した声を上げた。

「酒がきた。話は後だ。まあ、飲め」

清六が銚子をとり上げる。

「いや、これは、わしら草見立の浮沈にかかわる事じゃ」

「まあ、一つ飲め。女ども、酌をせい。くそ、その男についでやれ」

お丹たちは、そのまま酒席に侍《はべ》らされた。

清六が鉱山運営のやり方を変革しようとしているらしいと、山師たちと清六のやりとりから、少しずつお丹にも飲みこめてくる。

これまでは、限られた山師が一つの鉱区を一年にわたって独占できた。清六の改革案というのは、諸国から山師を呼び集め、自由に山を見立てさせ、鉉《つる》(鉱脈)を発見するまで勝手に稼がせる。発見したら、それまでの経費《かかり》を償うに足りるだけ、運上無しで掘り取らせる。その後、十日間を区切って運上する銀の額を入札させ、入札値のもっとも高いものに任せる。というものであった。

「こないすれば、鉱山《やま》の繁盛疑いなしや。皆、我も我もと集まって来て、せっせと穿るわ。運上も莫大なものとなろうし、お主ら草見立の取分もな、伎倆《うで》しだいで、たいそうなものになるわ。お主らは、これから来る者より、地の理をわきまえておる。ずんと有利や。せえだいお気張り」

不服なものは山御用を下りて島を出ろと言わんばかりであった。言葉つきはやわらかいが、荒くれた山師たちにうむを言わさぬ貫禄が、清六にはあった。

山師たちは、お丹がこれまでに知っている見物たちとは、まるで違っていた。酒の飲みようも言葉つきも荒ら荒らしかった。盃ではまにあわず、小鉢や湯呑に注いであおり、酔いがまわってくると、人前もはばからず女たちを抱きすくめ、裾を割って手をのべ、座は乱れはじめた。

「連れてゆけ、連れてゆけ。女どもをどのようにでもするがええ」

山師たちを懐柔させる具に供せられているのだと、お丹は知った。最初からその目論見があって連れて来たのか、事の成り行きか、そこまではわからなかったが。

「住まいに連れて行き、存分に遊べ。女ども、案じるな。うぬらの軀は、わしが悉皆《しっかい》買うた。銭《ぜに》か。いま、ここで呉れてやろう」

「色を買うてくれはる前にな、踊を買うてくだされ」

お国が抗《あらが》うように顔を上げて言った。

「わてら、踊で身を立てとりまんねや。踊を、まず、買うてくだされ」

お菊、とお国は目で合図した。

「囃子方の面々、こっちゃ来う」

お菊は呼ばわった。

笛がひょうと鳴り、鼓が鳴った。奏でながら囃子方ととっぱが座敷に入ってきた。

「止めい！」

清六は一喝した。

「お国、よう心得ておけ。佐渡ではな、この田中清六が天下様や。わしの言葉は天下様の下知やと思え」

小浜におったときとはえらい違いやな、とお丹は清六を見上げる。

清六は山師たちにむかい、

「さて、どの女をとる。お国を望むのは誰や。何や、それでは埒あかんがな。お国の身ィは一つや。四人五人でお国一人にかかるか。それもずつないの。籤《くじ》にせい。お国をひきあてた者は、山の見立もあんじょうゆくやろ」

お国が唇を嚙《か》みしめているのを、お丹は見て、目をそらせた。いやだと言っても、清六は容赦すまい。自分の力を清六は山師たちに誇示しようとしているのだ。深酔いしてもいる。

色を売るのも生業《なりわい》ではあるけれど、表の芸は舞であり踊である。それが、ささやかではあるが強い誇りになっている。ただ色売るだけの芸無しやないわい。

そう思いながらお丹は、その屈辱的な争いの外に身を置いたつもりでいた。色売れと、まだ強いられた事はなかったからだ。

「わしは、年くうた女より、その若いのがええ」

濁《だ》み声《ごえ》と共に、山師の一人が指をあげた。そのときもお丹は、指が己れをさしているとは思わなかった。

「あれは、まだ童《わらべ》や。かんにんしてやっておくれやす」

お国の言葉に、やっと気づき、思わず、いやや！　と小さい声をあげた。

「いやや？　誰や、わしの前でいややとぬかしたのは」清六がお丹に目を向けた。「その小女郎《こめろ》か。お丹か。よし。お丹は、わしが伽《とぎ》をせい」

いやと言ってはならぬのだ。そうわきまえてはいた。この場でいやと言ったら、一座のすべての者に災いが及ぶ。

しかし、お丹は、清六の言葉があながち不愉快でもなかった。

清六の持つ〝力〟が、お丹にとって、かすかではあるが魅力にも感じられた。

最高の力を持つものが、他の女たちをさしおいてお丹に目をつけた。その事に、誇らしさを、あてはおぼえているのだろうか。思いもよらなかった自分の心の動きに、お丹は内心驚いた。

「七つ八つなら童でとおろうが、お丹は何ぼになる。女のしるしはあるのやろ。童とはいわせんわい」

清六はお丹の手首をつかんでひきずり寄せ、衿元をおしひろげた。押しこめられていた花が溢れこぼれるように、胸乳がはじけあらわれた。

「お丹、来や」

「待ってくだされ」

お丹は身もだえて、清六の手から逃れようとした。

「あては芸人や。舞、舞わせてくだされ」

お国と同じ言葉を、お丹は口にしていた。

「舞か。客の気ィひくための舞であろ。そのようなややこしい手順は抜きにして、色を買うたる言うとるんや。面倒がのうてよかろうが」

「舞わせてくだされ」

そのとき、座敷の外から、朗々とした謡の声が流れ入った。


川舟をとめて逢瀬の波枕、とめて逢瀬の波枕、浮世の夢を見ならわしの驚かぬ身のはかなさよ。佐用姫《さよひめ》が松浦潟《まつらがた》、かたしく袖の涙の唐土船《もろこしぶね》の名残なり。また宇治の橋姫の、訪わんともせぬ人を待つも身の上とあわれなり。

『江口』の一節であった。

お丹に、舞えよと促している如くである。

お丹は居坐いを正し、衿元や裾の乱れをなおした。

「よしや吉野の、よしや吉野の」

聞き憶えているシテの詞を、お丹は、肚《はら》に力をこめて謡い上げる。

「花も雪も雲も波もあわれ世に逢わばや」

「不思議やな」と、座敷の外の声は、ワキを受け持つ。「月澄み渡る水の面に遊女のあまた歌う謡《うたい》、色めき見えたる人影は、そも誰人の舟やらん」

「なにこの舟を誰が舟とは。恥ずかしながら古の江口の遊女の川逍遥《かわじょうよう》の月の夜舟を御覧ぜよ」

舞おうぞ、と思うのだが、ワキをつとめる座敷の外の声の底深い力強さに気圧され、謡うだけでせい一杯で、それもひどくたどたどしいのが我ながらわかる。

「そもや江口の遊女とは。それは去りにし古《いにしえ》の」

「いや古とは御覧ぜよ、月は昔に変らめや」

「われらもかように見え来《きた》るを、古人《いにしえびと》とはうつつなや」

「よしよし何かと問い給うとも」

「言わじや聞かじ」

「むつかしや」

「秋の水漲《みなぎ》り落ちて、去る舟の」

「月も影さす、棹《さお》の歌」

すると、河村彦左衛門が、地の部分を、「歌えや歌えうたかたの」と、続けた。

お丹は、ほうっと息をついた。彦左衛門の謡う声には、お丹を圧迫してくる力が欠けていた。

「あわれ昔の恋しさを今も、遊女の舟遊び。世を渡る一節《ひとふし》を歌いていざや遊ばん」

彦左衛門の謡がとぎれたところで、

「や、とんだ座興やったの」

清六が、いささか毒気を抜かれたように言葉をはさんだ。

「河村どのには、たしなみの深いことじゃの」

「いや、汗顔の至り」

座敷の外で謡ったのは誰だったのだろうと、お丹はその人物の顔が見てみたい。

三九郎もとっぽも、座敷の隅に控えている。一座の者の声ではなかった。

「いま、外で謡った者は？」

清六が、お丹の知りたい事を問うた。

「この土地の者で、陣屋に出入りしておる与八郎と申す男でおざりましょう」

「謡の心得があるのか。このような辺鄙《へんぴ》なところに住まいながら、殊勝な心掛やの」

「舞もなかなか見事に舞い申す。よほど興がのらねば披露はいたさぬが。呼び入れましょうか」

「いやいや」と清六が手を振ったので、お丹は少しがっかりした。


「長の船旅でさすがに疲れた。寝るとしよう。お国、臥所《ふしど》に来や」

籤でお国を選び取らせるとか、お丹に夜伽をせよと命じた事は忘れた顔で、清六はお国を促した。

三九郎は、よう平静でおれるのうと、お丹は三九郎の心のうちが不思議に思えた。

夫婦《めおと》でありながら、お国を真実いとしう思ってはおらぬのであろうか。

お声聞くさえ四肢《よふし》が萎《な》える
まして添うたら死のうずよの

石曳きにもうたわれる古い小歌を、お丹は声には出さずくちずさんでみる。

殿御とは、それほどいとしいもんなんやろか。百姓狩りにあい、大津城に連れられて行ったときのことを、お丹は思い出した。

ふだんは剽《ひょう》げたとっぱの顔が、泥と血で凄惨《せいさん》な印象に一変していた。それを見たとき、奇妙な感覚が身内を裂いて走り抜けた。清冽《せいれつ》で快い一閃《いっせん》であった。

四肢が萎えるとは、あのような感覚をさすのだろうか。そうであれば、充ち足りるほど味わってみたい。しかし、とっぱと添い寝したいという気はさらさら起きないし、清六に抱きすくめられたら、突きとばして逃げたくなりそうだ。おあかがとっぱとからみ合っているときの姿態や声を思い出すと、寒気がする。

土間の竈の前に筵《むしろ》を敷いて一座の者たちと雑魚《ざこ》寝《ね》しながら、お丹はそんなことを思っている。いつか、睡った。

＊

翌日は、空が晴れ上がっていた。

昨日着いたときは、おそろしく淋しいところだと思ったのだが、明るい陽光の下で見ると、予想外に活気が充ちていた。

厨《くりや》にいると、菜を洗えの皿小鉢を並べろの、床を拭けのと、下働きに来ている土地の女に絶え間なく仕事を押しつけられるので、お丹は、外に出た。下女に雇われたのではない。興行に来てるんや。そう、お丹は思っている。

お国の顔を見るのも少し辛い気がした。清六の床の相手をつとめるのを、お国は何とも思っていないだろうし、船の中でも夜伽をさせられてきたのだけれど、表芸の踊を無視されたのは、お国にとっては口惜《くちお》しい事ではなかったのだろうか。

お菊やおあか、こふめ、ほかの一座の女たちも、みな、陣屋の者や草見立の衆の夜伽の相手をさせられたようだ。

河原が恋しい、とお丹は思った。

陣屋から少し行くと灰吹きの小屋があり、炉の火がごうごうと燃えさかっていた。

鉱石《いし》を積んだ畚《もっこ》を二人がかりで天秤《てんびん》でかつぎ、運び込む。風が吹きすさぶ中で、男たちは汗みずくになっていた。

玄武岩の台の上で、運ばれた鉱石は、三、四貫もある金場槌で粉鉱にされる。それを石磨でひく。その砂を水中で汰《ゆ》りたてる。

岩山の肌にとりついて鏨《たがね》を打ちこみ鉱石を穿る男たちの姿が遠く小さくのぞめる。

男たちはほとんど休みなく働いていた。こんなふうで、あてらの興行が成りたつのやろか。

お丹は思ったが、陽が落ちると、陣屋の前に人が集まってきた。

新しいお代官さまのはからいで、京から芸人をはるばる連れて来た。存分にたのしむがいい、とお布令《ふれ》が出たのである。

陣屋の外に篝火《かがりび》が夜空に火の粉を散らした。

お国を先立ちに、

花も紅葉も一盛り
やや子の踊り振りよや見よや

久々のやや子踊であった。

見物の男たちは竹筒の酒を煽りながら、嬉《うれ》しげに手拍子を合わせる。

やがて、踊の輪に加わって、振りよや見よや、と胴間声をはりあげる。

一日じゅう働きづめで疲れ果てているだろうに、踊と歌は、新たな活力を男たちに与えているようだった。

都の風流踊の熱狂が、粗野な形で再現されていた。汐のにおいが夜風に混った。

やや子の踊り振りよや見よや

お丹は手を振り足踏み鳴らし、跳ね、かがみ、次第に、踊の熱に酔っていった。

人々の顔の上に火明りがゆらめいた。誰ともわからぬ手が、お丹の小袖の衿をひきはだけ、乳房をつかんだ。お丹はとびのいて手を振り払った。そのとき、闇の空に、小面《こおもて》の幻像が流れ、消えた。小面の口もとは、薄く冷くほほ笑んでいた。

三九郎が見たいと言った、一つの力が新しい町をひらいてゆくさま、それをお丹たちはじきにまざまざと目にする事になった。

航海にはむかぬ冬の海を、帆をはった船が続々と渡ってくる。

草見立は誰でも自由、経費《かかり》を補うまでは運上無し、その後は十日を区切っての運上額を入札させ、入札値の最高のものに落札させるという、田中清六の運上入札制は、諸国の人々の野心をかきたて、佐渡に引き寄せたのである。

入札した運上額さえおさめれば、その後は、どれほど穿り取ろうと、穿っただけ自分のものになる。

山師が穿子をひき連れてなだれこんで来れば、それに伴なって、彼らの暮らしに必要な物資の搬入も盛んになる。

年が明け慶長六年になると、鉱山《やま》の発掘はいっそう活溌になった。

ことに、鶴子銀山の山師、渡辺儀兵衛、渡辺弥次右衛門、三浦次兵衛の三人が、相川に巨大な青盤脈が露出しているのを発見したので、金銀を求めて殺到する人々の数は急激に増した。尾根に露出した鉱脈を、表から、裏から、沢からと、穿子たちはびっしり貼りついて鏨を打ち込む。

鉱山の仕事は鉱石穿りばかりではない。

砕石職人、精錬職人、鏨を研《と》ぐ研ぎ師、ふいごを作る職人も必要なら、ふいごに使う革細工師も求められる。

廻船問屋が本来の生業である田中清六は、必要な大量の物資を船で運び、莫大な利を得ている。

商人たちも群れ集ってくる。鉄は出雲から、紙は四国産のものが大坂から、呉服、反物、古着が大坂から、油や塩は越前から、炭は能登、越後から、牛皮は越後から、木材は秋田、炭は出羽、米は秋田、出羽、越後、鉛は越後村上から、それぞれ船に積み込まれ、運ばれる。

諸国から訪れる商い船は、番所の前の広場に荷を揚げて、分一役を納める。これが陣屋の大きな収入源になっている。

佐渡の村々も、変貌せざるを得なかった。急激に増えた人々の食糧を供給せねばならぬ。これまでは、村人の口腹をみたすだけ採ればすんでいた農作物や魚貝を、大量に収穫し、陣屋におさめ、又、山師たちに売却する。これまで持った事のない銭を手にするようになり、村は潤ったが、それにつれて物の値も、みるみる高騰した。

稲田を襲った蝗《いなご》の大群のように、無数の穿子たちは岩山のそこここに穴を開けまくる。


お国の一座は、最初は陣屋に仮寝を許されていたが、じきに、相川に、野天の舞台と寝泊まりする小屋が、清六の下知により建てられた。

舞台に立っての興行は、たいして人気を呼ばなかった。始終同じような踊をみせているのだから、じきに倦きられる。とっぱの独り狂言も、はじめはおもしろがられたが、やはり倦きられるようになった。そのかわり、夜の酒席の相手と床づとめはずいぶん繁盛した。夜の客は陣屋の役人や山師、商人たちが主なものであった。

大勢の男たちの相手をするのは、むろん、お国たちだけではない。

以前から、色売る女たちはいることはいた。そのほとんどは、熊野比丘尼《びくに》であった。細々《ほそぼそ》と砂金流しで採取していたころは、鉱山《やま》にくわしい山伏が砂金採りを支配していた。鉱石を穿り出す方法に変ってから権威を失なったので、山伏たちは銀山の近くに茶屋をひらき、比丘尼をおいて色を稼がせるようになっていた。

鶴子から沢根への道すじの青野峠に茶屋をひらいていたのだが、相川が繁栄し始めると、移ってきた。

遊女町は、ほんの短い間に形をととのえだした。

――なしくずしに遊女にされてしまうのだろうか。

お丹はそんな不安を持つ。ことさら子供っぽくふるまって、色稼ぎを強いられるのを避けてみたりする。

お国もこのような暮らしは不本意とみえ、三九郎と争っている声を、お丹は時折耳にした。都ももう鎮まったであろ、早う帰ろうとお国は言い、三九郎は承知しないのだった。

田中清六も、お国を手放す様子はなかった。

「わては、こない足に鎖をつけられたような暮らしは好かんのえ。わては色は売る。そやけど、好いてもおらん男の寵《おも》い者《もの》はいややや」

「極楽やないか、ここの暮らしは」

おあかのなだめる声も聞こえる。

「屋根のある家に腰据えられて、おまんまに不自由のうて、男にいとしがられて」

ええわァと、おあかは満足げだ。男に比して女の数が少ないから、女たちは大切に扱われている。

「なァ、こふめ。そやないか」

「わては、都が好きや」

いつも、どうでもいい顔をしているこふめが、珍しくはっきり自分の意見を言ったが、

「まあ、どっちゃでもええねんけどな」

と、いつもの口調でつけ加えた。

「京に帰ったかて、どうなるもんでもあらへんし、なまじ近くにおって術無《じゅつな》い思いをするよりは、会えへんところにおる方が諦めがつくわの」

後の方は、ひとりごとが思わず零《こぼ》れたように、お丹には聞こえた。

「何の話え?」

おあかに言葉咎められ、こふめは、はンと笑った。

男の相手がいそがしくなるのは、陽の落ちるころあいからだ。昼間、こふめがひとりで退屈そうに足の爪を摘んでいるとき、お丹は、

「こふめ姉、京に会いたい人がおるん？」とたずねてみた。

「会いたいお人なら、なんぼでもおるわ」

こふめは、はぐらかした。

「お丹は、誰ぞいてるんか」

「あて、一蔵《いちぞう》と二蔵《にぞう》に会いたいなあ」

「蜘舞《くもまい》か。あの子ォらなら、河原に帰ればすぐにも会えるやろ」

「河原におるかの。どこぞに去《い》んでしもてるかもしれんやろ」

「去んでおっても、やがて帰ってくるわ。河原は、あてら芸人の城やもの」

「ほな、あてらも又帰るんやろか、京へ」

「帰るやろ、お国はここに腰据える気ィはないよって」

「こふめ姉、なごさんさまて誰やの」

「何をまた、ふいに言い出すんや、この子は」

こふめは、鋏《はさみ》を持つ手をとめた。

お丹も、唐突な言葉が口をついたのに、自分で驚いていた。しかし、前々から、心の隅にひっかかっていた事であったのだ。

こふめが京に会いたい人がいるような口吻《こうふん》をもらしたとき、お丹の心に浮かんだのは、猪熊少将と、少将に似ているらしい〝なごさんさま〟という名前であった。

こふめは、猪熊少将をものかげからみつめていた。

「なごさんさまは、天下一のかぶきものやて、以前、言うとったやろ。お国姉さんは、なごさんさまを好いたはるん違うやろか」

名残り惜しやのなごさんさまや。

お国がそううたったのは、猪熊少将が見物に加わったあのときだけだった。

「人の恋路が気にかかる年になったか、お丹も。われ、女のしるしのあったのは、いつやったかいな」

「知らん」

お丹は少しうろたえ、顔をそむけた。しかし、こんな話のできる相手は、さしあたって、こふめのほかにいない。

「こふめ姉は、猪熊少将さまに会いたいのやろ」

「あほやな、この子は」

こふめも、ちょっとうろたえたふうに言ってから、

「ああ、お慕い申しておるえ。恋しいてならんえ」

「あても一蔵や二蔵に会いたいけれど、恋しいてならんというほどではないなあ」

「好きにならん方がええ」

こふめは言った。

「好きになったら、せつのうて、苦しいて、たえられんようになる」

お丹は、ひどく大人の話をこふめとかわしているような気がした。

なごさんさまは、名古屋山三郎《なごやさんさぶろう》さまというのだ、とこふめは教えた。

京では、そのかぶいたみなりや振舞で、ひところたいそうな評判だった。もっとも、実際の山三郎を知っている者はそう多いわけではなく、噂ばかりが肥大して人々のあいだにつたわっているようだった。こふめも、見かけた事すらないという。

「なごさんさまは、蒲生《がもう》さまというお大名のお小姓やったそうや。まだほんのいとけないお年であったのに、武功のほまれ高く、何でも殿様の若衆であったというよ。殿さまがおかくれあそばされ、浪人されてから京でかぶきものの名が高うなった。そやけど、去年、関ヶ原のいくさよりだいぶ前に、森さまとやらいうお大名にかかえられ、

信濃《しなの》に行かれたという話や」

「信濃か。えらい山の中やな。どうせの事に佐渡に来られたらよかったのにな」

お丹はそう言ってこふめに笑われ、何か子供じみた事を言ってしまったのだろうかと思った。

「猪熊少将さまに似てはるんやったら、ほんま、なごさんさまも美《うつつ》い殿御やろな」

「美うてその上、武辺《ぶへん》のお人や。ええわなあ」

「お国姉もあのとき、少将さまを見てなごさんさまを思い出してはったんやろな」

「お丹が、今日はえろう殿御の話をしたがることや。子供やと思うとったら、いつのまにやら」

「いやや」とお丹はこふめの膝に甘えた。

＊

「お丹、お丹」

と呼ばわる声が、奥の間から厨の方に近づいてくる。お菊の声だ。三九郎に命じられたのだろう。

厨の外に佇《たたず》み、岩山を黒く浮かび上がらせる暮れ残りの空を見上げていたお丹は、身をすくめた。

吹き屋から流れる煤《すす》くさいにおいの底に、仄かに花の香が漂い混る。

客の相手をせいと、近ごろ三九郎に厳しく言われる。いややと逃げまわるお丹を、三九郎は、指図にしたがわぬのが小面憎いと思うのか、強引にひきずり出そうとするようになった。

おあかはもちろんの事だが、こふめやとっぱさえ三九郎を制《と》めようとはしないのが、お丹には心外であり、何か寒々しくもある。

誰もが、お丹が客づとめをするのは当然と見做し、いやがるのは気ままずぎると思っているようだ。胸乳のはずんだふくらみや、うなじから背にかけての色気が、子供でいようとするお丹を裏切る。

「あて、いやや」

こふめに訴えると、

「いやな事はせいでもすむものなら、こない気楽な事はないいな」

こふめは、まるでおあかが言いそうな事を口にした。

「今、いっとき逃れても、いずれは同じ事や」

と、とっぱも言う。

一蔵や二蔵も、あの年でとうに色稼ぎを、それも衆道《しゅどう》の相手も含めて、させられていると思いながらも、

「あて、男にいらわれたら、胃の腑がちぢまって鳥肌がたつ。気色悪うないのか」お菊に言うと、

「堂上方の姫御前やあるまいし。じき狎《な》れるわ」

と、鼻の先で嗤《わら》われたのだった。

面をつけて舞うて、それでたつきをたてたはるお人もおる。何で、あてはそれがでけへんのや、と、お丹は、生まれついて己れが置かれた場所を、あらためて見返す。


「お丹、早よ、来う。舞を所望の客が来はるえ。身仕度せんならんやろが」

お菊が戸口に姿をみせた。

〝舞を所望〟がおためごかしだと、お丹は承知している。何度かだまされたあげくだ。一さし二さし舞いかけると、もうええわ、こっちゃ来う、と腕をつかんで引きずり寄せ懐に手をさし入れたりする客ばかりだ。

臥床《ふしど》に連れこまれるのをどうにか避けてこられたのは、お丹にとっては意外な事に、お国がそれとなく客をさえぎってくれているからであった。

「あないな女童《めわらべ》は、おいときやす。くにが思いざし、干してくだされ」と、一つ盃に酔客とともども唇をつけ、酔客の気をそらす。

お国は、常々さしてお丹にやさしくもないし、ことさら目をかけてくれるわけでもない。むしろ冷淡なくらいなので、しつっこい客からかばってくれるふうなのが不思議であった。

「さっきから呼ばわっておったのが、聞こえなんだのか。聞こえながら、横着きめこんどったんやろ。早よ、来う」

お菊はお丹の手首を強くつかみ、ぐいぐいと厨の土間にひきいれた。

一段高い板敷きで、お国をはじめ女たちが化粧をなおし小袖を着かえていた。炉は種火に灰をかぶせてある。五月も半ばを過ぎたが、陽が落ちると、火が恋しいほど肌寒いときがある。雨の日は昼日中でもうすら寒い。

囃子方の男たちが鼓の緒をしめなおしている。三九郎ととっぱは、炉べりで酒を飲みかわしていた。

三九郎は、框《かまち》に腰を下ろして足の裏を拭っているお丹に、

「お丹、今日という今日は、わしに逆う事は許さんぞ」

と厳しく言いわたした。

容赦ない目であった。

「裸になれ。男に肌がなじまぬというのなら、たった今、わしがうぬの新鉢《あらばち》割ってやる。割ってしまえば、なじむもなじまぬもない。男がのうてはおれぬ軀になる。お菊、おあか、お丹の小袖を剝《む》け。こふめ、お丹の帯解け」

女たちは、さしてためらいもみせず、お丹の傍ににじり寄った。

お丹は土間にとび下り、切羽つまって、口走った。考えるより先に、言葉が口をついて出た。

「あてに触れなや。あては、原三郎左が見世の太夫になる身や。あては、三郎左が娘分になるんや。三郎左は言うたえ。お丹は傾国の太夫になれる器量や。粗末にせなや。お丹の色は大切にせえ、そう言うた。色は安う売るな。色売るときは三郎左がもとに来よ」

三郎左はそう言うたえ、と続けようとしたとき、お国が床を蹴るようにして歩み寄ると、お丹

の横面を力まかせにひっぱたいた。あっけにとられ、立ちすくむお丹の髪の根を一つかみにし、框にお丹の頬《ほお》をねじりつけ、

「うぬは、そないな欲得ずくで色売るを拒《こば》みくさったのか。ええ、見損のうた。見損のうた」

つかんだ髪をぐいと持ち上げ、浮いた頭を床に叩きつけた。横にねじ伏せられたお丹の顔の上に、お国の膝がのり、力が加わった。

「やめなアれ、お丹がこわれる」

とっぱのことさら剽げた声が、お国の膝の力を弱めさせた。

ほかの者が、すかさずお国の腕をひき、お丹は誰かの腕に抱きとられた。

「ほんまか、お丹。三郎左がうぬを娘分にすると言うたのか」

三九郎の声が頭の上でしたが、お丹は声も出なかった。突然炸裂したお国の怒りの烈しさにただ茫然とし、その上なぐりつけられた痛みが全身を火照《ほて》らせている。

「ほんまや」

おずおずと、おあかが答えている。

「わてらにもな、三郎左はお丹をゆずれと言うた。値がまとまらなんだ」

「三郎左に売るなら、お丹は今が汐どきやな」

三九郎はつづけた。

「お丹は何ぼや。十三になったか。太夫の花のさかりは十五、六。十八あたりが引きどきや。二十過ぎたら薹《とう》が立つ。三十ともなれば婆《ばば》や。お国もほどのう三十路《みそじ》やな」

お国姉《あね》が婆になる？　お丹は思わず身じろぎした。

「ほな、お丹どの、大切にあしろうて京の原三郎左どのが手に渡そうか」

三九郎の口調は、からかいを帯びているようにもきこえた。

大人たちがどんな思惑を持ったのかお丹にはい

っこうわからず、わかりたいとも思わなかった。

ゆっくり起き直って、お丹は戸口の外に出た。

暮れなずんでいた空はすでに闇の色が深く、星が満天にあざやかだ。

お国姉さんは、何をあないに怒らはったんやろ。お丹は、しきりにそれを考えていた。お丹には解けぬ謎《なぞ》であった。

四之章

八月、海は秋の荒《あら》びを帯びた。

相川一帯の岩山の山肌には無数の穴が掘られた。ことに、ゆたかな鉱脈を持つ道遊と呼ばれる岩山は、山頂近くが虫喰いのようになり、今また山裾の方に新しい鉉《つる》が掘り進められつつある。

男たちが仕事にいそがしい昼の間は、やや子踊の一座の者たちは身をもてあますほど暇がある。

お丹は一人で歩きまわる楽しみを持った。

小高い丘に上ると、百合《ゆり》に似た黄色い花が一面に咲き乱れ、海が眼下にひろがる。

この場所がお丹は気にいっていた。

さては江口の君の幽霊
仮に現われ給いけるぞや。
いざや御跡弔わんと、
言いもあえねば不思議やな、
言いもあえねば不思議やな。
月澄み渡る河水に、
遊女の謡う舟遊び……

亡霊の顕現にはおよそふさわしからぬ、真昼間であった。

しかし、秋の陽のしんとした耀《かがや》きは、何かこの世ならぬものを招き寄せる気配があり、どれほど

声を張り上げようと咎《とが》める人影のない心安さに、お丹は、海と空にむかい、

　川舟をとめて逢瀬の波枕
　とめて逢瀬の波枕
　浮世の夢を見ならわしの
　驚かぬ身のはかなさよ。

『江口』の一ふしを謡う。

　憂き河竹の流れの遊女が、普賢菩薩の相《すがた》を顕わし、舟は白象と変じ、西の空に去りゆくというこのうたの、意味はお丹には十分にわからないけれど、何か空の高みに心がひらけてゆくようで、しかも、懼《おそ》ろしいほど蕭条《しょうじょう》とした寂しさも同時におぼえる。

　この日も、

　歌えや歌えうたかたの、
　あわれ昔の恋しさを今も、
　遊女の舟遊び。
　世を渡る一節《ひとふし》を歌いて
　いざや遊ばん。

息をついだとき、

　それ十二因縁の流転は
　車の庭に廻《めぐ》るが如く、
　鳥の林に遊ぶに似たり。
　前生《ぜんじょう》また前生、
　曾って生生《しょうじょう》の前《さき》を知らず。

腹にひびく男の声が、後をつづけた。

前《さき》に一度聴いただけだが、忘れられぬ声であった。

お丹は目を閉じ、草の上に端坐し、聴き入った。

…………
紅花の春の朝《あした》、
紅錦繍《こうきんしゅう》の山粧《やまよそお》いを
なすと見えしも、
夕べの風に誘われ
黄葉の秋の夕
黄纐纈《こうこうけつ》の林
色を含むといえども
朝《あした》の霜にうつろう。
松風蘿月《しょうふうらげつ》に
言葉をかわす賓客《ひんかく》も
…………

眼を開くと、恰幅《かっぷく》のよい福相の男が、目もとに笑みを浮かべていた。つやつやと結い上げた鬢《びん》の色が半ば白い。

「与八郎さまか」

彦左衛門が清六に告げたその名前を、お丹は記憶に刻んでいた。

「やや子踊の小女郎《こめろ》じゃな。その年で、小歌ぶりではのうて能をたしなむとは奇特な事だの」

「たんとは知らぬ」

「江口を好むか」

お丹は、吐息で答えた。どれほど心惹かれているか、言いあらわしようがなかったのだ。

「その江口を作ったお人の息子が、昔、この地に流されてじゃった」

「その罪人《つみびと》と、おまえさまは知り合うてはったのかえ」

目を丸くして問うと、男はやさしい目で笑った。

「流されておったのは、今から百六、七十年も昔のことだ」

「そない遠い話か」

「今、能楽の四座は、観世、金剛、宝生、金春であろ。その観世の始祖の観阿弥《かんあみ》というお人が、江口を作ったのだ」

「息子はんは、よほどの悪人やったのか」

「この土地に伝わる話では、何の罪咎《つみとが》もないのに、讒訴《ざんそ》する者があって流されたという事だがの。それゆえ、この土地には、そのお人に教えられた観世の能が、ひそかに伝わってきた」

「おまえさまも、それをまなんだのかえ」

男はうなずき、

「昔は、公にはできぬ事だったそうな」

「おまえさまは、能楽に堪能やなあ」

そうか、と男はまた微笑した。しかし、お丹が教えてほしいと頼むと、それはできぬ相談だと言った。

女には、能は舞えぬ、と与八郎という男は断言したのである。

「何でや。昔から、女の舞々はたんとおるえ」

女の声は天上に届かぬ、と男は言った。

それはどういう意味なのか、とお丹はくいさがった。言葉で言い解く事はできぬ、というのが男の答にならぬ答であった。

それでも、その後折々に、与八郎はお丹に謡ってきかせ、お丹に謡わせもするようになった。

与八郎はよほど暇があるようで、真昼間、しばしばこの小高い丘に来て、お丹と共に過した。武士とも商人とも百姓ともみえぬ与八郎の素性がお丹には見当がつかなかったが、強いてたずねもしなかった。お丹には興味のない事だったからである。

広々とひらけた空と海にむかって声を張り、美しい言葉でつづられた謡曲を謡いあげるひとときは、お丹には至福と感じられた。

女の声は天上に届かぬと与八郎は言ったが、謡う事に我を忘れて浸りきっていると、心が空へのみちを昇るようにお丹は感じた。

与八郎に家族がいるのか、どこに住まっているのか、それらの事も、お丹は関心がなかった。

原三郎左の名を持ち出した事が、どういう効きめがあったのか、三九郎はお丹に色を売れ、客の相手をせよと無理強いする事はなくなった。

　しかし、心の通いあう相手が一座の中に一人もいなくなったような気がする。

　とっぱもこふめも、お丹の味方になってはくれなかった。色売るのを拒むお丹の方に非があるとみなしていたのだろうか。

　お国だけはさりげなくかばってくれていたのだけれど、そのお国に突き放されてしまった。

　お国は以前から特にお丹を甘やかしたりかわいがったりしていたわけではないから、態度が急変したというのではないのだが、お丹はお国の激怒が忘れられなかった。

　欲得ずくで、色売るのを拒んでいたのか、それが憎いとお国は罵った。

　あては欲得ずくやない。あれは、あのとき方便に言うた事や。

　お国にそう弁解する知恵を、お丹は持たなかった。弁解するのはみじめだという気もした。

　見損のうた、とお国は言った。それを思い出すと、お丹は少し嬉しかった。お国姉さんは、あての事を何やええふぅに思うてくれたはったんやな。

　お国は口には出さなかったが、お丹を認めてくれていたわけだ。見損のうたと怒ってお丹を打《ちょう》擲《ちゃく》したけれど、それはお国の誤解であって、お丹自身は以前と変ってはいないのだから。

　何を認めてくれていたのだろう。

　舞の巧みさを、であれば嬉しいのだけれど、とお丹は思った。

　一座の者とのあいだにこだわりができた淋しさと、与八郎に謡を教えられて過すたのしさが綯《な》い混った日々が続いた。

　佐渡は、お丹にも感じられるほど、みるみる華やぎたち、それと共に荒れすさみつつあった。

田中清六が実施した強引な運上入札制は、短期間に多数の穿子《ほりこ》を投入してがむしゃらに掘れば、それだけ山師の収入が増える仕組である。

穿子を七十人ぐらいも使い、昼夜の別なく掘りまくらせ、一日十五貫ほどの銀を掘り出せばそのおよそ三割が山師の手に入る。なだれ込んでくる山師、穿子の数は増える一方であった。

海に近い鉱山である。地底にむかって掘り下げればじきに水が湧く。しかし、湧水、溜り水の水抜きをしたり、煙抜き、通風などの設備をととのえる暇は、山師にはなかった。そんな事に手間暇をかけてはいられないのである。運上を落札したものは、一貫でも多くの鉱石を掘り出すために狂奔する。水は桶《おけ》で外に汲み出すが、敷《しき》(坑道)が深くなれば汲みきれず、ついには水敷になる。すると、そこを棄て、新たな鉱脈を求める。

物の値はすさまじく高騰した。ことに米は三斗五升入り一俵が上銀五十匁ほどと、三倍近くにはね上がった。田中清六は、奥州北越の米を運んで売りさばく米商人をも兼ねるのであるから、米が不足で値がつり上がれば儲けも増える。米価をおさえるための積極的な手段はとらなかった。

清六が佐渡にわたって二年めの慶長七年、吉田佐太郎、中川主税《ちから》の二人が、代官衆として佐渡に派遣されてきた。

田中清六、河村彦左衛門に加え、吉田、中川と、四人の代官が二人ずつ交替で職務に当たるという制度がとられた。

赴任早々、吉田、中川の二代官が行なった政策は、田の年貢を五割増額する事であった。それによって銀山への米の供給を増やし、米価を押さえようと計ったのである。しかし、米価の狂騰はしずまらず、百姓の怨嗟《えんさ》をかき立てる結果になっただけであった。

ほとんど遊女屋同然になった三九郎の見世に

は、景気よく金が落ちた。

一山あてた山師たちや、荒稼ぎをする商人たちが繰り込んできて、毎夜大賑わいが続いた。

三九郎は、

「こないな景気は長うは続かん」

と言った。

「これでは、いまに一揆《いっき》が起きるわ。わしらも、やがてひきあげる汐どきやな」

遊女屋はみるみる数を増し、客引きの争いが生じた。客同士のあいだでも、女をはりあい、あるいは些細な事がきっかけで、血なまぐさい喧嘩が、間《ま》なしに起きた。関ヶ原の天下取りのいくさの荒々しい余波が、ここにも漂っていた。

お丹の日々は、夜の喧騒と昼の静寂を繰り返していた。

昼も、鉱山《やま》は烈しく――夜の歓楽よりいっそう烈しく、そうして苛酷に、活動しているのだが、お丹はその外にいた。


日常から切り離された、幽遠ともいえる感覚のかすかな気配。与八郎と共に過すとき、お丹はそれを垣間見る思いがした。自分が感じているものが何なのか、お丹は明確にはわからなかったし、それを言い解く言葉も持たなかった。

〝時〟は、うつろわぬものとして、在《あ》った。果て知れぬ太古から果て知れぬ未来につらなる〝時〟の、過去も未来もすべてがそこに在り、お丹は一つの小さい点のように凝縮したものとなって、その〝時〟の中にいた。

空に向って『江口』を謡うとき、その感覚は生じた。

しかし、日常の〝時〟は、お丹のそうした感覚に関わりなく、うつろい流れていた。

正月を迎えればお丹は確実に一つ年を重ね、慶長六年、七年の二年の間に、お丹の軀《からだ》は成熟した。もはや、客をとらずにすます事はむずかしくなってきていた。

京に戻ろうかと三九郎が言い出したのは、島で二年あまりを過した慶長七年の暮であった。

わしもそろそろお役ご免になろう、と田中清六が洩らし、三九郎たちを驚かした。

清六は平然としてその言葉を口にした。

年が明けると早々に、金山奉行大久保十兵衛長安に派遣された横目（査察官）が来島した。

百姓の総代が陣屋に行き、吉田、中川らの苛政を訴え、田中清六、河村彦左衛門も共々、四人の代官が揃って職を解かれた。

三九郎は手早く店をたたみ、本土に帰る清六の一行に加わる事にした。

お丹にとっては、まことに目まぐるしい急変であった。

「与八郎さま、あてら、明日か明後日、船の仕度がととのうたら、去《い》にます」

「名残り惜しいの」

「あても、名残り惜しい。京に帰ったら、あて、色売らされるやろ思います」

そうか、と与八郎は言っただけであった。

お丹は地に坐り、帯を解いた。こぼれた乳房を風がなぶった。眼を閉じて待った。草を踏んで去って行く足音が聴こえた。

この年、慶長八年の一月二十一日、徳川家康は伏見城において征夷大将軍任命の内示を受けた。

風すさぶ二月、清六の船は佐渡を離れた。家康の将軍宣下の儀式が行なわれた二月十二日の十日後であった。天下さまがさだまったという大人たちの話を、お丹は耳にした。田中清六は頻繁に報せを受けているのだろうか、佐渡にいても世の動きは逐一承知しているふうであった。

衿《えり》をかき合わせ、船べりに立って、小さくなる島影に目を放っていたお丹は、ふと風が弱まったのに気づいた。吹きつける汐風をお丹からさえぎるように、とっぽが、袖をかざして傍に立っていた。

お丹が振り向くと、とっぱは目をそらせたが、その直前までとっぱの目はお丹の胸元に注がれていた、とお丹は感じた。

「京に戻ったら、清六さまはえらいお咎めを受けるのやろな」

お丹が言うと、

「なに、蔭では恩賞を賜るのやろ」とっぱは言った。

「そやかて、清六さまのやりようは、あかんかったんやろ。不調法しはったんやろ」

「そうでもない。あの強引なやりようのおかげで、ほんのわずかな日月《じつげつ》の間に、ぎょうさん鉉《つる》がみつかった。そら、阿漕《あこぎ》なやりようやよって、恨みは買うわな。その怨まれ役を、清六さまは引き受けなさったんや。恩賞ものやわ」

裏での仕組はお丹にはよくわからなかった。

「まあ、そない事はどうでもええわ」

あてはこふめのような事を口にしている、と、お丹は少し笑った。

帆が裂けそうに風をはらみ、凄まじく鳴る。

大切な場所から離れてゆく、とお丹は思った。

*

「出遅れたかの」

珍しく三九郎が弱音を吐いた。

五条の河原は華やかに賑わっていた。

佐渡相川の繁盛も、比べれば色褪《あ》せるほどだ。

見世物やら放下《ほうか》やら蜘舞《くもまい》やら、舞々やら踊やら、矢来をめぐらし幔幕《まんまく》を張り、もはや新たに興行する余地に乏しい。

わけても人気を呼んでいるのは、人形操りであった。

やや子踊も他の座が興行していた。やや子踊は何もお国の一座のみが独占していたわけではない、河原でお国が興行しているときはその人気に押されて他のやや子踊の座が割り込めなかったまでである。

お丹は一蔵二蔵の蜘舞を探したが見あたらなかった。

「早う戻ってくればよかった」

おあかが聞こえよがしに一人言《ひとりご》ちる。

しかし三九郎は気落ちした様子はなく、

「河原があかなんだら、北野やの」

と、お国とうなずきかわした。

江戸に行く清六は船を越後に着け、そこで別れて、一座は京に戻って来たのである。

洛中は花の盛りの季《とき》であった。山桜、吉野桜が都を彩り、花よりもなお絢爛《けんらん》と着飾った若殿原《ばら》が都大路に溢《あふ》れる。しかし、彼らは、戦乱の血の名残りをどことなく漂わせていた。

お国たちは、粟田口《あわたぐち》に近い小さい寺の破《や》れ堂《どう》に、無断でひとまず荷を置いた。

「何と薄汚ない姿《なり》やの。町湯に行って来や」

三九郎が命じた。

「町湯やて！　贅沢《ぜいたく》なこっちゃの」

女たちが驚いて声をあげる。三九郎はこれまで、気前のよい頭《かしら》ではなかった。

「松梅院のなまぐさを誑《たら》しこめるよう、垢を流してめかしこんで来い」

「ほな、湯銭」

おあかが手を出した。

「松梅院言うたら、北野の？」

お丹はとっぱに訊ねた。

「そうやろ」

「松梅院を誑しこんで、どないするんや」

「北野に、定舞台《じょうぶたい》をば持つのやわ」

そう、お国が言った。張りのある声であった。

「定舞台やて！」

おあかが呆れたようにお国を見、

「松梅院に、銀子《ぎんす》を出させるんか」

「なに、銀はある」

三九郎が言った。

「そうやろな。佐渡で荒稼ぎしたよってな。三九郎の懐は銀が重うてならんやろ」とっぱの声に少し皮肉が混った。

「早よ、湯を浴びて来い」

三九郎は追いやるように手を振った。三九郎があぐらをかいて背をもたせかけている葛籠《つづら》、あの中に稼ぎまくって蓄えた銀が入っているのだろうかとお丹は思った。

町家が壁を合わせて密集したそこここに建つ町湯には、公卿衆も家族を伴なって入りに来る。そういうときは留湯の札が出て町の者は入れない。この日は開いていた。

金山の二年間は、お国を始め一座の者たちの野性のにおいのする精気をいっそう強めていた。湯屋で裸になっても、町衆と混ると、その精気はいっそうきわだった。一座ではお丹がとび抜けて若い。しかし、稚なすぎはしない年になっている事を、お丹は意識させられた。薄紅い乳首や、ふっくらと張った乳房や、くびれた腰、たるみのない白い腹、それらは子供の軀ではなかった。お国をまもなく婆《ばば》だと三九郎は言ったが、しかしお国の軀には、お丹にはない艶やかな香りがまつわりついていた。男の目で見れば、色気とうつるのだろう。お菊の浅黒い肌も、磨きこんだ堅木のように美しい……と、お丹は、見惚《みと》れる。

女の声は天に届かぬ。与八郎の言葉が、ふいに思い出された。

そのとき、「うちの亭主がなあ、六条の遊女屋に入り浸りで……」女の声が耳に入った。

町の女同士、湯をかけながら喋《しゃべ》っている。

「遊女屋いうたら、二条万里小路《までのこうじ》やないのかえ」

お丹はたずねた。

「六条にうつったんやわ。えらい騒ぎやったろが」

「二条のお城の傍《ねき》に遊女屋があるのはあかんいう

て、六条の三筋町にうつらされたんや」

女たちは口々に教える。

「ほかで商いしとった遊女屋も、悉皆《しっかい》、六条に集めはってな、ほかで商いしたらあかんとお布令《ふれ》が出たんや。あんたら、他国者《よそもん》か？」

笠屋舞の小太夫の顔も名も、たった三年で忘れられてしまったのか。それとも、この女は河原に見物に行く事はないのか。北野に定舞台を建てると三九郎は言っていた。景気のいい話だけれど、

――ほんまに、そないな事でけるんやろか。

三九郎は口先だけの法螺《ほら》は吹かない男だが。

原三郎左の娘分になる話は、立ち消えたのだろうか。三郎左も、もうあての事は忘れたやろか。そう思うと、ちょっと淋しい気もした。知らぬ男の床づとめをさせられるのは気疎《けうと》いが、遊芸一通り仕込み、見事な太夫に磨き上げるという三郎左の言葉に、三年前に聞いたときより、今のお丹は心惹かれるものがあった。


湯屋を出ると、お国は女たちを冷泉《れいぜい》町の古着屋に連れていった。古着とはいえ、色とりどりの緞《どん》子《す》、繻子《しゅす》、細綾、染は紺染、揉《もみ》紅梅、蘇枋《すおう》染、ひろげられた小袖の数々に、女たちは歓声をあげた。

いったん三九郎のもとに戻り、身なりをととのえ髪を梳《くしけず》り、一行は北野に向かった。


洛中の西のはずれを流れる紙屋川のほとり、広大な地域に檜皮葺《ひわだぶき》の典雅な社殿が並ぶ北野天満宮は、天暦元年（九四七）にひらかれた。神領は二十三ヶ国七十三ヶ所に及び、秀吉の時代に更に朱印地六百二石を受けている。

桜門の南、右近の馬場に至る北野松原は、かつて豊太閤が自ら亭主となって大茶会を催したところである。ここに舞台を仮設し、能の勧進興行がしばしば行なわれる。

曼殊院《まんじゅいん》門跡が別当として天満宮を管理し、その下に祠官として松梅院、徳勝院、妙蔵院の三寺が

あり、その僧が社務をつとめる。神職は更にその支配下にある。松梅院は三寺のうち最大のもので、院主の権勢も大きい。

お国が松梅院の愛顧を受けるようになったのは、十二年も前の事だと、道みち、お菊は自分の事のように得意げにお丹に語ってきかせる。

十二年前といえば、お国は十七、花の盛りであったろう、とお丹はその姿を想像する。

三九郎も一座にいたがまだ夫婦になっておらず、お国の父親が一座の頭であった。

お菊姉さんもそのころ、一座におったのかえ。

いいや、わては、鉢叩きの娘《こ》ォやった。父親《てておや》に連れられて勧進して歩いとった。父《てて》が病んで動けんようになったとき、お国姉《あね》と三九郎に、わて拾われたんやわ。わての話やない、お国姉と松梅院さまのことを話しとったんやないか。

十二年前……天正十九年やな、とお丹は指をくる。

そうや、お国姉は松梅院さまにやや子踊をお目にかけ、たいそう気にいられての、北野でやや子踊の勧進興行をしたいと願い出たら、あんじょうお許しが出たんや。ほんまは、えろむつかし事なんえ、あっこで興行するのんは。河原であれば、むつかし事いらんけどな。

松梅院さまが気にいったのは、やや子踊やないわ、お国の色や。

いつか傍で話を聞きながら歩いていた三九郎が、そう言った。

色や、と言って三九郎はお丹の胸もとに眼を注いだ。

松梅院の庭には、紙屋川の水をひき入れてある。細《ささ》流れは見事な植え込みのあいだを蛇行し、外に導かれ再び川に流れ入る。椿、山吹、桜と春の花々が唐綾《からあや》のように庭をいろどっていた。

お国たちが土下座しているのは、座敷の前のその美麗な庭ではなく、裏庭である。

「お国、久しう見なんだの」

部屋の中から松梅院はお国を見下ろして言う。

六十を越えた松梅院は、大兵で、肉の厚い小鼻の脇に脂が浮いている。

「佐渡に行っておりました」

三九郎が答えた。

「佐渡か。えらい景気やときいたが」

「さようでござります。黄金が山から湧き出しております」

三九郎は布包みを懐から出し、うやうやしく敷居ぎわに置いた。侍僧がそれを松梅院に取次いで渡した。包みの中は佐渡で溜めた砂金である。

「久々に、北野で勧進いたします事をお許しくださいませ」

「勧進もええが、やや子踊か」

「はい」

「見倦いたの」

「今宵は、国をお手もとに残してまいります。佐渡の物語などでおなぐさめ申しましょう」

「お国、年は何ぼになった」

お国が顔を上げると、松梅院はつづけた。

「その年で、いまだにやや子踊か。古《ひ》ねたやや子やの」

厚ぼったい瞼の下の細い眼が、お丹を刺した。眼はお国とお丹を見比べている。そう、お丹には感じられた。

「丹がお目にとまりましたか。ほな、これをおいてまいりましょうか」

平静な三九郎の声であった。

お丹はうつむき、いやいやと首を振った。そくそくと鳥肌が立った。

「院主さま」

お国が呼びかけた。ふっくらした声音に、何か張りつめた気迫があった。

「やや子踊は、いかにも、国には幼くなりすぎました。国の身丈《みたけ》には合いませぬ。やや子踊は丹と菊に踊らせましょう。国は、珍らかな踊をお目にかけます。この大和の国に、これまでかつて何人《なにびと》も踊った事のあらない」

「異国の踊か」

「いえ、大和ぶりでございます」

「見よう」

すぐにも見せい、と松梅院は言ったが、お国は、

「今の間《ま》には合いませぬ。勧進をお許し給わらば、その折に御高覧に入れます」と強く言った。

帰途、お国は誰の顔も見ようとせず、目をすえて歩いていた。裾を蹴立てるような烈しさのこもった足どりであった。

松梅院の言葉が、竜の顎《あぎと》の逆《さか》さ鱗《うろこ》に触れたように、お国を怒らせたのだ。そうお丹は察する。

丹には、これより国のやや子振りをうつさねばなりませぬゆえ、連れ帰ります る。

お国は言い放ち、座を立ったのであった。松梅院は腹を立てた様子はなく、むしろ興深げにお国のこれからのやりようを眺めているふうであった。

傷つけられたのは、お国の誇りだ。年のことを言われただけなら、これほど激昂《げっこう》はすまい。三九郎がお丹たちの前で〝お国もやがて婆だ〟と放言しても、聞き流していたお国であった。

古《ひ》ねたやや子だと松梅院に嗤《わら》われ、いかにも、やや子踊は国には幼稚《おさな》すぎる、とお国は言いかえした。珍らかな踊を見せようと言い放った。

お国自身も、やや子踊にあきたりなくなっていたのだろう。その痛いところを、松梅院に衝かれた。だからこそ、これほどに激昂したのだ。

珍らかな踊。何か目論見《もくろみ》があるのか。その場の勢いで放言してしまったのか。

お丹が案じるのと同じ事をお菊も思ったらし

く、

「お国姉」と袖をひいた。

その手をお国ははねのけた。

荒寥《こうりょう》とした岩山の裾にあしかけ三年、正味にして二年と数箇月を過したお丹の眼に、洛中の春は、いやが上にも華やかだ。

わけても、花に包まれた祇園《ぎおん》の社の境内は、ほろ酔いの花見の客が行きかい、賑わいはひとしおだ。二軒茶屋の前には、ゆらいで髪を包んだ茶屋女が客を誘い込むのに忙しい。

ゆるやかな坂をのぼって広い境内を通り抜けようとする道すがら、桜の幹から幹へ張りわたしたた綱にかけ連ねられた箔摺《はくす》り錦繍《きんしゅう》の小袖の数々が目についた。

小袖のかげから、笑いさざめく声が聞こえる。裕福な町衆の女房などが、遊山の最中なのだろう。絶えず散り舞う花びらが、どっと笑い声がたかまり小袖が揺れるたびに、吹雪となる。

お丹たちの背後から、数人の足音が近づき、押しのけるように追い越した。首にかけた黄金の鎖やはね差しの太刀の鐺《こじり》が春の陽を照りかえし、猩々《しょうじょう》緋《ひ》の袖無羽織の肩には落ち散った花びらが蝶の群れをとまらせたようだ。金銀萌黄、緋、淡紅、群青、さまざまの色を燃えたたせた若殿原が、数人、光の中を行く。

小袖幕の方に歩み寄り、浅黄に銀で流水を縫いとった小袖をはね上げた。中から嬌声とも悲鳴ともつかぬ声があがり、女たちがあれあれと立ち騒ぐ。

「お鎮まりあれ。怪《け》しきものにはおざらぬ。我らにも酒一献《ささいっこん》たまわり候《そうら》え」

「どなたさまじゃ」と咎める女の声に、

「津田長門守高勝」

「稲葉《いなば》甲斐守通重《みちしげ》」

「ごめん蒙《こうむ》り一座いたす。身は織田左門」

織田左門という名に、お丹はおぼえがあった。女院の御所に参ったとき、猪熊少将さまと連れだっていた若い殿御だ。

「お歴々やの」

とっぱと三九郎がささやきかわした。

華麗な若者たちは、歓声とともに小袖幕のかげに招じ入れられ、お丹たちの目からさえぎられた。しのび笑いやら甘えを含んだ笑い声、男たちのたのしげな哄笑《こうしょう》、それらが、幕のかげのありさまを、お丹の眼裏に浮かばせた。

あないに楽しんだはる人々の眼を、こっちゃに惹きつけるのはむつかしいの。お丹は思う。

三九郎は歩み出そうとはせず、幕の中の気配に耳を傾けていたが、

「あっこで一稼ぎさせてもらおか」

幕に近づいて声をかけた。

「ご無礼の段お許しくださりませ。やや子踊の国が一座でおざります。御座輿までに、やや子踊な仕《つかまつ》りましょう」

「いらぬ、いらぬ」と声がかえってきた。

「去《い》ね。目ざわりじゃ」

小袖幕のかげから太刀の鐺がつき出され、笑い声が湧いた。

「お国、あれらも、北野にひきずり寄せてやらいではの」

三九郎が小袖幕の方に顎をしゃくって言うと、お国は片頰に薄い笑いを浮かべた。

三九郎は、そのまま地に片膝をつき、幕の中の話し声に耳をすます。どこにいても、三九郎の耳は世の中の動きをとらえようと鋭敏に動いているふうだと、お丹は思う。

「今日のみなさまがたは、ほんに、なごさんさまが打ち揃うておいでましたようでござりまするなあ」

「名古屋山三郎か。あれは、死んだそうな」

女たちの声がざわめいた。

「まことでござりますか。あの、なごさんさまが失せられたと……」

「森家に仕官したのは知っておろう」

「はい。なごさんさまが都を離れられ、洛中も淋しうなったと、いっときみな申しておりました。いいえ、こない美《うつ》い殿原がおわしますさかい、淋しいどころではござりませぬものをなあ」

「信濃《しなの》におられると聞きましたが」と、別の女の声が言う。

「主《あるじ》の移封にしたがって、美作《みまさか》院ノ荘に移ったが、埒もない朋輩とのいざこざで、刃をかわし、落命したというぞ」

「何と儚《はかな》いことでござりますなあ」

「当代のかぶき男といえばなごさんさまと、もてはやされたお方がなあ」

「それゆえ、一期《いちご》は夢よ、ただ狂え、と小歌にもある」

「先ごろの関ヶ原のいくさで、あたら若殿原がおびただしう失せられましたのう」

「されど、いくさは終りまいた」

「いや、まだ終りはせぬ」

お丹は思わず、絢爛と咲き乱れる桜に包まれた周囲を見渡した。どこに、血の気配が……。

「何や、座がしめやかになりまいた。賑々しう囃《はや》しましょうぞ。それ、小歌の一つも出まいかの」

わけ知りらしい女の声が煽る。

「最前のやや子乞食《かんじん》どもは、去《い》んだかの。あれでも呼び戻して踊らせましょうか」

「いらぬ。いらぬ。無用じゃ」

お国は歩き出していた。お丹は気づいて後を追った。立ち聞きしていたと咎められぬよう、足音をしのばせる用心は忘れなかった。他のものも、しのびやかにお国に従った。

破《や》れた堂は床板がところどころ剝がれ、白茶けたすぎなやなずなが伸びている。川べりに屈みこみ、お丹は夕餉《ゆうげ》のうつわを洗う。煮炊きのために草の上で燃やした焚火《たきび》の残り火が、黒くなった木っ端のかげにちらりと赤い。

川面に月がうつっていた。他の者は堂でくつろいでいる。佐渡を発ったのはついこのあいだの事なのに、ずいぶん遠いことのように思われる。関ヶ原のいくさからこのかた、慌《あわただ》しく時が過ぎた。

さだめなのうき世や……

お丹は小声でくちずさむ。

めまぐるしく世の中は変わるけれど、佐渡で与八郎と過したあの〝時〟は、ゆるがぬもののように感じられる。与八郎さまというお人は、何者であったのやろ。佐渡に流されていたという老能楽師を、お丹は与八郎に重ね合わせた。もちろん、与八郎は老いるにはまだ間のある年であったし、その老人が佐渡にいたのは百六、七十年も昔の事だという。関わりのあろうわけがないのだけれど、与八郎が折にふれ語ってくれた、老いた能楽師の言葉は、お丹の心に残った。あたかも、能楽師の口から聞くように、お丹は与八郎の言葉を聴いたのだった。

わけてもお丹が心惹かれたのは、島に流刑になっているあいだに老能楽師が創ったという、ごく短い小謡であった。若狭の小浜《おばま》から船出して大田の浦に着き、新穂《にいぼ》の里で老いの身を過したその老人の境遇は、悲惨この上ないものだった。

若いころは室町の将軍の寵愛を受け、たいそうな羽振りであったものが、晩年、将軍の代がかわるや、失寵し、ついには流刑にまでなったのだが、不幸はそればかりではない、流される少し前に、最愛の息子を失なったという。息子は能の名手で、老人が望みを託していたのだが、人手にかかり殺《しい》された。

その無残な落莫《らくばく》の極みにあって老人が創った小

謡は、お丹には、澄明な、与八郎の言葉を用いて言えば、声が〝天に届く〟ものと感じられたのだった。

……こぬ秋さそう山風の、庭の梢におとずれて、蔭は涼しき遣《や》り水の、苔《こけ》を伝いて岩垣の、露も雫《しずく》も滑らかにて、まことに星霜ふりける有様なり……


川面の月にむかってくちずさみかけたとき、

「そやったら、お国姉は、なごさんさまのお情けを受けたのかえ」

こふめの声が聞こえた。風にのってお丹の耳に流れついたのだろう。こふめとお国が土手の上に立っていた。低い川べりに屈んだお丹の姿は二人の目にはとまらぬようだ。

「一夜《ひとよ》かぎりやった」

「一夜さか」

「奇特《きどく》な事やわの。夜ごと夜ごと、男に色売って、飯《まま》食らうように色ごとして、男がどないなもんか、底の底まで知りつくしとるお国が」

「わても、男いうたら棒きれもかわらん思とる。そやけど」

「少将さまが忘られへんか」

「あほらしいて、笑うてしまうわ」

「一期は夢よ、ただ狂え」

「一夜のお情けも、わては知らん。お国姉は果報やないか」

「知らん方が何ぼかええわ。少将さまは、なごさんさまとよう似たはる」

「お国姉。少将さまをなごさんさまの替りにはせんときよし」

お国の自嘲するような笑いを、お丹は聴いた。

「いくさはまだ終らぬと、言うたったなあ」

「太閤さまの御曹司が大坂にいたはるよって、いずれは又お手切れやと、町の衆も言うとる」

「つかのまの、夢かの。一期は夢よ」

「狂うまいか」

お国がこふめを抱き寄せ頰に唇をあてるのを、お丹は見た。月光に淡くふちどられ、二人の姿は黒い影になって土手の上に浮き上がっていた。

「なごさんさまは、こないにして、お国姉を抱かはった」

「そうや。わては、こないしてお応え申した」

お国はこふめに手を添え、強く抱きつかせた。

「お声きくさえ四肢《よふし》が萎える」

「まして添うたら死のうずよの」

もはや盛りのときをすぎながら、若いお丹よりははるかに女である二人の影がうたう声は、哀切に、なまなましく、お丹の耳にしのび入る。

夕暮の薄明が消えつくすと、月光は燦《さん》と冴《さ》えた。

二つの黒い影は、ゆるやかにからみあい、もつれ、離れ、月に浮かされて踊るようにも、袖をかわし肌をあわせ、恋のちぎりを互いに相手の上にうつしているようにも、お丹にはみえた。

お国はふいにこふめを押し倒した。こふめの胸元をおしひろげ、顔を伏せた。

痛い、とこふめが小さい声をあげた。

なごさんさまは、こないして、わてを抱かはった。わては小娘のように泣いたえ。お国は、こふめを組み敷いたまま身もだえた。どのようにしても還《かえ》る事のない過ぎた時を、無理無体にとりかえそうと荒れ狂うように、お国は、こふめをいとしんだと思えば打擲し、身内の嵐にお国自身が手のつけようもなく振りまわされている。お丹は、そう、見た。

こふめは抗わなかった。少将さまに身を蹂躙《じゅうりん》される錯覚の中にこふめはいるのだろうと、お丹は思う。

お国は拳を振り上げ、打ち下ろし、単純な動作をくり返すその手に刃物が光り、こふめの咽から血が噴き上がり、お国の顔をしぶきで濡らし、お丹は目をつぶる。暗黒の視野一杯に、奪われた小《こ》面《おもて》が、巨大にひろがった。

即ち普賢菩薩とあらわれ、舟は白象となりつつ、光とともに白砂の白雲にうち乗りて……

謡う声を、お丹は聴いた。お丹自身の声かと疑うと、声は消え、

思案はついたか。

もう一思案。

三九郎とお国の声だ。

破れ堂の床に、お丹は横たわっていた。

開け放された戸口からさし込む月光が、そこここに横になって睡る人々を照している。

三九郎とお国は起きて話しあっている。とっぱも話に加わっている。こふめはお丹の脇に眠っていた。

どこから夢で何がうつつか、お丹にはわからなかった。

月の光に誑《たぶら》かされたのか。夕餉のうつわを洗っていたのは夢ではないし、お国とこふめが土手で……

「ええ、もう一思案や」

お国の声が、はっきり聞こえた。

「名残り惜しやのなごさんさまや」

とっぱが、つぶやくようにうたった。

「抱いて寝る夜の暁は

離れがたなの寝肌やの」

お国もくちずさみ、

「あかん、やや子踊はもうやめや」

じれったげに頭を振る。

「お国姉」

お丹は首をもたげて呼びかけた。

「最前、お国姉は、なごさんさまになってこふめ姉を抱いたかえ」

お国はお丹をみつめた。否定しているのか肯定

しているのか、お丹にはわからなかった。

　ふいに、お国は立ち上がった。

「こふめ、来や」

　眠っているこふめを揺り起こし、手をひいて、堂を走り出た。

　お丹が後につづこうとすると、お国は凄まじい顔を向け、戸を外から閉ざした。堂の中は暗黒になった。血を浴びた夜叉のような顔だったと、お丹はぞくっとした。

　二人の走る足音が遠ざかった。

＊

　花も紅葉も一盛り
　やや子の踊り
　振りよや見よや

お丹、お菊、こふめ、おあか、更に以前からお国の一座にいる二人の女を加えた六人が、足踏み鳴らして踊る。

　北野の森に仮の舞台がしつらえられた。出雲《いずも》のお国の一座が、北野で何やら新しい趣向を見せるそうや、と、一座のものが積極的に噂をひろめたのが功を奏し、物見高い貴《き》賤群衆《せんぐんじゅ》が舞台を取り巻いている。

　踊りながら、お丹はいささか不満を持つ。お国のやや子踊でお丹が好きなのは、お国がひとりで踊る冒頭の部分である。

　身は浮き草よ
　根を定めなの君を待つ
　去《い》のやれ、月が傾ぶくに

　男を待ちつくす女の哀れさが切々と心にしみる。それが一転して、軽やかな群舞に変わるその瞬間も好ましかった。

お丹にやや子振りをうつすとお国が言うのをきいて、お丹は、身は浮き草よ、の件《くだ》りを踊らせてもらえると期待したのであった。

　しかし、今度の興行で、お国はその件りは切った。最初にとっぱの独り狂言を出し、客を笑わせ、そこにやや子踊の六人がなだれこみ、とっぱはひっこむ。やや子の踊り振りよや見よや、と六人は賑やかに手拍子を打ち足を踏み鳴らす。

　何や、やや子踊やないか。珍しうもないな。

　見物のざわめきがお丹の耳に届く。

　鼓の音がひときわ高くひびき、それを合図に、お丹たちは舞台の隅にさがった。

　花を嵐の誘わぬさきに
　いざ、おりゃれ
　花をみ吉野へ

うたいながらあらわれたお国に、群衆は息をのみ、それから、どよめいた。

　濃い紅梅に秋の野の摺りつくしの小袖、箔絵の太帯を結び、金襴《きんらん》の袖無羽織、その艶やかなみなりも人目を惹いたが、わけて異装なのは、髪の根を紫の打紐《うちひも》で結い上げ髻《たぶさ》を長く垂らした若衆髷《わかしゅわげ》、そうして、鐺をはね上げて腰に佩《は》いた鮫鞘《さめざや》の太刀、その男姿であった。

　都大路に妍《けん》を競う傾《かぶ》いた若殿原の風姿を、お国は更に豪奢に飾り上げ、舞台の上にうつしてみせたのであった。

　お国のやや太り肉《じし》の大柄な軀は、凝《こご》って人の姿となった花の色香めいて、燦然と映えた。

　男の美しさと女の嫋《たお》やかさが、金の扇をかざすお国の身一つの上に八重と開いた。

　面白の花の都や
　東には祇園、清水《きよみず》
　落ちくる滝の音羽の嵐に

地主の桜は散り散り
西は嵯峨の御寺
廻らば廻れ水車の
臨川堰の川波

我らも持ちたる尺八を
袖の下より取りいだし
しばしは吹いて松の風
花をや夢と誘うらん

吹くや心にかかるは
花のあたりの山おろし
吹くる間を惜しむや
まれに逢う夜ならん

お国は、金扇でこふめをさし招いた。
こふめが楚々と走り寄り、より添う。

花に嵐の吹かば吹け
君の心のよそへ散らずば

こふめが応えてうたう。

千とせ経るとも散らざる花を
心の変らぬ人もがな

歌は以前より伝わる小歌をとりまぜてつづり合わせたものだが、お国の男姿は、見物の眼を惹きつけた。

月は濁りの　水にも宿る
数ならぬ身に　情あれ君

花よ月よと暮せただ
程はないもの　憂き世は

花よ月よと遊ぶ身でもな
　あただ憂き世を捨てかねる

見物がうたい踊る二人の舞台に吸い寄せられている手応えが、舞台の隅にいるお丹にもひしひしと感じとれる。

しかし、お丹は、かすかな物足りなさをおぼえていた。

夢であったのか、うつつに見たのか、お国とこふめが、お国は想う男その人となり、こふめは恋慕う男に抱かれる思いでお国に抱かれ、月の光を浴びて恋狂ったあのひとときは、凄まじく恐ろしく、そして妖しかった。

舞台の上のお国とこふめは、ただ華やかなばかりで妖しい翳《かげ》はない。

もっとも、夜のあの妖美な逢瀬《おうせ》を昼の舞台にのせたら、人々は忌わしいと面そむけるのかもしれない、とお丹は思った。


踊りおさめてひき下がろうとするお国を、歓声が包んだ。

いま一番、所望じゃ、所望じゃ。

手拍子が、踊りつづけよと促す。

「しずまりたまえ、かたがた」

お国は呼びかけた。

「とても各々《おのおの》執心なれば、いま一手《ひとて》かぶきてみせまいらせん」

言い終るや、楽屋の幔幕がかかげられ、ゆらいをかぶった茶屋女のみなりの者が、くねくねとあらわれた。これが、一目で男とわかるとっぱの女姿なので、意表をつかれた見物は湧きに湧いた。

男姿のお国は、さっきとはうってかわったくだけたうたいぶりで、女姿のとっぱとからみ合う。かぶいた若衆の茶屋遊びをまねていた。

　茶屋のおかかに七つの恋慕《れんぼ》
一つ二つは痴話にも召されよのう

残る五つはみな恋慕
末代添うならば伊勢へ七度熊野へ十三度
愛宕さまへは月参り

お丹たちは二人を遠巻きにし、手拍子ではやす。そうせよと教えられていたわけではなかったが、自ずと、手拍子をうたずにはいられなくなった。

誰を待つやらくるくると
あただお国は柚《ゆ》の木に猫じゃとのう
思いまわせば気の薬

いつか思いの空晴れて
同じ枕に物語
お月出てから去《い》のずやれ
花の北野の夢の間も
何としてかな忘れうやれ
思い出されてやるせなや

見物の熱狂がひときわ高まる。
お国は声をはりあげた。

夢のうき世をぬめろやれ
遊べや狂えみな人

遊べや狂え、遊べや狂え、と、人々はお国の声に和し、舞台の下でも踊がひろがり始めた。お国の小袖の胸ははだけ、汗の粒が陽を照りかえした。

なごさん殿がようじゃ。なごさん様がのう。感嘆の声に混って、そんな言葉がお丹の耳に切れぎれに届いた。

五之章

何でや。ときどき呟《つぶや》いている己れに、お丹は気づく事がある。

なぜ、こうまで、お国の舞台が京の人の心をつかんだのか。

これまでのやや子踊と、手振り足振りをまるで変えたわけではなかった。歌も、昔ながらの小歌をつづり合わせたものである。

ただ一つ、違うのは、お国がけざやかな男姿をみせた事であった。それとて、最初に出現したときは、お丹でさえ息をのんだけれど、二度、三度と同じ舞台に立ち間近に見る事を重ねれば、衝撃力は薄れ、白粉の下の眼尻《めじり》の小皺《こじわ》が目につく。

しかし、見物の熱狂は日を追って増し、波が波を巻き込んで逆巻くうねりとなるように、北野の仮舞台をとり巻く人の数はおびただしくなりまさった。

なぜやろ。とっぱが女姿であらわれ、若衆姿のお国とからめば、見物は爆笑し大喜びした。

「何でやろの」

お丹は、とっぱに問いかけ、こふめの前で同じ言葉をつぶやいたりした。

もてはやされるのは、お丹にしても嬉しい。見物の喝采《かっさい》。これにまさる喜ばしいものは、芸人には、ない。舞台と見物衆の芝居――地面の上の見物席――とが一つになって、花ざかりの空間が出現する。その花の散るのを惜しんで、見物は、もう一手所望じゃと、熱い喝采を送る。しかし、一日の歓楽には必ず終りのときが来て、見物衆は散ってゆく。その後の虚脱したような淋しさ。

佐渡で与八郎と過した〝時〟に、この昂揚《こうよう》と落莫《らくばく》はなかった。ひとり穏やかに充ち足りているのみであった。

芸人には、見物が必要なのだ。見物衆を欠いては、絢爛《けんらん》とした花の世界は生じない。落莫の次に、更にまた烈しい昂揚のときがめぐり来る。

花を嵐の誘わぬさきに、いざ、おりゃれ。お国がうたうと、まいろうぞ、見物の間から返しの声が湧く。お国もその声を待って、間をおくようになった。そうして、舞台と見物が一つになって、花をみ吉野へ、と歌をつづける。

なごさんさま、と声がとぶ。

お国はあの踊の振りを、名古屋山三さまから習うたそうな。だれが言い出したともわからず、そんな噂さえ流れはじめた。

「ほんまにお国姉は、なごさんさまから習うたことがあるのかえ」

こふめに訊くと、こふめは奇妙な顔になり、それから笑った。そうして、三九郎ととっぱの知恵で、一座の者がわざと言いひろめているのだと教えた。

二人三人の耳にそれとなくいれれば、あとは枯れ野の芝を焼く火のように、噂はひろまるものえ。皆がそうであればいいにと望んでおるような話であればの。噂がまことになるえ。

「あては、何や、おとろしい気がするなあ」

お丹は言った。

「何がおそろしい」

「お国姉が若衆の姿して踊っただけで、何でこないな騒ぎになったのか、わからへん」

「童のくせに、おかしな事を言う」こふめはお丹の顎を指の先でちょっと持ち上げた。

「いつまで続くのやろ。やや子踊は倦《あ》きられた。かぶき踊かて、いつ倦きられるかしれん」

かぶいた若殿原《ばら》の風姿をうつし、また〝一手かぶきてみせまいらせん〟というお国の言葉がたいそう好まれて、〝大和の国にこれまでかつて何人も踊ったことのない珍らかな〃とお国が広言した踊は、〃かぶき踊〃〃お国がかぶき踊〃と見物の間におのずと呼び名が生まれていた。

「お丹がそない気病みな性質《たち》とは知らなんだえ。花の盛りに散る事ばかり思うて嘆くあほがおるものか」

「花が咲いて散らなんだら、これもようないわ。散ればこそ、また、咲く」

いつのまにか傍に来ていたとっぱが、口をはさんだ。

「咲いて散って、また咲いて散って、そうしてまた咲いて」

とっぱの繰り返す言葉が、お丹の眠気を誘った。咲いて散って、また咲いて……無限の時の間《かん》隙《げき》に身をおいて、お丹は睡る。

花よ月よと遊ぶ身でもな
あただ憂き世を捨てかねる

踊りおさめてひき下がろうとするお国に、

「いま一番、所望じゃ、所望じゃ」

手拍子が踊を促すのは、もはや慣例となった。しずまりたまえ、かたがた。とても各々執心なれば、いま一手かぶきてみせまいらせん。

このお国の言葉をきかねば、見物は承知しなくなっている。

幕がかかげられ、ゆらいをかぶったとっぱが舞台に踏み出そうとしたとき、見物をかきわけ、二人の若い男が舞台にかけ上がった。

二人とも手拭いで頬かぶりをし、下人のような粗末ななみなりで、顔は素顔がわからぬほどにこってけいに彩っている。一人はまっ白に塗りたくり、頬を丸く赤く染め、墨で眼尻を垂れ目に描き、眉も情けない下がり眉に描いている。もう一人は砥《と》の粉《こ》か何かで赤茶けた面《つら》にして、眼のまわりを黒くどんぐり眼《まなこ》にし、眉はげじげじ眉。

とっぱは踏み出した足を止めた。

白塗りの華奢な男は、床几《しょうぎ》をかついでおり、その床几をうやうやしくお国の傍におき、お坐りくだされ、と身振りで示す。赤っ面が、猛然と白塗りをつきとばし、床几を奪い、お国に媚《こ》びた風情ですすめる。いかつい武骨な赤っ面がお国にはふにゃりと媚びるさまが見物の爆笑をさそった。

お国が腰かける前に、白塗りが走り寄って、自分が坐ろうとする。赤っ面が床几をどけたので、白塗りはころびかけるが、危く踏みとどまり、赤っ面が白塗りを指さして笑う身ぶりをしている隙に床几を奪いとる。

追いつ追われつ、床几の奪い合いをし、合間にお国のきげんをとろうとする二人を見て、とっぱが囃子方《はやしかた》に合図した。

囃子方が鼓拍子を打ち始め、二人は拍子に合わせてとび跳ね、はては逆立ちし、とんぼ返りをし、

――一蔵と二蔵や！

お丹は気づいた。

頃を見はからって二人が隅にしりぞくのと、笛がひょうと鳴り茶屋女の姿のとっぱがなよなよあらわれるのが、うまく呼吸があった。

その後は、いつもの、かぶき男の茶屋遊びになり、一蔵と二蔵はじゃまにならぬよう隅に控えながら、ときどきしゃしゃり出て、お国ととっぱにからみ、とっぱは心得て叱りとばしたり顎でこき使ったり、二人にまぬけな下人の役どころをつとめさせた。

楽屋に戻るなり、

「うぬら、どういう了見や」

三九郎の怒声が、一蔵と二蔵にとんだ。

「かってなまねをしくさって」

「そやけど、ええやろ、この思案」

濡れた手拭いでこってけいな化粧を拭きとり、二蔵が剽悍《ひょうかん》な素顔をあらわした。

一蔵も、素顔になった。二人とも、ずいぶん顔

の骨格が大人びた、とお丹は思った。一蔵は女のように凄艶《せいえん》に美しく、二蔵は猛々《たけだけ》しく、その違いがいっそうあらわだ。

「あかん」

三九郎はどなりつけた。

「三九郎の許しも得ずに、かってなまねはさせぬわ」

「そらまた了見が狭いんちゃうか」

二蔵がうそぶいた。

「おもろい思案やろが。見物衆が笑《わろ》てたやないか」

「どうじゃの」

と、声をかけ四十半ばの男が楽屋に入りこんできた。

一蔵と二蔵の蜘舞《くもまい》の一座の頭であった。権蔵《ごんぞう》と、お丹も名は知っている。

「みごとな思案であろ」

「うぬのさしがねか」

「買わんか、この芸」

「いらんわ」

「そない、無下《むげ》に言いなや。先に談合せなんだので臍《へそ》を曲げたか。そら了見が狭いわ。口でいうより、まず見てもろた方が話が早かろう思うただけや。他意はない。二人の芸が気にいらんとは言わせん。そら、お国がかぶき踊はみごとや。そやけど、この子ォらは、蜘舞がでけるで。かぶき踊に蜘舞をまじえてみ。一段とおもろなる」

「うぬが魂胆はみえすいとるわい。蜘舞では見物が集まらんようになったよって、お国が人気につけいろういうんやろ。あかん。去《い》ね。うっとこは蜘舞はいらん」

「そない言わんと、なあ、お国はん、どうや」

「うちの一座の頭は、三九郎殿やよってな」

お国はそっけなく言った。

お丹は、二人の若者と目を見かわしていた。

胸の奥が痛いようで、ああ、あて、こないに懐しがっとる、と思った。

交渉が成り立たず、権蔵が席を蹴り二人をひき連れて出て行くとき、お丹は、軀《からだ》の肉が少し千切れるような気がした。

「一蔵、二蔵、また会おうの」

お丹は声をかけ、二人は目でうなずき返した。

……そう、お丹には見えた。二人は、お丹が三九郎やお国に対するより、はるかに頭に従順であった。

「あない、すげのう追い返してよかったんか」

おあかが、おずおず口を出した。

「見物衆が喜んだはったのに……。あの二人、一座に加えた方が」

三九郎はおあかを相手にせず、押し黙っているので、お菊が、

「買え、言うとるんやで、権蔵は」

代弁するように言った。

「高い値ェふっかけるつもりやろか」

「抜けめのない男やもの」

「そうか。こっちゃが物欲しげにしたら、つけこまれるわな」

おあかは得心したようにうなずいた。


権蔵の思案は、買えるの。

三九郎が肚《はら》のうちでそう思った事は、少し経ってお丹にもわかった。二日後、三九郎は、どこからかいかにも下卑た男を連れてきて一座に加えたのである。猿に似ていた。狭い額が斜めに突き出し、その下の眼は小さくおちくぼんでいる。上顎が張った反っ歯で、軀は猫背で小さい。しかし、奇妙に愛嬌があり、身のこなしが敏捷だった。

五条の河原で一人で曲技を見せている放下師《ほうかし》だという事で、とっぱなどは顔見知りとみえる。話の様子で、どうやらとっぱがこの男を三九郎に教えたらしいと、お丹にもわかってきた。

「ほな、今日からお仲間や。よろしうたのみます」

呼び名は〝猿《さる》〟だと自ら名乗って、男は愛想よ

く頭をさげた。

その日から、猿は舞台に立った。三九郎やとっぱから二言三言説明されただけで猿はのみこみ、舞台でやってみせたのは、一蔵と二蔵がやった役まわりであった。

お国の踊が一応終わったところで、下人の姿《なり》で床几を担いであらわれ、ひょこひょこと道化た仕草で客を笑わせ、次いで、とっぱが扮した茶屋のおかかに、さんざんに愚弄される。

一蔵と二蔵が二人がかりで笑わせたよりも、はるかに大きい笑いと声援を、猿は一人でせしめてのけた。

——そやけど、あれは、権蔵の思案を盗んだんやないか。

お丹は思ったが、一座の者は皆、客の気をひきそうな思案は、奪《と》るのがあたりまえや、と思っているふうで、気に病んでいる者はいなかった。

「権蔵があほなんや」

あからさまにそう言って笑いあう。

「あて、一蔵と二蔵に顔あわせられへん」

お丹がこふめに呟くと、

「はしこいものが勝つんや」

こふめは言った。

「勝ったら、他のものに奪られんようにせ。河原の芸人は、一つの獲物を奪いあう狼《おおかみ》や」

獲物とは、人気か。見物衆の関心か。

そやな。負けられへんわ。お丹は思うが、

——何で、一蔵や二蔵とあてが争わなならんのやろ。

淋しさが胸を嚙《か》んだ。

権蔵がどなりこんでくるだろうと、三九郎を始め皆予想し、手ぐすねひかんばかりに待ちかまえたのだが、意外な事に、権蔵は鳴りをひそめている。

「太刀打ちしても、お国の人気には叶《かな》わんさかい、歯嚙みして口惜しがっとるこっちゃろ」

一座の者は小気味よげであった。

猿は、お国を引き立てる役まわりである事をわきまえ、しゃしゃり出ぬ賢さを持っていた。

お国の豪壮華麗なかぶき振りは、猿ととっぱがかもし出す卑俗なおかしみによって、更にはえた。

人気はほとんど定着したかにみえた。しかし、一座は幾度か、所司代の命を受けた者から咎《とが》めを受けた。猥雑《わいざつ》さが目にあまるというのである。松梅院も、北野で興行させる事に時折難色を示しはじめた。所司代から松梅院は問責を受けているようであった。お国はしばしば松梅院のもとに泊まりこんだ。それがどういう事か、一座の者は皆承知している。お丹でさえ、誰に教えられずとも察しがついた。

やがて婆《ばば》じゃと三九郎に言われたお国だが、人々の賞讃は、お国を日一日と若くしてゆくようであった。

暇を見て、お丹はそっと五条河原に行った。

あいかわらず見世物が人を集めてはいるが、北野の賑わいにくらべると、思いなしか、生彩を欠いているように感じられた。

一蔵と二蔵の蜘舞は、一目で、さびれているのが見てとれた。河原を離れている間に人々から忘れられ、戻って来て興行をしていても人気を集められないらしい。一蔵も二蔵も、かろやかな曲技をみせる子供の芸の蜘舞をつとめるには、骨太の若者になりすぎていると、お丹は思った。

二人には会わずに、お丹は引き返した。

人気の落ちたところを見られたと知るのは、口惜しいだろう、辛いだろう、と思ったのである。わだかまりなく、二人には会いたかった。

女院の御所から下人がお国の一座を呼びに来た。

女御から女院への御振舞として、かぶき踊をおめにかけまいらせると聞いて、一座は勇み立った。

芸能好きの女院が、お国の新しい踊の評判をいち早く耳にされたのだろう。お召しを受けるまでもなく参上――つまりは押しかけるつもりではあったけれど、北野の興行をなかなか休めないでいたのである。

以前に参上したときより広い庭に、一座のものは連れていかれた。久々にみる女院の御所は、若殿原や青侍の狼藉《ろうぜき》のあとがいっそう著しい。車寄や御門、塀には落書が増えた。柱には喧嘩の名残りかいたずらか、刀痕がおびただしく刻まれ、番所の戸障子は破れている。女院の御所ばかりではない、仙洞《せんとう》も公卿方の邸も似たようなものだ。

庭には能の催しに用いる舞台が常設してある。広さ方二間、後方に囃子座があり、屋根は切妻破風の板葺《いたぶき》で、その軒下三方に細い水引幕を横にわたし、後方に飾り幕を引く。

能舞台の使用を許されるのかと一座は勇みたったが、そうではなかった。舞台の前の土の上が、お国かぶきのための場所であった。

見物は女院、女御と女官ばかりではなく、公卿方が招かれており、従者の末も端の方につらなっていた。

北野で興行しているとおり、とっぱの独り狂言、お丹たちのやや子踊、そうしてきらびやかなお国の若衆ぶり、と舞台はすすんだ。

こふめが落ちつかなく見物の公卿方に目をさまよわせているのに、お丹は気づいた。お国が踊っている間、舞台の隅に退《の》いたお丹は、隣に膝をついているこふめに、「あれ、あっこにおいでなさるのが少将さまかの」とささやいた。こふめは答えず、額にうすく汗を滲《にじ》ませ、ひどくあおざめていた。

お丹は少将を一度しか見ていないが、まちがいはないと思った。織田左門の顔も群れ集うた見物の中に見えた。以前、女院の御所に参上したとき猪熊少将と連れ立って見物していた若い貴公子である。

若い公卿方のみなりは、舞台のお国とよく似ていた。お国が彼らの風俗を舞台にうつしたのだから、当然の事ではあったけれど。

北野の森の見物たちは、彼らが憧憬《しょうけい》するかぶき者を舞台に見る事に興味を持ったのだが、若殿原は、彼ら自身が舞台で鑽仰《さんぎょう》されると快く感じている様子であった。

猿ととっぱがお国にからんで、ひとしきり笑わせた後、お丹たち一座の女すべてが加わってめでたい総踊りとなる。

目出度や松の下
千世もいくちよ千代ちよと
いくたびも摘め生田の若菜
きみも千代を摘むべし

五条わたりを車が通る
誰《た》そと夕顔の花車
君は初音のほととぎす
…………

下人が一人、歩み寄って来た。菖蒲《しょうぶ》の一茎に紙包みを添えたものを、さしのべた。

お国が身をかがめて受けようとすると、下人は首を振り、

「そこな小女郎《こめろ》に織田左門さまより賜《たば》りものや」

と、お丹に手渡した。

何事もなかったように、踊はつづけられた。

人のつらさも恨むまじ
思いそめしが身の咎とかよの
花よ月よと暮せただ
ほどはないものうき世は
夢のうき世をぬめろやれ
遊べや狂えみな人

楽屋にひき下がるなり、お国はお丹の髪の根をつかみ、地にひき据えると同時に、お丹が手にした菖蒲を奪いとり、それを苔《むち》がわりに丁と打った。紫の花首は折れ、紙包みが破れて小粒銀が散った。

――お国姉が、あてに嫉妬したはる。

それは、今まで高みに仰ぎ見ていたお国が、お丹と同じ眼の高さに立った事を意味した。

お丹は新鮮な衝撃に、痛さもほとんど感じなかった。打ちすえられながら、

――あては、もしやしたら、お国姉を凌《しの》げるんやないやろか……。

年の若い左門には、年若のお丹が一番親しみ深く感じられた、それだけの事かもしれなかった。

しかし、お丹は、軀が宙に浮く心地がした。

前にも一度、お国に打たれた。あのときは、怒られる理由がさっぱりわからなかったのだが、今の激怒の正体は明らかだ。

――お国姉が……あてに、嫉妬したはる。

足音が近づいたので、お国は打つ手を止め、身づくろいを直した。

皆の汗のにおいと軀の熱と、お国の怒りの熱気がこもった楽屋に、仕丁が三人、機嫌のよい顔で入ってきた。

それぞれに下賜の銀子の包みやら何やらを捧げ、かしこまって地にひざまずいた三九郎とお国の前におき、

「御前さまもことのほかごきげんでの、国がかぶき踊は天下一であるとお言葉があったそうや」

と伝えた。

もう一人は、

「飾り幕にせよとの仰せがあったそうや。果報やの」

と浅黄色の布をのせた三方《さんぼう》を渡した。

『天下一』の呼称は、かつて、織田信長や豊臣秀吉が天下さまであったころ、好んで職人などに与えたものである。

帝の生母である新上東門院が天下一であると誉《ほ》めたからといって、『天下一』が公許されたという事にはならないが、三九郎は当然、この栄誉を名をひろめるのに利用した。

定舞台を建てるに、今だれ憚ることもない、と松梅院に迫り、許可を得るや、能舞台を模した舞台を建てにかかった。

板七、八枚を並べた粗末な舞台ではあるけれど、初めて持った定舞台である。

舞台の奥に拝領の飾り幕を張り、『かぶき開山天下一』としるした幟《のぼり》を誇らしげに木戸口に押し立てた。

——そやけど、左門さまは、あてに目をかけてくだされた。

お国は、鷹揚《おうよう》に笑い捨てればすむ事であったのだ。それなのに、怒り狂った。お丹に牙城を侵されると予想したのだ。そうお丹は思い、すると、胸がおどるような気がした。

お国の足もとにも及ばぬと思っていた。いつのまにか、あては、お国姉をおびやかすほどになっとんたんやろか。

心の奥底に、お国への憎しみがかすかにひそんでいるのに、今さらながら気づいた。

お国をきわだたせるための存在でありつづける事に、苛立ちながら、その不満に気づかぬふりで、己れ自身をだましてきた。

一蔵と二蔵に対して大人たちがとった仕打ち。その事への憤りも、お国に対する感情には混っていた。

磨きすました鏡をみつめるように、お丹は自分の心をみつめた。

——お国を凌ぐ……。

あての方が、美《うつ》い。お丹は、強く、己れに言った。

美いものが、天下をとるんや。

思いもかけぬ言葉が、胸の底から続いた。

そんな野心のかけらのある事さえ、今まで気づきもしなかった。

天下という言葉も、お丹からは遠かった。

戦乱の世にひきつづき、織田信長が天下さまとなり、次いで太閤秀吉が天下をとり、その死、関ヶ原のいくさ、徳川家康の開府、大坂城に在る太閤の遺児を奉じ、徳川の天下をくつがえそうとするものたちの動き、それらは、男の、大人の、世界のできごとであり、お丹はただ世の動きに木の葉のように漂い舞っているだけだった。

しかし、お国が天下一というなら、それを凌いだとき、

――あては、何や……。

お丹は、ちょっと身ぶるいした。

あほな事、思うとる。

憑《つ》きものが落ちたように、お丹は苦笑した。

あてが、何で、お国姉を凌げるものか。

原三郎左がまるであらわれぬ事も、お丹の自信を弱らせた。

お国かぶきの評判が、三郎左の耳に届かぬはずがない。それなのに、いっこう興味を示さず、誘いをかけてもこないのは、お丹は太夫になれる器ではないと見きわめをつけたからか。

お丹、三郎左はの、われを天下一の太夫に仕立て上げたい。いずれは色売る身やろ。下賤の男どもに、あたら玉の肌を荒らしつくされ、やがて老いさらばえては色買うてくれる物好きものうなり、あげくの果ては野垂れ死や。

三郎左の言葉がよみがえる。

骸《むくろ》は鴉《からす》の餌食となり、白骨を荒野に曝《さら》すのや。

それもええやないか、とうそぶく声を、お丹は聴いた。

それも、また、お丹の声であった。

＊

梅雨の季節に入っても、北野に押しかける見物の足は遠のかず、人気は高まる一方で、『かぶき開山天下一』の幟は、雨に濡れていっそう色が冴えた。

北野に行きて、国がかぶきを見ようぞと、誘いあわせて、洛中洛外の人々は遊山気分で北野を訪れてくる。

北野の森に足を踏み入れれば、心浮き立つ華やいだ歌と踊、そうしていささか卑しくはあるけれどくったくのない笑いが、舞台にくりひろげられている。

しかし、京の町は、徳川幕府の意を体した京都所司代の規制が強まりつつあった。家康が征夷大将軍となったこの年の二月、板倉勝重が従五位下伊賀守に叙任され、所司代として与力三十騎、同心百人が付随した。そうして、この年、『十人組』の制度がさだめられた。町人たちを十人一組に組ませ、一人が罪をおかせば、残る九人も同罪に処せられるという連座制である。

これは、富裕な町衆にとっては、きわめて迷惑な掟であった。貧困の者と一つに組まされた場合、連座の憂き目に会う事が多いという不安から、町々の『惣中』では、住人一人一人の身もと調べを厳重に行ないはじめた。

秀吉が天下を掌握していた頃にも、五人組、十人組の制度はあったが、これは武家奉公のもの、つまり侍と下人のみを対象としたもので、町衆はその規制の外にあったのである。徳川幕府は、京の町衆を完全に統制支配しようとしていた。

じわじわと締めつけてくる力を、町の人々は、感じとっていたのだろう。圧してくる力をしばし忘れる逃げ場が、北野の森の歓楽であった。

居所をさだめぬ流れ芸人たちは、十人組の規制は免がれていた。

しかし、秀吉の時代にはじまった、お土居築造によって洛中と洛外を分断し、芸人たちの支配統率に四座雑色《ぞうしき》をあて、一般の町人や百姓との対等な交流を遮断するその規制は、急激に厳しさを増しつつあった。

遊女屋が六条三筋町に集められたのも、幕府による京都支配の強化策の一つであった。二条柳町にあった見世ばかりではない、洛中洛外に散在する遊女屋は、すべて、六条三筋町に移るよう、昨年、お布令《ふれ》が出たのである。

上の町、中の町、下の町、三筋の通りの東西の端にそれぞれ木戸をたて、囲いこまれたその一劃が、新しい六条の遊女町であった。

木戸の前で、お丹は足をとめた。おあかに命じられて、薬種屋に行った帰りであった。檳榔子《びんろうじ》の粉と薄荷、それに水銀《みずがね》を少々。口うつしに、必要なものの名を教えられた。薬種屋でその名を言うと、主《あるじ》はうさんくさそうな目をお丹にむけ、それでも、代価を払うと、小さい布袋に入れて渡してくれた。お丹はそれを懐におさめた。

帰途、六条の木戸の前にさしかかったのである。少しためらってから、お丹は上の町の木戸をくぐった。

道筋には脂粉の香がよどんでいた。新築の見世の木の香が混る。見世の大半は天井の低い二階部屋を持つ造りだが、中には白壁塗りの二層の土蔵をかまえるものもある。

通りに沿った窓の太い木格子の間から、指先まで白粉を塗った手がひらひらと招き、顔がのぞき、おじゃれ、おじゃれ、と道行く男たちに誘いかける。

道にとび出して来て男たちに抱きついたり引きこもうとする女たちは、二条柳町のころより数が増えた。

三郎左の見世の結構は、他を圧していた。もう一軒目立つのは、林又一郎の見世である。足利将軍が室町に幕府をおいていた頃は、東洞院の界隈《かいわい》が遊女町として栄えていたという。原三郎左も林又一郎も、共に足利の遺臣であり、天正十七年――つまり関ヶ原のいくさより十一年ほど前に、秀吉の許可を受けて二条柳町に遊里を開いた、戦乱後新しくひらけた遊女屋の、草わけである。それだけに勢力も大きいのだろう。

三郎左の見世の窓の下に、お丹は近寄った。お丹を引き寄せたのは、腹にひびくような蛇皮線《じゃびせん》の音《ね》と、それに合わせるうた声であった。以前聴き知っていた音色より、高く華やかだ。お丹は聴き惚れた。かつて抱いたような反感を、この音色に感じなくなっている事に、お丹はちょっと驚いた。いや、前に聴いたときも、心惹かれたのだ。しかし、惹かれる事が恐ろしかった。魅入られたら足もとがゆらぐ。そうはっきり理解したわけではなかったが、おそらく本能が感じとったのだ、お丹が心奪われている能の世界と、蛇皮線の浮き立つような音色は対極にある事を。

比翼連理よの
天に照る月は十五夜が盛り
あの君さまはいつも盛りよの

とろりとろりとしむる目の
笠のうちよりしむりや
腰が細くなり候《そろ》よ

しむる目とは、流し目のことだ。笠のうちから艶なまなざしで男を誘う女の姿がお丹の眼裏に浮かぶ。

しっとりと、歌声と蛇皮線の音はお丹にまつわりついた。

窓をのぞいても、歌の主の姿はない。三郎左の見世は、他の見世のように妓《おんな》を窓ぎわにおいて客をひかせる事はしないらしい。

三郎左は、あてを待っている。あてが、自分から進んで三郎左のもとに行くのを、待ちかまえている。

閃《ひらめ》くように、そう悟った。

音沙汰なしなのは、そのせいや。あてが焦《じ》れて、こらえられなくなるのを待っている。強引にひきずりこもうとはせずに。巣をはった蜘蛛《くも》のように。蜜を塗った罠《わな》や。近寄ったら、三郎左に捉えられ、身動きできんようになる。

そうなる事を望む気持も……ある、と、お丹の心の奥底の声が、言った。そうや。……いいえ、そないな事が……あるものか。惹かれ、そうして、反発していた。自分が本心何を求めているのやら、思いまどっていると、三郎左がなつかしいやろ、会いたいのやろ、ふいに、内心の声がささやきかけ、

——嘘《うそ》や、そないな事、あらへんえ。


お丹はうろたえた。

「ほな、これで」

男の声が、窓の内からきこえた。

のぞくと、土間に足を下ろしかけているのは、権蔵だった。三郎左が框《かまち》に立っている。

あ、と声をあげかけた。二人の目が窓の外のお丹を捉えた。権蔵は、何かまずいところを見られたというふうな顔をした。

「小太夫か。久方ぶりやの。よう来た」

三郎左は草履をつっかけ、見世の戸口に姿をあらわした。

「奥に入りや」

「訪《たん》ねてきたんやない。通りすがりに、蛇皮線の音聴いとったんや」

「美《うつ》うなったの」

手放しで、三郎左はほめた。

戸口に三郎左が突立ったので、権蔵はその背後でうろうろしている。

「あれは、蛇皮線やない」

「音色が少し違うと思た」

「琉球から高い蛇皮線買わいでもな、こっちゃでも作れるようになった。蛇の皮のかわりに猫の皮はってな」

「気色悪いな」

「音はええやろ。蛇皮線とは呼ばぬ。三すじの絃《いと》が三いろの音を出すよって、三味線、呼ぶのや」

「わて、これで去《い》にまっさかい」

権蔵が声をかけたので、三郎左は少し身を寄せた。すり抜けて出ようとして権蔵はつまずき、よろけてお丹とぶつかった。お丹の懐から包みが落ちた。三郎左がちょっと身をかがめ、太い指で拾い上げた。

「何や？」

「薬や」

「何の？」

「知らん。檳榔子とな、薄荷と水銀やわ。何に効くんやろ」

こふめがこの頃ひどく顔色が悪いのを、お丹は思い出した。こふめのための薬なのだろうか。それなら、早く持ち帰らねば。

返しておくれと手を出すと、その手首を三郎左はつかんだ。力をこめてはいないようだが、抜こうとしても三郎左の指はゆるまない。

「檳榔子と薄荷と水銀か」

三郎左はお丹の言葉をくり返し、厳しい目になってお丹をみつめた。

「小太夫、まだ男に色売ってはおらぬようだの」

お丹が少しおびえてうなずくと、

「国がもとへは帰るな。三郎左がもとにおれ」

手首をつかんだ指に力が加わった。

「いやや」

「小太夫が飼いならされぬ気性なは承知しておる。それゆえ、待った。しかし、もう待たぬ。おじゃ」

「いやや」

お丹はあいている方の手の爪を、三郎左の手の甲にたてた。それと同時に袋を奪いとり手をひきぬいて走り出した。


木戸を走り抜け、追ってはこないようなので足を遅め、はずむ息をしずめた。足音が近づいてくるのに気づき、走り出そうとすると、

「わしや、権蔵や」

と声が呼び止めた。

「気の強い女《あま》やの。年たけたら、お国がように図太うなろうよ」

権蔵はお丹と肩を並べ、

「いや、お国より数段美《うつ》いの」

権蔵のほめ言葉は、お丹を不愉快にさせただけであった。

「お丹、三郎左が言うことには従うたがええで。お国がもとにおっても、しょむないやろ。三郎左が見世で太夫とたてられた方が、何ぼかええで」

「あてが抜けたら、お国姉の舞台が淋《さみ》しなる。それが目当てやろ」

「こざかしいことをぬかすやっちゃ」

むっとした権蔵の顔を見て、的を射当てたんやと、お丹は思う。

「檳榔子と薄荷と水銀か」

権蔵も言い、

「ええことないで」

何かおどすような気配が口調に加わった。

＊

北野の西を流れる紙屋川の西岸に、お国たちは小さい掘立小屋を二つ建て、仮住まいにしている。定住の家などこれまで持った事はなかった。一つ所で長期間興行していれば見物は倦きて寄りつかなくなる。それゆえ、あちらこちらと放浪

し、頃を見はからっては京に戻ってくる。そういう暮らしであった。

床もはらず、地に筵《むしろ》を敷き、四本柱に壁がわりの筵を垂らした掘立小屋とはいえ、二つも建てたのは、北野の興行の入りのよさに、三九郎もお国も、かなり長い期間定着できそうだと自信を持ったからだろう。何しろ、定舞台《じょうぶたい》を持つ事ができたのである。河原の芸人としては初めての事であった。

小さい方の小屋に、お丹は、おあか、こふめ、とっぱと雑魚寝《ざこね》する。もう一つのやや大きい方を、三九郎、お国、お菊をはじめ、もとからのお国一座の者たちが使う。はっきり分けたわけではないが、自然に、そんなふうになっていた。猿は、いっしょに住まず、ほかから通ってくる。猿には家族がいた。

夜、こふめは時々お丹を外に連れ出す。すると小屋の中はとっぱとおあかの二人だけになる。なぜこふめが連れ出すのか、お丹もわかる年になっていた。

しかし、この夜、お丹の小屋には三人の女だけがいた。とっぱはおあかとうなずきかわしてからどこかに出ていった。

蒸し暑いせいか寝苦しくて、お丹は浅い眠りから何度もめざめた。三味線の音色が浅い夢の中でもめざめているときも、耳の奥で流れていた。筵のすき間がときどき、淡く青く光った。

——蛍やな。

切なげなしのび泣きの音《ね》を、お丹の耳は捉えた。すぐ耳もとできこえる。小屋の中にいるのは、お丹のほかには、こふめとおあかだけのはずだけれど、こふめにしろおあかにしろ、こんな弱々しげな声で泣くのを、お丹はこれまで聞いた事がなかった。おあかは腹を立てて泣きわめく事はあるが、こふめは泣き顔すら見せた事がない。

「まアだ、得心がいかんのかえ」

苛立たしげな声は、おあかであった。すると、泣き声はこふめか。お丹は、何かぞっとした。

「お国姉から、わては、きつう言いふくめられたんえ」

年下のお国を、おあかはこのごろでは姉と呼ぶ。

「な、しょむないやろ」

「そやかて……」

「お国姉はな、もし、どうでも嬰児《やや》生《な》すなら、去《い》ね、いうたはるんえ。こふめ、どないする。われだけやない、わてもお丹も、去ね、言わはるんえ。な、どうせ、だれが父親《てておや》かわからへんのやろ。われもあほやないかいな。子ォつくらぬ用心、なんでせなんだのや。客に買われるたびに子ォ生《な》しとったら、わてら生きておれへんわ。わてに任しとき。あんじょう始末したるよってな。子つぼに入れるだけや。痛うも痒《かゆ》うもあらへん。見たやろ。小《ちっ》こい丸薬や。わてが作ったの見とったやろ。ほれ、触れてみ。さしわたしが三分もない小こいものやろ。子つぼに入れるだけでな、きれいに流れるえ。それでのうても、わてら、お国の一座には後から加わった新参の厄介ものえ。この上、ややができてみ、どうなるえ。な、ここの道理、わかるやろ」

「子ォ、欲しわ」

「お国姉は、いらん、言うたはるんや」

「わてが子やないか」

「腹ふくらましたうぬと、わてと、お丹と、三人でどないして稼ぐ。お国は、とっぱは放さへんえ」

「ほんまに、お国姉が言わはったんか。子ォ水にせ、と」

「何で、わてが嘘言わなならん」

お丹は息をひそめていたが、つい、吐息がこぼれた。二人の話し声がやみ、こふめがすすり泣きをのみこむ気配がした。

「お丹、聞いとったのか。誰にも言いなや」

おあかの声がした。

蛍の青い淡い光が筵壁のすき間にまたたくのを、お丹は見ていた。青い光は、闇に塗りつぶされた小屋の中についいと流れ入り、宙の低いところに止まった。こふめの髪の上だろうかとお丹は思った。

翌朝、日の光が瞼の裏を明るませ、まぶしさにお丹はめざめた。

お丹の隣にはこふめが、そうしてその向うにおあかととっぱが横になっていた。

夜のあれは、夢だったのだろうかと、少し身を起こして、顔色の悪いこふめの寝顔をのぞくと、

「何え？」

こふめは目を開けた。

「ゆうべ、泣いとった？」

「だれが？」

「ほな、夢か」

「また、今日も忙しなるえ」

あくびしながら、おあかがこふめの軀越しに言った。

「お国姉」

定舞台の裏手にお国が一人でいるのを見て、お丹は呼びかけた。

胸もとをはだけ、乳房の間に朝の爽やかな風をお国は呼び入れながら、お丹に珍しくきげんのよい顔をむけた。見物や贔屓《ひいき》客にはしたたる愛嬌をみせるが、一座の者には愛想笑いなどしないし、ことにお丹にはいつもそっけないお国である。朝風の快さに微笑していた、その顔がそのままお丹にむけられたのであった。微笑は風への挨拶《あいさつ》であった。

「あのなあ……」

お丹は口ごもり、お国が早く用を言えというふうに強い目で促したので、

「あのなあ、お国姉、嬰児《ややこ》でけたら、あかんのやろか」

「何え、われァ、嬰児でけたのか。いつ、男と寝た」

「そやない」

言うなり、お丹は逃げた。

少し遠ざかってから振り向くと、お国は舞台の前の方にまわって、舞台を見上げていた。

お丹と目が合うと、手招いた。お国には抗えぬ、とお丹はいつか思い込むようになっている。近寄ると、お国はお丹の全身を目で探り、

「まだ、男の肌知らんな。買いたいいうのんはおるねんけどな。ぽちぽち色知らな、あかんな。嬰児でけるにはな、男知らなあかんのえ。お丹もそれ知らぬほどうぶではあるまい」

嬰児、好きなんか、とお国は問うた。

「わからん」

「嬰児どころやあらへんえ、今は。今が、大事のところや。茶屋遊びのまねばかりでは見物衆が倦きよう。珍しい手を思案せねばの。何がよかろ。喃《のう》、お丹、よい思案はないか」

「お国姉、今朝は気分のええ顔しとるの」

「そうか？」

お国は目をさまよわせ、自分の思いの中に入りこんだようにみえた。

この日の舞台は、いつもよりいっそうなまめかしく見物を喜ばせた。

男姿のお国はひとしきり踊った後、見物の拍手をよそに楽屋に引込んだ。いつもなら、幕のかげに入る前に、いかにも拍手に呼びとめられ、引込みかねるというふうにとどまって、〝とても各々執心なれば……〟と、茶屋のおかかを呼び出しての茶屋遊びとなるのである。

この日は、お丹たちも皆、先に楽屋に引き下がり、お国までが幕のかげにかくれてしまったので、見物はあてがはずれ、いま一番、いま一手《ひとて》、と騒ぐ。

幕のかげから、お国は呼ばわった。

「とても各々執心なれば、いま一手かぶきてみせまいらせん」

お国を先立ちに、お丹、こふめ、おあか、お菊、更に二人、一座の女たちがすべて、乱れ髪を白い布でむずと結わえ、毛先を風のなぶるにまかせて散らせ、脇差を肩にかつぎ、湯上がりの風情であらわれたのである。

気分のええ顔しとるの、と言ったお丹の言葉から、お国は、湯上がりの心地よさという連想をひき出したのだろうと、刀の鐺《こじり》を床に突いて立て、肘をもたせかけ、腰を横に突き出してくねりと軀をくの字にし、

「お目と目と目を見合わせて、はなれ難《がた》なのその面影を」と声を合わせて歌いながら、お丹は思う。

夢も見せず
うつつになりと逢わせてたもれ
逢わねば心がもだもだと

想いの種や　あこがるる身を
何《な》としようぞの

いやと言うたもの
かき口説いてのう
何ぞやそなたの一花《ひとはな》ごころ
思えや君さま　叶《かな》えや我が恋
あらうつつなの浮かれ心や
揉まいの揉まいの
さざら揉まいの
我らも殿に揉まれた

女姿のとっぱがおどけて扇拍子をとりながら、男姿で猥雑なふりをみせる女たちにからみ、そのあいだを猿が床几をかかえてうろうろし、見物を笑いころげさせる。

夢のうき世をぬめろやれ、遊べや狂え、みな

人、といつものように見物を湧き立たせ、楽屋に引込むと、三九郎が上機嫌で迎えた。

こふめが楽屋を小走りに出ていこうとし、ふらりとかがみこむと、首だけ外に突き出し、地面に嘔吐《おうと》した。

「何や、妊《みごも》ったのか。しょむないやっちゃ」

三九郎は露骨に舌打ちした。

そこに、数人の男が、舞台からと楽屋口からと、二つの出入り口を固めるように入ってきた。芸人をとりしまる雑色《ぞうしき》たちだと見てとり、お丹は、父の犬太夫が捕えられたときの記憶が瞬時によみがえり、悲鳴をあげた。

「うぬが頭《かしら》か」と、一人が三九郎に向かい、ただした。

「はい、さようでござりまするが」

「来い」

雑色たちは、三九郎の腕をねじり上げ、引っ立てた。

「何をなされます。お手向かいはしませせぬ。どこへなりと参りますゆえ、その手を」

三九郎は叫んだが、お国が走り寄って雑色に抗議しようとすると、目顔でとめた。お国までが連行されたら興行が成りゆかぬと、とっさに判断したのだろう。

「何、大事《だん》ない。お咎めを受くる事は何もしとらんさかい、言い開きしてじきに戻ってくる。他の座に負けぬよう、きばれよ」

連れ去られる三九郎を見送ったお国は、

「松梅院に頼うでくるわ。とっぱ、来う」

と、振り乱した髪を布で結わえた湯上りの姿のまま、走り出て行った。とっぱが後を追った。お菊も続こうとするのを、とっぱは手を振ってとめた。

「あまり大勢で行っても、騒がしうなるだけや。待っとれ」

「どないなるやろ」お菊は足の力が抜けたように

坐りこんだ。

「わてらの太夫が喃、あないして連れて行かれ、お牢に入れられたんやわ」

おあかが、昂《たか》ぶった声で言うと、お菊はその膝にすがりついて、

「なあ、じきに戻って来たんやろ、犬太夫はんは」

「幾月、お牢に入れられとったかの」

「一月《ひとつき》ほどやったわ」

嘔吐して少し気分がなおったのか、こふめが口をはさんだ。

「こふめ姉、大事《だん》ないのか」

お丹がそっと訊くと、

「吐いてしまえば、何とものうなるんやわして」

青ざめたこめかみに汗をにじませて、こふめは投げやりな笑顔になった。

「許されて帰って来たときは」と、おあかの声はますます昂ぶった。「足ひかな歩けん軀になっとったわ。雑色どもに打っ叩かれての」

この女《あま》が御禁制の能面をつけたためやった、と、おあかは今さらそのときの事を思い出したように、憎さげにお丹をにらんだ。

お国ととっぱは、ほどなく戻って来た。

「どやった。松梅院さまは、力になってくれはるてか」

口々に皆が訊く。

「あのくそ坊主」お国は罵った。「口先だけや。本気で助けてくれる気はないわ。ぜんたい、何を咎められたのやらわからん」

「松梅院は、お国の一座が人を集めすぎるのがいかんのやろと笑うてた」とっぱが皆に伝えた。

「人が集まるとな、何や騒ぎが起きるいうて、所司代さまは気い揉まはるんやて。関ヶ原の残党が京にもひそんでおるらしいて。大坂城の、太閤さまの御子ォかついで、天下をくつがえそういう気配もあるて。そやろな。これはわしの推量やが、三九は大坂方の素破《すっぱ》と疑われたのやもしれん。人

を集めて何やら企んどると」

「松梅院のくそ坊主は、わての歌がようないとぬかしくさった。遊べ、狂えと町の衆を煽るのがあかんのやて。あほか。あの歌は、わてが作ったんやないわ。昔からある歌やないか。誰しも思うとるんやわ。そやさかい、わてが歌えば見物衆も声を合わせる。夢のうき世や、ぬめろやれ、や」

「なあ、逃げた方がええんと違うやろか」

おあかが心もとなげにつぶやき、皆の顔色をぬすみ見た。

「ぐずぐずしとったら、わてらも皆、お牢に入れられるのと違うか」

また大きく暮らしが変わるのだろうか。お丹は思った。三九郎がお咎めを受ければ、お国の一座も、牢に入れられぬまでも、このままではすむまい。北野の興行は当然禁じられるだろうし、河原でさえ興行できず、犬太夫のときのように、京を追放になるかもしれない。

——以前追放になったあてやおあか、こふめ、元笠屋舞の一座のものが、お国の一座に加わって京に戻ってきたから、そのせいで三九郎は捕えられたのだろうか。あてらのせいやろか……。

「お国姉、北野を追われるやろか」

お菊が不安でならぬように問いかけると、お国は舞台に通じる幕の方を振り返り、

「出て行くときは、舞台に火ィ放《はな》って、お国かぶきが名残りのかけらまで灰にして行くわえ」

言い放った。

三九郎は帰されぬまま、日が暮れた。

あては旅は嫌いやないけどな。

心に浮かんだ言葉が、ふと口に出た。誰に語りかけたのでもない一人言だったが、耳ざとく聞き咎めたおあかが、

「あほ」とどなった。

「われは、野垂れ死にの恐《おと》ろしさを知らんさか

い、そない後世楽をぬかすんや」

夕餉《ゆうげ》の仕度をしているとき、外に出ていたとっぱが戻って来た。

「権蔵がの、殺されたそうや」

そう告げたとっぱの表情に、お丹は、泥と血にまみれて大津城に連れて行かれたときの凄惨《せいさん》な貌《かお》を、久々に垣間見た。

とっぱは、町の噂を拾い集めるために出かけていたのである。

「権蔵が殺された？」

「なんでや」

「それが三九どのと何ぞ関わりがあるのか」

「頭をかち割られ、河原に倒れとったのを、朝になって人が見つけたそうな。それでな、権蔵はほれ、三九どのを恨んどったやろが」

一蔵と二蔵に道化た役をつとめさせる案を三九郎は蹴り、その癖、やりようだけ盗んだ。

「そやさかい、権蔵が三九どのに難癖をつけ、打ちかかり、逆に三九どのに打ち殺された。こう、お役人は勘考したのやろ」

「めっそうな。三九どのは、昨夜は小屋で寝てはったえ。そうやろ、お菊」

お国は昨夜も松梅院の相手をつとめ、朝方まで帰らなかったらしい。それゆえお菊にたしかめたのだと、お丹は察した。

「いてはったえ」

お菊は答えたが、お丹は、ぐっすり眠っていれば、人の出入りはわからない、と、昨夜、とっぱが小屋におらず、朝になったら寝ていたのと思い合わせた。とっぱがいつ小屋に入ってきたのか、まるで気づかなかった。

三九郎の小屋には、お菊のほかにも、女の踊り手二人と囃子方四人が寝ているのだから、三九郎が出入りすれば誰か一人二人は気づくかもしれないが、一座の不利になるような事は口にしないだろう。役人に訊問されても、三九郎は小屋にいたと、しらをきりとおすだろう。

とっぱも、一晩じゅう小屋にいた。誰かに訊かれたら、そう答えよう。お丹は心に決めた。

権蔵が殺された。一蔵や二蔵はどうなるのだろう。

「今が大事のときえ」

お国が底深い声で言い、輪郭のくっきりした大きい目で、皆を見わたした。容赦ない厳しさを、お丹は感じた。


地の底から陰々ときこえるような呻《うめ》き声に、お丹は目ざめた。小屋の中は暗黒だ。

甲高い悲鳴に変わったかと思うと、野太い唸《うな》り声になる。

「こふめ、どないした」

おあかのはね起きる気配がした。

外は豪雨らしい。日中《ひなか》は晴天だったのに、夜になって天候が急変したのだ。滝つ瀬のような音をたて、筵のすきまからしぶきが流れこむ。

どないした、となだめるとっぱの声も、お丹は聞いた。

お丹はあたりを手さぐりした。

こふめの軀をさぐりあてた。こふめは、身をよじり、半身起き上がってのけぞり、突伏して唸り、吼《ほ》え、ひいっと笛のような声をあげた。

「辛抱し。な、じき夜が明けるよってな。大事《だん》ない、大事ない」

「お国姉呼ぼうか」

お丹が言うと、

「あほ、お国姉かて医師《くすし》やないわい」

おあかはわめき、

「ちっと辛抱し。大事ないよってな。じき、楽になるよってな」

「腹ん中、灼《や》けとるわァ。苦しよう。助けてつかいよう」

切れ切れな、ほとんど人間の声とは思えぬこふめの言葉を、お丹の耳は聞きわけた。

「助けてつかいよう。南無阿弥陀、南無阿弥陀」

「大事ない、大事ない、辛抱せな、しょむないやんか」

土の床に雨水が流れ込み、敷いた筵を濡らした。

「どこが痛い。ここか？　ここか」

おあかはうろたえ、あちらこちら手でさわっているらしい。

こふめが悲鳴をあげるたびに、お丹は、自分の軀の中が灼けるように感じた。

叫び声は少しずつ弱まり、やがて、鎮《しず》まった。ときどき、しゃっくりのような音が聞こえていたが、それも止んだ。

「やれ、眠ったか。よかった、よかった。これで一安心や」

おあかのほっとした声がきこえた。

「痛みいうもんは、奇態に、夜なかに強うなる。夜が明ければ癒えとる。喃、とっぱ、そやろ」

「そやな」

とっぱのくぐもった声が応じた。

濡れた筵が気色悪いが、このくらいの不愉快さは馴れている。お丹も一息ついて横になり、手をのばしてこふめの手を握った。こふめは握りかえしてはこなかった。

雨は明け方あがったのか、眼がさめたとき、朝日がさしこんでいた。

左手に、異様に冷たい感触があった。氷より底冷えのする、重いそれが、お丹の手の中にあるこふめの手である事に気づいた。

こふめの腰から下は、血浸しになっていた。全身の血を流しつくしたように、こふめの顔は蒼く、一夜のうちに痩《や》せこけて、鼻がとがってみえた。眼を見開いていた。少し開いた口に、屋根から洩った雨水が溜まっていた。

「子ォ流れたんやわして」

おあかが言うと、

「しょむないな」

枕頭に佇《た》ったお国は言った。

とっぱと囃子方の男たちは、穴を掘った。紙屋川の西岸のこのあたりは、だれの所領とも決まっておらぬゆえ、咎められはすまいと、とっぱが言ったのである。

北野神社の周囲には、松梅院を筆頭に寺社は数多いが、漂泊の芸人の供養をする僧はいない。こふめは、土の底で、まだ眼を見開いていた。男たちのこぼす土くれが、黒眼の上にのった。

おあかがお丹にすり寄り、

「こふめは土に埋めてもらえるだけ、運《ふ》がええんやで」とささやいた。息が耳たぶにかかった。お丹は少し身をひいた。

「ちょっと、待ち」

土をかけつづけようとする男たちをお国が制し、小屋の方に行った。戻ってきたとき、こふめが舞台でいつも着ていた小袖を手にしていた。ふわりと、穴に落とした。

「やれ、可惜《あたら》、美《うつつ》い小袖を」

おあかが小声で言った。

死んでから小袖もろても、嬉しないやろな。お丹は思った。

「誰ぞ来よる」

とっぱが聞き耳をたて、役人か、と皆も身がまえた。近寄って来たのは、三九郎であった。ひどい責め問いにはあわないですんだのか、足をひいている様子もない。

皆は三九郎のまわりに駆け寄った。

お丹は穴の傍に佇っていたが、かがんで、へりに盛りあがっている土をくずした。こふめの軀を、ぐいぐいと土でおおっていきながら、自分の肌の上を地虫が這うような気がした。

人の視線を感じた。振り向くと、三九郎に寄り添って立ったお国が、お丹の方を見ていた。お丹はお国に背を向け、手で土をすくっては投げこんだ。

三九郎たちは一団になって、小屋の方に歩き出した。とっぱがお丹の傍に来た。

「後で、わしがやる。今はまず、三九の話を聞かな、成りゆきがわからんでな。先の方策もたてんならん」

お丹はとっぱの声を肩ではねのけた。

「後でやるさかい」

とっぱは繰り返したが、お丹は黙々と土を落としつづけた。とっぱは立ち去った。

＊

手も足も顔も泥まみれのまま、お丹は、ふらりと六条三筋町の木戸をくぐった。

遊女町は、まだどこも戸を閉ざしていた。板葺の屋根にとまった鴉がお丹を見下ろした。

原三郎左の見世の前に立ち、お丹は、結局ここしか来る場所を思いつけない自分に腹を立てていた。しかし、一人では、ささらを鳴らして乞食《かんじん》して歩くぐらいの事しかできない。悔いまい、とお丹は思う。自分で選びとったのだ。この先、どうなろうと、今の決断を悔いる事だけは、すまい。

「お頼申《たのもう》します」

蔀戸《しとみど》を叩いて案内を乞うた。

下働きの男が戸を開き、泥まみれのお丹を見て、

「乞食《かんじん》なら、あかん」

と、また戸を閉ざそうとする。

「旦《だん》那はんに、小太夫が参上したと取次いでたもれ」

「あかん、あかん。旦那はんは、まだ寝《やす》んだはる。去《い》に」

「小太夫を知らんのか。小太夫が参上したを取次ぎもせず、一存で追い返したら、後で、主がこの

見世を追い出されようぞ」

「何を冗談《てんご》ぬかす、この女《あま》が」

そう言いながら、下人は、見世の奥に行った。

戻ってくると、さっきより少し態度があらたまり、

「手足洗うてから上がり、井戸は裏や」

と、裏庭に連れこんだ。お丹が手足に水をかけていると、女が薄物の帷子《かたびら》を持ってきた。

三郎左の新しい見世は、二条のときよりいっそう奥深かった。

奥まった部屋に、女はお丹を連れてゆき、一人残して去った。

床の間の脇に、蛇皮線がたてかけてあった。

——蛇皮線やない。三味線か。

お丹は手にとり、爪で絃《いと》をはじいた。

笛や鼓ではあらわせぬ、不思議な音《ね》を、絃は発した。

「お丹、何用で来た」

部屋に入ってきた三郎左は、立ったまま、そう声をかけた。

「おまえさまが、前々から、来い言うたはったゆえ、来た」

ふむ、と、三郎左は人が変わったようにそっけなかった。

「あれほど嫌がっておったものが、何ゆえ、気がかわった。お国がもとで、不始末でもしでかしたか」

「こふめ姉が、死んだんやわして」

ふいに涙が噴きこぼれかけた。

お丹は眼を見開いて、涙を押さえこんだ。

「子堕ろしにしくじったか」

「何で知っとる」

「われが薬を持っておったではないか。檳榔子五分を粉にし、薄荷の煎じ汁少々と混ぜ丸薬にまるめ、先端に水銀をつけて産門に挿し入れる。一夜おけば子は流れるが、強い薬や、下手に扱えば、胎《はら》の子ばかりか身の肉が腐れるわ」

「お国姉は、そない恐ろしい薬を……」

「お国に命じられたのか、薬買うてこいと」

「あてに言うたのは、おあか姉やった。そやけど……、お国姉が、子ォ生《な》すの、許さなんだ」

「それで、わしがもとに来る気になったか。お国は承知か」

「お国姉も三九も知らん。こふめ姉を弔うて、その足で、あてはここに来た。皆は、三九から話を聞いとる」

「三九は、雑色に捉えられ吟味を受けたそうやな」

三郎左は何でもよく知っている、と、お丹はいささか驚き、怕《こわ》いような気がした。

「権蔵の事で疑われたのやろ。疑いは晴れたのか」

「許されて帰って来たさかい、そやろな。あては知らん」

「小太夫、三郎左に、われが身、あずけるな」三郎左の眼に力がこもった。

「この見世の女どもはの、六つ七つ、遅うても十のころより、遊芸ひととおり、仕込まるる。和漢の書を読み、歌を詠む。せんど、言うたやろ。客は堂上方、大名方、富裕な町衆ばかりや。客が歌を詠まはったら、返し歌を詠むくらいの器量は、皆そなえとる。太夫の盛りは、二八《にはち》や。今より、うぬは、夜を日についで修行せならん。ええか」

お丹がうなずくと、

「はい、と言え。口のききようも、矯《た》めなあかん」

そう言って、三郎左は手を鳴らした。襖《ふすま》が開き、三十二、三の女が敷居ぎわに手をついた。

「乙福《おとふく》、われにあずけるよってな、あんじょう仕込め。遅うても半年やな。来年の春までに、三郎左が見世の太夫として恥しうないほどに磨き抜け。三年、五年で学ぶ事を、半年で身につけささなあかん。泣き言は言わんやろが、泣こうが逆らおうが、耳貸すな」

「あい、あい」

丸々と肥えた乙福は、人の好さそうな笑顔で何度もうなずいた。

日暮れまで、お丹は乙福の部屋で雑談の相手をさせられた。すぐにでも三味線やら箏《こと》やら書やら学ばねばならないのだろうとお丹は気負ったのだが、乙福はいっこう焦らず、のんびりと身の上話など始め、

「わしの父親は、室町の将軍さまに仕えとったんや。織田右府さまが十五代さまを追放なされて室町の幕府がのうなってからは、わしの父親も微禄しての、えらい難儀したものやった。おかちんなと進ぜようか。お主《んし》は笠屋舞の子やてなあ。美《うつつ》いが、狼《おおかみ》の子ォみたような眼ェしとるなあ。そこが旦那はんはお気に召したんやろな。旦那はんはな、わしに、厳しう仕込め言わはったが、小太夫の牙は抜くなとも言わはった。むつかしわなあ」

とりとめなく一人で喋《しゃべ》りつづけた。

「お国姉の使いが、あてを連れ戻しに来はせんやろか」

お丹は、乙福の言葉をさえぎって、言った。

「さて、来よるやもしれんが、旦那はんがあんじよう、さばかはるやろ。お主は何《なあ》も案ずる事はない。旦那はんにまかしとき」

「そやけど……」

こふめの無惨な死に、いたたまれず、逃げ場を求めるように三郎左の手にとびこんだ。冷静になったら悔いるだろうと予感があり、それだからこそ、我から選んだ事だ、悔いはしない、と幾度も自分に言ったのだった。

お国がこふめを死なせた。決して許せぬ。

そう思うけれど、誰にも告げず姿を消した事が、何か気重かった。

おそらく、ここと、とっぱも三九郎もお国も、まず見当をつけ、探しに来るにちがいない。

戻れと言われても、戻りはしない。だが、お国に面と向かってはっきりと、一座を去る理由を叩

きつけるべきだった。

こふめを死なせた酷《むご》さを、責め抜いてやらねば、腹が癒えぬ。責めたとて、気が晴れるわけでもあるまいけれど。

「小太夫、いや、お丹と呼ぼうの。もはや、笠屋舞の小太夫でもお国一座のものでもないよってにの。見世での名が与えらるるまでは、お丹と呼ぼう。その、言葉のつかいようも、正しう矯めねばならんわの。お丹、わしにものを言うときは、姫《ひい》さまにむかって口きくつもりで礼儀正しう話しやええな」

愛嬌のある笑顔で、乙福は、じわりと縄を一つ引きしめた。

夕餉も乙福の部屋で、二人さしむかいでとった。膳は、お丹が厨《くりや》に下げたが、器を洗うのは下女の仕事であった。お丹はこれからは指を荒らしてはならぬのだと、乙福は言った。

その後、湯殿に連れて行かれた。

内湯があるのか。贅沢《ぜいたく》な事やな。

湯殿の中は、大釜からたちのぼる湯気が白くみち、鼻孔もちりちりするほどの熱さで、全身の毛穴から汗が溢れ出た。

湯上がりの軀を湯帷子でぬぐい、与えられた新しい帷子をまとい細帯をしめていると、乙福がのぞき、「おりやれ」と誘《いざな》った。

寝所であった。お丹を一人そこに残し、乙福は去った。枕行灯《まくらあんどん》の黄ばんだ灯りが、夜具を照らしていた。のべられた夜具は一組である。こない贅沢なところで寝《やす》むのかと驚いていると、これも帷子一枚の三郎左が入ってきた。

床《とこ》の上に三郎左はむずとあぐらをかき、お丹をひき寄せた。

「いやや」

灼熱した火箸《ひばし》を押し当てられでもしたように、お丹は叫んでいた。

「否とは言わせぬ。本来なら、客に買わせるのやが、お丹は、なまじな客では手にあまろう。荒馬は、まず十分に馴らしてかからねばの」

お丹は、抗うのはやめた。三郎左に自らのぞんで一身をゆだねた以上、抗うのは愚かしいと、わかってはいる。

お丹は、膝を揃え、両手をついた。このように身を低くして頼み事をするのは、生まれて初めてだと思いながら、

「旦那さま、一つだけ頼みがあるのやわして」

何や、と目で三郎左は先を促した。

「今宵一夜だけ、あてを、外に出してくだされ。初めて身を許すのや。想う君さまと、まず寝たい」

呆れたように三郎左はお丹をまじまじと見、のどをそらせて哄笑《こうしょう》した。

「何と、ぬけぬけと言う事よの。お丹に想い人がおったのか。未だ寝てもおらぬのか。誰や」

「一蔵や」

口をついて出た言葉に、お丹は、自分でも驚いていた。想い焦がれるというほどに、一蔵に心惹かれていたとは思えない。三郎左によって身の振りようが抜きさしならず定まる前の、最後の一あがきを、本能が命じたのかもしれなかった。

「一蔵か」

三郎左の笑いは苦笑にかわった。

「あない小童《こわっぱ》か」

話にならぬというふうに三郎左は笑い捨て、

「お丹、三郎左を厭《いと》うなら、吠《ほた》えろ、暴れろ。悍《かん》馬《ば》を馴らすも楽しみなものよ」

お丹は奥歯に力をこめ、床の上に仰のいた。三郎左の指がお丹の帯を解いた。はね起きようとする己が軀を、お丹は強引に鎮めた。

こふめのように、恋い慕う相手がいたら、その男の名を呼ぶだろう、三郎左の手を払いのけるだろう。お国も、慕いぬいた名古屋山三郎と一夜の契りを持っている。

あては、それほどに恋しい君さまは、いてへん。仄かな好意を持った一蔵、二蔵。とっぱにもいくらか恋に似た想いを持った事もあるけれど、いずれの姿も、今このとき、淡《あわ》あわとしていた。

三郎左の手が胸乳を静かに撫でた。

六之章

慶長九年八月、京の都は、黄金や銀や朱の花々が舞い狂い燃え乱れるような華麗な騒ぎとなった。

十四日の朝、前日の雨は上がったが空はまだ重く濁っていた。しかし、建仁寺の門前から方広寺大仏までの道筋に勢揃いした二百頭あまりの騎馬を飾りたてた金箔は、地の太陽が空を明るませると見えるほどだ。

先頭の馬は、左に御幣《ごへい》、右に榊《さかき》、いずれも高さは七尺五寸、総金箔で塗りたてたものを掲げ、つき従う夥《おびただ》しい馬はそれぞれ、金覆輪の鞍《くら》に猩々《しょうじょう》緋《ひ》の鐙《あぶみ》、紅の総房《ふさ》、あるいは漆黒の馬に金銀の装束、これらはすべて、豊家恩顧の大名衆がととのえたものである。騎乗するのは、豊国社、吉田社、上賀茂社の神官と楽人たち、狩衣《かりぎぬ》に金襴《きんらん》の指《さし》貫《ぬき》という目もあやないでたちである。

馬揃えの行列は、建仁寺門前を出立し、豊国社に向かう。

三条橋あたりから豊国社まで、道の両側は見物の群れで埋まった。

豊国社は、慶長三年に没した太閤を祀るため、翌四年造営され、太閤は、豊国大明神の神号を与えられ神格化された。忌日である八月十八日と、神号授与のあった四月十八日が豊国社の例祭とさだめられ、毎年例祭が行なわれてきた。

七回忌にあたるこの年の例祭は、家康と大坂の豊臣家の合意のもとに、大規模に催されたのだが、町の人々の熱狂ぶりは、幕府の予想をはるかに越えた。

行列は山門をくぐり大鳥居から清閑寺の大路を西に、照高院殿の前まで、壮麗な行進をつづけた。

ついで、田楽衆が階《きざはし》のたもとで品玉を披露すれば、大和四座の猿楽師も、この祭礼のために新たに作られた能四番を奉納し、その最中に、大坂の秀頼から、八百貫の纏頭《はな》が、豊家の残光を誇示するように、猿楽衆に下賜された。

秀頼は他にも、米五千石を贈っている。祭礼に要する莫大な費用は、ほとんど京の豪商たちによって賄われたが、秀頼も亡父の追善を名目とした行事であるから、多大な費《つい》えを投じた。盛大な行事には、豊家の財力を減らそうという幕府の意図も含まれていた。

翌十五日には、町の人々が待ち望んでいた風流踊がどっと繰り出した。

百人ずつを一組とした大群衆が、それぞれ、紅の生絹《すずし》に金糸の亀甲、あるいは朱金の唐綾《からあや》と、華やぎ燃え立つ揃いの衣裳《いしょう》に結花《むすびばな》を飾った花笠をかぶり、作り花やら金銀の扇やらをひるがえし、囃《はや》子《し》に合わせて踊り狂いながら大路を練ってまわる。高みから見下ろせば、金波銀波のうねりに大輪の牡丹《ぼたん》が盛り上がって漂うような光景であった。

踊の中心には、玉椿やら孔雀《くじゃく》やら山桜やらを飾り立てた風流傘が高々とそびえ、そのまわりに、大黒、布袋、毘沙門などの福神の仮装をしたもの、曾我物語や義経記などの人の姿をよそおったもの、南蛮人の異装をまねたものなどがひしめく。

豊国社の社頭で踊った後、群衆は禁裏にまでなだれこみ、天子やら女御、女院やら、つめかけた堂上方やらの前で踊り抜いた。

芸能は本来、鎮魂のための行事であるとすれば、この壮麗な風流踊は、しのびやかに近寄る東西手切れの戦乱と、その後につづく厳しい支配統制の気配を、本能的に予知した人々の、おのずと湧き起こった祷《いの》りであったのだろうか。それとわきまえている者は、ほとんどいはしなかったであろうけれど。

祭りは果てた。

その歓楽の幻影を、凝縮して、絵巻物のように人々の前にくりひろげる舞台が、四条の河原に新たに建てられた。

北野のお国の定舞台《じょうぶたい》は方二間ほどだが、四条河原の新しい舞台は、方五間はある。

竹矢来を組み紋を染めぬいた幕を張りめぐらし、鼠戸の上には櫓《やぐら》を立て、梵天《ぼんてん》と刺股《さすまた》、突棒《つくぼう》、袖搦《そでがらみ》の三道具が呪具として飾られた。

五条の河原には、このような大がかりな舞台を組む余地はない。

揃いの小袖に太刀をはね差しにし、若衆髷《わかしゅわげ》に結い上げた女が十数人、舞台の上に円陣を作り、うたい踊って人目を惹きつける。

その輪の中央に、黒漆に夜光貝の螺鈿《らでん》をちりばめた曲彔《きょくろく》を据え、ゆったりと腰を下ろし、かろやかに三味線を弾じているみずみずしい若衆姿が、お丹であった。

能舞台であれば地謡座にあたるところに、美々しくよそおった少年が九人囃子方をつとめ、鉦《かね》もまじえて賑やかに、お丹の三味線をひきたてる。

異国わたりの珍《めず》らかなこの楽音が、野外にあらわれ誰の耳にも親しく奏でられたのは、これが初めてであった。

富裕なものや貴人の邸、そして遊女屋の奥などで、もの珍しげに扱われていた貴重な楽器である。

笛と鼓の単調な音色《ねいろ》しか知らなかった人々を、三味線は華やがせ浮き立たせた。

我は小鼓　殿は調べよ

かわをへだててのう
かわをへだてて寝にござる
花の踊をのう
花の踊を一踊り

いとし若衆と小鼓は
しめつ緩《ゆる》めつしらべつつ
寝入らぬさきに
なるかならぬか
なるかならぬか
花の踊を一踊り

「弓矢八幡　寝はせねど」と、お丹の独り歌になる。

群れ集まった人々の眼がお丹の身に吸い寄せられてくるのを、お丹は感じる。

寝たとおしゃらば

何《な》としょうぞの
一つこしめせ　たぶたぶと
ことにお酌は忍び妻　忍び妻
れんぼれれつのれ
れつのれ

れれつのれ、れつのれ、と、囃子方も女たちも声を合わせる。

女たちは皆、原三郎左の見世の遊女であった。十五、六から十八、九の花のさかりの娘たちである。

踊の座の中心に身を置き、お丹は、烈しくかき鳴らす絃《いと》の音に、陶然と我が身を溶け入らす。群集の讃嘆の中心に、我が身がある。

いとま乞いには来たれども
碁盤面《ごばんおもて》で目がしげければ
まずお待ちあれ

柴の編戸も押せば鳴る
あわれ霰《あられ》がはらほろと
降れがな
そのまにああ笑止や
笑止と立つ名や
忍踊《しのびおどり》はおもしろや
忍踊はおもしろや

やんやと喝采が沸き、その中に、「おくに！おくに！」「みごとや、おくに！」と声が混る。

お丹は、我にかえった。

おくに。それが、舞台の上でのお丹の名乗りであった。

鼠戸口に立てられた幟《のぼり》にも、『佐渡島おくに』としるされている。

『佐渡島おくに』

その名乗りを命じたのは、原三郎左であった。

それは、かんにんしてつかわされ。

お丹は、抗った。それではまるで、お国のものの模倣《まね》と人々に告げるようなものではないか。

おくにという名は、今や、かぶき踊とは切り離せぬものになっておる、というのが、原三郎左の肚《はら》であった。

芸人は、遠国より来たと名乗る方が見物衆に喜ばれる。それゆえお国も、時に出雲《いずも》の巫子《みこ》と名乗り、地方に下れば生国は京の北野などと称する。どこで生まれたのやら、お国自身も知らぬようであった。物心ついたときはすでに父親に連れられ、やや子踊で稼がされていた。笠屋舞で稼がされていたお丹や、鉢叩きの父を持ったお菊と同様に。

お丹の名乗りは何としようぞの。おお、それ、佐渡としよう。佐渡島おくに。お丹の名は捨てよ。小太夫もいらぬ。佐渡島おくにや。汝《われ》こそ、天下一の、かぶきの太夫や。

ほとんど一年近く、お丹は、丹精こめるというふうにして、もろもろの遊芸を仕込まれ、行儀作法を教えこまれ、軀《からだ》も磨きぬかれた。

　時折客の相手もつとめさせられたが、三郎左が自慢げに言うように、身分の高い、あるいは富裕な人々ばかりであった。それらの客を相手に茶を点《た》て、和歌の相手をし、古今の物語にも通じておらねば嗤《わら》いものになる。

　野山を濶歩《かっぽ》していたお丹ののびやかな脛《すね》は、錦《きん》繍《しゅう》の衣の裾に包まれた。

　書を読み、書き、和歌を詠じる事は、お丹の手にあまった。お丹が嗤《わら》いを買わないですんだのは、ひとえに、三味線弾奏の手のあがりようが著しく早かったゆえである。

　この一年の間に、北野のお国かぶきの人気もめざましくひろまり、ほとんど定着したかに見えた。

　〃かぶく〃という言葉は、そもそもは、許容の範囲を逸脱してかって気ままに振舞うこと、及び、気早い慌《あわ》てた応答をすることをさしていた。かぶき人、かぶき者といえば、そのようなかって気ままな振舞をする者、あるいは、いそぎ慌てて返事をしたり、人の話をよく聞きもしないで度外れた喜びようをする軽率な粗忽者の意であった。

　いつしかそれが、きらびやかなよそおいで人目をひき、奇矯《ききょう》、過激な行ないをする者をさすようになり、そうして、それらの風俗をまねたお国の踊が人気を呼んだ今は、〃かぶき〃は、北野のお国の踊をさす言葉にかわってきている。

　しかし、お国のかぶきも、同じ事を繰り返すばかりで退屈だと、早くも難じる見物の声も、お丹は耳にするようになっていた。原三郎左は、お丹よりはるかに素早く、その町人《まちびと》らの声を捉えていた事だろう。

　お国をまねて、五条の河原などで、〃かぶき〃をつかまつると称して男姿の踊をみせる一座もあらわれはじめた。その中には、前髪の少年ばかりを揃え、女姿をさせ、蜘舞《くもまい》、連飛《れんとび》などをまじえた踊の一座もある。どれもお国の一座の人気には遠く及ばないが、そこそこ見物を集めている。

そんな巷《ちまた》の噂をお丹は耳にしながら、五条の河原へも北野へも足を向けた事はなかった。

外出《そとで》を禁じられているわけではなかったけれど、気ままに見世をあける暇も気持のゆとりもない毎日であった。

お丹がかってに原三郎左のもとに身を寄せた事に、お国たちがどう対処したのか、三郎左に抗議はしなかったのか、金で解決がつき——つまりお国一座から三郎左が買いとったことになったのか。また、権蔵《ごんぞう》が殺された一件はどうなったのか、一蔵と二蔵はどうしているのか。気になりながら、お丹は強いて目をそらせてきた。

己れの心を問いつめたら、三味線の稽古より何より、一蔵二蔵のありようの方が気にかかる、と答が出よう。自ら選びとった暮らしでありながら、心はみたされぬままと認めもしよう。

その答を知ってはならぬ、と、お丹は己れに枷《かせ》をはめた。

たかが流れ乞食《かんじん》の女に、いつまでも京をひとり占めにさせてはおかぬわ。

三郎左は、そう豪語する。

お丹は気重いものを憶えたが、心の隅に、——あてが、天下を取る。そう、うそぶく声があるのに気づき、驚いた。

いや、以前にも、思ったことがあった。織田左門から纏頭《はな》を賜わられたとき、逆上したお国を内心ひそかに嗤い、——美《うつ》いものが天下を取るんや、と……。

お丹は、鏡に面をうつし、お国と己れを思いくらべたのであった。

しかし、今、「おくに！　おくに！」と呼びたたえる声に、お丹は、それがお国への讃辞であるような思いに一瞬捉われた。

お丹は、撥《ばち》に力をこめた。

遊女かぶきの華やぎは、北野の舞台を数倍上まわる。三郎左の財力にくらべたら、お国一座は、佐渡で何ほどか稼いだといっても、無一文にひとしい。

三郎左がととのえた揃いの衣裳は、贅《ぜい》をつくしたものであった。女たちは若く、男を誘う色気を放つべく仕込まれている。お国の一座は、三十路《みそじ》に手のとどくお国、はや三十も半ばを過ぎたおあか。お菊が二十にならぬばかりで、ほかの二人も盛りを過ぎた年である。囃子方も、むさい中年の男ばかりだ。お丹とこふめが欠けたのだから、いっそううくすんだ舞台となった事だろう。

しかし、そのみすぼらしい手駒を使って、お国は京の人気を一身に集めてきたのだ、と撥打つ手は止めず、お丹は思う。

男装という意表をついた手段。……といっても、昔から、色を売る女芸人白拍子は、烏帽子《えぼし》水干に太刀を佩《は》き、男姿を雅《みやび》やかになぞったものではあった。

かぶき者が、それ自体、京の人々に一種憧憬《しょうけい》の目で見られる存在である事が、それをまねたお国かぶきが人気を呼んだ理由の一つであったのだろう。

とっぱが女装して見物の笑いをとり、更に、権蔵の案を奪ったものではあったけれど、猿を使っての滑稽な一場。すべて、お国と三九郎ととっぱの工夫した仕掛けであった。

仕掛けのおもしろさばかりやない、とお丹は思う。お国という女の身にそなわった奇妙な力。それが人々をひきつけたのだ。お国ではなく、ほかの者がこの仕掛けを思いついて舞台にのせたとしても、これほどの人気を得られたかどうか。そうして、たぶん、お国と三九郎は、その仕掛けを奪い、結局は、お国かぶきとして、今と同じ人気を得た事だろう。

おくにと名乗れと命じられ、嫌だと抗うと、三郎左は、いやなら失せろ、と言った……と、お丹は思い出す。われが嫌だとぬかすなら、他の者におくにを名乗らせ、踊の中心で三味線を弾《ひ》かそう。

――わてのかわりは、何ぼでもおるのや。北野のお国は唯一人しかいてへんけれど、わては、首のすげかえのきく、お国の影や。

遊女かぶきの舞台を外から眺めれば、そこは絢《けん》爛《らん》と、秋の河原に春の花が霞立ったようであった。

しかし、お丹は、

――この一年の労苦は、このためにあったのか。お国の影となるために……。

月を浴び、こふめとゆるやかにからみ合っていたお国が、眼前に顕《た》った。身内の猛々《たけだけ》しさに憑《つ》かれた凄《すさ》まじいお国であった。

あの烈しさが、あてには足らんのと違うやろか。

あては、三郎左の金の力を借り、異国わたりの高価な楽器と、総踊りの華美と、大勢の囃子方に助けられ、お国を蹴落とそうとしているのやろか。

――お国姉は、こふめに子を堕ろさせた……と、お丹は思い返し、お国への敵愾心《てきがいしん》を煽り立てようとする。しかし、冷酷であろうと残酷であろうと、お国がかぶき踊を創《つく》り、あてはそのまねをしている、と、心の底の声が言う。

鬱屈《うっくつ》した思いを叩きつぶすように、お丹は、撥に力をこめた。

あては、お国の影やない。

四条河原の佐渡島かぶきは、お丹が一座や。

佐渡島おくにを太夫に立てた原三郎左の見世の遊女かぶきは、たちまち大評判をとった。

それまでは、見世物や踊などの遊楽の場は五条河原であったが、四条に場所を移すものが増え出した。

佐渡島かぶきの舞台のすぐ傍に、人足たちが穴を掘り柱を立て、板を張り、大規模な舞台を造りにかかったのは、紅葉が盛りを過ぎて黒ずみはじめた頃であった。

六条柳町で原三郎左と肩を並べる、林又一郎が建てさせている舞台である。

遊女かぶきがいま一つ増える、と、町の人々は、娯しさを期待する。

三郎左も、競争相手ができるのをむしろ歓迎していた。三郎左と又一郎は、それぞれ己れの抱え遊女を、相手に負けては名折れぞと鼓舞し、けしかけ、舞台が二つ並ぶのも、二人の主が相談ずくの事であった。

忍ぶ身なれば色には出《い》でぬ
あただ心を　つくすよの
思いきりたる雨の夜に
夢かやきみの訪れは
手に手をしめてほとほと叩く
我はそなたの小鼓か

お丹の撥を持つ手が、止まりかけた。

見物の中に、お国と三九郎の姿を見かけたのである。

一瞬、時が遡行《そこう》したような錯覚をおぼえた。

五条の河原で面をつけ舞っていたとき、見物の中に、お国と三九郎がいた。

お国はそのときと同じように、腕組みしてお丹を眺めている。目尻が真横に流れた大きい眼、太くて短かめの鼻梁《びりょう》、輪郭に刻み目の入ったようにくっきりとうねる厚い唇。

あのとき、お丹は、お国と三九郎を感心させてやりたいと気負い、お国は、いっこう興が湧かぬというふうに薄笑いを浮かべすぐに出ていったのだった。

舞台のお丹と、芝居（見物席）にいるお国の視線がからみあった。
わての名を騙《かた》りくさる、まがい者。
そう嘲笑《あざわら》うようなお国の眼に、お丹は、発止と撥の音をひびかせた。

誰か再び花咲かん
あただ夢の間の　露の身に

小歌で投げかけた挑戦であった。
お国が、すいと立ち上がった。

あすをも知らぬ露の身を
せめて言葉をうらやかに

お国は、うたった。
お丹の三味線は、お国の歌をひきたてる事になった。

花が見たくば五条へおりゃれ
五条の花は　今がさかりじゃ

お丹がうたうと、

色よき花の　匂いのないは
うつくし君の　情ないよの

お国は応じた。
舞台の女たちは踊の手をやめ、見物も、舞台と芝居の歌合戦ともいうべき成行きを、興をそそれて見守った。

「みめがよければ　心も深し
花に匂いのあるもことわり」
「ふりよき君の情のないは
冴えゆく月に　かかるむら雲」
「心なしとはそれ候よ

冴えた月夜に黒小袖」

いずれも、人のよく知る小歌である。しかし、互いの思いが、既製の詞にこめられていた。

「恨みたけれども、いや身のほどもなや
惣じて怨みも　人により候《そろ》」

お丹は歌った。

お国が、返した。

「うらみあるこそ頼みなれ
思わぬうちは、ふらずふられず」

お丹は、ふいに、歌の調子をかえた。

「比翼連理の　かたらいも
心かわれば水に降る雪」

とどめをさすように鋭くうたい上げ、囃子方に合図をすると同時に、

「とても立つ名に寝てござれ」と、いつもの総踊りの歌を、叩きつけるような勢いで、弾き、うたいはじめ、遊女たちはいっせいに、扇をひるがえし、踊の輪がきらびやかにまわりはじめた。


お丹の合図が、打ち合わせもなしに通じたのであった。

寝ずとも明日は寝たと算段しょ
花の踊をのう
花の踊を一踊り

恋をせば　恋をせば
二十三夜の月を待て
月のいつわりなきものを
てててからこ　しゃんぎしゃ
かんこはらり　ついやいよ
ついやついやつやに
ちゃうららに　やうつほほ
忍踊はおもしろや
忍踊はおもしろや

＊

「名だたるかぶき女《め》、おくにとは、これか」

一献させ、と、朱塗りの盃をお丹につきつけた美丈夫は、まぎれもなく猪熊少将であり、その傍に座を占めているのは、まだ初々しさがおもざしに残る織田左門であった。

少将がお丹に憶えがないのは当然ながら、女院の御所で纏頭《はな》を贈ってくれた織田左門も、あのときから一年と数箇月しか経っていないのに、目をかけた少女とお丹が同一人とは気づかぬようであった。あの纏頭はやはり気まぐれの所産であったのだ、と、お丹は苦っぽい笑いをかくす。

四条の舞台に立つときは若衆髷《わかしゅわげ》だが、座敷では唐輪《からわ》に結い上げている。疋田絞《ひったしぼ》りと縫模様箔置きを片身がわりに仕立てた小袖をまとい、お丹は、少将の盃にとろりと酒を注ぎ、左門にもすすめる。


「北野のお国を歌い負かしたとな」

わたしの歌が勝ったのではない、三味線、総踊り、豪華な衣裳、数と華美を恃《たの》んで、総がかりで、歌い伏せ踊り伏せたのだった、とお丹は思うが、しかし、合図一つで皆を指図したのは、わたしだった。わたしの采配《さいはい》が適切であったのだ、わたしは一座を掌握できたのだ、と、誇らしさも湧く。

つまりは、見物衆を喜ばせ、惹きつけたものが勝つのだ。

——美《うつ》いものが、勝つんや。

勝ったら、他のものに奪《と》られんようにせ。河原の芸人は、一つの獲物を奪いあう狼《おおかみ》や。

そう言ったのは、こふめだった。言ったのはこふめだが、誰しもが同じ事を考えている。

華やかな総踊りを、見物衆は北野のお国の舞台より興がったのだ。客足は、四条へ流れるようになった。

勝つことは、嬉しく、誇らしい。けれど、何か淋しいものが、同時に心のうちにある。

喜びが大きければ、それだけ虚ろな穴も深まることに、お丹は気づきはじめていた。

お丹が思いにふけっている間に、話題は別のことにそれていた。少将が何かおもしろそうに話しており、

「冗談《てんご》でおざりましょう」

お丹といっしょに座敷に侍《はべ》っている年若い遊女が叫んだ。十五歳で、一つ年上のお丹と同様、太夫の位にある。満珠《まんじゅ》と名乗っているが、慶長二年、太閤が軍を半島に送り朝鮮を侵寇《しんこう》したとき、攫《さら》われてきて遊女に売られた娘であった。いたいたしいほど華奢で、肌は白磁のように硬質な透明感がある。攫われたのが七つの年、八年間遊女のたしなみを仕込まれ、遊芸はお丹よりはるかに長じている。三味線をのぞいては。

ずいぶん賢《さか》しく、芸のすすみも早いのに、三味線の手だけがあがらない。憶えが悪いふりをしているが、それが満珠の唯一の反抗心のあらわれではないのかと、お丹は感じるのだけれど、満珠は心の中を他人にみせなかった。薄い被衣《かずき》を透して見るように、満珠の表情はいつも曖昧《あいまい》であった。ただ、ひどく怕《こわ》がりで、恐怖の表情をみせるときは、真剣であった。人買いに拉致《らち》された幼い記憶が甦《よみが》えるのだろう。

文禄、慶長、二度にわたる朝鮮の役に、人買いが軍勢につき従い、男、女、子供も容赦なく、買いとったり攫ったりし、縄でくくり上げて日本に連れ帰り売りとばした。

人買いは、日本の女、子供を国外に売る仕事も盛んに行なっている。じゃがたら、呂宋《ルソン》、安南、遠くは南蛮にまでも売りとばすのだと、お丹も聞いている。

原三郎左の見世には、太夫の位にあるものはお丹、満珠、市十郎、蔵人《くろうず》、と四人いて、四天王と

呼ばれており、その下に更に十数人の遊女がいる。その中には、いくさに敗れた武士の娘もいた。もっとも、遊女暮らしを好み、すすんで身売りしてきた者もいる。市十郎などは身内に身分の高いものが多く、二、三度身柄を受け直す計らいをしたのだが、その度に、見世に逃げ戻ってしまうので親兄弟もあきらめ、放ってあるのだという事だ。

「冗談でおざりましょう？」

満珠は、眸《め》に青ずんだ怯《おび》えをのぞかせ、くり返す。

満珠が並はずれて怯えやすいことを知らぬ少将は、

「冗談ではない。まことじゃ。喃《のう》、おくに、そちはきいてはおらぬか」

「何のお話でおざりますか」

「今言うたことよ」

「つい、うつつのうしておりまして、聞き損じました。お許しくださいませ」

「どこぞのまめ男の上でも想うておったか」

「あれ、そのような」

ことさら考えずとも、決まり文句の応対は身についてきていた。

「禁裏さまのお庭に、長持が二つ、放り出してあったとおおせになりますのえ」

と、市十郎が話をひきついだ。蔵人は他の座敷に出ている。

「いえ、それだけであれば、取り立てて言うことはないけれど、おくにさん、その長持の一つに、生首が溢れるほどに詰まっていたと、こない言わはりますのえ」

「ああ、聞きとうもない」

満珠は白い細い手で両の耳を押さえた。

「もう一つには、何がつまっておりました？」

お丹が訊くと、

「くには気が強いの。恐ろしうはないのか」

「恐ろしうございます」

「もう一つの長持は、どのようにしても開かなんだそうじゃ」

「開かぬ長持の方が、なお恐ろしうござりますな」

原三郎左が言った。

お丹は行灯の芯をかきたてた。

「冷えこんでまいりました。火を持ってこさせましょう」

三郎左は手を叩いて下働きの女を呼び、手焙《てあぶ》りを用意するよう命じ、

「下京の神明堂で、人の声がするという話もございますな」と続けた。

「二、三十人も籠っているかと思われるほど喧《かしま》しいが、扉を開けると誰もおらぬとか」

「しかも、その扉を閉めると、それまでの声高な話し声が、怨みがましい泣き声に変わるとやら申すな」少将が話をひきとり、耳を押さえてうつ向いている満珠をおもしろそうに見ながら、

「京ばかりではない、近江《おうみ》の横関の話を聞いたか。巳《み》の刻までは水の一しずくもない野に、午《うま》の刻になると、忽然と沼があらわれる。その水が血であるそうな」

「この分では、やがて、破れ車のような変化《へんげ》の物も都大路を横行するやもしれませぬな」

織田左門が少将に、これも興がっているような口調で言った。

「破れ車？　それは何でございます」

市十郎が身を乗り出す。

「京に住もうておりながら、破れ車を知らぬか。音ばかりで、姿の見えぬ牛車《ぎっしゃ》だ。大路を走る音が聞こえ、戸を開けてのぞいても何も見えぬ。ただ轍《わだち》の音のみが、近づき、また遠ざかってゆく。凶《まがつ》事《ごと》の起こる前兆《まえじらせ》だというぞ」

そう言って、左門は耳をすませた。

「はて、聞こえぬか、牛車の音が」

満珠は突っ伏した。

「凶事が起きますかな」

三郎左が穏やかに、

「関ヶ原のいくさがおさまってこの方、京はいたって安穏」と言いかけると、

「探りを入れておるのか、三郎左」と少将は皮肉な笑いを含んだ言葉をかぶせた。

「いえ、めっそうもござりませぬ」

三郎左は落ちついて応じる。

「これ、いかがいたした」

瘧《おこり》の発作でも起きたように突っ伏したまま慄《ふる》えている満珠の肩に手をかけ左門が抱き起こすと、満珠はその膝に身をあずけた。

「おお、気疎《きようと》」

市十郎は顎をそらす。男の気をひくために、満珠はわざと弱々しいふりをするのだと、市十郎は常々言っている。

「若殿さま、満珠さんは、早うお身さまのお情けを受けとうて、気が急《せ》きますそうな」

「これ」と三郎左が目顔でたしなめた。

客の前ではしたない事を口にしてはならぬと躾《しつ》けられてはいるのだが、あまりとり澄ました応対ばかりでは客も気がつまる。いささか下種《げす》なやりとりも、薬味ほどには必要で、市十郎はその薬味の役どころを心得て憎まれ口を叩いている。三郎左が表立ってはたしなめてみせるのも、市十郎と馴れあいの上であった。

お丹にしても、諸芸を仕込まれたのは、わずか一年あまりである、どうにか太夫の面目を保ってはいるけれど、漂泊芸人の地金が端々にのぞく。それがかえって、野趣があって好ましいと、三郎左は思っており、矯《た》めつくそうとはしないのだった。

「夜も更けまする。奥にておくつろぎくださりませ」

少将と左門にむかい、三郎左は婉曲《えんきょく》に床入りを

促した。

三郎左によって、初めて男の軀を知らされたとき、お丹は索漠とした気分をもてあました。女の軀を抱くとき、男はこうも威厳を失ない愚かしい顔つきになるものなのかと、平常の三郎左との落差があまりに大きいのに驚きもした。

着物の紐《ひも》を解いて前をはだけた少将に抱きすくめられながら、お丹は、いつものしらじらした気分で、弱い灯影に少将の鼻孔が動くのを眺めていたが、そのうち、突然、思ってもみなかったような声が、咽《のど》の奥から奔《ほとばし》り出た。

――ああ、こふめ姉が悦《よろこ》んだはる。

お丹は、そう感じた。

わたしの軀を借りて、こふめ姉が、少将さまに抱かれておいやる。

お丹は、こふめに軀をあけわたした。


少将の訪れは繁くなった。見世に上がれば必ずお丹を相手にした。少将はたいそうな色好みで、女院に奉仕する女官の誰かれと浮いた関係にあると噂が流れている。

公卿の若殿原《ばら》の傾《かぶ》いた悪ぐるいは近頃いっそう甚しく、禁裏では、壁書《かべがき》を発令して、彼らの乱暴狼藉《ろうぜき》をおさえようとした。

小歌、舞、謡にうつつを抜かすことを禁じ、大脇差を佩《は》くことを禁じ、異類異形《いぎょう》のいでたちはつつしめ、夜町中を歩きまわるな、等と、こと細かに規制し、ことに青侍が皮衣皮袴を着用する事は厳禁した。公家に仕え、公の場所では青色の袍《ほう》を着るところから青侍と呼ばれる彼らは、位は六位と低い。流行の皮衣皮袴は、彼らの反権意識の表徴であった。

客たちの口から、さまざまな世の成り行きや、表にはあらわれぬ裏の動きが、三郎左の耳に入る。お丹たち太夫も、自ずとそれらを知る事になる。

江戸に開府した徳川家康は、伏見二条城に滞在している事が多いが、江戸城と江戸の町並は着々ととのいつつある事や、今上の天子がたいそう癇《かん》の強いお方で、腹をたてるとすぐに目まいを起こしたり腹下しをしたりする、幕府の圧力が強まりつつあるので、ますますその症状がひどくなる、というような話も、高貴の客たちは、遊女屋では気軽に口にした。

茶屋、角倉《すみのくら》、後藤といった豪商やその手代も始終訪れ、彼らは遊びを娯しみながら、重要な情報をここで手に入れる。

茶屋、角倉は朱印船貿易で莫大な利を得、後藤は金銀両替、売買、大判、小判、一分金等の鋳造を一手に行なっている。いずれも、家康の信任をかち得、側近として重きをおかれている。

北野のお国の一座が、かぶき踊を上覧にいれようと伏見城に参上したという話も、客の口から聞いた。もっとも、城方に買われたのではなく、御城落成と家康の征夷大将軍就任を寿《ことほ》ぎ奉ると称してかってに参入した。華美を嫌う家康はもとより一顧も与えず、役人たちにたいそう冷淡にあしらわれたと、その客は伝えた。

遊女かぶきは、急速に人気を高めていた。

かぶきといえば〝おくに〟と、人の口にのぼる。北野のお国と、四条河原の佐渡島おくには、人々に混同されつつあった。

年が明け、春の華やぎと共に、四条河原はいっそう賑わいたった。

三郎左の舞台は、改築の手を加え、上流の客の嗜好にあわせて桟敷を華美にし、庶民のための芝居に敷く毛氈《もうせん》も常に清潔なものにとりかえ、敷き心地がよいようにして客を誘った。

曲彔《きょくろく》には、南蛮渡来の孔雀《くじゃく》の羽根や、豹《ひょう》や虎などの珍獣の皮を敷き、いやが上にも贅沢な雰囲気《ふんいき》が舞台から溢れて客を包み込む。

かぶきの賑わいに引き寄せられるように、五条河原の見世物や人形あやつりなども、四条にうつってきた。

蜘舞、放下、連飛等の曲技の座も四条で興行をはじめる。その中に、一蔵、二蔵の姿はなかった。

曲彔に腰かけて三味線を弾くのは、お丹だけではなく、三人に人数を増やした。三郎左の案である。

替《か》え手《で》を入れ、音色も見た目も、いっそう艶やかになった。

三味線を弾くのは、佐渡島おくに、市十郎、蔵人の三人の太夫である。紘《いと》の道があかないために曲彔で弾じる事のできない満珠には、踊の見世場があった。

三郎左はもはや、北野のお国の存在はまるで気にかけぬかにみえた。

蔵人は、お丹に棘のある態度をとる。それも当然であった。蔵人も市十郎も、お丹よりはるかに長く、遊女の修行を積んでいる。三味線もとうに弾きこなしている。それにもかかわらず、遊女かぶきをはじめたとき、三郎左は、お丹ひとりを曲彔に腰かけさせ舞台の中心に据えた。三味線もお丹ひとりに弾かせた。かぶきを創始したお国の名をお丹に冠《かぶ》せた。これらはことごとく、蔵人の自尊心を傷つけ、嫉妬の念を燃えたたせる。

お丹でさえ、三郎左はどうしてこれほどわたしを引き立てるのかと合点がゆかぬほどだ。

しかし、市十郎は穿《うが》った見方をしていた。遊女かぶきを興行しても、果して人気が集まるかどうかわからぬ。だから、新参のおくにに、まず、瀬踏みをさせたのだ。三郎左の見世の太夫としてすでに名の高い蔵人や市十郎に舞台をつとめさせ、客が集まらなかったら見世の名折れ、太夫の名折れと、三郎左の深い考えがあったのだ。そう言って、市十郎は蔵人をなだめた。お丹には、市十郎は、別の事を言ったのだった。

こなたが美《うつつ》いゆえよ、旦那さまが初陣をつとめさせたのは。

市十郎の言葉には、いやみはなかった。

瀬踏みをさせたというのも、わたしが美しいゆえというのも、どちらもあたっているのだろう、とお丹は思った。

三郎左は以前からお丹を美いと手放しでほめていたし、他の者の口からその讃辞を聞いたこともある。

どう美しいのか、お丹はこれまでわからなかった。三郎左の見世で磨かれるようになる前は、つくづくと鏡をみつめた事もなかった。化粧も手早く必要な手順でするだけで、己れの顔に見惚《みと》れた事などなかった。

美しいのだろうか、わたしは。鏡に向かって、この頃は、自問する事がある。そう呟《つぶや》くのは、ひどく疲れているときだ。佐渡で、与八郎に謡と舞を学んでいた頃を思い出した。いや、忘れていたのを思い出したわけではない。いつも、心の底にあった。あの記憶は、磨かれた鏡のようだ。鏡は胸の中に水平に捧げられ、見えぬ天をうつしている。己れの顔をうつす鏡ではなかった。

能を舞いたい、とお丹は思った。


北野に、なごさんさまの亡霊があらわれ、お国と共に踊らはったそうや。

そんな噂をきいたのは、京洛の内外が息づまるような紅葉の緋に包まれた秋のさなかであった。

誰が見たのかと問いつめれば、この目でしかと見た、という者には行きあたらないのだが、

〝お国が念仏を唱えておるとのう、懐かしやお国というて、名古屋山三郎さまがのう、姿をみせはったんやて〟と、噂はますますひろまった。

ああ、また、三九郎とお国、とっぱが思案した客寄せや、とお丹はすぐに思ったけれど、少将に裸身を抱きしめられるとき生じるあの奇妙な感覚

を思うと、一度はお国と袖をさしかわした名古屋山三郎がお国のひたむきな念仏に惹かれてあらわれても不思議ではない、という気もした。

少将の胸がお丹の胸乳に重なるとき、そのあわいを流れる熱い蜜に、悦びのきわまった声をあげるのは、こふめであった。そうとしか、お丹には感じられないのだった。お丹の芯は冷え冷えとしているのに、咽声《のどごえ》ばかりが、愉悦にすすり泣いた。

烈しく揉みしだかれるうちに、お丹は、憑《つ》いたこふめが泣いているのかお丹自身が悦びに身悶えているのか、半ば呆《ほう》けてわからなくなる。

しかし、少将がみち足りて睡りに落ちたあと、お丹は、こふめが去ってゆくように感じ、芯からいとおしい相手をまだ知らぬ、と思う。

少将の禁裏での乱行はますます噂が高くなりつつあった。規制を強めようとする所司代へのあてつけのように、少将をはじめ、傾《かぶ》いた若殿原や青侍たちは、華やかに遊び、きらびやかに狼藉に及んだ。紅葉狩をたのしんでいる豪商の女房たちに乱暴をしかけるのも、このかぶき衆であった。

なごさんさまの亡霊がお国がもとにあらわれたそのさまを、お国がかぶきに仕組んで見せるそうな。

そう、前評判がたった。

「やりおるの」

三郎左はゆったり笑い、

「おくに、見に行くか」

と、お丹の思いがけない事を言った。

遊女かぶきでお国のかぶきを打ちのめした原三郎左が、四天王をひき連れ、伴の者どもを従えて、北野の芝居に陣どった。四人の太夫が妍《けん》を競うその一劃ばかりが、繚乱《りょうらん》と花ひらいたようで、見物の目が集まる。

「何と、舞台よりこちの方があでやかであろ」

伴の者が自慢げに見物衆に声をかける。

舞台はまだ空《から》であった。

やがて、囃子方がさだめの座につく。笛、鼓、大鼓《おおかわ》、太鼓と、以前のとおり四人の編成である。十人近い若衆を揃えた遊女かぶきの囃子方にくらべると、いかにも侘《わび》しくくすんでいる。

笛がひょうと鳴り、鼓が喝とひびいた。

幕をかかげあらわれたのは、とっぱと、黒衣に塗笠をつけた若い女である。女は胸に鉦《かね》をさげ、小さい槌を持っている。

笠の下の皃《かお》は、凄艶な美貌であった。

――一蔵や！

お丹は思わず腰を浮かした。

――お国の一座に加わっているのやろか、一蔵は。二蔵はどこにいてる？

「そもそもこれは、出雲の国大社《おおやしろ》に仕え申す社人にて候」

とっぱが詠じはじめた。いつもの小歌踊ではない。狂言風である。以前は独り狂言で世を過してきたとっぱだから、腹に力のこもった堂々たる声音であった。

「それがしが娘に国と申す巫子の候を、かぶき踊と申すことを習わし、天下太平の御代なれば、都にまかり上り候て、踊らせばやと存じ候」

故郷や　出雲の国をあとに見て、末は霞みて春の日の……

能であれば地方《じかた》が謡うところを、人手が足りぬゆえだろう、シテツレの役どころであるとっぱが、一人で謡う。

長門の国府を過ぎぬれば、かかる御代にも大野宿、
道せばからぬ広島や、誘い寄る宮は厳島、
舟の泊りにならたの浜、釣するわざは牛窓《うしまど》の、
月に明石の浦伝い、なお行く末は世の中の、

浪速の事もよしあしの、若葉に風の福島の、
港の波のおさまれる、御代には今ぞ逢坂や、
急ぐ心のほどもなく、都に早く着きにけり。

「これは早やみやこに着いて候ほどに、心静かに洛陽《らくよう》の花を眺めばやと思い候。いかに申し候、今日は貴賤群衆の社参の折なれば、かぶき踊をはじめばやと思い候。まずまず念仏踊を始め申そう」

とっぱが謡い、すると念仏踊のお国に扮した一蔵が、胸に下げた鉦を叩き澄んだ可憐な音をひびかせながら、うたいはじめた。謡の曲とは異なる、くだけたうたいぶりである。とっぱも一蔵も面はつけていないし、能装束でもない。能とも狂言とも小歌ともつかぬ、奇妙な舞台であった。

光明遍照十方世界
念仏衆生摂取不捨
南無阿弥陀仏南無阿弥陀
南無阿弥陀仏南無阿弥陀

芝居はしずまりかえった。一蔵の歌声は、切々と流れた。

はかなしや、かぎにかけては
何かせん
心にかけよ弥陀の名号
南無阿弥陀仏南無阿弥陀

「念仏の声にひかれつつ、罪障の里を出《いで》うよ」

声は、芝居の背後から起こった。振りかえると、見物をわけて、一人の若者が歩み進んでくる。笠をかぶり、覆面で面を包んでいる。

「喃々《のうのう》、お国に物申さん。我をば見知りたまわずや。その古《いにしえ》のゆかしさに、これまで参りて候ぞやや」

舞台の〝お国〟が、問いかける。

「思いもよらずや貴賤の中に、わきて誰とか知る

べき。いかなる人にてましますぞや。御名を名のりおわしませ」

若者は答えた。

「いかなる者と問い給う。我も昔の御身の友、馴れしかぶきを今とても、忘るる事のあらざれば、これも狂言綺語《きご》をもって、讃仏転法輪のまことの道にも入るなれば、かようにあらわれ出でしなり」

「さては此の世に亡き人の、うつつにまみえ給うかや」

「さしてそれとも岩代《いわしろ》の、松の言の葉数々に、袖をつらねて北野なる、右近のことと夕顔の、花の名残りの玉鬘《たまかずら》、かけても思い出でざるや」

「さては昔のかぶき人、名古屋どのにてましますか」

「いや名古屋とは恥ずかしや、なごやかならぬ世の交《まじわ》り、人の心はむら竹の、不思議の喧嘩をし出だして、互いに今は此の世にも、名古屋が池の水の泡と、果てにし事の無念さよ、よし何事もうち捨てて、ありし昔の一節を、歌いていざや、かぶかん」

「いざや、かぶかん」

〃お国〃の一蔵も声を合わせると、二人は笠をはっと取り高く放って捨て、同時に、〃お国〃の一蔵は黒衣を脱ぎ捨て、若者は覆面をむしりとった。

お国や！

お国や！

顔をあらわした若衆姿のお国は、歓声をあげ拍手する見物ににっこり会釈する。なまめかしい赤地に縫模様の小袖に変じ長い髪を乱した女姿の一蔵と、声を合わせた。

「いざや、かぶかん」

あただうき世は　生木《なまき》に鉈《なた》じゃとのう
思いまわせば気の毒やのう
あただお国は柚《ゆ》の木に猫じゃとのう

思いまわせば気の薬
淀の川瀬の水車
誰を待つやらくるくると

茶屋のおかかに末代添わば
伊勢へ七度熊野へ十三度
愛宕さまへは月参り

茶屋のおかかに七つの恋慕《れんぼ》よのう
一つ二つは痴話にも召されよのう
残る五つはみな恋慕じゃのう

風も吹かぬにはや戸をさいたのう
ささばさすとてとくにもおじゃらいで
あただつれなの君さまやのう
そなた思えば門に立つ
寒き嵐も身にしまぬ

「いかにお国に申し候」

と、名古屋山三に扮したお国は、お国に扮した一蔵に言う。

男装の豊麗なお国と女装の凄艶《せいえん》な一蔵がかもし出す奇妙な倒錯感は、見物をめまいに似た陶酔に誘い込んでいた。

「これは早、古き歌にて候ほどに、珍しきかぶきを、ちと見申そう」

名古屋山三の言葉を合図に、お菊、おあか、更に二人の女が、揃いの小袖に刀をはね差しにして踊り出る。それは、明らかに、遊女かぶきをこっけいに歪《ゆが》めたうつしであった。

我は小鼓　殿は調べよ
かわをへだててのう
かわをへだてて寝にござる
花の踊をのう

花の踊を一踊り

いとし若衆と小鼓は
しめつ緩めつしらべつつ
寝入らぬさきに
なるかならぬか
なるかならぬか
花の踊を一踊り

歌の詞のきわどさを、踊の振りは、いっそう露骨にあらわしていた。

——もう、この歌は、舞台では使えぬ。

お丹は思った。

見物の大半は、この歌が遊女かぶきの持歌であること、そうして、それをうたい踊る遊女たちが芝居で見物していることを知っている。見物の目は、舞台とお丹たちを往き来した。見くらべながら、笑い声がそこここで起きる。


お国たちも、原三郎左とお丹たちが見物しているのを承知だからこそ、このような踊をぶつけてきたのだ。

「何との」

三郎左が苦笑を洩らした。

やがて、お国の名古屋山三は、舞台から芝居に下り、見物の一人一人にかるく会釈しながら、去ってゆく。

舞台の上では一蔵のお国が、切なげに見送り、細い声でうたう。

お帰りあるかの　なごさんさまは
送り申そうよ　木幡《こはた》まで
木幡山路に行き暮れて
二人伏見の草枕
八千夜添うともなごさんさまに
名残り惜しきは限りなし

それまで隅に控えていたとっぱがすすみ出た。

「よくよく物を案ずるに、このお国と申すは、かたじけなくも大社《おおやしろ》の仮にあらわれ出で給い、かぶき踊を始めつつ、衆生の悪を祓《はら》わんためか、かかるかぶきの一節《ひとふし》を、あらわし給うばかりなり。あらありがたの次第かな、あらありがたの次第かな」

「ぬけぬけと言いおった」

三郎左の哄笑が、まるで舞台の終る合図であるかのように、一蔵たちは幕のかげに消え、舞台は空《から》になった。

*

「あのような趣向は、ただ一度かぎりじゃ。二度とは使えぬ」

三郎左はそう言い、歯牙《しが》にもかけぬふうであった。

そうしてほどなく、お国の一座が役人の咎《とが》めを受け、都を追われたという話が、お丹の耳に入ってきた。

男女打ち混りにて、淫《みだ》らがわしき興行をしたのが、不届きであるというのが、追放の理由であった。

理不尽なお咎めやないか、とお丹は思う。

以前から、とっぱが女装してお国と絡む、即ち、男女打ち混っての舞台は、行なわれていたのである。茶屋のおかかと遊客のたわむれをまねてみせるのだから、ずいぶんいかがわしい仕草を見せもした。それは今まで見過されてきたのに、お国と一蔵の舞台が、淫らであると咎められるのは、理にあわぬではないかと思うのだけれど、確かにあの舞台には、これまでにない妖美《ようび》で淫らな風が漂っていた——そう、お丹も認めざるを得ない。一蔵の女装は、とっぱが扮した茶屋のおかかの滑稽みのかわりに、淫らな陶酔感を誘い出す力があった。幼いころから、屈辱や諦めや悲哀を代償に身につけてきた一蔵の嫋々《じょうじょう》とした色と艶が、お国の若衆を相手に、花ひらいた。そう、お丹は感じた。

しかし、その花は、禁じられてしまったのだ。あまりに危うい香を、役人のなかにもかぎとった者がいたのだろうか。

一蔵はこの先どうするのだろう。一座を束ねていた権蔵が殺され、路頭に迷っていたところをお国の一座に拾われ、ほっとしたばかりであろうに、男女打ち混りがならぬというのなら、お国のもとにはいられまい。二蔵は、何としたのであろ。

——あのお咎めは、うちの旦那さんの企みやないやろか……。

お国を蹴落とし、北野から追い払うために、原三郎左が役人に手をまわしたのではないか。

そんな疑いが兆し、

——いや、原三郎左ともあろうお人が、そない汚い手ェ使うやろか。

お丹は打ち消そうとする。

三郎左は、策の多い男ではある。生一本な正直者では、遊女屋としてこの大身代を築くことはできない。茶屋だの角倉だの、世にときめく豪商も、座敷ではのどかに遊びさざめいているけれど、皆、お丹には肚の知れぬ冷酷さを秘め持っている。必要とあれば敵と手を結び味方を罠《わな》に嵌《は》めもする。

今の遊女かぶきの繁栄ぶりからいったら、北野でお国が何をしようと、目こぼししてもかまわぬだろうが、

——遊女かぶきの踊をこっけいにまね、笑いものにした、あの事が許せなかったのだろうか……。

三郎左にしてみれば、ええ、小しゃくなと、指先で一はじきした、というところか。三郎左にはほんの咳《せき》払いのような事が、お国にとっては取り返しのつかぬ傷手《いたで》となったのではあるまいか。

――わたしが何を案じてもせんない事や。わたしは、お国姉に、一の刃《やいば》を向けたんや。

お国の一座は都から去ったが、不在のお国の存在が、京で大きくなりはじめたような、そんな気配を、お丹は感じた。

出雲大社の巫子、と、以前にもお国は名乗ってはいた。

しかし、先度《せんど》の舞台で、お国は、〃出雲大社の神が、衆生の悪を祓うため、仮にお国の姿をとって顕現し、かぶき踊を創始した〃と、途方もない名乗りをあげたのである。それも、自分から名乗らず、とっぱに、ほめたたえあげさせた。

出雲の大社の神のあらたかな力が、お国の名に耀きを添え、しかも、〃かぶき踊を始めしは我なり〃と、高らかに宣言した。死せる名古屋山三郎との逢瀬《おうせ》と別れが、華やぎと哀切さをお国の身に加えた。

一蔵にお国を演じさせた事により、一蔵の持つ妖しい美しさまで、お国の名に溶けこんだ。この後、〃かぶき〃が誰によってどのように盛んになっていこうと、〃かぶきの始祖〃は〃出雲のお国〃であり、かぶきが流行《はや》ればそれだけお国の名も高められてゆくのか。

お丹の佐渡島おくにがどれほど人気を得ようと、その名声は、やがては出雲お国の名に収斂《しゅうれん》されてゆくのだろうか。

お丹は、そんな気がした。

お丹が別の名のりに改めようと、かぶき踊を踊るかぎり、出雲お国は、大きくお丹を包みこみ、見物の目にはお国の姿が顕《た》つのであろうか。

――そうは、させへんえ。

お丹は、思わず口走った。

お国姉の影で甘んじるものか。お丹は、お国の影やない。お丹は、お丹や。佐渡島かぶきの名を、あてが世につたえる。

厨《くりや》の方で、聞きおぼえのある声がする。

廊下を通りすがりにお丹がのぞくと、おあかととっぱが厨の土間に平たくかがみこみ、下人に取次ぎを頼みこんでいるところであった。

太夫は厨に入りこんだりしてはならぬとしつけられている。お丹は廊下に立ちすくんだ。

「喃《のう》、こなたの佐渡島おくに太夫さまにのう、取次いでくだされや。笠屋舞のおあかが参ったときけば、太夫さまは必ず、会うてくださる。取次ぎもせず追い返したと後で太夫さまが知りなされたら、お腹を立てようぞ。喃、とっぱ、われもお願い申さぬかい」

とっぱの声は低く、お丹には聞きとれなかった。

三郎左の部屋で、おあかととっぱは、三郎左とお丹の前に這いつくばった。

「こなたに奉公させてくださりませ。お慈悲じゃ。飯炊《ままた》きなと何なと、仰せつけてくださりませ。水汲みもいといませぬ。とっぱはなあ、こなたの舞台でお役に立ちましょう」

「おあか姉」

三郎左をさしおいて、お丹はつい声をあげた。

「とっぱがおらぬようになれば、お国姉は興行がたちゆくまいが」

小歌にあわせて踊るのは、さして修行も才もいらぬが、とっぱの道化ぶりは、並の者にはつとまりはせぬと、お丹も承知している。

「いえ、もう、な、お国にこき使われるは嫌じゃと、とっぱもこない申しております。お国一座は、都を追われ、はや散り散りや」

「とっぱ、まことかえ」

眼を伏せ、膝に拳を握りしめて黙りこくっているとっぱにかわって、おあかが、

「とっぱは、このおあかと夫婦《めおと》やもの。おあかが行くところに、とっぱも必ず参ります」

おあか一人では、三郎左は雇いはすまい。しかし、とっぱの芸と抱き合わせなら、と、おあかは

勘考したのだ。そう、お丹は察した。

とっぱは、そんなにもおあかと離れ難い絆で結ばれているのだろうか。

とっぱも、お国一座にいるよりは、三郎左の遊女かぶきに身を売った方がこの先安泰だと思案したのだろうか。

咎められるすじあいの行動ではなかった。とっぱは、もともと独り芸で暮らしをたてていたのだ。銭金でお国に縛られていたわけではないし、かくべつの恩義もない。むしろ、お国の方がこれまでとっぱの芸に助けられてきたともいえる。

しかし、目の前に卑屈に身をかがめているとっぱを見て、お丹は、口惜しいとも哀しいともつかぬ涙が滲んだ。

そのとき、記憶の中の一つの場面が、ふいに鮮やかによみがえった。

佐渡にいたときだ。

色を売れと三九郎に厳命され、必死に逆らうお丹が、
あては、原三郎左が見世の太夫になる身や。色を売るなら、三郎左が娘分になる、という意味の事を口走ると、お国は血相を変え激怒した。

うぬは、そないな欲得ずくで色売るを拒《こば》みくさったのか。ええ、見損のうた。

お国に髪をねじ上げられ、叩きつけられ、顔の上にお国の膝がのった。

なぜ、お国があぁも烈しく怒り猛《たけ》ったのか、あのときはよくわからなかった。お丹には、欲得ずくの疚《やま》しさはなかった。

今、目がさめる思いで理解した。

色売るのを拒むお丹に、お国は、何か無垢な浄らかな心情を見ていたのだ。お丹はただ、軀が十分に熟しきらず、男に触れられるのが不愉快だというだけの事であったのだけれど、幼いころから金銭ずくの色にまみれて育ったお国は、汚濁を拒む清冽《せいれつ》な勁《つよ》さを、お丹の上に思い描いていたのだ。

それが錯覚であったと思ったとたんに、あの猛々しい怒りが噴き上げたのだ。

お丹も、とっぱに、頼もしい力強い、思慮深い、大人の男の像を重ねていた。実の父親犬太夫よりも、はるかに、とっぱはお丹にとって父であり兄であった。

お国にお丹がいためつけられていたとき、とっぱは、

〝やめなァれ、お丹がこわれる〟

ことさら、剽《ひょう》げた口調で、お国の気をそらせてくれた。そう思い出したとき、お丹の眼から涙が噴きこぼれた。お丹は声をあげて哭《な》き伏した。物心ついて以来、はじめての号泣であった。

*

おあかは、もう十年も前からこの見世にいついている、といったふうに、厨で立ち働いている。

雨風に打たれて旅してまわることを思うたら、極楽やわ、ここは。

朋輩の下女たちに、大声で繰り返しそう言うのは、三郎左の耳に届くのを考えてのことらしい。

わては、まあ、言うたらおくに太夫はんの母《かか》のようなもんやねんけどな、娘がえらい出世でなあ、わてまで鼻が高いいうもんやわして。

そう言って、おあかはしきりにお丹にまといつく。

とっぱは四条の舞台に立つようになり、踊の合間に独り狂言を混える事で、舞台におもしろみが加わった。物まねも巧みで、見物を喜ばせるが、舞台を下りたとっぱの顔は、明るくはなかった。

「一蔵はどないしてるえ?」

お丹がおあかに訊くと、おあかは、さもおかしそうにしのび笑いし、

「知らんのかえ。一蔵はな、とうに、ここの旦那《だん》はんに買われて興行しとるわ」

と言った。

他人のいるところでは、おあかはお丹に極度にへりくだった態度をとるが、二人きりになると、昔の横柄な口調が出る。

「興行しとるて、どこで?」

お丹も、昔の口調になる。

「どこやろかの。旦那《だん》はんは、大坂やら名古屋やらあちこちに、興行の手えひろげたはるよってな。舞台で踊らせて、あとで色稼がせて、ええ商いや」

「そやかて、打ち混りは御禁制やろ」

「そやさかい、美《うつ》い若衆ばかり集めて、踊らせたはる。若衆踊は、坊主が喜んで買うてるえ」

「二蔵は、どないしたんやろ。一蔵と同じ一座にいてるのかえ」

お丹が訊くと、おあかは、いかにも秘密ありげにくすくす笑い、

「二蔵は厳《いか》うて、若衆踊にはむかんやろ。色買う客も、つかんやろなあ」

「そんなら、どこで、何しとるんやろか」

おあかのくすくす笑いは、大きくなった。

「知っとるんやろ」お丹は重ねて訊いた。

「さて、何と答えようの」

十分にお丹を焦《じ》らせてから、おあかは、誰にも言いなや、と念を押し、

「あのな、権蔵を殺したん、二蔵や」

と、ささやいた。耳たぶにおあかの息がかかった。

「二蔵が、そう言うたんか」

「一蔵が言うとったよ。そやさかい、二蔵は逃げた。一蔵には、江戸に行く言うたそうや。江戸は、諸国からあぶれ者が集まってきよるさかいな。お上の目も京のように厳しいないし、普請やら何やら多いよって、人雇うにもやかましこと言わんし、食うに困らんいうてな」

「二蔵が、何で権蔵を殺したんや」

「殺しとなるやろ、酷い男やったもの。権蔵が折檻しようとしたら、二蔵が刃向かっての、二蔵の方が強うなっとんたんや。しょむないな」

「そうか。権蔵殺したん、二蔵やったんか」

「お国の舞台に一蔵と二蔵を上げて道化やらせたのに、お国も三九郎も二人を買わなんだやろ。それで権蔵が腹立てて、ぅぬらのやりようが悪いと、一蔵と二蔵を折檻したんやわ」

同じように折檻されて、二蔵の方は一蔵より力が強かったために、人殺しになってしまった。一蔵は、舞台で踊っている。皮肉なものやな。お丹は吐息を洩らした。

「おあか姉は、何事もよう知っとるの」

「それが、わての取得やわして」

おあかは笑った。

一蔵が京に戻ってくる事があったら教えてくれ、とお丹は頼んだ。お丹の知らぬ三郎左の動静をよく心得ているおあかに、今までにない薄気味悪さをおぼえたが、世の動き、人の動きに目と耳を働かせるのは漂泊芸人の常で、お国も三九郎もとっぱも、皆、その技に長《た》けていた。太夫として立てられている間に、お丹はその力を忘れるようになってきていた。もともと、周囲の動きに聞き耳たてるより、我が思いに浸り込む性情を、お丹は持っていたのではあるけれど。

「お国姉がどうしていなさるか、消息が知れたら教えておくれ」

「あい、あい」

おあかは軽く受け流した。

＊

「少将さまのお相手が叶《かな》いますのも、あとわずか……」

「江戸に下るとな。三郎左からきいた」

「お名残り惜しうございます」

とらそうか」
「こなたは花洛《みやこ》に残れ。儂《み》が三郎左に申しつけて

「かたじけのうござります。さりながら……」

「儂が屋形に伴なおうか」

「少将さまには、御寵愛のお方さまが、たんとおられますものを」

手焙《てあぶ》りにかざしたお丹の手を少将の手が握り、ぐいと引き寄せた。お丹の身の内で、こふめが歓喜する。お丹は半ば醒め、半ばこふめの悦びに己れをゆだねる。

そのとき、声もかけず、襖《ふすま》がひきあけられ、織田左門が入ってきた。少将に何かささやく。少将は少しあおざめ、手早く衣服を脱いだ。お丹をうながし小袖を脱がせ、それをまとい、更に被衣《かずき》を無心した。

薄ものの被衣をひきかぶり、少将は足早に部屋を出ていった。

それきり、少将は京から姿を消した。

数十日後になって、お丹は周囲のものから教えられた。女院に仕える女官たちとの乱脈なかかわりが公になっており、ついに、追捕《ついぶ》の勅命が下りた。少将はそれを事前に知り、追手を逃れ、逃亡した、という事であった。

お丹の身の内で、こふめがすすり泣いていた。雨の夜に、おあかに子を堕ろせと言われて泣いていた声が、重なった。お丹の指はこふめの涙をぬぐった。

七之章

人も、船も、馬も、江戸へ集まってゆく。

船は、切り出した巨石を伊豆から運びこむ。馬の列は石灰を詰めた叺《かます》を背に山積みにし、小曾木や成木から江戸に向かう。石灰は城壁を塗り

固める漆喰《しっくい》の材料になる。

木材の調達は関東近辺だけではまにあわず、駿河、遠江、三河あたりからも伐り出されてくる。

江戸城の修築と江戸の町造りのためである。

北条《ほうじょう》を滅ぼした秀吉に、北条氏の旧領伊豆、相模、武蔵、上野、上総、下総の六ヶ国への移封を命じられ、徳川家康が関東に入国したのは、天正十八年の八月であった。

それまでは北条氏の家臣遠山氏の居城であった江戸城は、城の外側に石垣もなく芝の土手をめぐらしただけのみすぼらしいものであったという。

居城を華美にととのえるよりも、まず新領国経営の基盤を固めることに、家康は専念した。

文禄元年、ようやく修築にとりかかったが、ほどなく伏見城の工事を秀吉に命じられたため、いったん中止された。

秀吉は没し、関ヶ原のいくさで西軍を完敗させ、征夷大将軍に任ぜられ江戸に開府するに至り、天下に威容を誇るに足る豪壮な城郭の作事《さくじ》がはじまったのである。

茅《かや》や葦《あし》が茂った低湿地を埋立てて町とする作事は、文禄のころから行なわれていたが、この時期に、いっそう本格的になった。

城の濠《ほり》を設けるために掘りとられた土や、神田山を突き崩した土が海辺にはこばれ、外島の洲が埋立てられた。

平川の河口は沖にむかってのび、その途中に橋が架けられ、日本橋と命名された。

埋立地を町として発展させるため、願い出る町人には無償で土地が与えられた。

人の集散する土地には、遊女屋が出現する。

原三郎左は、洛中六条三筋町の見世を本拠としながら、江戸にも出棚《でだな》を設けた。当初の経営は他人に任せず、三郎左自ら采配《さいはい》をふるう事にした。

四天王のうち、お丹、蔵人《くろうず》の二人を江戸に伴なうことにしたのも、三郎左が江戸の発展を見越し本腰を入れている証であった。六条の見世では、端女郎《はし》が二人、太夫に格上げされ、残っている満珠、市十郎と共に新たな四天王となり、江戸組も端女郎の明石が太夫に昇格した。

おあかととっぱは、江戸に下る組に加えられた。おあかは下働きとしてである。

京を発ったのは、猪熊少将が追手を逃れ出奔したその年、慶長十二年の初夏であった。

慶長八年、お国がはじめて北野の舞台に男姿で立ち、遊女かぶきがそれを華麗な総踊りに変貌させてこのかた、わずかな歳月のあいだに、〃かぶき〃は、ほとんど全国にひろまりつつあった。

遊女屋の経営するかぶきばかりではない、廻国漂泊の芸人たちも、かぶきを名乗って廻るものが数を増した。

かぶき女を領国に連れ戻り、金に糸目をつけず贅《ぜい》をこらした興行をさせる大名もあらわれた。改易や移封で国替えを命じられる大名が多い。かぶき興行は、新しい城下町を活気づけ、人を集めるのに効果がある。もっとも、加賀百万石の城下町金沢のように、華美の風《ふう》が蔓延《まんえん》するのを嫌ってかぶき興行を禁ずる土地もあったが。

原三郎左が宰領して江戸に下る遊女たちの一行は、人目をひいた。塗笠をかぶり杖《つえ》をついた三人の美しい太夫を、男衆が護るように前後をかこみ、端女郎たちが従う。小袖などをおさめた蒔絵《まきえ》の長持が幾棹《さお》も、男衆にかつがれ、その後を、荷を背負わされた駄馬の列が続く。

街道すじの宿場や城下町で、かぶきと称しての興行を、お丹たちはしばしば見受けた。

売色の女芸人が多いが、これも色売る稚児や若衆の座もかぶきと名乗り、男女打ち混りの座も興行していた。

小歌に踊を添えた単純なものがほとんどである。若衆かぶきの踊り手の多くは、放下《ほうか》、蜘舞《くもまい》などを生業《なりわい》としていた少年で、彼らは踊に曲技を混え人目を惹く工夫をしていた。しかし、資力がなくて舞台に華やぎを添えられないためだろう、あまり見物を集めてはいない。

　若衆のかぶきを目にすると、お丹は、一蔵を思う。三郎左が経営しているのだから、おそらく、みじめな舞台ではないだろう。一蔵の踊をもう一度見たい。お丹は願い、三郎左にも頼んでみたが、三郎左は、とりあわなかった。

　桑名の宿で、お丹は、お国の名を耳にした。

宿の主が、

「お主らもかぶきか。いつであったかの、かぶき開山、天下一やという、お国という女がこの土地で興行しての、いや、つまらぬものじゃった。一度みれば十分だ。同じ事ばかり繰り返しておるでの、始めは人も集まったが、二日、三日となれば、見倦いたというて誰も寄らなくなったわ。早々に去っていったがの」

と語ったのである。

　それが、あの出雲《いずも》お国であるかどうか、確証はなかった。お丹でさえ、おくにを公には名乗っている。かぶき開山だの、天下一だの、誰でも許称するのはかってだ。あのお国なら、見倦きたと言われる前に何か工夫をこらしそうなものだ。しかし……と、お丹は思い、暗然とする。かぶきの誉れを三郎左に奪われ、思いがけぬ追放刑に会い、お国姉も気落ちし、投げやりになったのやもしれぬ……。

　旅の間も、お丹たちは、土地の領主に招かれ興行し、求められれば夜伽《よとぎ》もした。その遅れをとり戻すために、三郎左は道中をいそがせた。

　京を離れたので、少将の相手をつとめる夜はなくなった。少将を恋しいと思うのではないが、お丹は、こふめを軀《からだ》に感じないのが淋しかった。

　こふめが死んだ当座、お丹は、お国が子堕ろしを命じたと思い、それゆえにこそ、お国の一座をとび出しもした。

〝お国姉から、わてはきつう言いふくめられたんえ〟

と、こふめに言いきかしているおあかの声を聞いたからである。

〝お国姉はな、もし、どうでも嬰児《やや》生《な》すなら、去《い》ね、言うたはるんえ。こふめ、どないする。われだけやない。わてもお丹も、去ね、言わはるんえ〟

そう言って、おあかはこふめを追いつめていた。

〝嬰児でけたら、あかんのやろか〟

と問うたお丹に、お国は、

〝嬰児どころやあらへんえ、今は〟

と応じた。

子堕ろしに失敗しこふめが死んで、

〝子ォ流れたんやわして〟

おあかの言葉に、お国は、

〝しょむないな〟

と、ほとんど冷然と、一言いっただけだった。

しかし、子を堕ろせ、堕ろせなければ三人とも追い出すと言ったのか、と、はっきり確かめてはいなかった……と、近頃、お丹は思い込みがゆらぎはじめていた。

もちろん、確めたからといって、お国が真実を語るかどうか、そこまではわからないけれど、おあかの気質から慮《おもんぱか》れば、あれはおあかが、かってに言った事ではないかと思えてくる。おあかが、子が生まれたら邪魔だとお国に追い出されはしまいかと、取越苦労をしたのかもしれぬ。お丹も年長《た》けて、物事の裏を考えるようになってきていた。

――わたしが、あのままお国のもとにとどまっていたら……。

それでも、三郎左は、遅かれ早かれ、三味線と総踊りを武器に大がかりな遊女かぶきを創《はじ》め、お国を追い落とした事だろう。そうして、遊女かぶきはたちまち勢いを得、さまざまな〝かぶき〟が乱立し、今と同じ状態になった事だろう。

でも、少なくとも、わたしはお国姉と共にいて……

〃そやったら、少将さまと、わては添い伏しでけへんかったえ〃

こふめの声を内耳に聴いた。

お丹自身の言いわけの声のようでもあった。

おそろしい土埃《つちけむり》だ。小さいつむじ風が、辻々に埃の渦を巻き上げている。

佐渡でも小浜《おばま》でも、新しい町が作られようとするさまを目にしてきたが、江戸のそれは、比較にならぬ規模であり、荒々しさも、ひとしおだ。

造りかけの町は、破壊が進行する状態と似ている。

京の四条、五条の河原のような、芸人がたむろし見世物が並ぶ遊楽の地はないが、街道口や広場で大道芸をくりひろげる者の姿はすでに見られ、遊女屋も麹町《こうじまち》、鎌倉河岸、柳町等処々《しょしょ》に散在し始めていた。

ことに、日本橋の西寄り、中橋のあたりは、踊や見世物の興行が多い。

原三郎左の出棚は、日本橋にすでに普請が完成し、木の香がさわやかだ。

お丹は幼いころから諸国を旅してはいたけれど、東国は初めてである。京と江戸を結ぶ東海道の、道が立派で歩きやすいのに驚いた。道幅は五間もあり、砂利や砂を敷き突《つ》き固めてあった。

見世の前は、まだ道普請の最中であった。

東海道は以前は江戸の西の台地を通っていたのだが、東南の湿地を埋立てると同時に、この埋立地の中央に街道を移し、日本橋を街道の起点とした。

埋立地一帯の道の整備も行なわれたのだが、人馬や荷車の往き来が多くすぐにいたむので、いまだに普請がつづいている。

お丹は二階建ての見世を見上げた。その肩に、何か当たった。土くれであった。道普請の男が粗相したのだろうと振り向くと、陽灼《ひや》けした若い男が、お丹に視線を放《はな》っていた。

眼が合いかけると、若い男は背を向け、地に撒かれた砂利を大槌《おおづち》で叩きつける作業に戻った。褌《ふんどし》一つの汗にまみれた裸体は、油を塗ったように光り、肉の盛り上がった肩口や腿《もも》に、刀疵《かたなきず》のような傷痕がてらりと走っていた。

一瞬見ただけの顔に、二蔵《にぞう》の俤《おもかげ》が重なった。

「もし」

声をかけたが男は背を向けたままだ。

「さあ、お入り、お入り」と急《せ》きたてられ、お丹は他の者たちといっしょに、見世の中に入らざるを得なくなった。

上がり框《かまち》に腰を下ろすと、下働きの男や女が水をみたした平盥《ひらだらい》をはこんで来て、太夫たちの草鞋《わらじ》の紐を解き、土埃に汚れた足を濯《すす》ぎにかかる。おあかは、明石の足を洗っていた。太夫に昇格したばかりの明石は内気でおとなしく、おあかは気づまりを感じないですむせいか、とかく、明石の傍にいたがる。明石の世話をしていれば、他の用をいいつけられずにすむ。

宿の泊まりごとに同じことを繰り返してきているのだけれど、お丹はいまだに、他人に足を洗われるのになじめない。

太夫は鷹揚《おうよう》に、高雅に、気位高うかまえておれ、雑事に自ら手を出すな、生まれながらの高貴なもののように振舞え、その方が客は喜ぶのだ、と三郎左に常々言われている。

足の指の間など、自分で洗った方がよほど具合がいいのに、と思いながら、小女が手拭《てぬぐい》で拭くのにまかせる。

広い江戸で、わたしが到着したそのときに、二蔵が見世の前で働いているとは、あまりに偶然すぎる。人違いだろうか。

おあかは二蔵に気づかなかったろうか、と目を向ける。おあかはしゃがみこんで、明石の小さい足を馴れた手つきで揉むように洗っていた。

与えられた二階の一間に、お丹は入った。ここがお丹の私室になる。お丹つきの小女が、長持の蓋を開け、中をあらためている。

手があいたら来てほしいと、とっぱに伝えてくれと、お丹は命じた。お丹の方からとっぱやおあかたちの雑居する部屋におもむくのは禁じられている。目に見えぬ帳《とばり》が、次第に厚く身の周囲を閉ざしてゆくようにお丹は思う。

敷居ぎわにとっぱが膝をついたのは、小半刻《こはんとき》もたってからだった。お丹は小女に汚れた髪を梳《と》かせていたが、「もうよいから、次の間でおやすみ」と、追いやり、とっぱを招いた。

とっぱは敷居内に膝を進めようとはせず、

「何ぞご用でございますか」と訊ねた。

「とっぱ、誰もいてへんよって、家来のような話しぶり、やめてんか」

「太夫はんにぞんざいな言葉使うたら、旦那《だん》はんにわしが追い出されるわ」

とっぱは、目元に笑いをみせて言った。

「表の道を、人足が普請しとったやろ」

「二蔵がおったな」とっぱは言った。

「あれは、やはり、二蔵か！　不思議《きどく》な縁やなあ」

「何も不思議《きどく》なことはあらへん。お丹が江戸に下ってくると聞き知って、一目見ようと待っとったのやろ」

「わてらの江戸下りが、そない評判になっていよるのか？　そやけど、二蔵は、わてが原三郎左が見世の佐渡島おくに太夫とは、知らへんやろ。とっぱ、二蔵がことは、おあかから聞いとるやろ」

「権蔵《ごんぞう》を殺したことか」

「そうや。権蔵を殺したさかい、京におれへんようになって、江戸に逃れてきたんやろ。二蔵が京を離れたとき、わてはまだお国がもとにいた。二蔵が、わてを佐渡島おくにと、どないして知ったんやろ」

「二蔵は一蔵と気脈を通じおうている」

「その一蔵や。一蔵は、旦那はんに買われて、若衆かぶきの座に加わっておると、おあか姉からきいたが」

「そうや。坊さまやらお武家衆やら、一蔵を買う客は多いそうな」

「いま、どこで興行しとるんやろ」

「江戸や」

ことなげに、とっぱはそう言った。

「そやさかい、二蔵は、一蔵から太夫の江戸下りを告げられたんやろ」

「江戸やて！」

「遊女かぶきより一足先にな、旦那はんは、江戸に若衆かぶきを下らせ、興行させたはるよ」

「知らなんだなあ」

「太夫はんは、下々のことは知らいでええ。知らぬ方がええのや。詩歌管絃、な。茶の湯、立華《りっか》、

そうして、かぶき踊にお床入りや」

最後の言葉は、何げなくつけ加えられたもののようであった。

「一蔵に会いたいな」

「いずれ、会うときもあるやろ。同じ江戸の内、同じ原三郎左衛門さまの見世の子や。一蔵らの若衆の見世は湯島にあるときいたがの」

二蔵に会うのは、少し恐ろしかった。権蔵を殺した兇暴な力を、身内に蓄えているかもしれぬ。お丹の方では二蔵をなつかしく思うが、二蔵は、お丹に恨みを抱きかねないと、お丹はこのとき気がついたのである。

二蔵が権蔵を殺す羽目になったのは、お国や三九郎に冷たいあしらいを受けたためだ。二蔵からみれば、お国たちのやり方は汚なかった。そのお国の一座に、お丹は、いた。そうして、お国たちは原三郎左に蹴落とされた。お丹は傷つかず、三郎左の見世の太夫に成り上がっている。

お丹自身にそのつもりはなくとも、常に、有利な場所にお丹は身を置いている、と……、二蔵の目にはうつるだろう。

一蔵を、二蔵を、そうしてお国を、三九郎を、とっぱをおあかをお菊を囃子方《はやしかた》たちを、踏みにじって、お丹は太夫の座にのし上がった。お丹は、そう自認した。

鏡架けにかけられた手鏡の蓋を、お丹は、はずした。鏡の面は、少し曇りが出ていて、お丹の顔の輪郭と目鼻立ちを水に滲《にじ》んだように見せた。美《うつ》いと、他人に言われる顔を、お丹は凝視した。天下は、まだ、お丹の手の中にはなかった。

＊

三郎左の見世の遊女かぶきは、四条河原では連日興行していたが、江戸では月に一度か二度となった。連日では倦きられる。見物を待ち焦《こ》がれさせた方が人気が上がると、三郎左は算段したのである。

見世に近い空地に舞台が組まれ、興行のあるときは数日前から、某月某日、佐渡島おくに太夫、蔵人太夫、かぶき踊仕候、と日本橋に高札《こうさつ》を立て、人々の期待を煽った。

つまりは、かぶき踊は色売るための客寄せの手段なのだと、お丹は思い知らされる。踊の技を磨き工夫をこらすより、時たま華やかな踊を見せて、見世におじゃれ、さすれば座敷にて花の太夫がお相手つかまつると誘いをかける方に力をこめねばならぬ。

五条の河原で見物を集めようと必死になっていたときのような緊張感は、遊女かぶきの舞台にはなかった。ずば抜けた芸を見せるより、色気をただよわせ見物を蕩《とろ》かす方が重要なのであった。

そうは言っても、客を倦きさせぬため、多少の工夫は必要で、そういう事を考えるのは三郎左よりとっぱの方がすぐれていた。あまり凝りすぎてはならぬ、と三郎左は釘《くぎ》をさす。客を見世に誘いこめばそれですむことや。

江戸の春は、酣《たけなわ》のころとなっても、京にくらべて荒々しい。作事はあちらこちらで続いており、土埃が空を濁らせる。

お丹は、佐渡で与八郎から聞いた流人《るにん》の話を時折思い出す。猿楽《さるがく》を磨き抜かれた芸に仕上げるため、その流人の能楽師は一生骨身を削ったのだという。そうせねば、他の猿楽の座に地位を奪われる。鎬《しのぎ》を削るたたかいが、芸を磨いたのだなとお丹は思いながら、三味線の絃《いと》を爪弾《つまび》く。鎬を削る相手に、お丹は、お国を思い描く。

父の犬太夫が京を追放され、ぬかるんだ山道でとっぱと出会い、甘えてとび跳ねながらいっしょに走った、あの頃が一番たのしかった。

そう思い返し、何や、これでは、あてはまるで呆《ほう》けた年寄りみたいやないか、お丹は苦笑した。


一蔵にも二蔵にもその後会うことはないまま、日が過ぎていた。

「太夫はん、えらいこっちゃ」

襖《ふすま》の外で、おあかの声がした。同時に襖がひき開けられた。許されない不作法である。

しかし、おあかは、三郎左に叩きこまれた礼儀作法などかまっていられない様子で、

「早よ、早よ」

と、手をひいてせきたてる。

「何え」

「お国が、見世の前を通って行きよるわ。早よせんと、去《い》んでしまう」

「お国姉が」

お丹は立ち上がり、裾を踏んでころびかけた。

「それもな、『かぶき開山天下一　出雲阿国』いう幟《のぼり》を三九郎がかついでな、お丹のいてる原三郎左が見世と承知で、わざとみせびらかして通ってゆくわ。日本橋の方へ行くところや」

遊客が来るには早い日中《ひなか》である。人気のない座敷の間仕切を開け放し、下女が拭き掃除をしている廊下を、お丹は小走りに走り、土間に裸足《はだし》のまま下り、男衆をかきわけ外をのぞいた。

お国の一行は、見世の少し先に、まだ佇《た》っていた。お国と三九郎、お菊、前からいる女がもう一人、囃子方が二人、見知った顔ばかりである。散り散りになったというお国一座の最後の残党だろう。更に、道化方の猿と、七つ八つの年頃の女の子が一人加わっていた。女の子はどこかで拾ったか買ったかしたのだろうか。おあかが言ったとおり、三九郎は、高々と幟を地に立てていた。

「江戸の皆々さま。かぶき開山天下一、正真出雲のお国が、江戸に下ってまいりましたえ。江戸の将軍さまのお招きにあずかり、これよりお城にまかりこします。その後、日本橋の傍《ねき》にて正真のかぶき興行つかまつりますゆえ、何とぞご覧《ろう》じませ」

口上をのべる三九郎の目は、三郎左の見世にひたと向けられていた。恨みのこもった恐ろしい目と、お丹は感じ、思わず身を固くした。

お国は周囲に笑顔をふりまいている。お丹の方は見なかった。

お丹の脇に三郎左が片頬に余裕のある薄い笑いを浮かべ、立っていた。

「かぶき開山天下一、出雲お国とは、あれですかい」

江戸で雇われた男衆の一人が、蔑《さげす》んだような声で言った。

旅の汚れは落とし身づくろいを直して挑戦してきたのだろうが、遊女屋の豪奢を見なれた目には、いかにもみすぼらしい一行であった。お国は、厚化粧で陽灼けした地肌を塗りつぶし、衰える容色の最後のあがきのように、毒々しく紅をさしていた。

土間には、とっぱもいた。

「将軍さまに招かれたやて、ほんまやろか」

おあかが、少し不安げにとっぱに訊く。

「埒もない、法螺《ほら》や。ささ、仕事に戻れ」

三郎左は男衆を追いやり、お丹の足もとに目をやって、

「はしたない」

と小声で叱りつけた。

「そや、二条城でも、追い払われたいうもんな。いまの将軍さまは、かぶいたことは嫌いなそうな」

京では、芸人は、女院をはじめ堂上方の屋形にしじゅう出入りしていた。わざわざ招《よ》ばれることもあった。太閤さまも賑やかな芸ごとがお好きだった。しかし、天下が変わってから、諸事窮屈になってきた。将軍さまに招かれたというのは、三郎左が見抜いたとおり、箔をつけるための法螺だろう。京で芸人たちがいつもやっていたように、かってに参入し、たとえ追い出されても、お城の庭で興行してきたと言いふらすぐらいのことは、平気でやるだろう。

――お国姉が、わてに挑んできた。
お丹は、そう感じ、
総踊りや大勢の囃子方の力を借りない、わたし一人の力でお国に立ち向かいたい、と思った。

「あかん」

三郎左は、一言ではねつけた。

「まともに相手にせなや。知らぬ顔をしとったらええ。かぶき開山天下一は、佐渡島おくにや。いや、言うたら、かぶきをこないに創り上げたは、わしや。原三郎左や。原三郎左が、かぶき開山や。そやさかい、三郎左が見世で一の太夫のこなたは、天下一や。出雲お国いうたかて、たかが流れ乞食《かんじん》やないか。放《ほ》かしておけ。こなたは、何も動じることはない。あっちゃは三味線かて持てへんやないか。昔ながらの古くさい笛太鼓ばかりで、見物衆が喜ぶものか」

「そやさかい、わたしも、三味線は持たいで勝負

します」

「あほなこと言いなや。三味線がのうして、何がかぶきや。かぶき踊がこない評判をとったのは、異国わたりの三味線の音が、見物衆の気に入られたからや。勝負勝負て、こなた一人が肩肘怒らして、何と武骨なことや。佐渡島おくには、花の太夫。はんなり愛らしう、美しう、あでやかに。それでええのや」

なだめかすように三郎左は言い、笑いとばして話をしめくくった。

＊

佐渡島かぶきの舞台の傍の空地に、お国の一座は莚《むしろ》がけの掘立小屋をたてた。そこに腰を据えたのである。小屋の前には、天下一の幟が破れた裾を風にはためかせている。

幟を眼の隅に見ながら、お丹は佐渡島かぶきの楽屋に入った。お国たちは、掘立小屋に住みついたものの、興行は打っていない。江戸城に参入したという話はひろまっているが、真偽のほどはわからなかった。

舞台では鼓や笛に三味線をまじえた遊女かぶきがくりひろげられている。お丹は楽屋で身仕度をした。

唐織壺折《からおりつぼおり》に緋の大口の能衣裳《いしょう》と若女《わかおんな》の面《おもて》は、贔《ひい》屓《き》客に頼んでととのえてもらったものである。衣裳を着け、床几《しょうぎ》に腰を下ろし、お丹は両手に捧げた面の裏をみつめた。

面をつけると、視野は急にせばまる。細い筒を通して向こうを見るようだ。

笛と鼓が出をうながした。

川舟をとめて逢瀬の波枕、とめて逢瀬の波
枕、浮世の夢を見ならわし驚かぬ身のはかな
さよ

原三郎左の見世に来てから、お丹は、さまざまな習いごとをさせられたが、謡と舞は自ら望んで修行した。座敷で客に所望され、披露することもある。野外の舞台で舞ったことはなかった。かぶき踊と舞は溶けあわぬ。

見世を訪れる、素養のある高貴富裕な客であれば、舞に興じもしようが、粗野な野外の見物は、ただ浮き浮きと娯しみを求めて集まるのだ、舞など、いらぬことじゃと三郎左は言う。しかし、北野の森で江口を初めて観たとき、お丹は十二だった。教養など身についておらぬいわけない子供の心を鷲《わし》づかみにする力を、あのときの舞は、持っていた。

紘や総踊りの力を借りず、一人の芸の力で見物を惹きつけひきずりこむことができるか否か、それが、お丹が自らに課したお国への挑戦の、形であった。


見物は、地方《じかた》の謡にめんくらったようで、ざわめいていた。お丹が進み出で、

「よしや吉野の、よしや吉野の」

謡いはじめると、笑いが湧いた。

「面でつらァかくしてけつかる」

「くそおもしろうもねえわ」

「面をとれ」

「踊れ、跳ねろ」

面をとれ、小太夫。

お丹、可愛《つぼ》い顔を見せいや。

顔にできものでもできたか。

五条の河原で浴びた罵声《ばせい》がよみがえる。

あのとき、お国は、ちょっと眺めて、つまらぬという顔つきですぐに立ち去った。

しかし、今、お国はわたしの顔を見て、どう思うだろう。

形だけを見よう見まねでなぞっていたあのときにくらべたら、今の自分は、はるかに深く能の真

をあらわせるのではないかという自負が、お丹の心にある。

　ことさら大声でわめいているのは、荒らくれた若い男の一団であった。おそろしく長い煙管《きせる》で煙草《たばこ》を飲みまわし、殺伐な気配を漂わせている。

　こういう者たちは、しょせん、賑々しく華やかなかぶき踊でなくては娯しめないのかもしれない。しかし、お国なら、舞の巧拙を感じとる力は持っているに違いない。

　他の見物はどうであれ、お国一人を讃嘆させることができたら……。面の小さい眼の孔から、群衆の中にお国を探すことはむずかしかった。

　天文のころ切支丹の宣教師がもたらしたともいわれている煙草は、近頃、国内の栽培が盛んになり、急に流行《はや》り出した。ことに、無頼の若者たちは、組をつくり、一本の煙管を廻しのむことで結束の証しとする風がある。

　許された範囲を越えて勝手気ままなふるまいをする、という、〃かぶく〃の本来の意味からいえば、この荒らくれた若者たちも、まぎれもなく〃かぶき者〃であった。

　しかし、名古屋山三郎で象徴される洛中のかぶき者にくらべて、江戸のかぶき者たちは何と血なまぐさく粗野で、みたされぬ飢えを全身に漲《みなぎ》らせていることか。彼らは、物と心と、両方共に飢えているようにみえる。

　猪熊少将や織田左門のような貴公子では、彼らは、なかった。

　身に着けているのは、金襴《きんらん》や縫箔《ぬいはく》の小袖ではなく、ほころびやほつれの見える布子《ぬのこ》である。そそけた洗い髪を茶筅《ちゃせん》に結び、月代《さかやき》ものび放題のものが多い。武家の中間《ちゅうげん》、小者、それも百姓の二男三男が、いくさの際に雇われ、そのまま奉公したものの、人手が不要になって暇を出されたり、あるいは敗れた方に雇われていたので放り出されたり、そういう若い男たちが、江戸には溢れていた。二蔵のように人を殺《あや》めた者がまぎれこんで身をかくすにも、江戸は都合がよかった。

世の規制からはみ出して、勝手気ままな振舞をする事に加えて、〝かぶき者〟と呼ぶのにふさわしいのは、彼らが帯びた刀であった。言い合わせたように長大なやつを腰にぶちこみ、しかも、それは、京のかぶき者が身の飾りとした黄金造りなどの太刀と違い、喧嘩ともなればたちまち白刃《はくじん》をむき出し、血汐を吸うのをいとわないのだ。

武家の中間、小者、下僕らも、彼らの仲間には加わっていた。

若い荒らくれ者たちの野次と嘲笑は、いっそう烈しくなった。

「面ァ見せろやい」

ツレをつとめる遊女は、棒立ちになっている。

お丹も、はっと足が止まった。

男たちの中に、二蔵がいた。二蔵は、わめいたり騒いだりはしないが、お丹の肩を持つでもなく、無言である。

「やい、てめえら、静かにしやがれ」

そうどなって立ち上がったのは、やはり同じような荒若衆であった。違う群れが、少し離れたところに屯《たむろ》しており、立ち上がったのはその中の一人だった。

「菩薩《ぼさつ》さまのありがてえ舞を、静かに拝み奉らねえか」

長大な刀の柄に手をかけ、

「ごたくさ吐《ぬ》かす奴ァ、おれが前に立ちやがれ。そっ首ぶった斬ってやるべい」

恐ろしい形相でどなりつけると、騒いでいた若者たちが、いっせいに立ち上がり、身がまえた。

呼応するように、もう一方の群れも立ち、対峙《たいじ》した。

「喧《やかま》しいわい」

「いい度胸だ。ほめてやるべいか」

怒号の応酬を聞きながら、お丹は二蔵の動きを目で追う。

二蔵も大刀を帯びていた。その鞘《さや》には、『生きすぎたりや二十一』と彫《え》りこまれてあった。

「うぬら、大鳥組だな」

菩薩さまの舞を拝みやがれとどなった男が言うと、騒いでいた方の一人が、

「いかにも。おれが名は、大鳥一兵衛《いちびょうえ》が右腕、風吹塵右衛門」

「同じく大鳥組の天狗《てんぐ》魔右衛門」

名乗るのに続いて、二蔵が一足進み出で、

「大鳥組の白骨舎利之助《しらほねしゃりのすけ》」

野太い声で名乗りをあげた。

「うぬらも名乗れ」

「赤松六郎が八天狗の一、竜巻小平太」

「同じく東《あずま》鷹之助」

大鳥一兵衛も赤松六郎も、お丹は、とっぱの口から名を聞き知っていた。とっぱは、乱世の素破《すっぱ》のように、町の噂をすばやく集めてくる。


一味はそれぞれ、武家の下僕、中間、あるいは主家が関ヶ原のいくさに敗れ廃絶され、扶持《ふち》を離れたもと足軽小者。そういう者たちが寄り集まって徒党を組み、結束はきわめて固いらしい。君臣の契、親兄弟のかかわりよりも、仲間の結びつきを重んじ、互いに生命も捨つべしと誓いあっているのだという。風吹塵右衛門だの天狗魔右衛門だの、奇妙なものものしい名は、もとより勝手な名乗りである。ほかにもあぶれ者の集団は幾つもあり、勢力を争い意地をはりあい、些細《ささい》なことですぐに太刀抜いての大喧嘩大乱闘になるのだと、とっぱはそうお丹に語ったのだった。

見物たちは矢来の外に逃げようとして押しあう。荒らくれたちは、身がまえにらみあい、切迫した空気がみなぎった。

お丹は茫然と、二蔵をみつめている。精気が若者たちの軀からにおいたつ。

いまにも白刃がきらめこうとしたとき、

「その鯉口《こいぐち》、切ってはなりませぬ」

凛《りん》と、声が放たれた。

紫の元結で高々と髷《まげ》を結い上げ、たぶさを長く垂らした華麗な若者が、傍に楚々とした若い女をしたがえ、大手をひろげた。

それがお国と一蔵であることに、お丹は気づいた。

——一蔵は、三郎左の見世の子ォやなかったのか、いつ、お国がもとに……。見世を逃げたのか。

疑問が浮かんだのは、一瞬だった。お国の口上が、すぐに続いた。

「刃傷《にんじょう》沙汰は、おきなされ。かぶき開山天下一、出雲お国がまことのかぶき踊、ちとご覧《ろう》じ召さるまいか」

誘いかけながら、早、足は拍子を踏み、鼓がそれに合わせ、手拍子が加わり、とっぴきひゃらりと笛が煽りたて、いつのまにかお菊をはじめ一座の者もあらわれて、踊に加われと手招き、矢来の外へ誘い出してゆく。

浮かれ娯しみたい群衆は、お国の手ぶり足どりに合わせ、つき従った。

舞台に、お丹は膝をつき、面をはずした。

お国のもとに駆け寄り、共に踊りたい衝動を、お丹はおさえこんだ。面をつかんだ手に力がこもった。面を捨てたら、あては、お丹やのうなる。

芝居には、二組の荒若衆たちが残った。彼らは、踊に巻きこまれ争いをうやむやにするのは潔《いさぎよ》しとしなかったのかもしれない。

「後日」

と、頭立った一人が言い、それをきっかけに、彼らも去った。去りぎわに、二蔵はちらりとお丹に目を向けた。目の色にあるものが好意か憎しみかお丹にはわからなかった。

化粧に塗りかくされた一蔵の表情も、お丹にはよみとれなかった。

そうして、お国は、まるでお丹の姿など存在しないというふうに、一瞥《いちべつ》すらしなかった。そう、お丹は思った。

天に届く声を持つ能は、いわば、地より天にのびる垂直の道、世の人を浮き立たせ、共に娯しもうというかぶき踊は地に水平にひろがり咲く花。地の花でありながら天を望む矛盾《むじゅん》を、お丹は、みじめな失敗にあいながらなお捨てきれない。かぶき踊の太夫が能の道をきわめる事は、女の身ということも含め、二重の意味で不可能だった。しかし、十二のときに知った憧憬《しょうけい》は、お丹の魂の形に爪をたて、みたされることのない虚《うろ》をあけていた。

三郎左は、あいかわらず、お国を歯牙《しが》にもかけぬふうであった。三九郎とお国の奇手は、一度は成功する。だが、二度は使えぬ。大島一兵衛配下の荒らくれと、二蔵を通じてお国は誼《よしみ》をかわしており、あの騒ぎは、前もって企まれたものであったのに違いない。三郎左は、そう断言した。お丹が能を舞おうとしたこと、赤松六郎の配下が対立して騒ぎに拍車をかけたことは予想外の、しかも彼らにとって好都合なできごとであったろうが、そのことがなくても、二蔵たちが佐渡島かぶきを混乱させ、お国が鮮やかな仲裁に立ち、人目を惹きつける魂胆であったのだろう。

だが、あないな企みは、お国らが最後の悪あがきや。お国の踊が三郎左が〝かぶき〟に勝ったわけではない。お国は、とうに世間から忘れられておる。

「かぶき開山のおくには、佐渡島おくにや。そう、世間に認めさせるには、まず、おのれがそう思え。乞食《かんじん》のお国などは、世におらなんだと思え」

そう、三郎左は断じ、

「道楽に能を舞うもええが、舞台で恥さらすまねはすな」

と釘をさした。座敷での座興は許すが、舞台で舞うてはならぬ。それ以上の咎めは、なかった。

一蔵に関しては、三郎左は何も言わなかった。お丹が問えば答えたのかもしれないが、お丹はそのとき、三郎左にあれこれ問いただす気力がなかった。

半月あまり経って、お国一座の消息をお丹につたえたのは、とっぱであった。

日本橋にたてた掘立小屋は、誰ともわからぬ者によって打ちこわされたが、お国たちは場所を少し北の尼店《あまだな》と呼ばれるところに移し、舞台を組むかねがないのだろう、矢来も作らず、大道で興行し、投げ銭を集めている。大鳥一兵衛の配下が興行に肩入れし、けっこうな見物を集めている。あの分では、もう一度しぶとく、人気を盛りかえすかもしれない。もっとも、お国に共感を持ち寄り集まっているのは、遊女かぶきの見物衆より下層の人々が多い。

そんなことを、とっぱは伝えた。

「ことに、大鳥組のような若いあぶれ者にはたいそうな人気や」

「一蔵は、お国姉がもとにいてるのか。うちの旦那はんは、一蔵を見逃したはるのやろか」

「お国とともに踊っておったの、一蔵は」

三郎左の寛大さが、お丹には合点がいかなかった。

「見世を、かってに脱けたんやろ、一蔵は」

「そうや」

「そして、旦那はんには敵方のお国姉の座に加《くわ》わった……」

お丹は、はっと思いあたる事があった。

「とっぱ、旦那はんのしかけた罠《わな》と違うやろか」

人気をとりもどしたいお国の一座に、一蔵が見世を逃げ出してきたといってかけこめば、喜んで迎え入れるだろう。

一方で、三郎左は、役人衆に手を廻し、とうに黙認されている〝男女打ち混り禁止〟の掟を持ち出して、徹底的に叩かせる。掟というものは、それを用いる者の手加減一つで、どのようにも厳しくもなりゆるやかにもなる。追放どころか、入牢、極刑にもできるのだ。

「そやないやろか」

「旦那はんの肚《はら》はわからへん」と、とっぱは言った。「一蔵など放《ほ》かしておいても大事《だん》ないと思わはったのかもしれん」

そうであれば、一蔵を座におかぬほうが無事だとお丹がお国に言うのは、座の人気を奪うよけいな口出しということになる。そうかといって、三郎左に確かめるわけにもいかなかった。藪《やぶ》をつついて蛇を出す結果になりかねない。

大鳥組やら赤松組やら、その他数々の徒党の流血の喧嘩沙汰は、時折、お丹の耳に入った。土埃をまきあげる風は、気のせいか、血のにおいが感じられた。

一蔵に会って問いただしたいと、お丹は思った。お国の頼もしい味方なのか、三郎左の意を受けているのか。

買物を口実に、お丹はとっぱを伴に見世を出た。

日本橋の北詰は富裕な町衆が多い。ことに角地には瓦葺塗籠《かわらぶきぬりごめ》造りの三階櫓《やぐら》を持った豪壮な商家が建つ。表通りに面した側は幾つもの小見世に仕切られ、亀甲だの幸菱《さいわいびし》だの木瓜《もっこう》だのそれぞれの紋を染めぬいた短い半暖簾《のれん》が埃まじりの風にひらひらしている。

見世の前を通り過ぎ、北へ足を向ける。地理を知らぬお丹を、とっぱは先立って案内する。本町通南側の低湿地の一劃に小高い茨の原があり、この辺りが尼店と呼ばれるところだと、とっぱは教え、

「弾左衛門とその一党の住まいや」と集落をさした。

「今日は、興行してへんのやな」

人気《ひとけ》のないあたりを、お丹は見廻した。

「しょむない。戻るまいか」

踵《きびす》をかえしたとき、お丹は、かすかな歌声を聴いた。

あの山見さい　この山見さい
いただきやつれた小原木を

若衆踊の舞台でうたわれる小歌である。お丹は若衆の舞台を観る機会《おり》はなかったが、巷《ちまた》に流行《はや》りだした歌は聞きおぼえていた。

鳥が啼《な》けば往《い》のとおしゃる
月夜の烏いつも啼く

——一蔵だろうか……。

歌声の主は、お丹に姿を見せるつもりはないらしく、一抱えも二抱えもあるような大樹の梢がざわめいているばかりであった。

＊

表が騒々しくなった。何をわめいているのかよく聞きとれないが、大鳥組という名が耳を掠《かす》め、お丹は立ち上がった。

一蔵にもお国たちにも会えぬまま戻ってきてから三月《みつき》近く経つ。始終見世をあけることはできないので、そのままになっていた。

お国の興行が、下層の人々にたいそうもてはやされているという噂はきいたが、遊女かぶきの客層とは競りあわないから、三郎左も気にかけないのだろうかとお丹は思い、いささか心安じていたところであった。お国に芸の上ではいつか打ち勝ちたいと願っても、卑劣な企みによってお国が滅ぼされるのは見過せない。そのうち、お国たちの噂を、とっぱも口にしなくなった。

「引き廻しだ」

はっきり、声が耳を打った。

客が登楼するにはまだ早い時刻であった。

「早く行かないと、見損なうぜ」

「引き廻しだ」

廊下を男衆たちが走り出て行く気配だ。

「大鳥組の」という声が混る。

お丹は門《かど》に出た。

物見高い人々が道の両側に垣をつくっている。

警護の小者が前後を固め、縛り上げられた罪人を背にした駄馬の列が行く。馬は五頭いた。五人の罪人は、名前と罪状を記した木札を背にくくりつけられている。

先頭から二番目に、凄艶《せいえん》な一蔵の皃《かお》を、お丹は見出した。

「引き廻しの上、はりつけになるのだ」

見物の中に、声高に言う者がいる。

南無阿弥陀仏と声があがった。

お丹の目の前を、信じられぬ幻のように、馬上の一蔵は通って行く。

突然、喊声《かんせい》が湧き起こり、礫《つぶて》が降りかかった。警護の役人めがけて投げられているのだが、見物にもうち当たり、悲鳴をあげて人々は逃げまどう。その間隙《かんげき》を、荒らくれた若い男たちが抜き身をふりまわしながら行列に駆け寄った。

礫にひるんだ警護の小者たちは、すぐに陣形をたて直し、刀を抜いた。

仲間の救出に駆けつけた男たちの中に、二蔵がいた。

そこここに血しぶきが噴き上がった。罪人をのせた馬は手綱の制御を離れ、荒れ狂い走り出す。

見物はいったん逃げ散ったものの、見世の土間に入りこんで難を避けながら、格子の隙間に折り重なって目を当て、見物する。

「危ない。巻き添えをくうな」

三郎左の手がお丹の腕をつかみ、奥へひきいれた。抗《あらが》ったが三郎左の力は強く、二階の座敷にひきずり上げられた。

「ここから眺めろ。とくと眺めろ」

連子格子《れんじ》を嵌《は》めた窓ぎわに三郎左はお丹を立たせ、傍に並んだ。

目の下に乱闘があった。高く噴き上がる血の雫《しずく》が格子の裾までとどいた。

加勢の役人が押し寄せ、前後を阻んだので、見世の前は、遮断された修羅場となった。

連子格子は、牢格子のようにお丹を閉じこめていた。

お丹の視野の中で、縛り上げられた一蔵の胸に槍の穂先が沈んだ。

罪人の行列を襲った狼藉者《ろうぜきもの》の一団はことごとく捕えられ、ひかれて行き、土にしみこんだ血汐を男衆が水で洗い流している。

二階の座敷の格子の間から、お丹はぼんやりした目を外に投げている。

——何《なあ》もでけへんやった……。


男女打ち混りを咎《とが》められ、お国一座が召し捕られそうになる事件が、お丹の知らぬうちに起きていたのであった。三郎左に命じられ、誰一人、それをお丹に知らせなかった。

そういう事を、ようやく、お丹はとっぱから教えられた。

召し捕りになったとき、お国や三九郎、その他の者は、うまく逃げた。なぜ逃げることができたかというと、大鳥組の面々が、役人に立ち向かい、お国たちを助けたからである。一蔵は、逃げずに、大鳥組といっしょに手向かいし捕えられた。

一蔵の行動は、まるで、生きのびる道を自ら断ち切ったもののようだと、お丹は思った。

捕えられた一蔵と大鳥組の者たちは牢に入れられ、刑が決まり、今日がその処刑の日であった。

あぶれ者の乱暴が目にあまるから見せしめのために磔刑《はりつけ》という極刑が科せられたのである。

仲間の救出に駆けつけた二蔵たちも、生きることを拒否したような無謀さであった。

生きすぎたりや二十一。二蔵の大刀の鞘に彫《え》られた文字が、眼裏によみがえった。

襲撃に、原三郎左の見世の前をことさら選んだのは、

――二蔵が、わたしに見せようとしたのだ。

お丹は、そう感じた。

一蔵も二蔵も、江戸におりながら一言もお丹に言葉をかけはしなかったが、行動で話しかけていた、と、お丹は悟った。


その後、お丹は、呆けたように日を送った。

一蔵も二蔵も、自らを地に叩きつけるように砕けた。わたしは……。

江戸を逃れたお国の噂は、きくことがなかった。お国の没落には、やはり、三郎左の手が動いている、とお丹は確信する。危惧《きぐ》していたように、男女打ち混りの禁令を役人に持ち出させた。


あてとお国姉の勝負やない、お国姉は、原三郎左という巨きな力に立ち向かっていたのだ。かぶき開山天下一の意地で。三郎左はうるさい羽虫を追い払うように、一打ちで叩きのめした。

やがて、遠国から江戸に来た客などの口から、ごくまれに、お国の噂をきくようになった。しかし、その噂はまちまちで、何が真実やら確かめようがない。

名古屋で踊っているのを見た、という者があり、さるお大名に連れられ九州熊本に下った、という話も聞いた。駿府で踊っていた。西国でお国かぶきが興行しておった。出雲お国は死んだというぞ、年をとり人気も無《の》うなって、野垂れ死にしたとよ。そうかと思えば、小浜《おばま》で見かけたものがいるそうだ、と言うものもいた。船問屋の内儀におさまっとるときいたがの。

小浜にいるというその話が、お丹には、もっとも真実らしく思えた。田中清六は金山経営に失敗

してお咎めを受け任を解かれはしたが、多くの鉱脈を発見した功績がある、小浜の見世は身内の者がひきついで繁盛しているということだ。

　更に遠い地の噂が、ようやく江戸にまで伝わってきた。

　京を逃れた猪熊少将は、九州に隠れ棲んでいたが、ついに捕えられ、斬罪に処せられた。織田左門は少将の逃亡を助けたかどで糾明《きゅうめい》され、身をかくしている。

　その話をきかされ、お丹は、短い間だが失神した。

　我にかえったとき、気を失なうほど取り乱した己れが不思議であった。こふめの姿は心にあらわれなかった。

　　我は君ゆえ院の御所の御勘当
　思い寄らずの西国へ流さるる　ああ
　くちずさんでいた。もつれた糸が解けのびるように、詞が節が流れ出た。
　お丹は三味線を手もとにひき寄せ、膝にのせ、爪びきながら、詞も節も、自ら流れ溢れるにまかせた。

　　浮き世は水車の、くるりくるり
　　くるくるくると廻《めぐ》り来て
　　いつまた君に逢瀬のあらば
　　今の怨みを晴らすもの
　　花の都を振り捨てて下る身ぞ憂き
　　世は定めなき身とは言いながら
　　浪路はるけき船の上
　　とても赤間が関ならば
　　止めて戻せ船戻せ古里へ
　　止めて戻せ船戻せ……

　こふめ姉が嘆かぬも道理や。少将さまが死なはったら、こふめ姉と同じあの世の人とならはるのやもの。こふめ姉は喜んだはるのやろな。ほな、あての、この虚ろな淋しさは、誰のものなんやろ。

お丹のかたわらを、荒々しく、烈しく、人は走り抜けてゆく。死に向かって。

お丹は撥《ばち》を取り、烈しく絃を打った。

荒ら荒らしさが血に溶けいった。お丹はいつか帯を解き放っていた。帯を放り捨て、小袖を肌から剝ぎとり宙に放《はな》った。

野山を流れ歩いた血がよみがえった。

裸身を誰かが抱え込んだ。


三郎左は、お丹を私室に伴なった。なだめるようにまた抱こうとするのを、

「大事ございませんよって」

お丹は逃れ、少し離れて坐った。

「そないしかつめらしうせなや。喃《のう》、おくに、前々から言わんならん思とったんやがの、主《ぬし》を身請けにして側に置きたいいうお人が、これまでに、幾人《いくたり》もあった。しかし、わしが一存でことわった」

間をおいて、三郎左は続けた。

「主は、この見世の稼ぎ頭や。しかし、わしがおことわりしたのは、そのためやない。何故か。察しはつくやろ」

「旦那さま。わたくしは、我から望んで、旦那さまの見世にまいりました」

「そやったなあ」

三郎左は膝を進め、お丹の方に身をかがめた。

そやさかい、出るときも、我から望んで出て行きます。心の中で、お丹は続けた。

＊

小屋の中には、悪臭がこもっていた。積み上げられた藁山《わらやま》に身を埋めて眠っている女の、体臭と病いの熱のにおいだろう。

これで二日、お丹は女の傍にいる。昼でも中は暗く、女の目鼻はさだかではなかった。明り取りの高窓の外の空は、重く雲が垂れこめている。

「お国姉」

お丹は呼びかける。答はない。

「原三郎左の見世を、あては、出た」

無断で。

「三味線一棹《ひとさお》と売る色がある。食べるには困らんやった」

「京の四条河原はなあ」と、お丹は続ける。「えらい繁盛やった。けど、また、いくさが始まると皆言うとるえ。破れ車が走りまわっておるそうな」

田中清六のあとを身内の者が継いだという小浜の船問屋は、見たところは以前と変わっていなかったが、
お国？

応対に出た下人は、粗末な旅姿のお丹に、知らん、とそっけなく言った。

お国か何か知らんが、行き倒れの歩き巫女《みこ》なら、納屋でくたばっとるわ。うちの旦那さんはお慈悲深いよって、追い出しもせんと置いてある。

おあかは野垂れ死にをひどく怕《こわ》がっていた、と、お丹は思う。

藁に埋もれ仰のいている女は……

——あてや。

女は、呼吸が止まっているかにみえる。しばらく間をおいて、ほうっと咽《のど》の深いところから喘《あえ》ぎのような息が洩れる。

——死ぬて、当人には一生に一度のえらいことやもの。難儀やろなあ。

高窓から薄陽が射しこみ、女の顔がようやく少しさだかになった。

お丹が息をのむような恐ろしい形相であった。女の喘ぎはとうに止まっていた。瞼《まぶた》も頰《ほお》もおちくぼみ、鼻梁《びりょう》の両脇が削《そ》げ、乾いてめくれた上唇の

はしからこればかりは衰えぬ犬歯の先がのぞき、過ぎた生の苦渋と怨みが顔に凝固していた。

やがて女の顔が少しずつ変化しはじめた。瞼も頬も険が薄れ、やわらかくふっくらとし、何ともいえぬ柔和な相が滲《にじ》みあらわれた。

華やかに踊り乱れる人の群れが、お丹の眼裏を流れた。お丹は、全身で跳ね踊る。人々の歓《よろこ》びの声が湧く。

やがて、それは、海を見下ろす静かな台地に変わる。

女の子が舞っている。

誰一人見物もおらず、共感の絆《きずな》を結ぶ相手もなく、拍手も賞讃の声もなく、独りで、舞っている。

「お国姉、おくにが、祈っておる」

お丹はつぶやく。

泉の姫

他2篇

PART 3

蘭《らん》鋳《ちゅう》

土埃《つちぼこり》を巻き上げる南西の風に背を押され、思わず小走りになる。

舞い上がった埃は空を褐色に濁らせ、春の陽射しをさえぎっている。

暖簾《のれん》がはためき、軒に吊るされた板看板が揺れる。

こんな日にゃあ、煙草火のちっとした不始末だって、えらい火事になりそうだ、と思った目の先に、『御紙烟草入京屋伝蔵』と記した屋根つきの広告行灯。もちろん、昼日中、灯は入っていない。

間口三間の大店である。『現金かけねなし』と染めぬいた日除けの布が、裾に重石をつけてあるのだけれど、煽《あお》られて、はちきれそうに風をはらむ。

「おいでなさいませ」

土間に足を入れた与市《よいち》に、店の丁稚《でっち》が愛想よく声をかけたが、

「おや、市っちゃんじゃないか」

なれなれしい声になった。

女客が二人ほど、框《かまち》に腰を下ろして、手代が並べた袋物をあれこれ選んでいる。京屋は烟草入れの他にも、鼻紙袋や楊枝入れ、七つ道具入れ、短冊入れと、袋物の数々を商っている。主がみずから絵を描き讃をした扇子も夏になれば店頭にならぶけれど、今は時期はずれだ。

その上に、薬も売る。

壁に下がった広告《ひろめ》の紙に、効能が長々と記されてある。

『読書丸　一包十五粒入代壱匁《もんめ》五分

〇気根を強くし、物覚えをよくす。〇心腎の虚分によし。〇気の方ぶらぶら患いによし。〇常に身を使わず心を使ひて心労多き人、老若男女によらず、一週り用ゐて身に覚ゆるしるしあり。〇道中なされ候か、又は病身の人は常に懐中に貯へべき薬なり。〇気鬱。〇酒の酔。〇腹痛の類、一粒にて即効あり』

文案を考えたのも、筆をとったのも、主である。

「これなんぞ、いかがでございますか」

手代が言葉たくみに、客にすすめる。

「縮緬《ちりめん》に蠟引きしたもので、よその店にはございません。てまえ主の工夫でございます」

「買物かい」

丁稚に訊かれ、

「いえ、そうではないのだけれど……」

与市は口ごもる。

「なにか、用事かい」

「うちの新七《しんしち》兄さんが、あの、お嬢さんのご容態を気づかって……」

と言いながら、与一は、息苦しくなった。嘘はつきなれていない。

ことさら嘘をつく必要はないのだった。しかし、自分がお嬢さんの見舞いにきたとは、恥ずかしくて言えない。思い切って口にしたところで、店先であしらわれ、お鶴《つる》の部屋にあげてはもらえないだろう。新七の名をだせば、ひょっとしたら……と、幼い知恵を働かせたのだった。

「お嬢さんは、あいかわらずだよ」

「これ、店先で油を売るんじゃない」

客の相手をしていた手代が、小僧をとがめた。

「新さんから、お嬢さんにお見舞いだそうで」

「新さん？」

「へい、彫師《ほりし》の」

「その子は、新さんの弟子か」

「湯屋で、よくいっしょになるんで」

丁稚は言った。

「そういう用なら、裏にまわるように言いなさい。お初かおみねがいるだろうから」

「おまえね、その露地から裏におまわり」

丁稚は指差した。

京屋の主伝蔵《でんぞう》は、他に名を二つ持っている。浮世絵師北尾政演《きたおまさのぶ》、そうして、戯作者山東京伝《さんとうきょうでん》。もっとも、画業の方は十七年前――というから、与市が生まれるより二年も前のことだけれど――御上のことを皮肉った黄表紙の絵を描いた咎《とが》で、過料の罰を受け、その後はほとんど止めたそうだ。それゆえ、与市は、北尾政演の絵は知らないが、〈山東京伝〉の戯作は、充分に知っている。ここ一、二年のものなら。


与市が彫師の藤蔵《とうぞう》に弟子入りしたのが四年前。まだ、板削りと鑿《のみ》の手入れぐらいしかさせてもらえない。

兄弟子の一人、新七が、最初《はな》っから与市に目をかけてくれた。

与市の父親は、若いころ、藤蔵のもとにいた彫りの職人で、新七の兄弟子だったという。

父親は、右手の人差指の付け根から手首にかけて、傷跡がひっつれている。そのため、右手の動きが少し不自由だ。

鑿で指の筋を切り、彫りの仕事ができなくなったと、与市は聞かされていた。左利きではないのに、どうして右手を怪我したのかと、ちょっと不思議に思ったが、問いただしもしなかった。怪我をしたとき、父親は二十をすぎていたから、新しい仕事をおぼえるには遅すぎたし、職人気風が身についているので、いまさらお店奉公などできたものではない。季節ごとの振り売りぐらいしか、仕事はなかった。

暮は凧《たこ》、華の三月は向島や飛鳥山に目蔓《めかずら》を売りに行き、五月は紙の鯉を売り歩く。秋は縁日に虫を売る。

夏は金魚の振り売りをする。金魚は、下谷池之端の卸問屋から買い受ける。

与市は母親を知らない。ものごころついたときは、両国の裏長屋で父親と二人暮らしだった。父親は日が暮れるまで帰ってこないから、与市は、隣近所の女たちに、残飯をもらって飢えをしのいだ。五つ六つになれば、屑物《くずもの》を拾ってわずかな銭にかえる手もおぼえた。父親の稼ぎはほとんど飲み代《しろ》にかわるらしく、与市は、父親の素面《しらふ》の顔をみたことはなかった。

九尺二間の裏長屋でも、とにかく、住いはあるのだから、食い代にするくらいの銭は、使い走りの駄賃で稼げるようになった。着物までは手が回らないので、ぼろを、それでも、洗濯だけはこまめに自分でして垢じみないのをまとっていた。近所の女たちから古着をもらうこともあった。古着屋でもひきとらないようなくたびれたものばかりだけれど、寒さしのぎにはなり、何枚かをとりかえひきかえ、着てみて、お大尽《だいじん》気分をあじわった。

父親が、突然、息子に目をむけたのは、四年前、与市が十になった春で、おめえも、手に職をつけざあ、と、彫師藤蔵のもとに弟子入りさせたのだった。

そのときは、さすがに父親も素面で、どう工面《くめん》したのか、親子ともこざっぱりしたみなりになった。

わっちゃあ、あんな不始末から、仕事はできなくなりましたが、わっちの倅《せがれ》だけあって、筋はようござんす。仕込んでやっておくんなはい。

筋がいいも悪いも、与市は、それまで鑿にさわったこともなかった。

初めのうちは、仕事場に入ることもゆるされず、外回りの掃除やらどぶ浚《さら》いやら、長屋で駄賃稼ぎにやっていたこととかわらない雑用ばかりいいつけられ、給金はもちろんでない。それでも、着物は節季ごとにあたえられ、食べものも、香の物に麦飯でも、三度食べられる。こき使われ怒鳴られるのは、たいして苦にならなかった。

その上、新七が、おめえの父っつぁんはおれの兄弟子だったのだから、と、何かと目をかけてくれた。新七は、年は三十そこそこと若いが伎倆は藤蔵の弟子の中では一番で、豊国や北斎、重政などの彫りもまかせられていた。

新七の身の回りの用をしていれば、人使いの荒い他の兄弟子たちに酷使されないですむ。

仕事場の木屑の掃除も、新七に命じられるようになった。仕事場に、出入りがかなうようになったわけだ。兄弟子たちの雑用をしながら、仕事のやりようを、おのずと見ておぼえる。だれも手をとって親切に教えてはくれない。熱心なものは、削りつくして薄くなりもう使い物にはならない古版木を彫って、稽古する。手のひらや指の先に肉《ま》刺《め》ができ、つぶれて血を吹き、固くなる。そうやって技術を身につけてゆくのだけれど、与市は、新七が歯痒がるほど、欲がなかった。彫りにはいっこう興味がない。おまんまの苦労がないのなら、このまま、雑用だけでもいいな、と思っていた。二年前、父親が死んでからはなおのこと、仕事に身が入らなくなった。

おまえは、無器用ではないのだから、もうちっと気を入れて、おれのやりようを盗め。

そう新七に言われても、鑿を持つ気にならないのは、父の怪我を見て育ったせいかもしれない。刃物の光が怖いのだった。怪我だけならまだしも、その後の父の崩れた暮らしぶりがある。なまじ腕がよかったから、落胆も大きかったのだ。そう、与市は、はっきり認識したわけではなかったけれど、無意識に用心深くなっていたのかもしれない。

他人とのかかわりでも、与市は用心深かった。相手が親切だろうと小意地が悪かろうと、それによってこころを動かされることはほとんどなかった。他人の親切は、気まぐれなのだ。昨日、残り飯をくれた女が、今日はうるさいと追い払う。そういうものなのだ。新七にしたところで、今は気をくばってくれるけれど、明日にでも、態度がかわるかもしれない。

やさしくされても撲《なぐ》られても同じ表情の与市を、鈍いやつだ、と兄弟子たちはみなすようになった。

おまえは、けっして、鈍ではない、と新七だけが言った。いいつけられたことはよくやるし、気働きもある。欲には、もうちっと、自分から彫りの稽古をすれば……。

独り者の新七は、しじゅう、女を買いに出た。

おまえも、そろそろ、女を知ってもいい年だと、新七が深川につれていってくれたのは、去年の夏だ。

与市のあいかたになった女は、年季がとうにあけて自前ででているという大年増だった。

川をわたる夕風がとだえ、汗がにじんだ。お艶《つや》は団扇で彼と自分を当分にあおいだ。ほそぼそと立ちのぼる蚊いぶしの煙が団扇の風で乱れた。

お艶はやがて、帯をとき、彼に背をむけ、滝縞のひとえを肩からおとした。

与市は息をのんで、その背をみつめた。

文身《いれずみ》をいれた女を見たことがないわけではないけれど、その女の背を彩った模様は、珍しいものだった。

梅鉢、下がり藤、抱き桔梗、結び雁が音、三つ鍬形、九曜、雪輪、蔓花菱《つるはなびし》、木瓜《もっこう》、沢瀉《おもだか》、龍胆《りんどう》車《ぐるま》……と、五寸角ほどのおびただしい家紋が背にちりばめられていたのだ。

薄い布団に横になり、こう、おいでな、と女は彼を招いた。

乳房はまだはりをもっていた。女は彼を抱きすくめた。

「姐さん」と、ことが終えてから、与市は小声で言った。

「おまえの背はみごとだねえ」

「気に入ったかえ」

「もう一度、とっくり見せておくれでないか」

女は笑顔でおきなおり、行灯のあかりを背に受けてみせた。

そうして、言った。

「男がわっちに惚れていれあげるたびに、その男の紋を彫ったのだ。わっちゃ、紋づくしのお艶と、あられもない二つ名で呼ばれているわな」

女郎衆は、客に心意気をみせようと、腕に相手の名を彫っちゃあ、次の客がつくと、焼き消して、火傷の痕だらけになるが、

「男をたらしこむは女郎の手柄。昔の武士が大将首の数を手柄にしたように、わっちゃ殺した男の数が自慢さ。焼き消したりはしねえわな。おまえも、馴染みになったら、紋をいれてやるわ」

「おいら、そんなごたいそうな、紋なんど……」

「だれだって、家の紋はあるものだ。昔ァお公家さんや大身のお武家さまばかりだったそうだが、この節ァ、おかまいなしさ」お艶は言い「新さんの紋もあらァね」と、長煙管で背をさぐった。

与市は指で一つ一つ、刺青の紋をなぞった。

「比翼酢漿草《かたばみ》があるだろう」

「比翼……酢漿草？」

「酢漿草は、こう」と、お艶は与市の内腿に、長煙管の先で、絵を描いてみせた。

「紋付きならば白抜きだが、肌絵だ。藍一色で塗り込めたのが表の酢漿草。それによりそうように、筋彫りだけの酢漿草が、陰にかさなっているのがあるだろう」

「はい」と言ってから、与市は、その図柄に見おぼえがあるような気がした。比翼にはなっていない、白抜きの酢漿草だけだったように思える。しかし、どこで見たのかすぐには思いだせずにいると、

「初めて会ったとき、新さんは、十六か七だったねえ」

片膝《かたひざ》たてて、お艶は半身になり、烟草盆をひきよせ煙管に火をつけた。

「新吉原の玉屋だっけよ。わっちァ、若いころァ玉屋でお職をはっていた。染浦と言ったよ。そのころは、真っ白い背中だったっけが。おまえも藤蔵さんの弟子ならば、京屋の旦那の名は知っているだろう。そう、山東京伝さ。粋でねえ。玉の井というのがわっちの朋輩にいて、京屋の旦那に身請けされ、おゆりさんと本名にかえって、いまじゃ、大店《おおだな》のおかみさん。こっちは年季があけてからは、深川で自前稼ぎさ」

「あの、それで、新兄さんとは……」

「その話だっけね。豊国先生が――ほれ、歌川派の――お弟子やら彫師やら摺師やら、おおぜい引き連れて遊びにきなさったとき、新さんもその仲間にはいっていたのだよ。親方の藤蔵さんも、むろんのこと、いっしょだった。藤蔵さんの弟子では、もうひとり弥太《やた》さんというのがいたよ」

そう言って、お艶は与市にちょっと目を投げた。

「新さんは見世にあがるのは初めてでね、かわいかったよ。それでも、いまのおまえよりは、よほど大人びていたっけが。わたしは弥太さんのあいかた、新さんには扇野さんがついた」

おまえはまだ知るまいが、と、お艶はつづけた。

「廓《くるわ》では、よその馴染みを奪るのは御法度だ。裏をかえして馴染みとなったら、他の花魁と一つ寝はゆるされねえ。ところが、新さんは、扇野さんと馴染みになりながら、わたしにきつい執心さ。それをわたしに告げたのが、弥太さんだった」

いくら腕がよくても、そのころは新七は下っ端の弟子、廓にかよう銭がよくあったものだなと、与市が思うと、それを見ぬいたようにお艶は、手先を動かして、壺を振るさまをみせた。賭博《とばく》で稼いでいたということなのだろう。いまでも、新七は博奕は強く、仲間うちでさいころをいじったり花札をひいたりしているけれど、賭場《とば》に出入りしているようすはない。

「新さんは、わたしに焦がれて」と、お艶は言った。「それでも、扇野さんと馴染みになってしまった後だ、どうすることもできねえわ。一言も、新さんは自分の口からは言わないけれど、弥太さんには察しがついた。哀れでならないから、一夜ちぎってやってくれまいか。そう弥太さんが言うのだよ。わたしはかまわないよ。だが、朋輩に馴染み客をとられては、扇野さんの意地がたつまい。そう、わたしは言った。おれが、先に扇野に言い寄らァ、と弥太さんは言ったよ。そうすりゃあ、お互いっこだ。わっちは、哀しかったよ。ほんのことを言やあ、弥太さんに、商売気をはなれて、惚れていたからねえ。じきに年季が明ける年になっていた。そうまでなった仲のおまえを、扇野さんにとられたと、噂がたっては、たとえおまえの本心がどうであろうと、わっちの意地がたちいせん。そう、わっちァ言ったっけよ。扇野さんに意地があるなら、わっちにも、意地がある。すると弥太さんはの、新七とは血肉をわけてはいないが、一つ腹から生まれた弟より、かわいい。そう、言った。鑿の持ちようひとつから、弥太さんが手をとって教え込んだというからね。そう聞いてわっちは、ちっとばかり羨ましかったっけねえ。そうまで言いなさんすなら、ようござんす。わっちが虚仮《こけ》になりいしょう。おまえが首尾よう扇野さんをなびかせたら、わっちは、男を寝取られた腹いせに、あいての男を情人《いろ》にしたと、廓の笑いものになりいしょう。どうせ、じきに年季が明けるのだ、笑いものになるのもほんのいっとき。そう、腹をくくったものの、哀しくてねえ」

お艶の言葉は、なかば、耳を素通りした。

――弥太という名は、父と同じだ……。

お艶の語る、新さんの兄弟子というのは、親父のことなのか。おれが、その息子と承知で話しているのだろうか……。

「でも、女のことで哀れまれ、ゆずられたとあっちゃあ、新さんもおさまるまい。だからさ、新さんには知らせず、ことを運んだ。弥太さんが扇野さんに横恋慕。扇野さんを強引になびかせ、くやしがる新さんをわっちがなぐさめて……というふうさね。ところが、小細工はうまくいかねえものだ。新さんは、弥太さんが馴染みをとったと腹をたて、酔ったあげくに、弥太さんに喧嘩をふっかけた。あいにく、刃物をもっていたから……」

「それじゃ、親父のあの傷は……」

つぶやいた与市に、お艶はうなずいた。

「お艶さん、おれが、弥太の息子と……」

「そうだよ。弥太というのは、おまえの親父さまさ。まあ、聞かっし。おまえ、親父さまの怪我のもとを、聞いたことはなかったのだろ」

「仕事の最中に、手がすべってと……」

「そう言いつくろって、弥太さんは、仕事をやめたのだよ。新さんとの何や彼《か》やは、これっぽっちも口にださなかった。廓にくることもなくなった。新さんも、それきり、廓通いはやめたよ。わっちとはついに、ちぎらずじまいだった。わっちはほどなく年季が明け、身請けの客もつかねえまま、深川で自前稼ぎ。新吉原のありんすより、深川のほうが、わっちには合っていた。何年前だったかね、わっちがあいかたに出た相手が、新さんだった。思いもかけねえご対面さ。昔の話がでてね、そのとき、わっちは、新さんに、わっちの背を見せた」

お艶の背には、そのとき、すでに、いくつもの紋が彫られてあった。一番上の左端にあるのは、酢漿草。まだ、比翼ではなかった。

「弥太さんが、わっちを弟弟子の新さんにゆずると言ったとき、わっちは、弥太さんの紋を背にいれることにした。初めての文身だった」

父親は、色の褪せた紋服を一着持っていた。正装するような折りはなかったのだが、質屋を出たり入ったりして、飯の種にはなった。その白抜きの紋が、酢漿草という名は知らないし、比翼ではなかったが、形はこれだった……。

「親方から正月の祝いに紋服をもらうことになったとき、勝手にきめた紋だと、聞いていた。わっちは、それを、背に負った。その後、わっちァ、馴染みの客ができるたびに、紋を入れ、紋づくしのお艶と二つ名になった。新さんに、弥太さんの心づくしを教えてやったのは、そのときさ。新さんは、いきなり、刃物を出して、自分の指の筋を切ろうとしたから、わっちは横っ面をひっぱたいてやったよ。肌はあわせずじまいだったけれど、おまえの紋も入れてやろうか。わっちが言うと、新さんは、わっちの背に指を這わせ、こういうぐあいに、陰の酢漿草を入れて、比翼にしてくんねえ。そう言った。おもての酢漿草と陰の酢漿草、ふたつ寄り添わせてくれと。おまえが藤蔵さんに弟子入りし、新さんの弟弟子になったのは、それからほどないころだ」

「なぜ、親父も新兄さんも、そんな話をおれに黙っていたのだろう」

ひとりごとめいたつぶやきに、

「親父さんの心意気さ。いったん言わねえと決めたことを、後になってぐだぐだ愚痴るなァ、男じゃあねえわ。新さんもな、弥太さんの気性がわかるから、自分の口からおまえにぶちまけるかわりに、わっちにおまえをまかせたのだよ」お艶はいった。

なにかうっすらと不愉快な水に濡れたような気分が、与市の心の底によどんだ。

親父は、言葉にだしてはいっさい何も言わなかったが、からだが愚痴を言っていたなあ。だらしなく酔いつぶれた姿が、目に焼きついていた。

はじめて女のからだを知ったその相手が、父の馴染みであったということも、与市には気分の悪いことだった。新七もお艶も、いっこう、そんなことには気がついていないのだ。意地だの達引だの、女をゆずるのどうの、兄弟弟子の情の濃さだの、どれも、与市には共感のもてない話だった。女にかかわるいざこざで、新七が親父の指を傷つけ、使い物にならなくした。親父は、のんだくれになった。それだけの話じゃあないか。いい人情噺だろうと言わんばかりのお艶の語り口も、与市は気に入らなかった。

お艶の背の紋づくしも、比翼の紋の因縁も、与市には、うっとうしいばかりだ。

親父は、義侠心から出た行為とそれをひけらかさずに一生をとおしたことで、ひそかにいい気分だったのだろうし、新兄いはおれの面倒をみることで恩返しみたいないい気分なのだろうし、お艶は情がらみの紋を背に入れていい気分なのだろうな。

からみあったねばっこい情をおしつけられたようで、与市は、うっとうしくてならなかった。

与市が恋という感情を知ったのは、去年の秋だ。新七の供をして、はじめて、京屋をおとずれた。

奥の蔵座敷に通された。

床の間のついた立派な座敷だが、蔵のなかなので、昼日中から行灯が灯っていた。布団を敷き、掛け蒲団を三つ折りにしたのに、与市と同い年くらいの女の子がよりかかっていた。

京屋の主、山東京伝の後妻の妹でお鶴といい、労咳をわずらっているのだと、新七から聞いていた。

新七は、持参した風呂敷包みをひらいて、紙の束をお鶴にわたした。

受け取るお鶴の笑顔を、こんな愛らしい表情が世にあるのかと、与市は、ぼうっと見惚れた。

「これを、ぜんぶ、新さんが彫ったのだねえ」

そう言うお鶴の声も、与市には、なんとも愛らしく聞こえた。

新七は、すぐに座をたとうとし、そばにいた乳母らしい女が、もうちっと、ゆっくりしておいきなね、お嬢さんがせっかく……とひきとめた。

帰る道すがら、新七は、

「あれは、京屋の旦那の新作だよ」

と教えた。

『桜姫全伝曙草紙』というのだ。お嬢さんは、気の毒に寝たきりで、芝居見物もままならない。退屈していなさる。たいそう面白い話だと聞いて、お嬢さんが早く読みたいとせっつきなさってね。草紙本ができるのを待ちきれない、摺りがあがったら、新さん、すぐにも、とどけておくれと、お嬢さんのお乳母さんからたのまれていたから、摺師からおれがもらってきたのだ」

新しい読本《よみほん》をとどければ、お鶴のあの笑顔が見られるのだと、与市は思ったのだった。

「そうかい、新七さんからの見舞いかい。ありがとうよ」

台所で洗い物をしていた乳母が、濡れた手を風呂敷包みにのばしたので、与市はいそいで抱きかかえ、

「あの、お嬢さん、どんな案配でいなさるか、お目にかかってご挨拶してこいと、新七兄さんが……」

「そんなら、奥の蔵座敷、わかっているだろう。わたしはちょいと手がはなせないから」

「へい。あがらせていただきます」

「足を拭いておあがりよ。埃まみれだ。そこに雑巾がある。ひどい風だねえ」

蔵座敷の床の間には、一日しまいおくれた雛人形がかざられてあった。そうして、陽がさしこむ高窓の下の壁際、三尺幅の板敷に、ギヤマンの鉢がおかれ、金魚が数匹、紅い鰭《ひれ》をそよがせていた。

「新七兄さんが、お嬢さんにお見舞いにさしあげてくれと……」

風呂敷包みを、与市はひろげた。

「新さんが？　なぜ、自分でこないでおまえを使いによこすのさ」

布団に横になったまま、お鶴は不機嫌をまるだしにした。

どんなに機嫌が悪かろうと、この、京伝の新作を見せれば、愛らしい笑顔を見られるのだと、与市はわくわくする。

「こんどのは、『梅花氷裂《ばいかひょうれつ》』というのだそうでございますよ」

「おまえに言われないでも、知っているよ。書いたのはわたしの義兄《あに》さんなのだから」

お鶴の声はそっけない。

「金魚の話だろう」

と、お鶴は、ギヤマンの鉢に目をあずけ、

「池之端の卸問屋から、義兄さんが買ってきて、話の材料にすると、ずいぶん眺めていなさったもの」

「その金魚でございますか」

「そうだよ」

「ずいぶんときれいで、お嬢さんのお目のなぐさみになりましょうね」

金魚のことなどどうでもいいというふうに、お鶴は返事もしない。

「京伝先生の読本は、金魚が蘭鋳になるという話だそうでございますね。摺師が言っておりました。もらったのを、早くお目にかけようと、そのまま包んで持ってきましたので、わたしは中はまだ見ていないのですけれど」

「おまえが、摺工のところからもらってきたのかい。新さんがよこしたのではないのかい」

お鶴の声がとがった。

それでも、与市はまだ、去年の秋にお鶴が笑顔を見せたのは読本の摺り上がりを喜んだのではなく、新七にたいしてであったということには気がつかず、

「まあ、ちょっと見てごらんなさいまし。お気晴

らしになりますよ」

一心にすすめた。

お鶴は、気のない手つきで一、二枚めくったが、小さい悲鳴をあげて、投げ出した。

綴じてない紙は、はらはらと散り舞った。

「こんな薄っ気味悪い絵を、わたしに見せるなんて。おまえ、わたしを気鬱にさせたいのかい」

女が、金魚になりかかっている絵であった。

顔はすでに、眼球が飛び出し鼻はひらたくつぶれ口が裂けた醜悪な魚と化し、乱れた髪が水藻のようにただよい、振袖の裾は魚の尾鰭《おひれ》になりかかっている。それが、画面いっぱいにのたうっているのだった。

「わたしが試し摺りの持ち出しを頼んだ摺師の弟子が教えてくれましたが、物語の発端は、妾が孕《はら》んだのを知った本妻が、腹のふくれた妾を吊り下げ、なぶり殺しにする。妾の血が水槽の金魚にかかると、金魚は頭が瘤状にふくれ、不気味な蘭鋳となる、というのだそうでございますよ」

「いやな話だ」と言いながら、お鶴は少し興味をそそられたようだ。

「義兄さんは、たいそうおだやかでやさしい人なのに、どうしてそんな恐ろしい話を思いつくのだろう」

「ほんに、不思議でございますね」

平穏な世渡りをしているお人が、こころのうちに、このような恐ろしい地獄をかかえているのか。

不気味な絵に与市は目を投げた。描いたのは絵師の豊国だけれど、絵草紙の絵柄をおおよそこのようにと指定するのは作者である。

「その絵を、燃やしてしまっておくれ。おお、いやだ」

はい、はい、と言いながら、与市は、眉をひそめたお鶴の顔もまた美しいと、眺めた。

そのとき、遠い半鐘の音を与市は聞いた。

「火事だろうか」

お鶴は起き直った。

「この風ですから、火事が起きたら、江戸は一なめでございますね」

火の粉のように跳ねる金魚に目をやり、与市は、一瞬、外壁を火に包まれた蔵のなかで、お鶴と金魚で遊んでいる自分を思い描いた。父親と新七とお艶のかかわりが、このとき、ふっと理解できた。

「おまえ」と呼びかけたお鶴の声が、残忍な気配を帯びた。「その金魚を、蘭鋳にしてごらん」

簪《かんざし》を抜いて、与市にわたした。その脚は錐《きり》のように鋭い。

与市は「はい」と、はずんだ声になり、金魚鉢の上に左手をかざし、右手の簪の脚を手首に突きたて、ぐいと引いた。お鶴の笑顔を見た。去年の秋に見た愛らしい笑顔より、いっそう美しいと思った。

半鐘の音が近くなった。


文化三年丙寅三月四日、芝車町泉岳寺前から出た火は、西南の狂風に煽られ、たちまち燃え広がり、大名屋敷を焼きつくし、芝から京橋、日本橋を全焼、神田、浅草にまで飛び火し、翌日まで燃え続けた。明暦、明和に続く、江戸三大火事の一つである。

山東京伝の家も消失、土蔵ばかりが焼け残った。金魚鉢の水は真紅の熱湯となり、金魚は死んでいた。お鶴は乳母に負われて逃げのびたが、翌年病が重くなり他界している。蔵の中で死んでいた子供の死因は公にされることはなかった。たいそう楽しそうな笑顔で死んでいたそうでございますと、乳母はお鶴に告げたが、お鶴は高熱と衰弱で、その言葉はききとれなかったようだ。新さんがきてくれなかった、と怨じるようなうわ言を二、三度もらしただけだそうだ。

豊国門下の国春が、紋づくしのお艶の一枚絵を残しているが、彫工の名はつたわっていない。

雪のねりものの指先に灯《ほ》あかりみたいな爪紅《つまべに》、嵌《は》めた琴爪の裏にまで映えるような。何も塗られてはいない。血の色が透《す》けるのだ。

「鳴りませんよ」

横たえた琴の前で、ちょっといずまいを正した。

女の一生に三度美しい盛りがあるというが、二十七、八の大年増、薄暗い店の奥の帳場、置き炬《ご》燵《たつ》に膝《ひざ》をいれ、つくねんとうずまくまっているのを見たときは、古猫がどてらをひっかぶったというう風情であった。炬燵だけではふせぎきれぬ寒さ、かたわらに手焙《てあぶ》りをおき、五徳にのせた鉄瓶が湯気をたてていた。男物の綿入れ、それも掛衿《かけえり》は擦《す》り切れどうも垢《あか》じみたようなのを肩に羽織りうつむいて、所在なげに蜜柑《みかん》の皮をむいていたのである。それが、琴を前に、みごとに化けた。

古道具も骨董《こっとう》も、さして興味があるわけではない。

大川に浮かぶ鳰《にお》の浮き巣のような中洲に足を踏み入れたのは、はじめてのことだ。小糠雨《こぬかあめ》が霙《みぞれ》になりそうな気配だ。家をでるときは曇天《どんてん》とはいえまだ降ってはいなかったから傘を持つ用心を忘れた。絣《かすり》の袷《あわせ》の肩も油っけのない髪もそぼ濡れながら、番地をたよりに目当ての家を探したのだが、家のあるべき場所が古道具屋になっていた。

もっとも、ちょいと見にはしもた屋で、軒のかしいだ格子づくりの二階建て。表の引き違いの戸の外に色あせた紺の長暖簾《ながのれん》が、裾《すそ》は重く濡れていた。藍木綿《あいもめん》に店の紋らしいのを白く染め抜き、柱のわきに、なんとか堂としるした掛け行灯《あんどん》、まだ灯は入っていなかった。

寒さしのぎか格子戸は閉ざされていたが錠はかかっておらず、すらりと開いた。洞窟のような暗さに目がなじむまで、少し時間がかかった。

焦《こ》げたように茶色がかった籐椅子《とういす》やら朱塗りのはげた卓子やら額縁やら、だれがわざわざ銭をはらうのかといぶかしむ我楽多《がらくた》がひしめいて忍び笑い。金鵄《きんし》の空き箱を折り重ねた廃物利用の土瓶敷はまさか売り物ではあるまい、ただの賑《にぎ》やかしか。土間に積まれ埃《ほこり》をかぶった瀬戸物は、おきまりの一升徳利をかついだ今戸の狸《たぬき》に欠け茶碗、皿鉢のたぐい。足の置場に困った。

目がなれると奥の帳場、長火鉢の前に座った女の姿があきらかになったのだった。

帳場の隅に二階にのびる段梯子《だんばしご》があり、その陰に船簞笥《ふなだんす》やら長持やら。

女の左手の壁付きにおかれた茶簞笥は、売り物ではあるまい。

些《ちっ》とおたずねいたします、このあたりに、と言いかけて、女の後ろの壁に立てかけられた琴が目についたのだった。古びた金襴《きんらん》の覆《おお》いの糸目が、薄暗がりのなかで鈍い光をみせていた。布地に織りだされた模様は……家紋だ。

「何かお探しかい？」

店のなかの品々に、女はざっと目を走らせたが、不精たらしく長火鉢の前から動かない。

「書生さんの気に入るようなものがあるかしらんねえ。おや、降られたね。雨宿りかい。あがるまで、そこにいてもいいけれど、商いのものを濡らさないでおくれ」

「ぶしつけですが、その琴……」

「売り物じゃあないよ」

女はそっけなかった。

「おかみさんのですか」

「わたしは、亭主持ちじゃないんだよ。おかみさんなんどと気安く呼ばないでおくれ」

「失礼しました」

さりとて、お嬢さんでもあるまい。

「みね、と名があるよ」

「おみねさんですか」

上がり框《かまち》の端に、彼は腰をおろし、

「おみねさん」

と、あらためて呼びかけた。

「このあたりに、竹鳳《ちくほう》先生のお宅があると聞いたんですが、ご存じないでしょうか」

「何の用だい」

「ご存じですか。助かった。道を一筋二筋まちがえたんでしょうか。このあたりと思ったんですが、みあたらなくて」

「竹鳳なら、死んだけれどね」

彼は息を吞んだ。

「いつ」

「知り合いかい」

「いえ、じかにお目にかかったことはないんですが」

「大事なことなら、冥土《めいど》に便りをおくってやろうか」

「冥土では……」

「役に立たねえか」

「お弟子のはしにと思ったんですが」

「素地《そじ》はおありかえ」

ずいぶん立ち入ったことを訊《き》く。

「いえ、からきし」

「弟子はとらなかったよ」

女は言い、暗い店のなかに目をさまよわせた。

「だから、琴では食えない。古道具商いでたつきをたてていたっけが。なに、てめえは何もしねえ。商いは、わたしさ」

「先生のお身内……？」

「親父さ」

「お嬢様……」

「お嬢様と呼ばれる柄じゃあないよ。せっかくの弟子入り志願、あいにくだったねえ」

「でも、ご高名は……」

「昔はね、頼まれれば内弟子をおいたけれど、手をとって教えもしなかった。まあ、些《ち》っとあがって、あたたまったらいい」

「でも、足が」

「濡れた足袋じゃあ気色が悪かろう。脱いでさ、炬燵にお入り」

はあ、とかしこまっていると、

「悪遠慮はおやめ。くどくはすすめない。いやなら、お帰り。親父様ァ死んだ。生きていたところで弟子はとらないから、同じことだ。用はすんだろ」

物言いは邪険ながら、手元の布を放ってよこした。

もとは古浴衣《ゆかた》の袖らしい雑巾《ぞうきん》だが、白地に紅の刺し子が、泥足をぬぐうには惜しい。

「お使いな」

二度は言わないつもりだろう。手元の蜜柑の一房、袋をくるりと裏返し、中の実をすぼめた口に入れる。唇のはしを濡らしたつゆを懐紙でぬぐった仕草はがさつではなかった。

刺し子の紅を無残な泥まみれにし、あがりこむと、

「膝を楽におし」

言われるままに、炬燵掛けの下で胡座《あぐら》をかく。行火《あんか》のぬくもりが腿《もも》から腹につたいのぼった。

女はかたわらの笊《ざる》に積んだ蜜柑をひとつとって彼の前におき、座ったまま身をよじって茶箪笥から湯飲みと茶托《ちゃたく》をだした。

「おかまいなく」

と手をあげるのを無視して、急須《きゅうす》の茶っ葉を新しいのにとりかえ、鉄瓶の口に手巾を添えてそそいだ。

「熱いよ」と一言。

ほうじ茶の香りが鼻の芯《しん》にとどいた。

「こき使うばかりだから、いつかなくてね」

と言ったのは、内弟子に手をとって教えもしなかった、という言葉に唐突につなげたのだ。

「先生に合奏していただくのは、名誉なことと世間では」

女は苦笑いを返した。

「名誉は飯のたねにはならないよ」

「そんな……」

「偏屈な親父だったよ。その世間様ともう些っと折り合いをつけてくれりゃあいいものを」

「あの、失礼ですが、お母様は」

「おっ母がいりゃあ、わたしが古物商いに身を縛られることもない」

「おなくなりに……?」

「逃げたよ、とうの昔に。偏屈親父をひとり娘におしつけてさ。他人に言うことじゃないな」

使い道もなくなった古道具の捨場のような店だ。

「お目がご不自由だったと……」

「親父かい。そうだよ。生まれついての。だから、琴で身を立てようと、だれやら偉い検校《けんぎょう》の内弟子に入ったというよ。昔のことだからねえ、たいそう難儀な目にあったようだ。めったに口にはしなかったけれど、内弟子がつい愚痴をこぼすのが耳に入ると、儂《わし》が修業のころは、こんなことではすまなかったと、手をあげての責め折檻《せっかん》だから、いまどきの若いのが辛抱できずに逃げ出したのも道理さ」

女に目でうながされ、蜜柑の皮をむく。むく前にまず両手でもんで実ばなれをよくするのは、姉のやりようを見おぼえたものだ。さっき女がやっていたように、房の袋の口をきり、薄皮を逆にして実を逆立てるのも、姉に教えられた。七つ年かさの姉は、幼い彼に、「お獅子だよ」と薄皮をむいて逆さにしたのを、口にいれてくれるのだった。袋の口を姉は前歯で嚙み切るので、唾《つば》が少しまじり、蜜柑のにおいに姉の指のにおいもまじった。

姉の寝乱れた姿を見たことがなかった。幼い彼が蒲団《ふとん》から起き出して洗面所に行くと、姉はたいがい、出窓におかれた三面鏡の前で、筒型に編んだ背もたれのない籐の椅子に浅く腰掛け、髪をとかしていた。そばにいくと、乳液のにおいと椿油のにおいがした。腰までとどく長い髪を丹念に梳《と》かし、ときには、母が梳いてやっているときもあった。母と姉が共用で使っている黄楊《つげ》の櫛《くし》は、飴《あめ》色《いろ》の艶をおびて、じっとりと重かった。最後の仕上げにうなじで束ねた髪の根元にリボンを結ぶ。外出のときは、幅が三寸から五寸はありそうな紫のリボンで飾るのだった。

お獅子にした蜜柑を彼の口もとにはこぶ指のにおいは、たぶん、乳液と椿油の残り香だったのだろう。

彼が誕生するまで七年のあいだひとり娘であった姉は、両親に溺愛《できあい》されていた。彼が生まれてからも、姉への両親の寵愛《ちょうあい》が薄くなることはなく、驕慢《きょうまん》なまま、姉は育ち、逝った。

物差しで女中をうち叩く姉を、彼は一、二度、目にしている。女中は暇をとった。

暴虐な姿にしばしば接することなくすんだのは、叩いたりわめいたりして主張を通す前に、姉の望むことはたいがい叶《かな》えられていたからだと、彼は察する。

年がはなれているから、対等に遊んだことはないのだが、大雪の朝、父と姉が雪釣りに興じていた情景が、なぜか、ほかのことよりも、記憶にあざやかだ。ふだんは謹厳で、子供と遊ぶたわむれることなどなかった父が、めずらしく、楽しそうな顔を無防備に子供の目にさらしたからか。

縁側に父と姉は頰がつくほどに寄り合って座

り、三尺近く積もった庭の雪に細引を垂らしていた。慎重な手つきで紐《ひも》を手繰り上げると、先端に雪のかたまりがある。紐は切炭の胴に結わえつけられてあり、雪は炭にねばりついていた。持ち上げたのを、ふたたびおろす。雪に雪がついて、かたまりはさらに大きくなる。欲張ればどさりと雪は落ちて、黒い炭がにくにくしくあらわれ、ああ、とまず吐息をつくのは彼であった。惜しいなあ。お姉様。

ぼくにもやらせて、と言う一言を口にすることを彼は思いつかなかった。父と姉の神聖な遊びを、眺めているだけで幸せな気分になっていた。しかも、嘆声をあげることによって参加することさえできたのだ。

雪におおわれた庭は陽の光を照り返し、思い返すと、どこにも影がなかったような気がする。光はあっても冷徹で、彼が座った縁側は、氷の板のようであった。座布団を敷くことも彼は考えなかった。父と姉は厚手の座布団を敷きこんでいたのだが。姉の座布団は髪のリボンと同じ紫だった。少しくすんだ赤い地に梅の模様のメリンス友禅、袷と羽織の対《つい》のを着ていた。右手は細引をにぎり、縁側についてからだをささえた左手の爪に冬日があたって血の色を透かしていた。

彼の膝に、切炭を結びつけた細引がついと差し出された。ひとり仲間外れを哀れんだのか、母がいっしょにやろうと彼を誘った。しぶしぶ従ったものの、いっこうに興はわかず、姉と父の遊ぶ空間に気を取られがちで、母をしらけさせた。

女の目が彼の肌を這《は》っていた。

「ふうのいい書生さんなのに、なんで琴を」

追憶にひたっていたのは、ほんの蜜柑一房を飲み込むほどの間であった。

「女の稽古事だよ。殿方が琴で身を立てるなんざ、この節、なまなかなことじゃない。よほど暇なのかえ」

「実は……」

言いさしたとき、彼はまじまじと彼をみつめる女の視線に気がついた。

思案するふうに、女は顎《あご》を襟《えり》に埋めた。そうして、聞き耳をたてる仕草を、わずかに、した。

彼もつられて耳をすました。幽《かす》かな風のそよぎのように、しのびよる水のように、琴の音が聴こえたと思ったが、そら耳にすぎないと思い捨てる。

琴は覆いをかけられ、壁際にたてかけられたままだ。

「弾いていただけませんか」

口をついた言葉に、自分で驚いていた。

「琴を？」

はい、とはっきりうなずいた。

「鳴らないよ」

女は言った。

「それは……」

竹鳳のような音はだせまい。神技と姉は口にした。

「かまいません」

と、ぶしつけなことを口走った。

女はもう一度彼をみつめた。

「よござんす」口調が少し変わった。

立ち上がってくずれた膝前をなおし、炬燵をわきに寄せた。彼もそれにつれて膝をにじらせる。

女は琴に手をかけた。手を貸すために立ち上がろうしたときは、琴はすでに、帳場の畳の上に横たえられていた。

覆いを結び止めた紐をほどき、颯《さっ》ととりはらう。金襴が薄闇にひるがえり、裏地の赤が舞った。

船簞笥の小抽斗《こひきだし》から朱塗りの小箱を出す。蓋《ふた》をとると布地を敷いた上に、琴爪が三つ入っている。親指と人差し指、中指、三つの指に嵌めた。とりつけた布の輪にゆるみがないのは、父親の形見を女の指にあわせたか、もともと女の持物なのか。いずれにしても、心得があるあかしだ。

端然と座り、千鳥のように琴柱《ことじ》をたて、

「鳴りませんよ」
一、二、三より斗《と》、為《い》、巾《きん》まで十三の絃の、調べあわせにかかったが、まことに、琴爪がはじいても、木綿糸を糸切り歯でかみ切るほどの音もせぬ。
剃刀《かみそり》を一分の隙をおいて走らせてもはじけかえらんばかりに張りつめた絃である。鳴らぬ道理がない。

「上村《うえむら》さん」

女がふいに彼の姓を呼んだ。

「お見通しでしたか」

「はじめは、書生さんの雨宿りかと思ったけれどねえ。おもざしがよく似ておいでだし、それに、その脇差しみたような包み」

彼は腰にさした油紙の細い包みを抜いて膝の前に横たえた。

「姉の笛です。鳴りません」

竹鳳に、姉にかわって恨みをのべ尽くせば、笛はみちたりて音《ね》を鳴らすかと、世迷《よま》いごとを思ったのだったが。

「お気の毒なことをいたしました」

おみねはかるく頭をさげた。

笛は女がたしなむものではないと、古今言われているものを、ならば、わたしは男になりますと、姉は髪断ち切って父親を悲しませた。

いつ、どうして姉が笛に魅入られたのか、彼は知らない。まわりが止めるから意地になったわけじゃないんだよ。姉は彼にそう言った。音色がねえ、好きでならない。いれあげた理由といえば、ただそれだけ。恋に、それは似ていたのだろう。肌の奥をさわがせ、からだの芯にくいいる音色であったのだろう。そう彼は思いめぐらすほかはない。

　父は負けて、よい師匠をさがし、弟子入りさせた。すじがいい、世辞ではありませんと、師匠は真顔で褒《ほ》めた。これが男なら、鍛《きた》え上げて笛師として世に出しますものを。鍛えてくださいませ、と姉は言った。

　おさらいの会に、琴との合奏をと提案したのは父であった。姉の初の舞台に、名の高い名手は光輝をそえると父は算段した。師匠も賛成したので、高額の礼金を積んで、竹鳳を招いた。

　座敷で、竹鳳と姉が合奏の稽古を重ねるのを、彼はとなりの部屋で聴き入っていた。よく息のあった合奏と、彼には聴こえた。

　会の当日、断髪の姉は男物の黒紋付で舞台にのぞんだ。盲目の竹鳳は痩せた貧相な男であった。

　十三の絃の上を、竹鳳の爪は自在に走り、姉は幾度か歌口《うたぐち》をくちびるにあてては、吐息とともに笛をかたわらにおいた。

　いつでも、入ってきなさい。そう琴の音は告げていた。しかし、入る間《ま》をあたえないのだ。まるで心得のないものなら、泥足で座敷にあがりこむように、奏でる琴の音色を割って入っただろう。琴におとらぬ真の名手であれば、位負けせず、絃の音色に笛の音を溶け合わさせただろう。

　生半可にうでがたつばかりに、姉は琴に負けた。稽古のときの甘さを竹鳳は捨てていた。

「未熟なのに、お相手を願った姉が……」

「うちのお父っつぁんは、ほんに膠《にかわ》で琴柱をはりつけたような、融通のきかない頑固野郎さ」

　濡れた油紙をとり去り、彼は綿の袋から遺愛の笛をだした。歌口を湿し、かまえ、息を吹き込めた。しずかに、次第に強く。

「鳴らないのです」

　姉が命を絶った後、彼は姉の笛を吹いてみた。姉のやりようを見おぼえ、聞きおぼえていた。鳴らないのは、やりようが悪いのだと思い、師匠についてまなぶことにした。別の笛であれば、さしてうまくはないものの、音が出ぬということはないと知った。

「この笛だけです。鳴りません」

「上村のお嬢さんが亡くなられたと聞いて、お父っつぁんは、琴をやめました。そうしてね、この琴も鳴らなくなりました」

でも、いまは、とおみねはやさしい微笑を彼に送り、絃の上に爪を走らせ、

「鳴っていますよ。琴も笛も」

目を宙にあげた。

「あっちで鳴る音は、こちらには聴こえないんですよ」

彼は笛を奏で、おみねは琴を奏し、無音の楽の音は仄暗《ほのぐら》いなかを、淡い光のようにみたした。

泉の姫

どんちゃん、そうして、戦をあらわす音楽

〽風か嵐か、寄せくるは
駒の蹄《ひづめ》ぞ、雄叫《おたけ》びぞ
太刀《たち》佩《は》け、弓とれ、駒ひけ、鞍おけ
珠の杯、打ち砕け

音楽変わり、幕開く。

Ⅰ　森

深い森のなか。月の光が射す。
岩間に泉が湧く。
泉の姫と男を中心に、踊る水の精たち（男女）。

水の精男たちは、泉の男がリードし、
水の精女たちは、姫がリードする。

（女たち）
〽月の光を衣にまとい
花よ鳥よと戯れ遊ぶ
水の娘と誰《た》が呼びし

（男たち）
〽嵐すさばば、乱れ滝
寄せて砕ける暴れ水
どどっと寄せ、ざんぶと打ち、押し流せ

どんちゃんの音。

みな、かくれる。
騎馬の若い鎧《よろい》武者、弓をこわきに鷹《たか》をすえ、颯《さっ》爽《そう》と木の間を馬を駆る。
上手より下手へ、木の間を通りすぎる。
敵とわたりあいつつ、徒《かち》で舞台へ。

〽阿修羅はいまや時得たり
乱杭逆茂木《らんぐいさかもぎ》乗り越え跳び越え
花のかんばせ血汐に濡らし
太刀振りかざし、けなげにも
八方無尽《はっぽうむじん》に切りなびく

姫 ああ、お勇ましい。お愛《いと》しい。

敵を追い払う。

〽弓張月《ゆみはりづき》の影や濃き
げにや衣は朱《あけ》にぞ匂え

若武者の美しい面貌に月光射す。
姫、目を奪われる。
若武者、のどが乾いた様子。泉に気がつく。

〃おお、幸いこれに湧き出《いづ》る石清水《いわしみず》〃

〽あな、嬉しやと走り寄り
飲まんとすれば、不思議やな

若武者、泉の水を掬おうとすると、水、消える。

〽在《あ》りとしみえし真清水《ましみず》は
かき消えて跡もなし

若武者が退くと、泉、わき出る。
近づき、飲もうとすると、消える。
泉の男が、身振りで、水を止め、湧きださせ、している。

〽退《の》けばあらわれ、寄れば消え失せ
魔魅《まみ》のしわざか、まぼろしか

〝はて、面妖な〟

姫　(男に) そのような、悪さをおしでない。あの泉の水を一口飲めば、疲れも消えよう。傷も癒えようものを。

男　人の血が流れ入らば、泉が穢《けが》れます。水の娘どもが苦しみまする。

姫、しばし、思案。若武者は喉がかわいてならぬ様子。

姫、こころを決め、仕草で、水を湧きださせる。

〽いざ、召し候《そうら》え、月の美酒《うまざけ》

若武者、泉の水を一掬い、飲む。
血で汚れた手を洗う。一瞬、泉に、血が渦巻く。

〽したたり落つる血の雫《しずく》
見よや、たちまち渦を巻き
清らの水を濁らせぬ

水の娘たち、苦しむ

姫　(水の娘たちに)許してたもれ。許してたもれ。

袖に近い樹の梢《こずえ》の間に、敵の姿。弓に矢をつがえ、若武者を狙う。

〽そのとき、とびくる
一閃の矢！

梢から射かけられた矢。
姫、あ、と息を呑む。
若武者、矢を颯《さっ》と薙ぎ払い、すかさず、小柄を投げる。
敵、のけぞって転げ落ちる。弓と矢が梢より地に落ちる。
鷹、羽ばたく。つとそれて、飛び立つ。

〽あれ、鷹が、鷹が、鷹が

若武者は見回すが、何も目に入らない。

姫　あれ、鷹が。
男　鷹が。
水の精たち　鷹が。

〽あれ、鷹が

〃緑丸《みどりまる》よや、おおい、おおい〃
緑丸よや、おおい、おおい
帰れ、我が鷹、戻れ、我が鷹
緑丸よと、呼ばわれども

若武者、袖かげに入る。
ぴいよ、と鷹の鳴き声。
舞い降りた鷹、姫の手にとまる。

姫　この鷹は、脚に傷を負うておる。

〽さぞや痛かろ、辛かろう

姫　手当てをしてしんぜようの。
姫、布のはしを泉の水に浸し、鷹の脚の傷に結ぶ。

姫　（鷹に）これ、ちゃっとおとなしゅうしや。ほどのう、痛みも失せようほどに。

姫　さ、これでよかろ。こなたは、強い鷹じゃ。
雄々しい鷹じゃ。

〽さても凛々しい、若君じゃ。

〽はや東雲《しののめ》もあくる空、天翔《あまかけ》り

姫　あの御方のもとに戻るがよい。

〽恋ならで、よしなき便り、片便り
あとも白露、白真弓
知らぬ彼方に放ちやる
鷹の白羽の、頼もしや

鷹の後を追い、姫、去る。

〝緑丸よや、おおい、おおい〟

若武者、鷹をもとめつつ、舞台へ。

〽緑丸よや、おおい、おおい

鷹は若武者の手に舞い戻る。

〝おお、よう戻った、よう戻った〟

鷹の脚の布を見て、若武者は不審に思い、見回すが、人影なし。

〝見れば女性《にょしょう》の衣のはし〟

〽いずれのものと知らねども
ゆきとどいたる心尽くし

遠くどんちゃんの音
若武者、きっと身構える。

〽やわか、おくれをとるべきや

若武者、去る。
姫と水の精たち、あらわれる。

姫 行かせともない。行かせともないなあ。

遠い干戈のひびき。
戦の音楽。

姫 (眺めて) あれ、危ない。あの御方に、八方から矢が。ああ、切り伏せた。おみごと。ああ、またも敵が切りかかる。

〽斬りのけ、突きのけ、打ち払い
このもかのもと馳《は》せめぐり
手綱さばきもいと鮮やかに、
屍《かばね》の山を築きける

水の精たち、いくさの模様を踊りで。

男 (姫に) おやめなされませ。人の男《おのこ》なんどに肩入れなさるな。

姫 なんと、あの鷹が、天空から敵を襲う。雑《ぞう》兵《ひょう》の眼を突き破る。

男 彼奴め、われらが森に血のにおいを流し、清らかな泉を血で濁らせた。

姫 あれ、馬が倒れた。刃《やいば》が折れた。

〽ここぞと群がる敵の雑兵
風なまぐさき修羅八荒《しゅらはっこう》

姫　あの御方を、見殺しにできようぞ。霧よ、湧け。
　霧よ、湧け。あの御方の姿を敵の目より隠せ。

〽泉よ、霧を生め

　霧がわきだす。
　姫たち、霧のなかに消える。

〽霧よ、恋しい君を包め
命の泉のもとへ君をはこべ

水の精たち、傷つき失神した若武者を泉の側にはこんでくる。
霧晴れる。
姫、駆け寄る。
泉の水を手にすくう。飲ませようとするが、こぼれる。
姫、思い切って口移しに飲ませる。

男　（思わず物陰から姿をみせ）ならぬ、ならぬ、なりませぬ。そのような淫《みだ》りがわしい。
姫　（きっとなる）淫りがわしとは、そりゃ何事。

このとき、若武者、身じろすぎる。
男、かくれる。
若武者、気がつき、はっと身構える。

姫　ご安心くださいませ。敵はおりませぬ。

若武者、我が身を見、姫を見、姫が介抱してくれたことを悟る。

〝こなたが助けてくれたのか。〟

姫の袖口がちぎれているのに気がつく。
鷹の脚に結んだ布と姫の衣を見くらべる。

我が身ばかりか、鷹までも……
鷹の手当てをしてくれたのも、この娘と知る。
恋の芽生え。

〽〝かたじけなし〟
恩義は生涯忘れはせぬと
手をばさしのべ、見かわせば
野辺の花とも胡蝶とも
水にたわむるる光とも

ふたり、寄り添って陶然と連れ舞。
水の男、飛び出して、二人のあいだをわける。

男 待った。この御方をどなたと心得る。
三千世界の大海原、滝つ瀬、せせらぎ、沼、泉。
はた、地の下の伏流《ふくりゅう》まで、水という水なべて
を一手に統べたもう、千年の齢《よわい》を保つ水界の
王の、姫君だぞ。

〽俺は王の一の家臣。
やがては王の跡目をつごう者。
人間ごときが頭《ず》が高い。

若武者、思わずも、脇差の柄に手をかけ、抜こうとするのを、姫、おしとどめ

姫 あ、もし。この者の不調法、わたしがお詫びしますゆえ、どうぞ了見あそばして。
男 貴女様が、詫びることはない。
姫 おまえの顔は見とうない。下がりや。

詰め寄る男。水の精（女）たちがあらわれて、邪魔する。
水の精（男）たちが、水の精（女）たちを追い

払おうとする。

姫、若武者に寄り添う。

水の精たちの争いのあいだに、男、弓矢を拾い、ひそかに、若武者に矢の狙いをつける。

男、矢を射る。若武者の喉首に斜めに刺さる。

男、すばやく、弓を物陰に棄て、そしらぬ顔で驚いたふり。

姫 あれ。

男 や、どこぞに、まだ、この者の敵がひそんでおるとみえる。危うい、危うい。

〽喉に立ったる鏃《やじり》をば
抜かんとすれど、
おぼつかな

姫、矢を抜こうとする。若武者、苦しみ、気を失う。

そのとき、水音とどろく。

王（声のみ） 待て、姫よ。その矢の根、抜き取ってはならぬ。

水界の王、あらわれる。

姫 父君様……この御方の御命助けてくださりませ。

王 此方の思いが不憫ゆえ、命は助けてとらそう。

王の仕草で、泉の水、高く噴きあがり、若武者に注ぎかかる。

若武者の頰に生気が少しずつよみがえり、身動きする。

まだ、意識はもどらぬ。

王 なれど、我らが泉を血で穢したる罪は重し。

この者の命は、喉《のんど》を縫いし矢にて封じ込めた。矢の根を抜けば、玉の緒もまた、流れ出《いづ》ると心得よ。

姫　矢の根を抜けば、あの、お命は……？

王　うむ（大きくうなずく）。

このとき、若武者、正気づく。

〽声が、声が、でぬ。

話そうとして声が出ず、身悶える若武者。
喉にたった矢に気づき、抜き取ろうとする手を、姫がいそいでとめる。

姫　なりませぬ。（思わず、語気が強くなる）

なぜ、と問おうとするが、若武者は声が出ない。
矢を抜こうとする手を、姫、必死にとめる。
なぜ、抜かせぬと、若武者、抗う。

姫　抜いては悪《あ》しゅうございます。

男　抜けば、命が失せるわ。

姫　抜かぬかぎり……

男　声が出ぬわ。

姫　（王に）お願いがございます。
姫をこの御方とともに行かせてくださいませ。

王　森を捨て、人の屋形にまいると言うか。

姫　お許しくださいませ。矢をお抜きになることのなきように、お側にあって……。

王　ひとたび人の世にまじわらば、二度と森へは戻れぬぞ。それでも、行くか。

姫　はい。

男　御主《おんあるじ》。姫様は、こころ乱れておわします。

姫　いいえ、父君様。なにとぞ、姫が生涯に一度の我が儘を。

王　その恋を貫き通すか。
姫　はい。
男　（王に）お許しなされては、なりませぬ。俺が想いをかけた姫。
姫　わたしは、おまえと契りかわす気はさらさら、ない。
王　よし、行くがよい。行け。
姫　ありがとうございます。

姫、父をふりかえりつつ、若武者とともに去る。

〽愛しい御方、これよりは、どこどこまでもおん供いたしましょうほどに、お心強うおぼしめせ。
王　汝にも、厳罰あたえねばならぬ。
男　私がなにを。

王、弓を男に突きつける。

王　これは、何じゃ。

男、たじろぐが、居直る。

男　いかにも、俺が射ましたわい。
〽射たが悪いか。大切な泉を穢した大たわけ射殺したとて、褒められてこそお叱り受けるいわれなし
王　我が許しも待たずして、出すぎたる真似をいたしたな。罰するも許すも我が一存による。汝は近頃、我をさしおき、傲慢無礼のふるまい多し。
男　ならば、貴方は、泉を血で穢したる彼《か》の者を、お許しなさる御所存なりしか。

王　罰は与えねばならぬ。それゆえ、命と引換えに声を封じた。

男　貴方に代わって私が、成敗《せいばい》いたしました。何が悪い。

王　我にむかいて緩怠《かんたい》至極。屹度《きっと》糾明せねばならぬ。

王の仕草で、水藻、鎖になって、男を縛る。

男、身動きならず苦しむ。

王、去る。

水の精（男たち）集まってくる。男、満身の力をこめ、彼らの助力を得て藻の鎖を断ち切る。去った王のほうを、恨みと怒りをもって、きっと睨む。

Ⅱ　屋形

屋形うち。下手一部、庭。

籠に鷹がおさめてある。

許嫁の女、機《はた》を織っている。

〽泣くが辛いか泣かぬが憂《う》いか
日がな一日、からからとんと
花の小袖に錦の袿《うちぎ》
面影ばかり色まさり
筬《おさ》の通いも上《うわ》の空

筬を投げ出し、立ち上がる。

人を待つ風情。

女　私という、親同士が約束かわした許嫁がありながら、今日もまた、君さまは、素性も知れぬ女子《おなご》を連れて、いずこへお出なされたやら。

鷹の鳴き声。

鷹、舞い戻ってくる。

女　我が君が戦場《いくさば》より帰られて、はや一月《ひとつき》。鷹の
傷は癒えたなれど。

〽わたしの心は血を流す
わたしが十二の雛の宵
未だ三つの若君と
末は夫婦《めおと》と定められ
顔も見ぬまま年を経て
過ぎし日数は、十《とお》と五年《いつとせ》

女　祝言の日を指折りかぞえ、待ちわびておるのに、我が君は、戦場から連れ帰った得体の知れぬ娘をご寵愛……。わたしという許嫁のあることを、我が君はご存じなかった……。ええ、腹立ちや。

〽糸は乱れて袖ほころびて
たれに恨みを夕霧狭霧《さぎり》
松の翠《みどり》の色褪《あ》せ、すがれ
徒《あだ》に待つ身のうたてやな

気を取り直し、若武者の着替えなどをととのえる。
歌のあいだに舞台変わって

Ⅲ　春の野

若武者（平服）、ひとり舞う。

〽花の香りについ誘われて
踏み迷いたる春の野辺
迷うこころの朧染《おぼろぞ》め
空の鳥さえさえずるに
我は歌うに声もなき

親のさだめし絆《きずな》ありとは
露知らずしてともないし
咎《とが》なき姫をいたぶるは
悋気《りんき》の炎《ほむら》、責め車
せめても楯とならばやと
思いさだめてあるなれど

姫（声）　我が君さま

花道より、姫、登場。
若武者、姫のほうに行く。
姫、手にした野花をさしだす。
若武者、花を姫の髪に挿してやる。
花道より本舞台にかかりながら、
連れ舞。

〽咲くや千草にたわむれ遊ぶ
君と我とは二つ蝶
翼かさねて、ひらひらひらと
結ぶ恋路の夢の空

若武者、首に立つ矢がうっとうしくて、無意識に抜こうとする。
姫、とめる。若武者、すなおにうなずく。
連れ舞のあいだに、舞台変わって

Ⅳ　屋形

女、若武者の小袖や帯をととのえている。
聞き耳をたてる。

女　お帰りか。

いそいそと、身づくろいする。
若武者と姫、本舞台へ。

女　お帰りあそばしませ。どこにいっておいであそばした。

濯ぎの水をもってくる。
姫、若武者の足をぬぐおうとする。
女、さまたげ、自分がしようとするなど。
姫、野花を女に贈ろうとする。女、投げ捨てる。

〽小袖はわたしが織りました
帯もわたしが織りました
こなた様が死ぬるまで
日ごと新たな小袖を召さりょうと
なお余るほど織りました

歌のあいだに、姫、庭に引いた泉水の水を柄杓に汲む。
姫、はっとした。泉水に水の男が朧に立ったのである。
一瞬にして消える。
若武者、飲む。
女、柄杓を奪い、自分が水を汲む。
女、柄杓を若武者にさしだすが、若武者はもう、不要。
姫、手拭いを差し出す。女、手拭いを奪って放り出し、いそいで袱紗《ふくさ》を差し出す。

女　私が織りましたこの袱紗。

姫、しょんぼり手拭いを拾う。若武者、それを取って手を拭う。

女　さ、お召替えなされませ。

〽小袖、狩衣《かりぎぬ》、帯、袴
なべて、わたしの織り上げた
布でくるんでさしあげます

　若武者、何か言いたげ。

姫　それは、けうといなあと、仰せでございます。

女　物言わぬ我が君のお声が、そちは聞こえるというのか。

姫　お声は聞こえずとも、お心のうちは水鏡に映る姿のように、ありありと。

女　我が君の心がわかるとな。おのれ憎さも憎し。

　女、姫をねじ伏せ、打擲《ちょうちゃく》。若武者、とめる。
　三つ巴になる。

〽悋気《りんき》妄執《もうしゅう》、黒縄《こくじょう》地獄
　髪ひっつかみ打《ちょう》々《ちょう》々《ちょう》

　若武者、姫をかばって、奥に連れていく。
　追おうとする女を、鷹がさまたげる。

女　おのれ、畜生の分際で、邪魔立てするか。

　逆上した女、懐剣で鷹を刺し殺す。
　そのとき、水音。男があらわれる。

男　もし。

女　誰じゃ。

男　怪しいものではございませぬ。御身様《おみさま》のお味方。

　にじり寄る。

男　あの娘は、魔性者《ましょうもの》でございます。此方様《こなたさま》の大切な御方様に懸想《けそう》いたし、呪《のろ》いをかけました。

女　呪いとな。

男　さればこそ、あの御方様は、お声が出なくなったのでございます。

女　呪いをとくには。

男　（のどを示し）ここに刺さった矢の根こそ、魔性者の呪い。あの御方様のお声を封じ込め、魂をも己が思うままに操っておりまする。

女　矢の根を抜けば、呪いもとけるか。

男　魔性の娘も、消え去るでございましょう。

女　ようわかった。よう教えてくれた。

男　お許しいただけますならば、私が、お手助けをいたしましょう。

女　おお、頼みまするぞ。

女、抜きはなった懐剣をかざし、奥に駆け込む。
男、してやったりと、去る。
間。おどろおどろした音楽。
若武者、矢を抜こうとする女から逃げて舞台へ。
女、形相変え、追ってくる。とめようとして、姫も。

女　そこ退《の》きゃ。

姫　退きませぬ。お命にかかわります。

女　我が君に呪いをかけたな。

逆上した女、姫に切りかかる。
若武者、とめようとする。

〽そこ退《の》け退かぬ引け引かぬ
行くをやらじと袖つかまえて、
修羅の刃《やいば》の狂い討ち

〽矢の根抜かぬは、魔性者の証《あかし》
狐、狸か、はた土蜘蛛か
正体みせよと詰め寄ったり

女　おのれ、化け物の分際で、我が君と不義しやったな。

姫　不義など……いたしてはおりませぬ。

〽不義じゃ。不義じゃ。

〽いえ、そのような。

〽不義じゃ　不義じゃ　不義者じゃ
枕をかさね　袖かさね
昨日の夢を袖だたみ

〽決して不義は

男、あらわれる。

男　清廉潔白とあれば、呪いの矢をば、なぜ、抜かせぬ。

〽抜けば、君様のお命が……

女　そのようなたわけた話があるものか。

若武者は、不義はしていないと話そうとするが、声がでない。

〽親のさだめし契りをまもり、
不義はせなんだと告げたくも、
喉縫い止められ声にはならず

女　我が君、どちらを真《まこと》と思われます。どちらを愛しゅうおぼしめす。

男　ええ、手ぬるい。おれが、抜いてやる。

男、引き抜こうとする。

王（声のみ）　またしても、烏滸《おこ》の振る舞い。

王、出現。

王　もはや、許さぬ。

男　なにを老いぼれ。

立ち回りをまじえた踊り。

王、男を成敗する。

失敗したとみて、女、とめる姫を突き放し、

無理やり矢の根を抜こうとする。

姫、必死にとめる。

女　化け物と不義したとあっては、こなた様のお名前に傷がつきます。矢を抜けば、呪いはとけて、お声も出ます。さあ、どちらをお選びなされます。

若武者、喉の矢の根に手をかける。

姫　おやめくださいませ。私がお目障りなら、去りましょう。

姫、王の側に寄る。

姫　なれど、その矢ばかりは。

〽声か、命か
命か、恋か

とめる姫。その姫を引き離そうとする女を、若武者、はらいのける。

〽この一言を告げんがため
〽この一言を告げんがため

若武者、矢を引き抜く。

血汐、噴き上がる。

若武者、声が出る。

〃姫よ、真実、こなたが、いとおしい〃

姫　我が君様。

若武者、姫を抱きしめる

女、すがり寄ろうとする。

王　泉よ湧け、水よ荒れ狂え

王の身振りで、あたり一面、水の中の世界にかわる。

V　水

噴き上がる血汐とまじり、水は赤く渦を巻く。

水の精の乱舞。

〽（男声）

泥《でい》土《ど》濁《だく》流《りゅう》怨《おん》念《ねん》叫《きょう》喚《かん》

等《とう》活《かつ》畜《ちく》生《しょう》衆《しゅ》生《じょう》地《じ》獄《ごく》

〽（女声）

光と水の尽きぬごと、

恋は永遠《とわ》に変わらじ

あたり一面、水の渦。

渦にまきこまれる。

王　姫よ、彼《か》の者を失のう時には、そなたは人間の世界には住めず、また、水の世界にも戻れぬのじゃ。

恋に死す者達永遠《とわ》に光あれ。

次の瞬間、姫と若武者、天上高く舞い上がる。

幕

エッセイコレクション

PART 4

浅葱裏《あさぎうら》の歌舞伎見物

赤江瀑《あかえばく》の『恋怨に候て』より、抜き書きする。

文化文政、大江戸爛熟の大歌舞伎を、文字どおり一手につかみとり、切ってまわして、闇の夜空にほうり投げあげ、終世消えぬ極彩色の大花火に咲かせてみせ……

人を絢爛たる花にする毒が、もしこの世にあるならば、このかたほど、その毒を飲み、その毒を喰らわれた人はあるまい、と思われました。

名だたる辣腕の狂言作者は、世に多うござりまするが、そのどの凄腕をもってしても、この師匠の作り出された怨霊物の性根の深さ、おそろしさに、およぶ手だれは見当たりますまい。

この師匠——即ち、鶴屋南北である。『恋怨に候て』は、南北に蜘蛛捕りの男を配し、南北の凄まじさを描き上げた、赤江氏の作品群のなかでもきわだったものの一つで、ために歌舞伎にうとい私は、化政期にひらいた毒の花に、今そのまま酔えると素朴きわまる錯覚を持ったのであった。

芝居が、台本だけではなく、役者、舞台機構、時代の状況、そうして何より観客である私自身、その混淆によって成り立つという基本的なことを、今回ほど強く感じたことはなかった。

酔うとは、舞台と客席の距離が消失し、自分の軀が観客として在るのを忘れる状態である。それを体感したのは、アンダーグラウンド演劇にはじめて接したときであった。自分のなかに確かに在りながら、形を与えられずにいたものが適確に外に形をとり、私は、自分の内世界に包みこまれたように感じた。

それ以前に観た幾つかの「新劇」は、舞台と私のあいだにかなり広い間隙があった。「新劇」は、ある実人生の模倣といった感があり、リアリズムそのものであるにもかかわらず、いや、それゆえに、私自身とは関わりの薄いもの、と、いわば、こちらは高処《たかみ》の見物であったのだ。

小劇場、地下劇場の舞台に私が感応したのは、何だったのだろうか。おそらく、首尾一貫した物語の舞台では表現不可能な、崩壊感覚と、そのベクトルを逆転させようとする血みどろの格闘、ではなかったろうか。六十八、九年、大学闘争の時期と重なっていた。

それを現代と呼ぶなら、この二、三年、更に変った世の中を、仮に安っぽく〝今《ナウ》〟と呼ぶと、すでに崩壊してしまったために、苦情もあがきもなくて、のほほんと、クリスタルと称しているわけか。

孝夫《たかお》、玉三郎《たまさぶろう》、海老蔵《えびぞう》、三人の現代の青年を軸とした『桜姫東文章』は、極を時折変える磁石のように、観客である私を惹きつけ、突き放した。極彩色の上に闇を流した色の効果に、ギュスターヴ・モローを重ね、三人の男女の恋情がそれぞれに相手の背に向けられている関係にマッカラーズの『心は淋しい狩人』を重ねたのは、観劇後、だいぶ経ってからである。

この、舞台と私の距離のたえまないゆらめきは、近世の庶民のために書かれた、時代と生世話の入り混った芝居を、現代の青年が演じ、それを観ている私は近代と現代の混合物という複雑さのためか。

有《あ》り様《よう》を言やあ、人間、おそろしいものよ。

身性《みじょう》の毒が、人を花にするんだからねえ。

（恋怨に候て）

人を花にする身性の毒を表すのは、日常に即したリアリズムでは手にあまる。時を越えて、それは人の内部にありつづけるものだから、南北が今も人を惹きつける。ところで、私が観たのは、きわめて明るい、清潔な、ほとんど健康的といいたいような舞台であった。他の役者による『桜姫……』を見たことがないので比較類推のしようがなく、この芝居がもともとそういうものなのか、役者によるものか、私の感じ方がおかしいのか、わからない。歌舞伎の約束ごとにうといから、毒を毒と感じられなかったのだろうか。しかし、毒は、約束ごとを越えて、からみつき浸透してくるものではあるまいか。

一つには、歌舞伎座の舞台があまりにだだっ広く、客席は上演中でもプログラムが読めるほど明るい、そのために闇も毒も拡散してしまうのだろうかとも考えた。しかし、舞台の寸法をちぢめ、極端に言えば照明をやめて面灯りに戻したところで、はじめから無いものはあらわれてきようもない。

たとえば、破戒坊主の清玄《せいげん》である。清らかな気品高い高僧が、不義の濡衣を着せられ、過去の因果を思いいさぎよく、敢て女犯の罪をかぶる。そうして、一転して陰惨な稲瀬川の場、桜姫ともども百叩きの刑を受け、追放となった清玄が、白菊丸の生まれかわりである桜姫に対する激しい恋情をあらわにし、数珠断ち切って、夫婦になれと迫る。この逆転は、圧倒的であってほしいと思うのは、まちがいだろうか。十七年前、所化であったころには、稚児の白菊丸への許されぬ恋を、怒濤《どとう》に共に身を投じようとまで思いつめた清玄である。白菊丸ひとり投身させ、死におくれた後は行いをつつしみ阿闍梨《あじゃり》にまで出世した。海老蔵の清玄阿闍梨は、たいそう品よく、純情そうで、無実の罪をひきうけるいさぎよさも無理がない。しかし、十七年、心の奥底に、自分の意識にさえ秘匿していた情念が、いっきに噴出するのが、稲瀬川の場だと思うのである。

迫力不足に感じたと、歌舞伎通の友人に話したら、海老蔵はいい役者なのだ、清玄は、釣鐘権助にくらべて損な役だし、役とあわなかったのだろう、前に四谷怪談の伊右衛門を演じたときはたいそうよかったのだから、別の芝居でぜひもう一度見ろと、残念そうに言っていた。

芝居を観る、という行為は、劇的行動者を鏡に私自身を観ることであった。

と、いささか肩肘はったものいいになったが、その場その場でころころと、小気味よいまでに別人格となる桜姫（台本がそうなっている）と、爽やかな悪党ぶりの権助のからみあいに、怨んでも怨んでもいっこう相手にダメージを与えることのできないしょぼくれた清玄さんは、たいそうユーモラスでたのしかったのである。赤ん坊を足で蹴っころがす女郎のお姫さま。化政期にもわれらの筒井康隆がいた！

（「新劇」81年6月号）

芸能者たちの物語

数年前、『炎のように鳥のように』という、壬申の乱のあたりを舞台にした物語を書いたとき、漂泊の芸能者であるほかい人の群れが登場した。主要人物の一人である奴《やっこ》も、ラストで、主家を逃亡し、漂泊のほかい人となる。

いわば、芸能者の濫觴《らんしょう》にかかわってくる物語であった。

書きながら、各時代の、芸能者を書いてゆきたい、一つ一つの物語は全く独立した長篇であるが、全体を通してみたとき、正史の裏にかくれた芸能の流れが浮かび上がってくるようなものを書きたい、と漠然と思った。

その後、『旅芝居殺人事件』で現代の旅芝居の凋落を描き、『恋紅《こいべに》』『花闇』で幕末から明治初期の芝居者を時代の動きと関連づけて描き、するうちに、この願望はいっそう明確になった。

芸能の流れに目を向ければ、欠くわけにはいかないのが、出雲阿国《いずものおくに》である。

阿国は、あまりに有名であり、これまでに多くの作者によって書きつくされている。

しかし、専門の方々によって研究された成果である資料を読むと、これまでに描かれた阿国は、ほとんど、江戸時代になってからふくらんだ〝阿国伝説〟によるものであることがわかってきた。

たとえば、名古屋山三郎との恋物語である。山三郎は実在の人物ではあるが、阿国と同棲し、かぶき踊を山三郎が教えたということは、あり得ないのだそうだ。

阿国に関する、確実な記録は、当時の公卿の日記や北野天満宮の記録に残る数行である。

又、これまでの阿国を主人公にした物語や芝居から欠落しがちであったのは、そのころの芸人が、芸を表に立て、売色で稼いでいたという事実である。芸一筋の女として美しく描くために、この点は無視されることが多かったのだろう。

物語の面白さは〝嘘〟にあると、私も思っている。

阿国に関する伝説の〝嘘〟は、これまでに利用されつくしているので、私は、それを極力捨てることにした。

そのかわり、かぶきの祖として、〝佐渡島おくに〟という名が、古い文献にみられる、という事を物語のパン種にとり入れた。文献といっても、阿国伝説と同様、不確実なものである。

出雲阿国が創始した〝かぶき〟は、遊女かぶきに引きつがれてゆくが、佐渡島おくには、遊女かぶきの太夫であったらしい。

野性的な売色の芸人である出雲阿国と、はるかに年若いおくに太夫。そうして、若いおくには、出自はやはり放浪芸の一つである笠屋舞の子という設定にした。〝能〟と〝かぶき〟〝舞〟と〝踊〟の本質の違い、その交点に立つおくにも、モチーフに入ってくる。

『二人阿国』（八月、新潮社刊）を書き終えた今、『恋紅』の続稿にとりかかっている。これも、時代の流れの中の漂泊者を描くことになるだろう。


（「波」88年8月号）

わたしは、カメレオンより、えらい

おみくじは、同行の編集者もわたしも、大吉と出た。

ふだん、おみくじなどひいたことはないのだけれど、この古びた神社のは、親指くらいの小さいダルマのなかにまるめこんであり、ちょっとかわいらしかったので、百円投じる気になったのだ。

「旅行も、すべて、よし、だって」

遊びでひいただけでも、凶よりは吉の方が気分がいい。

取材で、吉野から大台ケ原のほうに二泊三日の旅をしたときである。

二日目——十一月十二日——、主目的である明神滝に出かけた。吉野から車で二時間ほど、南にくだり、あとは、険しい細い山路を徒歩でのぼる。

右側は深い谷、左は断崖がそびえる。

谷を埋めた紅葉の底を三ノ公川《さんのこ》が見え隠れする。

明神滝の上のかくし平と呼ばれるところに、後南朝の二皇子が隠れ住んでいたとつたえられている。

南朝がほろんだあとも、遺臣たちは、二人の若い皇子を奉じ、回天を志していたのだそうだ。

素晴らしい好天気だった。

いつも、狭い小さい部屋にこもり、一時期の江戸川乱歩さんのように昼も夜も雨戸を閉め切り、繭のなかの蚕、モグラの穴籠りという暮らしをしている。山歩きなど、十何年ぶりか。

たちまちばてるだろうと思っていたら、意外に足の運びがかるい。

もっとも、高所恐怖症の気があるから、丸木橋をわたるときは、ついてきてくれたタクシーの運転手さんと手をつないだ。

次第に足に自信がつき、過信に至った。

道がとぎれ、深くえぐれたところで、岩から岩に、とびうつった。

気分がいつもよりハイになっていた。あちこちのコラムでPRしたから、またか、と言われそうだけれど、拙作『二人阿国』が、『阿ＯＫＵＮＩ国』のタイトルで、豪華なスタッフ、キャストによってミュージカルになるという、わたしにとっては、この上なく嬉しいことがあり、それに、柴田錬三郎賞受賞の報せがかさなっていた。

生来粗忽《そこつ》で、どじな失敗をくりかえしていることも、運動神経がまったく欠如していることも、このとき、忘れていた。

前の岩にかかった足がすべり、前のめりに落ちて、前面の岩に、顔をもろにぶつけた。

たいした痛みはなく、本人はいっこう平気で、このまま山を下りて病院に行きましょうという編者の提案を辞退し、滝の見えるところまで登った。

宿に帰って夕飯のとき、トイメンに坐った編集者が、見るに耐えないというふうに、視線をそらす。化粧室で鏡を見て、われながら驚いた。

顔面腫れあがり、鼻梁を中心に両頬は、蝙蝠《こうもり》が翼をひろげたような黒痣になっている。

それでもほとんど痛くはないので、ほうっておいても二、三日でなおるだろうと、楽観していた。

翌日、腫れも痣もいっそうひどくなり、ふくれあがった顔は饅頭のよう。そのまんなかに、べったり蝙蝠の焼印。蝙蝠印ホカホカ饅頭だ。

「二十日、シバレン賞の授賞式なんだ。どうしよう！」

当日まで、一週間しかない。とりあえず、村の診療所というのに行った。山歩きにそなえて革のパンツを着用していたので、単車で山に登ったのかと、お医者さんは呆れた。

東京に帰ったら、レントゲンをとりなさい、と、服《の》み薬をくれた。

それから大台ケ原を取材し、東京に帰りついたのは、夜。

次の日、病院でレントゲン検査をし、骨に異常はないと判明。あとは、自然に腫れがひき、痣がうすれるのを待つほかはない。

腫れは四、五日でひくが、黒痣は、ほぼ一週間、それから黄緑色になる、と、医師の託宣。

この日の芝居のチケットを、前もって買ってあった。楽しみにしていた芝居だから、蝙蝠印饅頭の顔を季節はずれのサングラスでかくし、渋谷の『SPACE　PART3』のソワレにまわった。

いっしょに観る予定の芝居好きの編集者二人を、喫茶店で待った。困った。本を読むには、サングラスをとり、老眼鏡にかけかえなくてはならない。

老眼鏡のレンズは無色透明だから、蝙蝠痣がまるみえになる。活字中毒なので、何も読まずに漫然と待つのは苦痛なのである。

このときの芝居が、話としてはできすぎなのだけれど、花組芝居の『いろは四谷怪談』。舞台を観るためには、やはり、サングラスをはずさねばならない。舞台にお岩、客席にもお岩。二人阿国ならぬ、二人お岩となった。

舞台のお岩さまは半顔くずれだが、こちらは、右も左も全顔だから、お岩と累がいっしょになったようなものだ。

二十日の授賞式をどうしようと悩み、友人の邑《むら》野《の》まつりに相談した。その結果、黒痣なら、仮面をつける。黄緑まだらになったら、顔の模様にあわせ、黄緑まだらの迷彩服を着る。と決定。

邑野まつりが言った。カメレオンて、周りの色にからだの色をあわせるけれど、周りの色がごちゃごちゃだと、どうしたらいいかわからなくなって発狂しちゃうんだって。

わたしは、カメレオンより、えらい。

（「青春と読書」91年1月号）

嘘と実

本屋さんの子供に生まれればよかった、と、小学生のころ、思っていた。本は、内容が面白いから惹《ひ》かれるのはもちろんだけれど、本がたくさんあるところ、書店とか図書館とかは、紙のにおいだろうか、印刷のにおいだろうか、独特のにおいと雰囲気があって、ただそこにいるだけでも、なんとなく落ち着く。子供のころの私は、〈本荒らし〉だった。友だちの家に遊びにいくのは、その家の本を読むためなので、友だちがいなくてもあがりこみ、家人の書棚を漁《あさ》っていた。

シェイクスピア全集の揃《そろ》っている家、毒を抜かないままの大人用のアラビアンナイトが揃っている家、などなどを渡り歩き、そこのおばさんが嫌な顔をするのをものともせず、ひたすら読みふけっていた。

後年、家事などをするようになったとき、手が三本欲しいと切実に思った。左手は常に開いた本でふさがっているから、右手だけで料理をしたり掃除をしたりするのは、かなり困難だったのだ。したがって、本を読む以外のことは、すべて手抜きになった。

読書家というような物々しいものではない。単純に、物語中毒だっただけである。

わが家は、芝居や映画を見るのは不良のすること、という堅い家風なのに、なぜか、私は芝居・映画に血が騒ぐたちに生まれてしまった。つまりは、非日常の中にひたっているのが好きなのだ。

隣家に『歌劇』という宝塚の機関誌が揃ってい

た。劇場に連れていってもらえない小学生の私は、連日その家に通い、舞台写真をながめ、物語を想像していた。戦後、親の束縛がなくなって、本物の舞台を見ることができるようになったが、想像の中の舞台の方が、際限もなく華麗だったような気がする。

子供のころは他人が書いた物語にひたりきっていたが、四十を過ぎてから、自分で物語を創《つく》り未知の方々に読んでいただくという、この上ない贅《ぜい》沢《たく》を、ゆるされるようになった。

時代を過去にとった物を書く機会が、このごろは多い。

物語の〈嘘《うそ》〉が、私は好きでならない。でも、今の読者の目は肥えているから、しらけることなく嘘の世界に遊んでいただくためには、〈実〉の部分を、きっちりおさえなくてはならない。

黙《もく》阿《あ》弥《み》が言っている。嘘を書くのは作者の特権だけれど、知らないでまちがえるのは、恥だ、と。至言だと思う。

一つの物語を書き始める前、私は、その時代について、その素材について、正確なことはほとんど何も知らない。

ただ、何か、惹かれる、という感触から、手探りで調べ始める。

『恋紅《こいべに》』という、時代を幕末にとった遊女屋の娘と小芝居《こしばい》の役者の物語を書いたのが、時代物を書くようになったきっかけなのだが、そのとき、私は、江戸の地理も吉原もまったく知らなかった。

以前、矢田挿雲《やだそううん》の『江戸から東京へ』を読んだとき、両国の垢離《こり》場《ば》に〈三人兄弟の芝居〉という掛け小屋があり、たいそうな人気だったが、維新後、小屋は取り払われ消息がわからなくなった、という記事が心に残った。

それとは別に、吉原の桜は、花の時だけ植えて、後は引き抜くのだということを聞いた。そのとき、二つの素材が結びついた。それまでまるで興味がなかった遊郭が、主人公の女の子を介して、ふいに身近なものになった。

芝居、吉原ばかりではない、幕末の江戸の風習、地理、会話と、ひとつひとつ、資料を探し、未知のものが既知となる過程の楽しみを知った。

といっても、浅学な私は、原史料だけでは手に負えず、専門の学者、研究者の方々の御研究の成果を学ばせていただくことが多いのだけれど。

江戸の町並みを知る何よりの資料は、どなたもが利用しておられる『江戸切絵図《えどきりえず》』なのだが、これは、ただ眺めているだけでも楽しい。『江戸切絵図と東京名所絵』（小学館・刊）が出版されたのは、今年になってからだ。

切絵図は、平面図だけなので、実際の様子を想像するのはむずかしいのだが、名所絵の併用によって、活《い》き活きとしたイメージをつかむことができる。

また、切絵図は、名のとおり、それぞれの地域ごとに切り離されているから、他の地域との関連がつかみにくい。この本では、明治に作成された広域の地図をのせ、そのどこにあたるかを白抜きであらわしてある。方向感覚の鈍い私には、まことにありがたい本だ。こういう本が欲しかった。編者の方の御苦労に、深謝してしまう。

吉原の桜の植え替えを引き受けている植木屋は、巣鴨《すがも》、染井《そめい》に多い。そのあたりを切絵図で見ていたら、お鷹《たか》部屋があるのに気がついた。

神田の古本屋街を漫然と歩くのは、遊び下手、旅行遊楽が苦手な私の数少ない楽しみの一つで、目的をさだめずふらりと入った店で『放鷹《ほうよう》』だの『お鷹部屋同心日記』などという本を偶然みつけてしまうと、もう、鷹の物語を書かずにはいられない。次作『会津恋い鷹』が生まれた。

小芝居について書くために、芝居に関する資料を集めているとき、幕末から明治にかけての役者や大道具師などの自伝、聞き書き、芸談などに、澤村田之助の名を散見し、なつかしく、そうして、嬉しくなった。

乱読していた小学生のころ、現代大衆文学全集というシリーズのなかに、これも矢田挿雲の書いた『澤村田之助』という一冊があり、四肢を切断してなお舞台に立った役者の、毒気色気に夢中になった。田之助は、それ以来、眷恋《けんれん》の人であったのだ。

資料に断片的にあらわれる田之助は、挿雲が書いたようなただの女たらしではなかった。はるかに活きのよい江戸っ子で、芸の魅力を充分に持った役者であった。歌舞伎年表で、田之助が出演した芝居とその共演者をしらべているうちに、市川三すじという大部屋の女形が、はじめは河原崎長十郎（後の九代目団十郎）と同じ舞台に立ち、途中から、田之助の舞台にいつもいっしょなのが目についた。この三すじを、田之助に仕え、田之助に恋情を持つ弟子ということにし、その目で田之助を描くと構想を決めたのだが、その後、明治期に「田圃《たんぼ》の太夫《たゆう》」の呼び名で人気の高かった澤村源之助の伝記を読み、三すじが、実際に、田之助に最後までつくした弟子であること、田之助の芸風を源之助につたえたのも三すじであることを知った。なんだか、ぞくっとした。

『二人阿国』という出雲阿国《いずものおくに》を素材にした物語を書いたのは、服部幸雄先生の『歌舞伎成立の研究』に刺激されている。素性さだかならぬ、しかし、たしかに実在はした出雲阿国という女にまつわる話の、何が事実で何が嘘か、その嘘が江戸時代にどのようにしてできていったか、を一級史料によって、的確に解明された研究論文である。

説話的な嘘の部分を取り去った後の、ほんのわずかな事実に、私の嘘を織りまぜて、『二人阿国』に、漂泊芸人の荒涼とした姿を描こうとつとめた。文字による資料・史料を、立体的に彩って、近世初期の姿を見せてくれたのは、『洛中洛《らくちゅうらく》外図屏風《がいずびょうぶ》』や『江戸名所図屏風』などであった。「文化文政を素材に、書いてみませんか」と小説誌の担当編集の方に言われたとき、私は、〈文化文政は江戸の爛熟《らんじゅく》期〉というぐらいの知識しかなかった。嬉しい資料探しにとりかかった。そのころの人物としては、浮世絵師の英泉《えいせん》に魅力を感じた。歌麿《うたまろ》でも北斎《ほくさい》でもなく、なぜ、英泉か。たぶん、英泉の描く女が、寂寥《せきりょう》感をにじませているからではないか。それなら、なぜ、同じような画風の国貞ではなく英泉なのか。英泉の境遇が、国貞より、私にはいとおしく感じられたためかもしれない。

生まれついての芝居好きの私が、当然、行き着くのは、鶴屋南北《つるやなんぼく》。かの大南北である。

新潮社の書下ろし時代小説シリーズの一冊として、南北を素材にした。

この資料読みは、楽しかった。まず、南北の台本がある。また、同時代の芝居関係の一級史料は、「日本庶民文化史料集成」にほとんど網羅されている。ところが、肝腎《かんじん》の南北その人に関しては、晩年になって人気が爆発してからのことしかわからないのである。あれだけの凄《すご》い芝居を書き続けた人が、五十を過ぎるまで、まったく芽が出なかった。謎《なぞ》だらけの人なのだった。

史料・資料は、空洞があるほうが、物語の創り手としては、張合いがある。史料・資料の〈実〉を生かしながら、嘘にいのちを与えてゆく。その楽しみのために、また、書店めぐりがはじまる。

（「本の窓」93年11月号）

綺羅《きら》をかざった、男たち。

しずやしず、しずのおだまき、と情人の敵の前で歌い舞った静御前《しずかごぜん》は、白拍子であった。

平安朝の末からはじまった歌舞の一つである白拍子は、これを歌い舞う遊女の呼び名ともなる。

立烏帽子に水干、長袴、そして太刀を佩《は》いたる男姿。しかし、背に長く垂れた髪が、女の証でもある。

後に、あまりに荒々しいと、立烏帽子と太刀を廃したといわれる。

頼朝の面前で舞ったときの静は、髪を結い上げて烏帽子をはぶき、白袴をつけたと義経記はしるす。

ともあれ、男姿にての遊女の歌舞を、宴の席で男たちは愛でたのである。芸能と売色は渾然としてわかちがたい。ジェンダーの反転が、センシュアルな感覚を呼びさます。

男装を倒錯とは私は呼ぶまい。異装は、日常を超えたなにものかの顕現を招来する。ときに美であり、ときに神である。

こう記すとき、私は、祭礼の神輿をかつぐ男たちを思い浮かべている。昨今はどうであろうか、濡れた肌に陽光を映し、どちらへ行こうとあなたまかせ、もたれあって蹌踉《そうろう》と、顔ばかり白塗り、頬に紅、鼻筋をことに白くたて、男と女の異様に混合した姿で、汗と酒のにおいが男の体臭にまじり、家並みをきしませ、ゆきつもどりつするのであったが。

時代下って室町。卑賤な猿楽から発した能楽は、時の権力者に愛好され、高雅に洗練された。

能楽においては、面と装束が、男を女に変形させる。木に木の精が草に草の精があるように、〈女の精〉とでも言えばよいか、女でありながら生身の女を超えた存在が現れるのである。

女が面と装束をつけても、男が扮した女の幽玄高雅はあらわせぬ。

猿楽の流れをくむ舞々は、笠屋舞をはじめ多々あるが、能役者のほかは、面をつけることをゆるされない定めであった。つまりは、性の変幻は、能役者のみの特権。

それを卑俗の場に引き戻し、絢爛《けんらん》と華咲かせたのが、かの出雲阿国か。

秋の野の摺りつくしの小袖、箔絵の太帯、金襴の袖無羽織。髪の根を紫の打紐で結い上げ髻を長く垂らした若衆髷《まげ》、さらには、鐺《こじり》をはねあげ佩いた太刀。

卑賤の身から出たゆえかことさらに豪奢を愛した太閤は没したが、質実好みの家康が天下をとるにはまだ間があり、桃山の華麗はいっかな衰えず、都大路をゆきかう殿原の装いが、きわだってきらびやかな時世であった。生絹《すずし》の小袖から匂いこぼれる紅梅の下着。南蛮更紗の袖無羽織、黄金造の太刀をはね差しに、黄金の鎖やら、キリシタンでもないのに異国のふうをまねたロザリオやらを胸にかざり、腰に印籠、瓢簞《ひょうたん》と、綺羅をかざった、男たち。

阿国は、そのふうをまねた。男姿は、女より華麗であった。

芸能は、あいもかわらず、売色と溶けあう。徳川幕府は、大名、武士が色に溺れるのを嫌い、女かぶきを禁止する。

若衆かぶきは、女かぶきの盛んなときから、混在していた。

女の異装が禁じられたとき、女を装う男が表にあらわれる。若衆かぶきのセンシュアルなそしてセンシュアスな力の源は、その前髪にあると見抜いた為政者は炯眼《けいがん》であった。男と女のあわいにあって、両性具有といってはあまりにありきたりな形容だろう、少年の匂い立つ美は前髪にこそある。剃りこぼてば、官能は失せる。しかし、芸人はしたたかである。ないものを、あるがごとくに見せる手段を考え出した。紫の野郎帽子。剃り痕にのせて、失せたものの幻影を、観客のまなうらに顕《た》たせ、ジェンダーの境を超えた色気はいよよ濃厚である。

幼いあいだは、色子として、色を売りつつ芸の修業。これがからだの芯に女形の紅の色気をはぐくむ。大名題から男色の相手にえらばれた若手は、一族こぞってよろこび祝うという世界であった。男に色を売るのを拒めば変わり者とされ、名門の名をつぎそこねた役者さえいる。ジェンダーの反転越境に、いささかの違和感も罪悪感も存在しなかった。

江戸かぶきの濃密な芳醇な官能は、いまとなっては想像力のかぎりをつくして思い描くほかはない。異形の芽は常識の名のもとに刈り取らずにはおかないのが現代の社会だから。

（「ユリイカ」98年2月号）

はじめての舞踊劇

人間と、人ならざるものとの恋は、伝説や童話にいろいろあります。一番よく知られているのは、アンデルセンの『人魚姫』でしょう。わが国では、狐葛《くず》の葉《は》と保名《やすな》の恋物語が歌舞伎の舞台にも登場します。ドイツの作家フーケによる『水妖記』は、水の精ウンディーネと騎士の物語です。この物語をもとに、フランスの劇作家ジロドゥが『オンディーヌ』という戯曲をあらわし、たびたび上演され、日本でも、三十年ほど昔になりましょうか、劇団四季が舞台にかけ、たいそう評判でした。

舞台美術家の朝倉摂《あさくらせつ》先生のご紹介で、お家元から名古屋をどりの舞踊劇の台本をとお誘いを受けたとき、すぐに『水妖記』をもとにしたものを、と思いつきました。時代を日本の中世におき、若武者と水の精の恋物語という設定を原作から借り、あとは独自のものにしました。若武者をホリ・ヒロシさんの人形に演じていただくというのは、お家元のご発案です。たいそうユニークな幻想的な舞台になりそうで、喜んでいます。小説は長年書いてきましたが、舞踊劇ははじめてです。台本は骨組のようなものです。肉付けされてどういう舞台になるのか、私もひとりの観客になって、初日を楽しみにしています。

（『泉の姫』パンフレット」00年9月）

より華やかに、より深く

新宿のスナックでアトリエ・ダンカンの池田さんにお目にかかったのは、二十年あまり前になります。出雲の阿国を素材に長編を書き下ろしていると申し上げたら、舞台にかけたいと言ってくださいました。たいそう嬉しかったのですが、舞台化は難しいのではないかと、内心案じました。出自も明らかでない出雲の阿国について、当時の記録や公家の日記などを綿密に研究されたのは、服部幸雄先生でした。そのご著書に助けられて私が書いた物語は、出雲の巫女とか、名古屋山三郎の恋人とかいう通説によらないものでした。流れ者の芸人、出雲の阿国は、京の河原のやや子踊りで人気を得、公家の日記にも名前があがっています。その後、かぶき踊りをはじめ、観客の間から名古屋山三郎の亡霊を出現させるなど、当時としては斬新なやり方で人の目を引きました。そのときの歌も残っています。江戸に上がり、天下一の呼称を許されもしました。しかし、当時の阿国をそのまま再現しても、現代の観客には衝撃的ではありません。

私の心配は、よけいなことでした。池田さんと脚本の鈴木聡さんは、物語の中から、旅芸人阿国一座の猥雑《わいざつ》なエネルギーと、遊女屋が資本の力で、若い娘をもり立て二代目阿国を名乗らせ、のし上がらせるという部分を抽出し、エネルギッシュで、この上なく楽しい舞台にしてくださいました。江戸初期の歌舞のかわりに、上々颱風《たいふう》が、心浮き立つ現代の音楽と歌で見物衆をわくわくさせました。

　九十年に初演されたとき、木の実ナナさんの阿国は、江戸初期の阿国が人々を熱狂させたであろうそのままに、いえ、それ以上に、観客を魅了しました。流浪の芸人には、華やぎとともに、挫折の苦さもあります。辛いからこそ、それをはねかえすエネルギーは強靭《きょうじん》になる。再演を繰り返すたびに、ナナさんの阿国は、パワーとともに、悲哀を表現する深みをも増したと思います。新橋演舞場の大舞台に立つ阿国一座に、心から声援を送ります。

（「ミュージカル阿ＯＫＵＮＩ国　パンフレット」07年3月）

奇才によって開かれた江戸の花

泡坂妻夫

人口百万の江戸は、同時に世界最大の庭園都市であった。

江戸城台地には原生林が保存されている。江戸城を取り囲む堀、隅田川両岸の景勝は改めて述べるまでもないだろう。

大名は広大な屋敷内に自慢の庭園を持ち、芝居で見ると髪結新三《かみゆいしんざ》の住むような裏長屋にも、猫の額ほどだが庭がある。

下町から少しだけ足を伸ばすと、上野寛永寺を代表とする寺社の山は一般にも開放されていて、台地に登れば江戸が一望され、東京湾から房総、筑波の山山、駿河の富士山、四季に変わる眺めをいつでも楽しむことができた。その美しさは数多くの絵師によって残されているが、今の東京を思うと、ユートピアはすでに存在していたのだと溜め息が出るほどだ。

勿論、このような都市は一朝にして出現するはずはない。徳川幕府が江戸城を計画してからほぼ百年、壮大な構想がやっと完成してそれからしばらくしたころ、この緑と水の都市に、世界でも類を見ないような文明の花が開いた。

『鶴屋南北冥府巡』(皆川博子著、新潮書下ろし時代小説、一一月刊)の時代である。

そのときほど、活力のある創造性に豊《と》んだ文明が栄えた時代はなかった。江戸人が磨き上げた美意識も特殊で、それ以前には何の疑いもなく取り込んできた大陸文明も、江戸人の目には異国であり、大陸的な美意識は貴族や武士の権威に守られながら化石になってしまったほどだった。

江戸文明のなかでも大輪は、日に千両が費されるといわれ、二大悪所とも称された芝居と吉原。この世界にいる限り、その美意識は制度や身分に拘束されない。悪や邪も美しければ宥《ゆる》されてしまう世界だった。

南北の代表作「東海道四谷怪談」は万事綺麗作りの「仮名手本忠臣蔵」を意識して、同じ赤穂浪士たちを、悪と闇と血と笑いで描き切った傑作だった。更に生世話《きぜわ》の写実性とけれんの怪奇趣味に溢れた諸作は現代でも盛んに上演を重ね、数多くの人の心を捉えて放さない。

一度、南北に魅せられると、この作者の素姓が気になるのは人情だが、これがあまりはっきりと伝わっていない。取り分けて不思議なのは、安永五(一七七六)年見習作者として芝居の世界に入り、享和三(一八〇三)年四十九歳にしてはじめて立《たて》作者の地位にすわったという経歴だ。翌文化元年に河原崎座で、初代松助にあてて書いた「天竺《てんじく》徳兵衛韓噺《いこくばなし》」で大当たりを取って作者の位置を決定付けるのだが、当時としてはこのデビューは異様に遅すぎるのではないか。

二十二で見習作者になってからざっと三十年の間、南北は一体何をしていたのか。という疑問がこの小説『鶴屋南北冥府巡』を書く起動力になったようだ。

作者の皆川博子さんはその謎を解く糸口に、南北と組んで妖しい芝居を作り続けた尾上松助に注目した。天竺徳兵衛を演じたとき、松助は還暦をすぎた六十一歳。これも信じ難い高齢だ。そして、怪談役者として大成する以前の松助と、無名時代の南北が、江戸大坂を股にかけて冥府巡りをしていた、というのがこの小説のテーマとなる。

一度そのテーマを得ると、作者の筆は奔馬のごとき勢いを持ったように思える。実際には厳密な考証と強固な構成で書きはじめられているのだが、面白さは作者の刻苦をも感じさせない。作者は南北の世界へ、読者を夢見心地に引き込んでしまう。

圧巻は腐乱した曝し首と骨灰が散乱する千日墓の隣、難波村の湿地帯に建つ荒れ寺、浄春寺の場だろう。そこには、黒い人間関係と血の色の残虐、醗酵した毒性や地口の笑いがないまぜになり、そのまま南北の芝居となって再現されている。

それは多分、抜き差しのならぬ作者の華麗な描写力と、その時代の江戸、大坂訛りを自由自在に使い分ける作者の力量がなければ、決して出現しない美の世界であり、それが、今、書かれたことに大きな驚きと深い感動を覚えるのだ。

江戸が生んだ数多くの奇才たちによって開かれた江戸の花は、美しくも脆弱だった。江戸が終ると同時に、大名庭園のあらかたが取り毀《こわ》され、多くの掘割が埋め立てられ、隅田川の水が濁りはじめたとき、江戸の花は枯れ果てたのだった。その花が今、奇跡的に狂い咲いたことに対する感動である。

（「波」91年2月号）

後記

「綺麗な人ね。生きていたら、きっと好きになったのに」

すべての記憶を失った水の精オンディーヌは、骸《むくろ》となった騎士ハンスを見返ってそう呟き、去っていきます。ジロドゥーの戯曲『オンディーヌ』の幕切れです。戯曲のもととなったのは、フーケの『ウンディーネ』で、こちらのラストも、忘れがたく好きです。

十何年前になりますか、舞台美術家朝倉摂《あさくらせつ》先生のお引き合わせにより、邦舞西川流家元西川右近《にしかわうこん》師から、舞踊劇の台本のご依頼をいただきました。西川右近師は、毎年、大規模な発表会を催されるのですが、そのとき必ず、現代の作家に新作舞踊劇を依頼しておられます。久世光彦《くぜてるひこ》さん、市川森一《いちかわしんいち》さんなど、専門の劇作家が手がけておられる裾に、戯曲も邦舞もまったく素人の私が連なるのはずいぶん無謀でしたが、

『ウンディーネ』を翻案することを試みました。原作と異なり、大甘のラストにしてしまいましたが。右近さんは、すばらしいアイディアを思いつかれました。水の精たちも許嫁の女も、すべて人間が演じるのに、主役の若武者のみ、人形を用いるのです。ホリ・ヒロシさんは、等身大の人形を制作し、それを自ら操って舞台で舞う独特な人形師です。黒衣《くろこ》の姿で人形にぴったりと寄り添い、艶やかに舞われ、人形と人間の共演は、幻想的な雰囲気を、より強く醸《かも》し出しました。水の精たちが乱舞するシーンでは、精たちは水色の毛の獅子頭を用い、床に届く長い毛が、前後左右に振られ、邦舞ならではの見事さでした。

本書に収録された『泉の姫』は、その台本です。右近さんは上演された舞踊劇の台本を一冊にまとめ刊行なさいましたが、ほとんど市販はされていないと思います。日下三蔵さんがよく発掘してくださったと感嘆しながら、当時を懐かしく思い出しました。

皆川博子

編者解説

日下三蔵

読者の皆さまの支持をいただいたおかげで、〈皆川博子コレクション〉の第二期としてまたしても五冊を刊行できることになりました。第一期と同様、装画を木原未沙紀さん、装幀を柳川貴代さんにお願いし、オビの推薦文も錚々《そうそう》たる方々に引き受けていただいております。もちろん全作品が文庫未収録というコレクションのコンセプトは変わりません。引き続いてのご愛読をお願いいたします。

第一期の収録作品は七〇年代から八〇年代にかけてのミステリ・現代ものが多かったが、第二期のラインナップは八〇年代から九〇年代にかけての時代ものが中心となる。八六年の長篇『恋紅』が第九十五回直木賞を受賞してから、著書に占める時代ものの割合は一気に増えていき、その中には文庫化されないままのものも少なくなかった。『恋紅』以降の時代小説の刊行リストは、以下のとおりである。

1　恋紅　86年3月　新潮社　→　新潮文庫

2　会津恋い鷹　86年9月　講談社→講談社文庫
3　花闇　87年8月　中央公論社→中公文庫→集英社文庫
4　二人阿国　88年8月　新潮社　☆コレクション6（本書）
5　みだら英泉　89年3月　新潮社→新潮文庫
6　秘め絵燈籠　89年12月　読売新聞社　☆コレクション7（予定）
7　散りしきる花　恋紅・第二部　90年3月　新潮文庫
8　乱世玉響　蓮如と女たち　91年1月　読売新聞社→講談社文庫
9　鶴屋南北冥府巡　91年2月　新潮社　☆コレクション6（本書）
10　絵双紙妖綺譚　朱鱗の家　91年9月　角川書店→うろこの家　角川ホラー文庫
11　化蝶記　92年10月　読売新聞社　☆コレクション7（予定）
12　妖櫻記　93年3月　文藝春秋→文春文庫
13　瀧夜叉　93年12月　毎日新聞社→文春文庫
14　妖笛　93年12月　読売新聞社　☆コレクション8（予定）
15　写楽　94年12月　角川書店
16　みだれ絵双紙　金瓶梅　95年3月　講談社　☆コレクション10（予定）
17　戦国幻野　新・今川記　95年9月　講談社→講談社文庫
18　雪女郎　96年1月　読売新聞社　☆コレクション9（予定）
19　花櫓　96年7月　毎日新聞社→講談社文庫
20　笑い姫　97年3月　朝日新聞社→文春文庫

21　妖恋　　　　97年7月　ＰＨＰ研究所　↓　ＰＨＰ文芸文庫
22　朱紋様　　　98年12月　朝日新聞社　☆コレクション9（予定）

6、10、11、14、18、21、22の七冊が短篇集、その他の十五冊が長篇作品である。本書には二本の書下し長篇『鶴屋南北冥府巡』と『二人阿国』を、合本にして収めた。

第三十八回日本推理作家協会賞を受賞した『壁　旅芝居殺人事件』（84年9月／白水社）も、前述の『恋紅』も芝居に携わる人を描いた作品だったが、現代もの、時代ものを問わず芝居・芸能は皆川作品の重要なテーマのひとつである。沢村田之助の生涯を描いた『花闇』、江戸の芝居町を舞台にした『花櫓』、芸能に関わる人々を描いて第三回柴田錬三郎賞を受賞した幻想小説集『薔薇忌』（90年6月／実業之日本社）等々。

本コレクション第五巻の解説でも触れたように、七一年には児童劇のオリジナル脚本を二本も執筆しているし、逆に本書収録の『二人阿国』のように自作が舞台化されたことも少なくない。

第一部に収めた『鶴屋南北冥府巡』（91年2月／新潮社）は、前年にスタートした叢書〈新潮書下ろし時代小説〉の一冊として刊行された。戯作者・鶴屋南北にスポットを当てた作品だが、開巻の一行目から読者の心をつかんで離さない緊張感に満ちており、鬼気迫る内容といっていい。なぜこれほどの作品が文庫化されなかったのか不思議である。

同書の刊行にあわせて新潮社のＰＲ誌「波」に泡坂妻夫氏がエッセイ「奇才によって開か

れた江戸の花」（91年2月号）を寄せているので、本書にも巻末資料として収録させていただいた。「名人、名人を識る」というべきか、短い枚数の中で皆川作品の魅力と特色が見事に指摘されている。ちなみに泡坂さんも後に〈新潮書下ろし時代小説〉で『写楽百面相』（93年7月）という傑作を刊行している。

第二部に収めた『二人阿国』（88年8月／新潮社）は、歌舞伎の元祖といわれる「出雲阿国」を描いた作品である。本書の第四部に収めた「芸能者たちの物語」は、同書の刊行に合わせて「波」に掲載されたエッセイだが、それによると『炎のように鳥のように』（82年5月／偕成社／本コレクション5に収録）を書いた際に「各時代の芸能者を描く」という着想が生まれ、『壁　旅芝居殺人事件』『恋紅』『花闇』へとつながっていったという。

この作品では、お国とお丹、年の離れた二人の女性を軸にストーリーが展開していく。派手なところはないが、むしろそれゆえに底知れぬ迫力を備えた作品となっている。九〇年には栗山民也演出、鈴木聡脚本・作詞、木の実ナナ主演でミュージカル「阿ＯＫＵＮＩ国」として舞台化された。このミュージカルは高い評価を得て、九二年、九三年、九五年、〇三年、〇五年、〇七年とくりかえし再演されている。本書には〇七年版のパンフレットに寄せられた著者のエッセイ「より華やかに、より深く」を収めておいた。

第三部に収めた短篇三本の初出は、以下のとおりである。

蘭鋳　「小説宝石」92年8月号
琴のそら音「小説新潮」99年1月号

泉の姫　『日本舞踊　舞踊劇選集』西川会（02年8月）

日本舞踊の西川流が四九年から行っている「名古屋をどり」では、現代作家による新作舞踏が上演される慣習になっている。皆川作品「泉の姫」は二〇〇〇年九月二日から十一日にかけての第五十三回公演で上演され、二〇〇二年に西川会の発行した非売品の脚本集に収められた。函入りで九〇〇ページを超える大冊である。

この〈皆川博子コレクション〉では第二巻『夏至祭の果て』に時代ものの単行本未収録作品を収めておいたが、前述のリストを見ていただければお分かりのように、現代もののミステリ、幻想小説とちがって、八〇年代、九〇年代の時代小説は多くが短篇集にまとまっている。ボーナストラックとしてコレクションに収録できるのは、本書の三篇ぐらいだろう。

現代もののミステリはまだかなりの未収録作品が残っているが、時代小説の巻に現代ものを入れると統一感を欠くので、第七巻以降はあまり短篇を入れることが出来ない。その代わりといっては何だが、第二期では著者のエッセイを傾向別に分類して収めていくことにした。本書の第四部に収録したエッセイの初出は、以下のとおり。

浅葱裏の歌舞伎見物　「新劇」81年6月号
芸能者たちの物語　「波」88年8月号
わたしは、カメレオンより、えらい「青春と読書」91年1月号
嘘と実　「本の窓」93年11月号

綺羅をかざった、男たち。「ユリイカ」98年2月号
はじめての舞踏劇　『泉の姫』パンフレット」00年9月
より華やかに、より深く　「ミュージカル阿OKUNI国　パンフレット」07年3月

皆川さんは常々、エッセイは苦手だし、恥ずかしいという意味のことをおっしゃっており、エッセイ集もまとまっていないが、キャリアが長いだけに編者の確認できた分だけでも百二十本以上のエッセイがある。本書には鶴屋南北と出雲阿国に関連したエッセイを収めたので、作品と併せて読んでいただければ興味が倍加することは間違いない。

皆川さんのエッセイには、いわゆる身辺雑記の類は少なく（おそらく依頼があっても断っておられるのだろう）、お好きな作家や作品について語ったものが多い。また自伝とまではいかないが、幼少期やデビュー前の思い出に触れたものもあり、作家・皆川博子がいかにして形作られてきたのか、うかがい知ることができる。

第七巻以降には、そうした貴重なエッセイを厳選して収めていく予定なので、どうぞご期待ください。

［著者紹介］
皆川博子
（みながわ・ひろこ）

1930年、京城生まれ。東京女子大学英文科中退。72年、児童向け長篇『海と十字架』でデビュー。73年6月「アルカディアの夏」により第20回小説現代新人賞を受賞後は、ミステリー、幻想、時代小説など幅広いジャンルで活躍中。『壁――旅芝居殺人事件』で第38回日本推理作家協会協会賞（85年）、「恋紅」で第95回直木賞（86年）、「薔薇忌」で第3回柴田錬三郎賞（90年）、「死の泉」で第32回吉川英治文学賞（98年）、「開かせていただき光栄です」で第12回本格ミステリ大賞（2012年）、第16回日本ミステリー文学大賞を受賞（2013年）。異色の恐怖犯罪小説を集めた傑作集「悦楽園」（出版芸術社）や70年代の単行本未収録作を収録した「ペガサスの挽歌」（烏有書林）、文庫本未収録作のみを集めた「皆川博子コレクション」（出版芸術社）などの作品集も刊行されている。

［編者紹介］
日下三蔵
（くさか・さんぞう）

1968年、神奈川県生まれ。出版芸術社勤務を経て、SF・ミステリ評論家、フリー編集者として活動。架空の全集を作るというコンセプトのブックガイド『日本SF全集・総解説』（早川書房）の姉妹企画として、アンソロジー『日本SF全集』（出版芸術社）を編纂する。編著『天城一の密室犯罪学教程』（日本評論社）は第5回本格ミステリ大賞（評論・研究部門）を受賞。その他の著書に『ミステリ交差点』（本の雑誌社）、編著に《中村雅楽探偵全集》（創元推理文庫）など多数。

Minagawa Hiroko COLLECTION
皆川博子コレクション
6 鶴屋南北冥府巡

2014年7月25日　初版発行

著　者　皆川博子
編　者　日下三蔵
発行者　原田　裕
発行所　株式会社 出版芸術社
〒112-0013 東京都文京区音羽1-17-14 YKビル
電　話　03-3947-6077
F A X　03-3947-6078
振　替　00170-4-546917
http://www.spng.jp

印刷所　近代美術株式会社
製本所　株式会社若林製本工場

落丁本・乱丁本は、送料小社負担にてお取替えいたします。

ISBN 978-4-88293-463-9 C0093

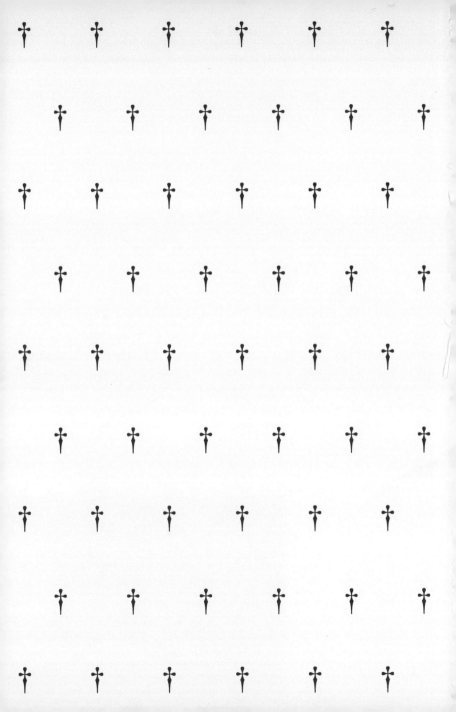